10
18

12, AVENUE D'ITALIE. PARIS XIIIe

Sur l'auteur

Jason Goodwin a étudié l'histoire byzantine à l'université de Cambridge. Il est l'auteur d'une histoire de l'Empire ottoman et d'un récit de voyages intitulé *Chemin de traverse* (Phébus, 1995). *Le Complot des janissaires*, couronné par l'Edgar Award en 2007, et *Le Trésor d'Istanbul* (Plon, 2008) sont les premiers tomes d'une série d'enquêtes menées par Hachim, le détective ottoman. Ces deux titres ont été sélectionnés pour l'Ellis Peter Historical Crime Award.

JASON GOODWIN

LE COMPLOT DES JANISSAIRES

L'eunuque Hachim mène l'enquête

Traduit de l'anglais
par Fortunato Israël

10
18

« Grands Détectives »

dirigé par Jean-Claude Zylberstein

PLON

Titre original :
The Janissary Tree

ISBN 978-2-264-04644-4

À Kate

« Pour les hommes avertis,
une allusion suffit.
Pour les myriades de têtes folles,
simple savoir est vain. »

Haji Bektash Veli

1

D'une chiquenaude Hachim délogea un grain de poussière de sa manchette.

– Autre chose, marquise, murmura-t-il. (Elle le regarda sans sourciller.) Les papiers.

La marquise de Merteuil laissa échapper un petit rire.

– Flûte* [1] ! Monsieur* Hachim, dépravation n'est pas un mot que nous reconnaissons à l'Académie*. (Jouant de son éventail, elle lança d'une voix sifflante :) C'est un état d'esprit.

Hachim sentait déjà son rêve s'effriter.

La marquise avait tiré de son décolletage* un papier dont elle usait comme d'un petit marteau pour tapoter sur la table. Il regarda de plus près. C'était un vrai.

Toc, toc, toc.

Il ouvrit les yeux et regarda alentour. Le château de Merteuil se dissipa sous la lueur de la bougie. Des ombres inquiétantes surgirent des rayons chargés de livres et des coins de la pièce. Il s'agissait plutôt d'une pièce et demie dans une maison d'Istanbul divisée en appartements, où Hachim vivait seul. L'édition en cuir des *Liaisons dangereuses* avait glissé sur son giron.

Toc, toc, toc.

1. Les mots suivis d'un astérisque sont en français dans le texte. *(N.d.T.)*

– *Evet, evet*, grommela-t-il, j'arrive. (Il mit une cape sur ses épaules, enfila des babouches jaunes puis se dirigea d'un pas traînant vers la porte.) Qui est-ce ?

– Un page.

« Plutôt rassis pour l'emploi », se dit Hachim en faisant entrer dans la pièce sombre le vieil homme malingre. Le brusque courant d'air affola l'unique bougie. Deux ombres engagées dans un combat de boxe se mirent à danser sur les murs jusqu'au moment où, d'un coup de dague, la silhouette du page transperça son adversaire. Hachim prit le rouleau de papier et jeta un coup d'œil sur le sceau. De la cire jaune.

Avec le pouce et l'index il se frotta les yeux. Quelques heures plus tôt, il scrutait encore l'horizon ténébreux, cherchant dans la bruine des lumières et le rivage. La flamme vacillante de la bougie lui rappela le balancement d'une autre lampe dans une cabine, là-bas en haute mer, lors des tempêtes hivernales. Le capitaine était un Grec au torse bombé, avec une taie sur l'œil et une allure de pirate. À cette période de l'année, la mer Noire était traîtresse. Mais il avait eu malgré tout de la chance de trouver à s'embarquer. Même aux pires moments de la traversée, quand le vent hurlait dans le gréement, que les vagues fouettaient le gaillard d'avant, qu'il s'agitait et vomissait sur sa petite couchette, Hachim s'était dit que tout valait mieux qu'attendre la fin de l'hiver dans ce palais en ruine de Crimée, cerné par les ombres de cavaliers intrépides, rongé par le froid et la grisaille. Il lui fallait rentrer au pays.

De son pouce, il brisa le sceau d'un coup sec.

L'odeur de la mer dans les narines et le sol se dérobant encore sous ses pieds, il tenta de se concentrer sur le texte calligraphié.

Il soupira et mit de côté le document. Au mur était vissée une lampe qu'il alluma avec la bougie. Les flammes bleutées montèrent lentement de l'étoupe calcinée. Hachim remit en place le verre et tailla la mèche jusqu'au moment où la lumière incertaine devint jaune et stable. Peu à peu, la pièce tout entière se trouva éclairée.

Il reprit le parchemin que le page lui avait donné et le déroula.

Salutations, et caetera. Au bas, il vit le paraphe du *seraskier*, le commandant pour la ville de la Nouvelle Garde, l'armée de l'Empire ottoman. *Félicitations* *, et caetera. Il revint au début de la lettre. L'expérience lui avait appris à déchiffrer en quelques secondes une missive de ce type. L'essentiel était là, glissé parmi les civilités : une convocation immédiate.

– Eh bien ?

Le vieil homme était au garde-à-vous.

– J'ai reçu ordre de vous ramener sur-le-champ à la caserne.

Il lança un coup d'œil hésitant sur sa cape. Hachim sourit et prit une bande d'étoffe qu'il s'enroula autour de la tête.

– Je suis prêt, dit-il. Allons-y.

Hachim savait que sa tenue importait peu. Il avait près de quarante ans, était grand, bien bâti, avec une épaisse toison de boucles noires et quelques cheveux blancs. Point de barbe mais une moustache sombre aux pointes relevées, les pommettes hautes des Turcs et les yeux gris bridés d'un peuple qui avait passé des milliers d'années sur la grande steppe eurasienne. Avec un pantalon à l'européenne, peut-être l'aurait-on remarqué, mais pas avec une cape brune. Il passait presque inaperçu. C'était là son talent singulier, si toutefois il en avait un. Sans doute, comme avait dit la marquise, était-ce un état d'esprit. Un état du corps.

Hachim avait maintes qualités : un charme inné, le don des langues et la capacité d'écarquiller soudain ses yeux gris. Avant même de savoir qui parlait, hommes et femmes succombaient au timbre de sa voix. Mais il n'avait rien dans le pantalon.

Pas au sens vulgaire. Hachim était plutôt courageux. Cependant, même au XIXe siècle à Istanbul, il faisait partie d'une espèce rare.

Hachim était un eunuque.

2

Dans le Séjour de la félicité, secteur le plus retiré, le plus secret du palais de Topkapi, le sultan, adossé à ses oreillers, tirait nerveusement sur son couvre-lit en satin, tentant d'imaginer ce qui pourrait l'amuser dans les heures à venir. « Un chant, pensa-t-il, allons-y pour un chant. » L'une de ces mélodies circassiennes douces et entraînantes : plus le chant était triste, plus la musique était joyeuse.

Il s'était demandé s'il pourrait se contenter de paraître endormi. Pourquoi pas ? Souverain de la mer Noire et de la mer Blanche [1], souverain de la Roumélie et de la Mingrélie, maître de l'Anatolie et de l'Ionie, de la Roumanie et de la Macédoine, protecteur des Villes saintes, cavalier infatigable au royaume de la béatitude, sultan et *padishah*, il fallait bien qu'il dorme parfois, non ? Surtout s'il voulait un jour rétablir sa souveraineté sur la Grèce.

Mais il savait ce qui arriverait s'il tentait de feindre. Il l'avait déjà fait, anéantissant tous les espoirs et toutes les ambitions de la charmante *gözde*, la jeune fille choisie pour partager sa couche cette nuit-là. Il lui faudrait supporter ses soupirs suivis de petites griffures timides sur les cuisses et le torse, et enfin des larmes. Pendant un mois, le harem tout entier lui lancerait des regards de reproche.

1. La Méditerranée, pour les Turcs. *(N.d.T.)*

Elle n'allait pas tarder. Mieux vaudrait avoir un plan de bataille. Le plus sûr était sans doute de la laisser jouer les amazones : il était très gros, vraiment, et ne voulait blesser personne. Si seulement il pouvait rester au lit avec Hadice, presque aussi câline que lui, et se faire frotter les pieds !

Les pieds ! Instinctivement, il ramena un peu les genoux sous le couvre-lit. Certes, il y avait la tradition ancestrale, mais le sultan Mahmud II n'était pas disposé à laisser une jeune Circassienne parfumée soulever les couvertures et ramper vers lui depuis l'extrémité du lit.

Il entendit dehors, dans le couloir, un léger vacarme. Le sens du devoir le poussa à se relever sur un coude et à se préparer au sourire de bienvenue. Il perçut des murmures. Affolement de dernière minute, peut-être ? Révolte soudaine de l'esclave en pâmoison ? Non, c'était peu probable. Elle avait franchi toutes les étapes. À la seconde près, on l'avait préparée pour l'événement vers lequel avait tendu toute son existence. Sans doute s'agissait-il de quelque chamaillerie suscitée par la jalousie : *Ces perles sont à moi !*

La porte s'ouvrit. Ce n'est pas une esclave parée de bracelets, aux hanches ondulantes et aux seins lourds qui fit alors son entrée mais un vieillard aux joues fardées de rouge, au tour de taille imposant qui s'inclina et bondit pieds nus dans la pièce. Apercevant son maître, il tomba à genoux, se mit à ramper jusqu'au bord du lit et là, se prosterna sur le sol. Puis il resta muet et tremblant, comme un grand ectoplasme.

– Eh bien ? dit le sultan Mahmud d'un air sévère.

De l'énorme carcasse surgit alors une voix aiguë et flûtée.

– Votre Magnifizenze, monzeigneur, mon maître, zézaya enfin l'esclave. (Le sultan s'agita avec embarras.) Dieu a dézidé qu'un voile de mort devait z'abattre sur le corps d'une fille de la félizité dont les rêves étaient zur le point d'être comblés par Votre Magnifizenze, monzeigneur.

Le sultan se renfrogna.

– Elle est morte? dit-il d'un ton incrédule.

Il fut aussi pris de court : était-il à ce point craintif?

– Zire, je ne zais pas quoi dire. Mais Dieu a fait de quelqu'un d'autre l'inztrument de zon dézès.

L'eunuque s'interrompit, cherchant à respecter la forme des mots. C'était affreusement difficile.

– Monzeigneur, dit-il enfin, elle a été ztrangulée.

Le sultan s'affala sur les oreillers. Eh bien, se dit-il, il avait raison. Ce n'était pas du tout une question de nerfs mais de simple jalousie.

Tout était normal.

– Faites quérir Hachim, dit-il avec lassitude. Je veux dormir.

3

Endormi ou éveillé, le sultan était Commandeur des Croyants, le chef suprême des forces armées ottomanes, mais il y avait bien longtemps qu'il n'avait pas déployé l'étendard du Prophète et pris la tête de ses soldats pour affermir son trône par un seul acte de bravoure. Sa marine était dirigée par le *kapoudan pacha*, et ses troupes se trouvaient sous le contrôle du *seraskier*. Ce dernier ne se leva pas pour Hachim et se contenta de lui désigner, en agitant les doigts, un coin du divan. Hachim se déchaussa et s'assit en tailleur, sa cape déployée autour de lui comme une feuille de nénuphar. Il inclina la tête et murmura les civilités d'usage.

Rasé de près suivant la nouvelle mode, le *seraskier* avait des yeux bruns las dans une face de papier mâché. En uniforme, il reposait gauchement sur une hanche, comme s'il avait été blessé. Ses cheveux gris acier étaient coupés au ras du crâne, et le fez rouge perché en retrait sur sa tête soulignait le poids des mâchoires. Hachim pensa qu'il serait acceptable avec un turban, mais la pratique franque s'était imposée : tunique boutonnée, pantalon bleu passepoilé de rouge avec moult galons, épaulettes. Tel était l'uniforme moderne de la guerre moderne. Dans le même esprit, il avait reçu une table en noyer massif et huit chaises tapissées, au dossier raide, le tout posé au milieu de la pièce sous des candélabres pendant d'un plafond à caissons.

Il s'assit et croisa les jambes de sorte que les coutures de son pantalon se tendirent.

– Peut-être préférez-vous qu'on s'installe à une table, proposa-t-il avec irritation.

– Comme vous le jugerez bon.

Mais, à l'évidence, le *seraskier* préféra la pose indigne en pantalon sur le divan à l'ostentation déplaisante de la table centrale. Comme Hachim, il était légèrement perturbé à l'idée d'être assis sur une chaise, dos à la pièce. Aussi poussa-t-il un long soupir, pliant et dépliant ses doigts boudinés.

– J'ai appris que vous étiez en Crimée.

Hachim cligna des yeux.

– J'ai trouvé un bateau. Il n'y avait plus rien là-bas pour me retenir.

Le *seraskier* dressa un sourcil.

– Vous avez donc échoué ?

Hachim s'inclina en avant.

– Il y a plusieurs années que nous avons échoué là, Effendi. Il n'y a pas grand-chose à faire. (Il soutint le regard du *seraskier*.) Ce peu, je l'ai fait. J'ai travaillé vite. Et puis je suis rentré.

Il n'y avait rien d'autre à dire. Les khans tatars de Crimée ne contrôlaient plus la steppe méridionale en petits frères de l'État ottoman. Hachim avait été secoué de voir les Cosaques russes traverser à cheval les villages de Crimée avec leurs pistolets. Désarmés, vaincus, les Tatars buvaient à l'entrée de leurs huttes, regardant avec apathie les Cosaques tandis que leurs femmes travaillaient aux champs. Le khan lui-même se rongeait en exil, tourmenté par un rêve d'or perdu. Il avait envoyé quelques hommes le récupérer jusqu'au jour où il entendit parler de Hachim, Hachim le gardien, le *lala*. Malgré les efforts de ce dernier, l'or du khan resta une chimère. Peut-être n'avait-il jamais existé.

Le *seraskier* grommela.

– À leur époque, dit-il, les Tatars étaient de bons combattants. Mais il n'y a plus de place pour les cavaliers sans discipline sur le champ de bataille moderne. Aujourd'hui, il faut une infanterie disciplinée, armée de mousquets et de baïonnettes. Une artillerie. Vous avez vu des Russes ?

– Oui, Effendi. Des Cosaques.

– C'est le type qu'il nous faut combattre. La raison pour laquelle nous avons besoin d'hommes comme ceux de la Nouvelle Garde.

Le *seraskier* se leva. L'homme était un vrai ours de près de deux mètres. Il tourna le dos à Hachim, fixant une rangée de livres, tandis que Hachim lui-même jetait un coup d'œil machinal en direction du rideau par lequel il était entré. Le valet d'écurie qui l'avait introduit avait disparu. Suivant les règles élémentaires de l'hospitalité, le *seraskier* aurait dû commencer par offrir la pipe et le café. Hachim se demanda si cette rudesse était délibérée. Un grand homme comme le *seraskier* avait des aides pour servir les rafraîchissements ainsi qu'un porteur de pipes pour choisir son tabac, nettoyer les pièces et les maintenir en état de marche, accompagner son maître lors des sorties, la pipe enveloppée dans un linge, la blague à tabac dans sa chemise, et veiller à l'allumage et au tirage. Les riches qui rivalisaient pour offrir à leurs hôtes la meilleure feuille et les pipes les plus raffinées, ambre pour l'embouchure, cerisier de Perse pour le tuyau, ne songeraient pas plus à se passer d'un porteur de pipes qu'un milord anglais des services d'un valet. Mais la pièce était vide.

– Dans moins de deux semaines jour pour jour, le sultan doit passer les troupes en revue. Défilés, manœuvres, démonstrations d'artillerie. Le sultan ne sera pas seul à regarder. Ce sera...

Le *seraskier* s'interrompit, et sa tête se redressa comme mue par un ressort. Hachim se demanda ce qu'il allait dire. Peut-être cette revue devait-elle être l'apogée de sa carrière.

– Comme vous le savez, nous sommes une jeune troupe. La Nouvelle Garde n'existe que depuis dix ans. Comme un jeune poulain, nous sommes volontiers fougueux. Nous n'avons pas reçu, hélas, toute l'attention et tout l'entraînement que nous aurions pu souhaiter.

– Ni toujours le succès qu'on avait promis.

Hachim vit le *seraskier* se raidir. Sanglés dans leurs uniformes européens dernier cri, les membres de la Nouvelle Garde avaient été mis au pas par toute une série d'instructeurs étrangers, de *ferenghi* venus d'Europe, qui leur avaient appris à manœuvrer, à défiler, à présenter les armes. Que dire ? En dépit de tout cela, les Égyptiens – oui, les Égyptiens ! – leur avaient infligé des revers humiliants en Palestine et en Syrie, et les Russes se trouvaient plus près d'Istanbul qu'ils ne l'avaient jamais été de mémoire d'homme. Peut-être leurs victoires étaient-elles prévisibles car il s'agissait d'adversaires redoutables, dotés d'un équipement de pointe et d'armées modernes. Mais cela n'empêcha pas non plus la débâcle de Grèce. Simples paysans en pantalons bouffants, conduits par des marioles bagarreurs, même les Grecs avaient donné du fil à retordre à la Nouvelle Garde.

En conséquence, cette Nouvelle Garde n'eut à son actif qu'un seul triomphe sanguinaire. Victoire remportée non pas sur le champ de bataille mais ici même, dans les rues d'Istanbul; pas contre des adversaires étrangers, mais contre leurs propres devanciers militaires, le corps dangereusement présomptueux des janissaires. Troupe d'élite de l'Empire ottoman au XVIe siècle, les janissaires avaient depuis longtemps mal tourné – ou évolué, si l'on préfère – et étaient devenus une mafia armée qui terrorisait les sultans, jouait les fiers-à-bras dans les rues d'Istanbul et se livrait à des émeutes, des incendies, des vols et des extorsions en toute impunité.

Jusqu'au jour où la Nouvelle Garde rétablit la situation. Dix ans plus tôt, le 16 juin 1826, ses artilleurs avaient taillé en pièces les janissaires dans leurs casernes, mettant ainsi un terme à quatre siècles de terreur et de triomphes par un juste châtiment.

– La revue sera une réussite, grommela le *seraskier*. Les gens verront le pivot de cet empire, invincible, inébranlable. (Il se retourna, fendant l'air du tranchant de sa main.) Précision du tir, sûreté de l'entraînement. Obéissance. Nos ennemis comme nos amis en tireront les conclusions qui s'imposent. Vous comprenez ?

Hachim haussa légèrement les épaules. Le *seraskier* inclina le menton et poussa un grognement par le nez.

– Mais nous avons un problème, dit-il.

Hachim continua de l'observer : il y avait longtemps qu'on n'était pas venu le chercher en pleine nuit pour le conduire au palais. Ou à la caserne. Il regarda par la fenêtre : il faisait encore sombre, le ciel était froid, couvert. Tout naît dans les ténèbres. Et c'est à lui qu'il incombait de faire surgir la lumière.

– Quelle est exactement la nature de votre problème ?

– Hachim Effendi. On vous appelle *lala*, n'est-ce pas ? Hachim *lala*, le gardien.

Hachim inclina la tête. *Lala* était un titre d'honneur, une marque de respect accordée à certains eunuques de confiance au service de familles riches et puissantes, qui avaient pour mission de chaperonner les femmes, de veiller sur les enfants et de s'assurer de la bonne marche de la maison. Un *lala* ordinaire était un personnage à mi-chemin entre le majordome, l'intendant, la gouvernante et le chef de la sécurité, c'est-à-dire un gardien. Hachim trouva le titre à son goût.

– Mais, pour ce que j'en sais, dit lentement le *seraskier*, vous n'avez pas d'attaches. Si, des liens avec le Palais. Aussi avec la rue. Alors, cette nuit, je vous invite à rejoindre notre famille, la famille de la Nouvelle Garde. Pour dix jours, au plus.

– Vous voulez dire, la famille dont vous êtes le chef ?

– Pour ainsi dire. Mais n'allez pas croire que je me pose en père de cette famille. Je préfère que vous me considériez comme une sorte de, de...

Le *seraskier* parut mal à l'aise : le mot ne lui venait pas facilement. Hachim savait que la répugnance à l'égard des eunuques était aussi invétérée chez les Ottomans que leur méfiance à l'égard des tables et des chaises.

– Considérez-moi... comme un grand frère. Je vous protège. Vous me confiez tout. (Il s'arrêta, s'épongea le front.) Est-ce que, euh, vous avez vous-même une famille ?

Hachim avait l'habitude de cette répugnance mêlée de curiosité. Il fit de la main un geste ambigu. Que cet homme se posât des questions, ce n'était pas son affaire.

– La Nouvelle Garde doit gagner la confiance du peuple, et aussi du sultan, enchaîna le *seraskier*. Tel est l'objet de l'inspection. Mais il est arrivé quelque chose qui risque d'anéantir tout le processus.

Ce fut au tour de Hachim d'éprouver de la curiosité, et il sentit comme une onde remontant le long de sa nuque.

– Ce matin, expliqua le *seraskier*, on m'a informé que quatre de nos officiers ne se sont pas présentés à l'entraînement. (Il s'arrêta, le front soucieux.) Il faut que vous compreniez que la Nouvelle Garde ne ressemble à aucune autre armée que l'Empire ait connue. Discipline. Effort. Solde convenable, et obéissance à un officier supérieur. Tout le monde vient à l'entraînement. Je sais ce que vous pensez, mais ces officiers étaient de parfaits jeunes gens. Je dirais la fine fleur de notre corps, et nos meilleurs officiers d'artillerie. D'ailleurs, ils parlaient le français, ajouta-t-il comme pour régler la question – ce qui fut peut-être le cas.

– Ils ont donc étudié à l'université d'ingénierie ?

– Oui, et obtenu les notes les plus élevées. Ils étaient les meilleurs.

– Étaient ?

– S'il vous plaît, une seconde. (Le *seraskier* porta une main à son front.) Au début, malgré tout cela, j'ai pensé comme vous. J'ai supposé qu'ils avaient eu quelque aventure et reviendraient plus tard, honteux et contrits. J'étais bien sûr prêt à les mettre en pièces : tout le corps admire ces jeunes hommes, voyez-vous. Comme disent les Français, c'est eux qui donnent le ton.

– Vous parlez français ?

– Oh ! un tout petit peu. Juste ce qu'il faut.

Hachim savait que la plupart des instructeurs étrangers de la Nouvelle Garde étaient des Français, mais qu'il y en avait d'autres – Italiens ou Polonais – qui avaient été incorporés dans les armées gigantesques que l'empereur Napoléon avait levées pour accomplir ses rêves de conquête universelle. Dix ans plus tôt, les guerres napoléoniennes enfin terminées, certains rescapés, parmi les plus indigents, de la Grande Armée s'étaient rendus à Istanbul attirés par les sequins du sultan. Mais l'apprentissage du français, c'était bon pour les jeunes, et le *seraskier* approchait de la cinquantaine.

– Ensuite ?

– La nuit dernière, quatre hommes braves ont disparu de leur caserne. Quand ils ne se sont pas présentés ce matin, j'ai interrogé l'un des *temizlik*, des hommes qui font le ménage, et découvert qu'ils n'avaient pas dormi dans leur dortoir.

– Et ils n'ont toujours pas reparu ?

– Non, pas vraiment.

– Qu'entendez-vous par pas vraiment ?

– L'un d'eux a été découvert cette nuit. Il y a environ quatre heures.

– Ah ! bien.

– On l'a trouvé mort dans un pot en fer.

– Un pot en fer ?

– Oui, oui. Un chaudron.

Hachim cligna des yeux.

– Dois-je comprendre, dit-il lentement, qu'on a fait cuire le soldat ?

Les yeux du *seraskier* faillirent lui sortir de la tête.

– Cuire ? reprit-il faiblement. (C'était une subtilité à laquelle il n'avait pas songé.) Je pense, dit-il, que vous devriez venir voir par vous-même.

4

Deux heures plus tard, Hachim avait vu à peu près tout ce qu'il voulait voir pour cette matinée. Pour n'importe quelle matinée.

Le *seraskier* avait hélé un porteur de lanterne et marché avec lui jusqu'à la partie orientale de la ville, à travers les rues désertes, le long de la *spina*, l'artère centrale conduisant aux écuries impériales. Devant la mosquée de Beyazit, des torches vacillaient dans l'obscurité. Ils passèrent devant la Colonne brûlée près de l'entrée du Grand Bazar. Tout était fermé, silencieux, et l'endroit retenait son souffle, ses trésors à l'abri pour la nuit. Plus loin, près de la mosquée de Sehzade, au-dessus de l'aqueduc romain, ils tombèrent sur le veilleur de nuit, qui les laissa passer quand il vit à qui il avait affaire. Finalement, ils parvinrent aux écuries. Celles-ci, comme la Garde elle-même, étaient de création récente. Elles avaient été érigées juste au-dessous de la crête, côté sud, sur un terrain resté inoccupé depuis l'élimination des janissaires dix ans plus tôt, quand leur vaste caserne tentaculaire avait succombé aux bombardements et aux incendies.

Hachim trouva le chaudron tel que l'avait décrit le *seraskier*. Il trônait dans un coin, au milieu des litières, éclairé par de grandes lampes à huile globulaires suspendues très haut par de lourdes chaînes à la longrine. Les chevaux, expliqua le *seraskier*, avaient été déplacés.

– C'est l'agitation des chevaux qui a fait découvrir l'affaire, ajouta-t-il. Ils n'aiment pas l'odeur des cadavres humains.

Lorsque le *seraskier* avait décrit le chaudron, Hachim n'avait pas imaginé qu'il était aussi grand. Il avait trois pieds courts et deux anneaux métalliques de chaque côté pour les anses. Quoi qu'il en soit, il était plus haut que Hachim. Le *seraskier* lui apporta un escabeau de sorte qu'il put, en grimpant dessus, voir à l'intérieur.

Le soldat mort était toujours en uniforme. Il était recroquevillé en position fœtale dans le fond du pot qu'il recouvrait tout juste : les bras, entravés aux poignets, étaient ramenés sur la tête, ce qui empêchait de voir son visage. Hachim descendit et secoua machinalement les mains bien que le bord du pot fût très propre.

– Vous savez de qui il s'agit ?

Le *seraskier* acquiesça.

– Osman Berek. J'ai pris son calepin. Vous savez...

Il hésita.

– Eh bien ? insista Hachim.

– Je suis désolé, mais le corps n'a pas de visage.

Hachim fut glacé de dégoût.

– Pas de visage ?

– J'ai... j'ai grimpé à l'intérieur. Je l'ai tourné juste un peu. J'ai pensé que je le reconnaîtrais, mais... voilà. Son visage a été tranché. Du menton jusqu'aux sourcils. Le tout, je pense, d'un seul coup.

Hachim se demanda quelle force il fallait avoir pour perpétrer un acte aussi brutal. Il se tourna.

– Le chaudron est toujours là ? Drôle d'endroit, pas vrai, pour un tel ustensile.

– Non, non. Le chaudron est arrivé avec le corps.

Hachim regarda fixement devant lui.

– De grâce, Effendi. Trop de surprises. À moins qu'il y en ait d'autres ?

Le *seraskier* réfléchit.

– Le chaudron est apparu simplement dans la nuit.

– Et personne n'a rien vu ni rien entendu ?

– Les palefreniers n'ont rien entendu. Ils dormaient dans les combles.

– Les portes sont barrées ?

– Pas en temps ordinaire. Au cas où il y aurait un incendie...

– Tout à fait.

Selon un vieux dicton, Istanbul avait souffert de trois fléaux : la peste, le feu et les interprètes grecs. Il y avait tant de vieilles constructions en bois dans la cité, et un tel entassement, qu'une malheureuse étincelle suffisait pour réduire en cendres des quartiers entiers. Les janissaires de triste mémoire avaient été aussi les pompiers de la ville. Signe typique de leur dépravation, ils avaient combiné à leur mission celle, plus rentable, consistant à mettre le feu puis à exiger des pots-de-vin pour éteindre les incendies qu'ils avaient eux-mêmes déclenchés. Hachim se souvint vaguement que les janissaires avaient occupé à cet endroit une importante tour de guet pour les départs de feu, en bordure de leur propre caserne, et que, ironie du sort, elle s'était effondrée lors de l'incendie de 1826. Par la suite, le sultan avait ordonné la construction à Beyazit d'une autre tour hors du commun, colonne de pierre de quatre-vingt-dix mètres de haut couronnée d'une galerie en surplomb pour les guetteurs d'incendie. Nombreux étaient ceux qui considéraient que la tour de Beyazit était le bâtiment le plus laid d'Istanbul. C'était certainement le plus haut, perché comme il l'était sur la troisième colline de la ville. À l'évidence, il y avait désormais moins d'appels au feu.

– Et qui donc a trouvé le corps ?

– Moi. Non, il n'y a rien d'étonnant. On m'a appelé à cause du chaudron, et parce que les palefreniers étaient inquiets de l'état des chevaux. J'ai été le premier à regarder à l'intérieur. Je suis un militaire, j'ai vu des morts avant. Et (il hésita) j'avais déjà commencé à me douter de ce que j'allais trouver.

Hachim ne dit rien.

– Je n'ai rien révélé. J'ai donné l'ordre de sortir les chevaux et fait barrer les portes. C'est tout.

Hachim frappa de son ongle le chaudron qui émit un bruit de casserole. Il frappa à nouveau. Le *seraskier* et lui se regardèrent.

– Très léger, fit remarquer Hachim. (Ils gardèrent le silence un instant.) Qu'est-ce que vous en pensez ?

– Je pense, dit le *seraskier*, que nous n'avons pas beaucoup de temps. Nous sommes jeudi.

– Et l'inspection ?

– Dans dix jours. Il reste dix jours pour découvrir ce qui arrive à mes hommes.

5

La matinée avait été pénible. Hachim se rendit aux bains, où il se fit savonner, pétrir, et resta longtemps allongé dans la salle chaude avant de rentrer chez lui dans ses vêtements propres fraîchement lavés. Enfin, après avoir tourné l'affaire dans tous les sens possibles à la recherche d'un indice, il opta, suivant son habitude, pour le dernier choix.

Comment trouver trois hommes dans une ville de deux millions d'habitants délabrée, médiévale et noyée dans la brume ? Inutile d'essayer. Mieux valait se mettre à cuisiner.

Il se leva et se dirigea lentement vers l'autre bout de la pièce, qui était sombre. Il craqua une allumette, alluma la lampe puis tailla la mèche jusqu'à obtenir une lumière stable et vive. Celle-ci tomba sur un ensemble bien ordonné, fourneau, table haute et rangée de couteaux en apparence bien acérés, accrochés à une enture en bois. Il y avait dans le coin un panier où Hachim choisit plusieurs petits oignons bien fermes. Il les pela et les trancha sur le hachoir, dans un sens puis dans l'autre. Il posa une casserole sur le fourneau et mit un filet d'huile d'olive, juste assez pour dorer les oignons. Quand ils commencèrent à se colorer, il jeta en pluie quelques poignées de riz qu'il tira d'un pot en faïence.

Depuis longtemps il avait découvert l'art de la cuisine. À peu près à l'époque où il avait renoncé avec dégoût à sa quête d'un plaisir des sens plus grossier pour se contenter d'agréments plus subtils. Non qu'il eût toujours considéré jusque-là que la cuisine revenait aux femmes : sous l'Empire, cette activité était exercée indifféremment par des représentants de l'un ou l'autre sexe. Mais il l'avait peut-être vue comme une tâche réservée aux pauvres.

Le riz devenu translucide, il ajouta une poignée de raisins de Corinthe et une autre de pignons, un morceau de sucre et une grosse pincée de sel. Il descendit un bocal de l'étagère et y préleva une cuillerée de purée de tomates à l'huile qu'il délaya dans un verre à thé d'eau. Il incorpora le contenu du verre au riz, ce qui provoqua un sifflement et un panache de vapeur. Il ajouta dans la casserole une pincée de menthe séchée et moulut un peu de poivre puis mélangea le riz, plaqua un couvercle sur le récipient et le déplaça à l'arrière du fourneau.

Il avait acheté des moules déjà nettoyées, les grandes moules d'environ sept centimètres en provenance de Tarabyaia au nord du Bosphore. Il les ouvrit une par une avec une lame plate et les jeta dans une cuvette remplie d'eau. Le riz était à moitié cuit. Il hacha très fin de l'aneth et l'incorpora au mélange puis mit le tout à refroidir dans un plat. Il égoutta les moules et les farcit avec une cuillère, refermant les coquilles avant de les disposer tête bêche en plusieurs couches dans une casserole. Il les aplatit avec une assiette, ajouta un peu d'eau chaude de la bouilloire, couvrit et fit glisser le récipient sur les braises.

Ensuite il prit un poulet, le découpa, écrasa des noix sur le plat du couperet et prépara l'*acem yahnisi* avec du jus de grenade.

Une fois l'ensemble terminé, il prit une aiguière à col de cygne, se lava très soigneusement d'abord les mains puis la bouche, le visage, le cou et, enfin, les parties intimes.

Il sortit son tapis et pria. Après avoir terminé, il enroula de nouveau le tapis et le rangea dans une niche.

Son visiteur, il le savait, allait bientôt arriver.

6

Stanislaw Palewski avait environ cinquante-cinq ans, une couronne de boucles grises serrées sur son crâne dégarni et des yeux bleus larmoyants dont l'expression d'implorante tristesse contrastait avec la vigueur du menton, la taille du nez aquilin et la farouche détermination de la bouche, réduite en cet instant à une fente étroite en raison de la pluie et du vent venus des rivages de la mer de Marmara.

Il suivait, comme tous les jeudis soir, la route qui remonte de la Nouvelle Mosquée à la Corne d'Or, et ne passait pas inaperçu avec son haut-de-forme et sa redingote. Comme le couvre-chef, celle-ci avait connu des jours meilleurs : à l'origine de couleur noire, elle était devenue, avec l'usure et l'humidité d'Istanbul, d'un vert glauque. Quant au chapeau, son duvet velouté s'était élimé en maints endroits, notamment sur le cylindre et le bord. Une fois parvenu à proximité de deux femmes enveloppées dans leur voile et suivies de leur escorte, il descendit poliment du trottoir et, d'un geste machinal, effleura le bord de son chapeau en guise de salut. Les dames ne répondirent pas directement à ce signe mais se trémoussèrent un peu et Palewski perçut un murmure étouffé et un gloussement. Il sourit intérieurement et remonta sur le trottoir pour reprendre son chemin.

À cet instant, quelque chose tinta dans son sac et il s'arrêta pour vérifier. Rien n'interdisait officiellement au représentant diplomatique accrédité d'une puissance étrangère de traverser la ville avec deux bouteilles de vodka 60° à l'herbe de bison, mais Palewski n'avait aucune envie de s'en assurer. D'abord, il n'était pas vraiment certain qu'il n'y ait jamais eu, dans tout le passé tumultueux de la ville, quelque édit faisant du transport d'alcool un délit passible du fouet. D'autre part, son immunité diplomatique était au mieux une sorte de faveur fragile. Il n'avait pas de canonnières à disposition pour remonter le Bosphore et, si la situation tournait mal, contraindre par la force le sultan à se montrer plus conciliant, ainsi que l'avait fait en 1807 l'amiral Duckworth pour les Anglais. Il n'avait aucun moyen d'appeler à la rescousse son gouvernement comme l'avaient fait les Russes en 1712 quand leur ambassadeur avait été enfermé dans le vieux château des Sept Tours. Quarante ans plus tôt, les dirigeants de la Russie, de la Prusse et de l'Autriche avaient expédié leurs armées en Pologne pour rayer ce pays de la carte. En vérité, Palewski n'avait plus du tout de gouvernement.

L'ambassadeur impérial polonais auprès de la Sublime Porte* redisposa le linge humide qui protégeait ses bouteilles, serra de nouveau les cordons de son sac et continua sa route à travers un dédale de rues et de venelles décroissant à mesure qu'il approchait de sa destination. Il arriva enfin devant une minuscule porte cochère* dans l'une des ruelles de la Vieille Ville, près de la Corne d'Or. La porte était petite en raison de son enfoncement : seuls trois cinquièmes de sa hauteur émergeaient du sol boueux. Une poignée de petits gamins le bousculèrent dans leur course, lustrant sans doute encore un peu plus le dos de son vieux manteau. Une clochette stridente, actionnée à la main, signala l'approche d'un homme dans une petite charrette tirée par un âne, qui se faufilait avec une miraculeuse dextérité dans le lacis inextricable des étroites ruelles médiévales. En toute hâte, Palewski frappa à la porte. Vint ouvrir une vieille femme avec une guimpe bleue qui s'effaça en silence devant lui. Palewski se baissait pour entrer quand la charrette passa en trombe dans un crépitement de petits sabots tandis que le conducteur poussait son cri.

Dehors, la lumière, si l'on peut dire, faiblissait. À l'intérieur, elle n'était, semble-t-il, jamais entrée. Palewski se demanda une seconde si le soleil avait jamais pénétré en cet endroit depuis un millénaire et demi : il pensait depuis longtemps que le chambranle enfoncé de la porte datait de la première période byzantine et n'avait aucune raison de douter que la rampe en bois sombre, qu'il agrippait alors pour accéder à tâtons, mais d'un pas décidé, à l'étage, fût autre que byzantine, comme d'ailleurs la pierre de la maison et l'embrasure des fenêtres. Quant à la voûte au-dessus, elle était très probablement romaine.

En haut de l'escalier, il marqua une pause pour reprendre son souffle et analyser le mélange particulier de fragrances filtrant par l'interstice lumineux au bas de la porte qu'il avait alors devant lui.

L'eunuque Hachim et l'ambassadeur Palewski n'étaient pas faits a priori pour s'entendre mais leur amitié était des plus solides. « Vous et moi sommes deux moitiés qui, ensemble, forment un tout, avait un jour déclaré Palewski après avoir ingurgité plus de vodka qu'il ne convenait à sa santé. (Mais il soutenait avec force que seule l'herbe amère contenue dans cette boisson pouvait le maintenir en vie et sain d'esprit.) Je suis un ambassadeur sans pays et vous... un homme sans testicules. » Après avoir considéré sa remarque, Hachim lui avait signalé qu'il pourrait, après tout, retrouver son pays mais l'ambassadeur polonais avait écarté cette idée dans une cascade de bruyants sanglots. « Autant de chance, je le crains, que vous de retrouver des couilles. Jamais, au grand jamais. Les salauds ! » Peu après, il s'était endormi et Hachim avait dû faire appel à un porteur qui l'avait ramené chez lui sur son dos.

Le diplomate désargenté renifla l'air et arbora pour lui seul un air de douce ruse. La première des odeurs était l'oignon ; et puis le poulet, ça, il en était sûr. Il reconnut l'arôme discret de la cannelle mais il y avait quelque chose d'autre qui lui échappait, quelque chose d'âcre et de fruité. Il renifla de nouveau, en fermant bien les yeux.

Sans plus d'hésitation ni de manières, il ouvrit violemment la porte et bondit dans la pièce.

– Hachim ! Hachim ! Vous arrachez nos âmes aux portes de l'enfer ! *Acem yahnisi*, si je ne m'abuse. Si semblable au *fesinjan* perse. Poulet, noix et jus de grenade ! déclara-t-il.

Hachim, qui ne l'avait pas entendu monter, se retourna, ébahi. Palewski vit son visage se défaire.

– Allons, allons, jeune homme, j'ai mangé ce plat quand vous n'étiez pas encore sevré. Ce soir, baptisons-le, en toute bonne foi, comme il faut : l'ambassadeur n'avait pas le moral et maintenant il est ravi ! Qu'en dites-vous ?

Il offrit les bouteilles à son hôte.

– Encore fraîches, touchez ! Merveilleux ! Un jour, je prendrai une lampe et descendrai dans cette cave pour voir d'où vient l'eau glacée. Peut-être d'une citerne romaine. Cela ne m'étonnerait pas. Quelle trouvaille !

Il se frotta les mains tandis que Hachim, souriant, lui tendait un verre de vodka. Ils restèrent un moment à se regarder, puis rejetèrent en même temps la tête en arrière et burent. Palewski fondit sur les moules.

La soirée allait être longue, et elle le fut. Quand survint l'heure de la prière de l'aube, Hachim sut qu'il ne lui restait plus que neuf jours.

7

La rue des étameurs passait légèrement au-dessus et à l'ouest de la mosquée de Rüstem Pacha, elle-même à moitié enfouie dans les ruelles et les passages tortueux autour des entrées sud du Grand Bazar. Comme la plupart des secteurs réservés aux artisans, c'était un boyau étroit d'ateliers ouverts, chacun pas plus grand qu'un placard de bonne taille, où les hommes fabriquaient avec forge, soufflets et marteaux les articles standard de leur métier : pots en étain, petites bouilloires, boîtes de toutes dimensions et de toutes formes aux charnières mal ajustées ou au couvercle rudimentaire, petits étains ronds utilisés pour le khôl et le baume du tigre, cantines cerclées pour les marins et le commerce du linge. Ils faisaient des couteaux et des fourchettes, ainsi que des badges et des insignes, des montures de lunettes et des viroles pour les cannes. Chacun travaillait dans une spécialité et ne passait guère, par exemple, de la production acharnée d'amulettes destinées à contenir un papier avec les quatre-vingt-dix-neuf noms de Dieu à la fabrication sans fin de boîtes à épingles. Il s'agissait de règles propres à la corporation, fixées plusieurs centaines d'années auparavant par les juges des marchés et le sultan lui-même, et celles-ci n'étaient enfreintes que dans des circonstances très particulières.

La fabrication d'un énorme chaudron constituerait-elle, se demanda Hachim, une circonstance de ce type ?

Le marché des étains n'attirait pas les foules qui grouillaient plutôt dans d'autres grandes artères commerçantes d'Istanbul : marchés d'alimentation, bazars des épices, rues des chausseurs. Même la rue des orfèvres était plus fréquentée. Hachim marcha donc sans encombre au milieu de la chaussée sans attirer beaucoup l'attention. Après s'être assurés qu'il s'agissait d'un étranger, les forgerons ne se soucièrent plus de lui : peu leur importait qu'il fût riche, pauvre, gros ou maigre car aucun homme sur terre ne pourrait sans doute leur apporter plus d'argent que la somme modeste qu'ils touchaient en adhérant à la corporation. Personne n'allait s'arrêter et proposer un prix insensé pour une part de leur triste production. Les règles de la corporation étaient fixées une fois pour toutes : il y avait une qualité et un prix dont il ne fallait s'écarter ni dans un sens ni dans l'autre.

Hachim savait tout cela. Pour le moment, il se contentait d'observer. La plupart des artisans travaillaient sur le seuil de leur échoppe, le plus près possible de la lumière, de l'air libre et loin des forges enfumées qui flambaient à l'arrière. De là, sans arrêter un seul instant leur marteau, ils débitaient lentement toute une série de petits articles. Il leva les yeux : comme à l'accoutumée, les fenêtres à croisillons situées au-dessus signalaient l'endroit où les hommes vivaient avec femme et enfants. Les apprentis, songea Hachim, devaient dormir dans les échoppes.

Il entra dans une cour et regarda en arrière. Dans une ruelle couverte de détritus, les étages supérieurs étaient accessibles par un escalier branlant débouchant, dans tous les cas, sur une vilaine porte recouverte d'un morceau de tapis délavé ou d'une couverture taillée en rubans pour écarter les mouches. Ce qui laissait libres, songea-t-il, les terrasses où les femmes pouvaient se rendre dans la journée pour prendre l'air sans être vues. Et la nuit, qui allait sur ces toits ? Assez de gens, supposa-t-il : comment s'assurer du contraire ? D'un haussement d'épaules il rejeta une vague idée pour se remettre à inspecter la cour.

Le bruit des marteaux cognant sur le métal était alors plus sourd : il parvenait jusque-là comme un coassement de grenouilles échappé d'un étang voisin. Peu de forgerons travaillaient dans les niches de la cour elle-même qui servait plutôt de caravansérail : en effet, les marchands d'étain y entreposaient la matière brute qu'ils vendaient ensuite, au gré des besoins, aux forgerons de l'extérieur. Là se trouvaient d'énormes piles de feuilles d'étain, de formes, semblait-il, diverses et variées et, au milieu, dans un calme contrastant avec le tintamarre syncopé de la rue, leurs propriétaires trônaient sur de petits tabourets et passaient leur temps à siroter du thé ou à égrener leur chapelet. De temps à autre, l'un d'eux concluait une vente : l'étameur découpait alors la feuille, le marchand la pesait et l'acheteur l'emportait.

Hachim sortit jeter un dernier coup d'œil. Les grands objets – lanternes pour l'essentiel, et cantines – étaient assemblés par terre, à l'extérieur des échoppes. Mais il s'assura qu'il n'y avait point d'endroit, à l'intérieur ni à l'extérieur, où un chaudron avec un fond assez grand pour recevoir un homme pût être discrètement fabriqué.

Quelqu'un, pensa-t-il, l'aurait vu. Et cette personne aurait été, à juste titre, intriguée. Pourquoi, au nom de ce qu'il y a de plus sacré, quelqu'un pourrait-il vouloir fabriquer un chaudron en étain ?

Et, qui plus est, d'une taille pareille ! Le plus grand chaudron qu'on ait jamais vu depuis... depuis quand ?

Hachim s'arrêta, pétrifié. Tout autour de lui, comme une bande d'oiseaux sans cervelle, les étameurs célébraient, au rythme de leurs marteaux, les vertus du labeur et de l'artisanat, mais il n'entendait plus. En un éclair, il retrouva le moment.

Dix ans auparavant. La nuit du 15 juin 1826.

8

Quand le voile se déchira, Hachim eut le sentiment que tout le monde le remarquait. C'était comme si cette découverte le faisait luire.

Dans un troquet voisin, le patron lui servit un café tandis qu'il observait la rue sans rien voir. Le martèlement incessant des étameurs se confondait avec le souvenir de ce bruit terrifiant, dix ans plus tôt, lorsque les janissaires s'étaient mis à cogner sur leurs chaudrons renversés. Il s'agissait d'un signal séculaire sur lequel aucun habitant de la ville, qu'il se trouvât dans la rue, au palais ou dans sa maison, ne pouvait se méprendre. Il était la mère de tous les vacarmes, et ne disait pas que les janissaires réclamaient plus de nourriture. Il disait qu'ils voulaient du sang.

Au long des siècles, ce bruit assourdissant, sinistre et persistant des janissaires frappant sur leurs chaudrons avait servi de prélude à des massacres de rue, des écartèlements, des exécutions de princes. En avait-il toujours été ainsi ? Hachim connaissait bien le parcours des janissaires. Chaque homme était sélectionné parmi les plus durs, les plus prometteurs et les plus vifs des garçons chrétiens racolés aux quatre coins de l'Empire. Conduits à Istanbul, ils abjuraient la foi des paysans balkaniques qui les avaient enfantés, prêtaient serment d'allégeance comme esclaves au sultan placé à leur tête et avaient fini par constituer un corps. Une machine de guerre terrifiante que les souverains ottomans avaient lancée contre leurs ennemis en Europe.

Si l'Empire ottoman fut redouté dans tout le monde connu, c'est parce que les janissaires concrétisèrent cette peur en tranchant la gorge des mécréants. Conquête de Sofia et de Belgrade. Istanbul elle-même, arrachée aux Grecs en 1453. Péninsule Arabique et, avec elle, les redoutables Villes saintes. Mohács, 1526, où la fine fleur de la chevalerie hongroise fut fauchée en selle, Soliman le Magnifique conduisant ensuite ses hommes à Buda puis, très vite, jusqu'aux portes de Vienne. Rhodes et Chypre, Égypte et Sahara. Les janissaires avaient même débarqué en France en 1566 et passé un an à Toulon.

Jusqu'au jour où – personne ne sait pourquoi – le vent tourna. Les conditions d'engagement changèrent. Les janissaires demandèrent l'autorisation de se marier. Ils revendiquèrent le droit d'exercer un métier lorsqu'il n'y avait pas de guerre, pour nourrir leur famille. Ils enrôlèrent leurs fils dans le corps, et le corps rechigna à combattre. Mais ils restèrent dangereux : couverts de privilèges, ils régentaient le petit peuple des villes. Destinés à mourir sur le champ de bataille, aux confins désolés d'un Empire qui ne cessait de s'étendre, ils jouissaient de toute la liberté et de toute l'immunité que le peuple et le sultan pouvaient octroyer à de futurs martyrs. Mais ils ne voulaient plus de cette vocation. Les hommes qu'on avait envoyés terrifier l'Europe devaient en effet tout simplement découvrir qu'il était plus facile, et beaucoup moins dangereux, de pratiquer la terreur chez soi.

Le Palais s'efforça de leur faire entendre raison, de les discipliner. En 1618, le sultan Osman tenta de les renverser : ils le tuèrent, comme le savait Hachim, en lui écrasant les testicules, mode d'exécution qui ne laissait aucune trace sur le corps. À homme d'exception, mort d'exception. On considéra que c'était ce qui convenait pour un membre de la famille impériale. Plus tard encore, en 1635, Murad IV rassembla trente mille janissaires et les envoya à une mort certaine en Perse. Mais le corps survécut.

Et puis, lentement, douloureusement, les Ottomans finirent par comprendre qu'ils n'étaient plus en mesure de se défendre comme il fallait. Malgré le peu de confiance qu'ils inspiraient, les janissaires persistèrent à vouloir être la force militaire suprême : ils étaient devenus tout-puissants. Le petit peuple les craignait. En affaires, ils profitaient de leurs privilèges pour devenir des rivaux dangereux. Leur comportement était insolent et menaçant quand ils faisaient les fiers-à-bras dans les rues de la ville. Armés jusqu'aux dents, ils brandissaient des gourdins et proféraient de grossiers blasphèmes.

À l'extérieur du palais de Topkapi, entre l'Aya Sofya et la Mosquée bleue, il y avait un espace découvert appelé Amegdan, site de l'ancien Hippodrome des Byzantins. À cet endroit avait poussé un énorme platane qui était devenu, au moindre signe de trouble, un point de ralliement pour les janissaires, le tronc tacheté et à moitié écorcé de l'arbre constituant le centre de leur univers, comme le Palais était le centre du pouvoir ottoman et Aya Sofya le cœur de la foi religieuse. Sous ses rameaux, les janissaires divulguaient leurs griefs, leurs secrets, et fomentaient des mutineries. Aux branches ondulantes de l'arbre ils pendirent également les hommes qui les avaient contrariés : ministres, vizirs et dignitaires de la Cour sacrifiés à leur soif de sang par toute une suite de sultans faibles, terrifiés et irrésolus.

Dans l'intervalle, les terres conquises par le sultan au nom de l'islam furent reprises par les infidèles : Hongrie, Serbie, Crimée. En Égypte, Ali Pacha l'Albanais tira parti de l'expérience de l'invasion napoléonienne pour faire des fellahs des soldats à l'occidentale. Et quand la Grèce disparut du cœur même d'un Empire où un homme sur deux parlait grec, ce fut le coup de grâce. Les Égyptiens avaient pour un temps sauvé les apparences : hommage devait leur être rendu. Ils possédaient l'entraînement et la discipline ; ils possédaient la tactique et les armes modernes. Le sultan comprit le message et commença à former à l'égyptienne sa propre force armée : la Nouvelle Garde du *seraskier*.

C'était dix ans auparavant. Le sultan ordonna aux janissaires d'adopter le style occidental de la Nouvelle Garde, sachant qu'ils y verraient une provocation et un affront. Les janissaires avaient alors répliqué par la révolte. Soucieux de leurs seuls privilèges, ils se retournèrent contre le Palais et la toute jeune Nouvelle Garde. Mais ils étaient devenus aussi stupides que paresseux et la population les abhorrait. Quant au sultan, il s'était préparé. Lorsque les janissaires renversèrent leurs chaudrons le jeudi 15 juin dans la nuit, un jour suffit pour accomplir avec des moyens modernes ce que personne n'était parvenu à faire en trois siècles. La nuit du 16, leur caserne rebelle n'était plus, après l'intervention d'une artillerie moderne efficace, qu'un amas de ruines fumantes. Des milliers avaient déjà péri. Fuyant pour sauver leur vie, les autres succombèrent dans les rues de la ville, dans les forêts à l'extérieur des murailles, dans les trous et les tanières où ils s'étaient glissés pour survivre.

Ce fut un traumatisme, songea Hachim, dont l'Empire ne s'était pas encore remis. Certains pourraient bien ne jamais oublier.

9

Un homme avec de la crasse jusqu'aux coudes et un tablier de cuir travaillait à une lanterne dans la rue devant son échoppe. Avec une paire de tenailles, il pinçait les feuilles d'étain, les fixant l'une à l'autre à une vitesse et avec une dextérité que Hachim se contenta simplement d'admirer, jusqu'au moment où l'homme leva les yeux d'un air interrogateur.

– Il y a quelque chose d'un peu spécial dont je voudrais connaître le prix, expliqua Hachim. Vous semblez faire de grandes pièces.

L'homme acquiesça d'un grognement.

– Vous voulez quoi, Effendi ?

– Un chaudron. Un très grand chaudron... aussi haut que moi, avec des pieds. Est-ce que vous faites ça ?

L'homme se redressa et se passa une main sur la nuque en grimaçant.

– Drôle de saison pour un grand chaudron ! observa-t-il.

Hachim écarquilla les yeux.

– Vous faites ça ? Vous l'avez déjà fait ?

La réponse du forgeron le surprit.

– J'en fais à peu près chaque année. Des grands chaudrons en étain pour la corporation des soupiers. Ils s'en servent pour la parade dans la ville.

Bien sûr ! Pourquoi n'y avait-il pas pensé ? Chaque année, quand les membres des corporations défilaient à travers les rues jusqu'à l'Aya Sofya, chaque corporation tirait un charroi présentant les instruments de son art. La corporation des barbiers, une énorme paire de ciseaux ; elle proposait à la foule des coupes gratuites. Les poissonniers avaient un char en forme de navire et passaient leur temps à jeter des filets et à tirer sur les cordes. Les boulangers installaient un four et jetaient des petits pains chauds dans la foule. Et puis il y avait les artisans soupiers, avec d'énormes chaudrons noirs remplis de bonne soupe fraîche et des écuelles en terre cuite qu'ils remplissaient à la louche et distribuaient sur le chemin aux spectateurs. Un vrai carnaval.

– Mais un chaudron en étain ne supporte en principe ni la chaleur ni le poids, objecta Hachim.

Le forgeron éclata de rire.

– Ce ne sont pas des vrais ! Le char tout entier s'écroulerait s'ils étaient vrais. Vous ne croyez pas, Effendi, que le barbier coupe les cheveux des gens avec cette paire de ciseaux géants ? Ils mettent une marmite de soupe plus petite à l'intérieur du chaudron et font juste semblant. C'est pour rire.

Hachim eut l'impression d'être un nigaud.

– Et vous avez fabriqué récemment un de ces chaudrons ? Même hors saison ?

– Nous faisons ce type de chaudrons quand la corporation nous les commande. Le reste de l'année, eh bien... (Il cracha dans ses mains et reprit les pinces.) C'est juste des lanternes et ce genre de choses. Les chaudrons sont un peu malmenés et se cassent, alors on en fabrique d'autres quand il faut. Si vous en cherchez un, moi à votre place je m'adresserais à la corporation des soupiers. (Il regarda Hachim, les yeux plissés de rire.) Vous ne seriez pas le mollah Nasreddin, par hasard ?

– Non, je ne suis pas le mollah, répliqua Hachim, amusé.

– Ça m'a quand même tout l'air d'une farce. Si vous voulez bien m'excuser...

10

La jeune fille était étendue sur le lit dans sa plus belle parure virginale, les yeux clos. Ses cheveux soigneusement tressés étaient retenus par une barrette en malachite. Peut-être à cause du khôl, ses yeux paraissaient très noirs alors que la peau de son beau visage chatoyait presque sous le soleil filtrant en lamelles par les volets de la pièce. Des glands lourds en fil d'or pendaient du châle de gaze qui lui enveloppait les seins, et ses longues jambes étaient glissées dans un pantalon bouffant en mousseline de satin si fine qu'elle semblait nue. Une petite pantoufle dorée se balançait à l'orteil de son pied gauche.

La langue pointant légèrement entre ses lèvres rougies par le fard laissait entendre qu'un simple baiser ne suffirait plus désormais à l'éveiller.

Hachim se pencha pour examiner le cou de la jeune fille. Deux contusions noires de chaque côté de la gorge. La pression avait été forte, et elle avait été tuée de face : avant d'expirer, elle avait dû voir le visage de son assassin.

En regardant le corps de la jeune fille, il eut un serrement de cœur. Elle était si parfaite ! La mort en avait fait un joyau, étincelant et froid ; elle avait rendu sa beauté inaccessible. « Et, songea-t-il tristement, je mourrai comme elle, vierge. Mais plus abîmé. » Il s'empressa de mettre un frein à ces pensées : plusieurs années auparavant, elles l'avaient rendu fou, tourmenté, mais il avait appris à les dompter. Il s'agissait de ses pensées, de ses désirs, et donc il pouvait les rengainer comme une épée. Il était en vie. C'est tout ce qui importait.

Son regard se promena sur la peau. La pâleur de la mort l'avait rendue froide et laiteuse. Il faillit ne pas voir le petit signe indiquant qu'après tout elle n'était pas d'une absolue perfection. Sur le majeur de la main droite, il aperçut la trace très légère d'un anneau étroit, là où la peau avait été comprimée. Elle avait porté une bague ; maintenant, elle ne la portait plus.

Il leva la tête. Quelque chose dans l'atmosphère de la pièce avait changé, une légère altération de la pression peut-être, un autre équilibre entre la vie et la mort. Il se tourna vite et scruta la pièce : tentures, colonnes, beaucoup de recoins possibles pour qui voudrait se cacher. Pour celui qui avait déjà tué ?

Hors de l'ombre surgit une femme aérienne, la tête légèrement penchée de côté, les mains tendues.

– Hachim, chéri ! Tu te souviens de ta vieille amie* ?

C'était la Validé-sultane, la reine mère en personne, qui s'exprimait, observa-t-il sans surprise, avec la voix de la marquise de Merteuil. C'était elle qui lui avait donné l'ouvrage. Dans ses rêves, la marquise parlait français avec un nasillement créole dont Hachim alors ignorait tout.

Elle lui prit les mains et posa trois bises sur sa joue. Puis elle regarda le joli corps endormi à jamais qu'il était venu inspecter.

– C'est triste*, dit-elle simplement. (Elle leva les yeux vers lui.) Mon pauvre. (Il savait exactement ce qu'elle voulait dire.) Alors*, tu sais qui l'a fait ?

– Bien sûr. Un pêcheur bulgare. (La Validé-sultane porta une jolie main à sa bouche.) J'avais une quinzaine d'années. (Elle lui fit signe, en souriant, d'arrêter.) Hachim, sois sérieux*. La petite est morte et, ne criez pas maintenant, mes bijoux ont eux aussi disparu. Les bijoux de Napoléon. Nous traversons toutes des heures très pénibles dans les appartements*.

Hachim la regarda. Dans la pénombre, elle semblait presque jeune ; quel que fût l'éclairage, elle était encore belle. Il se demanda si la jeune morte aurait été aussi bien conservée à son âge, ou si elle aurait vécu aussi longtemps. Aimée... mère du sultan. C'était le rôle que toute femme du harem convoitait : coucher avec le sultan, lui donner un fils et, le moment venu, manœuvrer pour accéder au trône d'Osman. Chaque étape requérait une plus forte concentration de miracles. Mais la femme en face de lui avait possédé un avantage singulier : elle était française. Dès l'abord, donc, un miracle sous la ceinture.

– Ne me dites pas que je ne vous ai jamais montré les bijoux de Napoléon, dit-elle. Eh bien, remerciez le ciel, c'est vous qui avez de la chance. Je lasse tout le monde avec ces bijoux. Je les admire, mes hôtes les admirent... et je suis persuadée que tous les trouvent aussi laids que moi. Mais ils m'ont été offerts par l'empereur Napoléon. Personnellement*! (Elle le regarda d'un œil fripon.) Vous vous dites... valeur sentimentale? Absurde. Ils font cependant partie de ma batterie de guerre*. La beauté dans ces murs est monnaie courante. Mais la distinction a son prix. Prenez cette enfant. Toutes les montagnes de Circassie ne pourraient produire une nouvelle créature aussi adorable... mais, dans huit jours, mon fils aura oublié son nom. Tania? Alesha? Quelle importance?

– Mais elle a compté pour quelqu'un, lui rappela Hachim. Quelqu'un l'a tuée.

– Parce qu'elle était belle? Allons donc! Ici toutes sont belles.

– Non. Peut-être parce qu'elle était sur le point de coucher avec le sultan.

Elle l'observa soudain avec attention. En de tels instants, il savait avec précision pourquoi c'était elle la Validé, et personne d'autre. Il soutint son regard.

– Peut-être. (Elle eut un gracieux haussement d'épaules.) Il faut que je vous parle de mes bijoux. Affreux, très utiles... et de très grande valeur.

Il se demanda si elle était en manque d'argent, mais elle lut dans ses pensées.

– On ne sait jamais, dit-elle en lui tapotant le bras. Les choses ne tournent jamais tout à fait comme on le croit.

Il s'inclina légèrement pour saluer le bien-fondé de sa remarque. Dans sa propre vie, il n'y avait pas de doute. Et dans la sienne ? C'était encore plus flagrant : en effet, toutes les bornes de l'imprévisible avaient été franchies.

Cinquante ans plus tôt, une jeune femme avait embarqué sur un paquebot français reliant les Antilles à Marseille. Élevée sur l'île de la Martinique, on l'envoyait à Paris pour parfaire son éducation et trouver un bon mari.

Elle ne devait jamais parvenir à destination. Une fois dans l'est de l'Atlantique, son navire fut arraisonné par un chébec d'Afrique du Nord, et la jeune femme capturée par des corsaires algériens. Ces corsaires la présentèrent au dey d'Alger qui s'émerveilla de sa beauté exotique et de l'extrême blancheur de sa peau. Le dey savait qu'elle était d'un trop grand prix pour qu'il la retînt. Il l'expédia donc à Istanbul. Mais ce n'était là que la moitié de l'histoire, la moitié qui sortait simplement de l'ordinaire. Au cours des siècles, d'autres captives chrétiennes étaient parvenues jusqu'à la couche du sultan. Pas beaucoup. Quelques-unes seulement. Mais le caprice du sort est puissant et insondable. À la Martinique, la jeune Aimée était presque inséparable d'une autre jeune Française créole nommée Rose Tascher de La Pagerie. Un an après qu'Aimée eut entamé sa sinistre traversée vers la France, la jeune Rose avait suivi. Même itinéraire mais le navire eut plus de chance. Une fois à Paris, elle connut la Révolution, la prison et les avances d'hommes ambitieux pour finir par devenir l'amante, l'épouse et enfin l'impératrice de Napoléon Bonaparte, empereur de la France. Alors qu'Aimée, son amie de jeunesse, vivait recluse en tant que Validé-sultane, Rose devint l'impératrice Joséphine.

*On ne sait jamais**.

Elle s'approcha et lui donna un chaste baiser. Une fois à la porte, elle se tourna.

– Trouvez mes bijoux, Hachim. Et trouvez-les vite. Sinon, je jure de ne jamais plus vous prêter un autre roman de toute ma vie !

11

La nuit, sous la pluie, même une cité de deux millions d'âmes peut être paisible et déserte. C'était le temps mort entre le soir et les prières de la nuit. Un rat au pelage humide et luisant se précipita hors d'un égout engorgé et détala le long d'un immeuble, en quête d'abri. L'eau montante le poursuivait de manière presque imperceptible.

Lentement, la flaque s'étalait, d'un pavé à l'autre, guettant la moindre fissure dans les joints. Quand elle en trouvait une, elle s'y infiltrait goutte à goutte, cherchant à l'aveuglette mais sans se tromper à descendre la colline. De temps à autre, elle s'arrêtait, formait une mare puis repartait, bien décidée à se frayer un passage jusqu'au Bosphore. Ce faisant, elle jonchait les bords de son propre lit clair de boue, de brindilles, de poils et de miettes. Elle traversa une rue latérale mais fit à nouveau une halte de l'autre côté, à l'endroit où un escalier en pierre descendait vers la mosquée de la Victoire, tout récemment édifiée sur la berge.

La pluie qui ne cessait de tomber continua à s'amonceler à l'entrée de l'égout. Quand apparut l'étoile du matin, le gardien de la mosquée envoya deux ouvriers repérer le torrent qui menaçait de s'infiltrer dans les sols en ciment et d'abîmer les tapis. Les hommes fixèrent sur leur tête leur cape en laine, et, les coudes en avant pour écarter la pluie, se mirent à gravir les marches.

Après avoir grimpé environ deux cents mètres, ils découvrirent une section de la route transformée en petit lac et, de leurs bâtons, sondèrent avec précaution l'eau boueuse.

Finalement, après avoir localisé l'égout, ils tentèrent de le désobstruer, d'abord avec les bâtons puis, plongés jusqu'au menton dans l'eau sale et glacée, avec les pieds et les mains. Le bouchon était constitué d'une sorte de paquet mou, si bien lié avec des cordes qu'ils ne purent, en glissant quelques secondes un pied dans la vase glacée, trouver la prise nécessaire pour le dégager. Enfin, peu avant l'aube, ils parvinrent à introduire un bâton entre le paquet et la paroi de l'égout, et à le soulever juste assez pour que l'eau s'échappât avec un gargouillis.

L'ouvrier qui se pencha dans l'eau jusqu'à la poitrine et saisit le bouchon vit enfin quelque chose qui ressemblait de prime abord à une gigantesque dinde ficelée pour la broche.

Ce qu'il aperçut ensuite le rendit vraiment très, très malade.

12

Hachim sortit du lit, enfila une djellaba et des babouches, prit sa bourse accrochée au mur et descendit dans la rue. Après avoir tourné trois fois, il arriva à Kara Davut Sokagi, où il avala deux tasses de café épais et sucré et mangea une *borek*, un gâteau feuilleté frit dans l'huile et enrobé de miel. Souvent la nuit, à l'heure où les gens se livrent à la méditation avant de sombrer dans un doux sommeil, Hachim songeait à quitter les pièces qu'il occupait dans la maison pour prendre quelque chose de plus grand et de plus clair, avec une belle vue. Il s'était installé une petite bibliothèque avec un coin pour lire, confortable et bien éclairé, et une superbe cuisine, aussi, avec une pièce attenante pour y loger un domestique, quelqu'un pour tisonner le feu le matin et lui servir son café. Parfois c'était la bibliothèque qui donnait sur le Bosphore bleu, et parfois la cuisine. L'eau projetait au plafond des motifs lumineux apaisants. Une fenêtre ouverte laissait entrer le souffle discret de la brise d'été.

Et le matin, lorsqu'il descendait à Kara Davut, il décidait toujours de ne rien changer. Il laisserait ses livres pester dans la pénombre et la cuisine continuerait à répandre dans la pièce des odeurs de menthe et de cardamome, à couvrir de vapeur les carreaux. Il continuerait à peiner pour monter et descendre les marches raides, à se cogner le front de temps à autre contre le linteau de la porte enfoncée dans le sol. Parce que Kara Davut était le type de rue qu'il affectionnait. Dès l'instant où il avait trouvé ce troquet, son propriétaire se souvenait de la façon dont il prenait son café, nature, sans épices, avec un soupçon de sucre. Il était heureux à Kara Davut. Tout le monde le connaissait mais personne n'était indiscret ou cancanier. Non qu'il leur donnât matière à cancaner : Hachim menait une vie tranquille, irréprochable. Le vendredi, il se rendait avec eux à la mosquée. Il réglait ses factures. En retour, il n'avait qu'une exigence : ne pas être dérangé quand il prenait son café du matin. Il aimait alors regarder le spectacle de la rue, répondre à l'appel du poissonnier lui annonçant une prise importante ou se rendre chez le boulanger libyen qui faisait un excellent pain aux germes de céréales.

Était-ce l'exacte vérité ? Voulait-il vraiment ne pas être dérangé ? Le billet du *seraskier*, la convocation du sultan, le clin d'œil du poissonnier et le café préparé chaque jour juste comme il l'aimait : n'était-ce pas là exactement les liens qu'il affectionnait ? Lui-même considérait parfois cet air d'invisibilité qu'il se donnait comme une pose protectrice, sa version personnelle des maniérismes affectés de ces petits garçons châtrés qui devenaient ensuite les gardiens émasculés d'une famille et, assumant leur charge avec une sensiblerie outrée, passaient leur temps à froncer les sourcils, à faire la moue et à porter une main palpitante à leur poitrine. Peut-être avait-il adopté comme maniérisme le détachement parce que, sans lui, la souffrance était trop atroce, trop insupportable. Feinte bien fragile.

Hachim observa la rue. Un imam coiffé d'un grand bonnet blanc releva de quelques centimètres sa robe noire pour éviter de la salir dans une flaque et passa tranquillement devant le café sans tourner la tête. Un petit garçon avec une lettre s'arrêta dans un café voisin pour demander son chemin. En sens inverse, un berger conduisait en bon ordre son petit troupeau avec un bâton de coudrier et lui parlait en permanence, aussi oublieux de la ville que s'il se fût trouvé sur un chemin désert des collines de Thrace. Deux femmes voilées se dirigeaient vers les bains, accompagnées d'un esclave noir avec un paquet de linge. Un porteur, courbé sous son panier, était suivi d'une file de mules chargées de bûches pour le feu et de petits enfants grecs qui couraient çà et là entre les sabots martelant le pavé. Puis arriva un *cavass*, un agent de police, bien emmitouflé avec un fez rouge et des pistolets à la ceinture, suivi de deux marchands arméniens, l'un balançant son chapelet, l'autre comptant les grains pendant qu'il parlait.

Hachim sirota son café et serra les dents. Jadis il avait été habité par la haine mais elle avait disparu. Elle avait reflué lentement, comme une décrue, ne laissant dans sa mémoire qu'une empreinte lumineuse, dangereux contour de l'amertume et de la rage. À présent, il s'aventurait prudemment sur le lieu de l'inondation, s'efforçant de retrouver les anciens repères, de réunir les éléments d'une existence honorable dans le fatras des objets courants qu'il rencontrait.

Hachim ferma bien les yeux pour se concentrer sur le programme du jour. Il lui fallait se rendre chez le *seraskier*. La veille, lorsqu'il se tenait au petit matin près de ce chaudron, il y avait un certain nombre de questions qu'il n'avait pu poser en raison de la violence du choc. Que faisaient les soldats le soir de leur disparition ? Que pensaient leurs familles de cette affaire ? Qui étaient leurs amis ? Qui étaient leurs ennemis ?

Et puis il y avait le chaudron à prendre en compte, aspect le plus étrange et le plus sinistre de toute l'affaire. Il fallait qu'il rende visite aux soupiers pour voir ce qu'ils avaient à dire.

Quant à la jeune fille du palais et aux bijoux de la Validé, c'était, pour ainsi dire, une affaire plus privée. Dans chaque maison familiale, il y avait un périmètre qui était *harem*, interdit aux étrangers. Dans le palais de Topkapi, ce périmètre délimitait presque un demi-hectare. Dédale de couloirs et de cours, d'escaliers en colimaçon et de balcons si savamment conçu qu'il était aussi sûrement protégé des regards extérieurs que s'il eût été bâti au cœur du Sahara au lieu de se trouver au centre d'une des plus grandes villes du monde.

À de très rares exceptions, aucun homme, en dehors du sultan lui-même ou des hommes de sa famille, ne pouvait pénétrer dans le harem.

Hachim était l'une d'elles. Il était admis là où aucun homme ordinaire ne pouvait se rendre sans risquer sa vie.

Il ne fallait pas accorder au harem du palais une trop grande importance. Ce n'était pas le harem qui fabriquait les eunuques, même si beaucoup d'entre eux y travaillaient et si les eunuques noirs, sous la houlette du *kislar agha*, en détenaient bien le contrôle. À la différence de Hachim, à la différence d'un grand nombre d'eunuques blancs, à la différence des castrats du Vatican, les eunuques noirs du palais n'avaient plus le moindre attribut viril : au fond du désert, un négrier leur avait, d'un seul coup de faucille, tout enlevé. Chacun d'eux portait désormais un petit tube en argent, des plus raffinés, glissé dans un pli de son turban pour satisfaire le plus courant des besoins naturels.

Cependant, à l'époque de Darius et d'Alexandre, des hommes avaient aussi été émasculés pour les besoins du service. Depuis l'apparition du concept de dynastie, il y avait eu des eunuques qui commandaient des flottes, dirigeaient des armées et décidaient dans l'ombre de la politique des États. Parfois, Hachim considérait vaguement qu'il appartenait à une étrange confrérie, au monde mystérieux des gardiens : des hommes qui, depuis la nuit des temps, s'étaient tenus à l'écart, pour mieux observer et mieux servir. En faisaient partie les eunuques de l'Antiquité, et de l'empereur de Chine à Pékin. Sans parler de la hiérarchie catholique en Europe, qui imposait le célibat aux prêtres servant les rois de la chrétienté. Comme leurs désirs, le service de ces hommes, privés d'attributs, commençait et finissait par leur mort. Mais, durant leur vie, ils observaient les remuantes fourmilières de l'humanité, à l'abri des soucis qui la dévorent : concupiscence, longévité et perpétuation. Au pire, ils avaient un faible pour les colifichets et les bagatelles, une fascination pour leur propre abaissement et un penchant pour l'hystérie et les petites jalousies mesquines. Hachim les connaissait bien.

Quant au harem, aucune des femmes qui s'y trouvait n'était libre de ses mouvements, bien sûr. C'est pourquoi l'affaire qui conduisait Hachim en ce lieu était, pour ainsi dire, d'ordre privé. Il songea que, à l'intérieur, même le temps s'écoulait différemment. Dehors, comme l'avait prévenu le *seraskier*, il ne disposait que de neuf petits jours.

Écartant de ses lèvres quelques miettes de *borek*, Hachim décida de commencer par la corporation puis de rendre visite au *seraskier*. Ensuite, selon ce qu'il apprendrait, il irait interroger diverses personnes du harem.

Ainsi, quelques minutes plus tard, quand un petit garçon s'élança comme une flèche dans le café, le visage rougi, haletant et porteur d'un billet urgent du *seraskier* pour Hachim, le propriétaire hocha la tête et ne put que désigner, impuissant, la direction qu'il avait prise.

13

Mustafa l'Albanais renifla avec méfiance le bol de tripes. Il savait qu'il existait dans la ville certains groupes qui avaient embrassé des doctrines hérétiques. Chaque jour, il en était sûr, leur funeste emprise se renforçait sur les membres les plus faibles et les plus vulnérables de la société : les jeunes gens, les étrangers à la ville et même les étudiants des medersas, qui auraient dû se méfier, succombaient sans peine aux subtiles flatteries de ces escrocs. Certains, il le savait trop bien, ne faisaient qu'abuser de la confiance des autorités. D'autres – et qui pouvait dire qu'ils n'étaient pas encouragés par ce sinistre exemple ? – ne reconnaissaient aucune forme d'autorité. Eh bien, songea-t-il d'un air résolu, il était là pour les éradiquer.

Il renifla de nouveau. La couleur de la soupe était correcte : aucun signe manifeste d'innovation. Mustafa faisait partie de l'école qui suivait la parole du Prophète, paix à son âme : dans tout changement, il y a innovation, l'innovation conduisant au blasphème, le blasphème aux flammes de l'enfer. L'idée qu'une bonne soupe aux tripes pût nécessiter l'ajout d'une pincée de coriandre en poudre était le type d'innovation qui risquait, si l'on n'y veillait, de saper peu à peu toute la corporation et de la priver de sa capacité à servir la ville comme il convenait. Peu importait que les hérétiques fissent payer ou non davantage pour cette épice : le désordre avait envahi l'esprit des hommes. Là où existait une faille à exploiter, la cupidité en profitait toujours.

Mustafa renifla de nouveau. Levant la cuiller en corne qui pendait à son cou comme symbole de sa charge, il la plongea dans le bol et remua le contenu. Tripes. Oignons de coupe régulière légèrement caramélisés. Il fouilla au fond du bol et inspecta soigneusement la cuiller en pleine lumière afin de vérifier qu'il n'y avait ni grumeaux ni impuretés. Satisfait, il porta la cuiller à ses lèvres et aspira à grand bruit. Ah ! la soupe aux tripes. Il se lécha les babines, ses craintes immédiates apaisées. Quels que fussent les secrets que son jeune apprenti cachait dans son cœur, il pouvait à coup sûr répondre comme il fallait à la demande.

Deux paires d'yeux inquiets guettèrent le trajet de la cuiller jusqu'à la bouche du maître de la corporation. Elles virent la soupe entrer. Elles l'entendirent couler sur le palais de Mustafa. Elles observèrent avec angoisse lorsqu'il porta une main à son oreille. Puis, elles se réjouirent lorsqu'il approuva sèchement de la tête. Apprentissage sanctionné. Un nouveau maître soupier était né.

– Elle est bonne. Attention aux oignons : ne les coupe jamais trop grands. La taille de ton poignet, c'est bien, voire plus petit. (Il brandit lui-même une paluche impressionnante et plia les doigts.) Trop grand !

Il agita le poing et se mit à rire. L'apprenti gloussa sottement.

Ils parlèrent des dispositions à prendre pour l'entrée officielle de l'apprenti dans la corporation, de ses perspectives, de l'importance de ses économies et d'une ouverture possible dans les quelques années à venir. Mustafa savait que c'était là le moment le plus dangereux. Dès qu'ils maîtrisaient l'art de la soupe, les jeunes voulaient toujours se lancer sans attendre, quelles que fussent les circonstances. Il fallait patience et humilité pour continuer à travailler pour un vieux maître en attendant la libération d'une échoppe.

De la patience, oui. L'impatience menait à la coriandre et aux flammes de l'enfer. Mustafa tira sur sa moustache et, plissant les yeux, regarda le jeune homme. Était-il patient ? Pour lui-même, pensa-t-il, la patience était une seconde peau. Comment aurait-il pu mener sa vie sans accumuler des tonnes de patience rédemptrice ?

14

C'était une bien curieuse demande : en effet, quel usage pouvait-on faire d'un chaudron de fantaisie à cette période de l'année ? Mustafa l'Albanais eut l'impression d'entendre un mot inquiétant murmuré à son oreille. N'était-ce pas une innovation que de laisser un inconnu inspecter les magasins de la corporation des soupiers ? Il s'agissait à coup sûr d'un dangereux précédent.

Hachim cligna des yeux, sourit et les ouvrit tout grands. Il pensa qu'il pouvait deviner très justement ce qui trottait dans la tête du vieux maître.

– Je suis connu au palais : les gardes là-bas se porteront garants pour moi si cela peut vous rassurer.

Le maître de la corporation garda un air renfrogné, ses énormes mains croisées tranquillement sur sa panse. Peut-être, se dit Hachim, le palais n'était pas la bonne carte à jouer : chaque institution de la ville avait sa fierté. Il décida de changer son fusil d'épaule.

– Nous vivons dans une drôle d'époque. Malgré les apparences, je suis d'âge à me souvenir du temps où les choses étaient, disons, plus ordonnées qu'aujourd'hui. Chaque jour, ici même à Istanbul, je vois des choses que je n'aurais jamais imaginées dans ma jeunesse. Des étrangers à cheval. Des chiens mourant littéralement de faim dans les rues. Des mendiants venus de la campagne. Des bâtiments démolis pour faire place à d'étranges mosquées. Des uniformes francs. (Il hocha la tête. Le maître des soupiers émit un petit grognement.) L'autre jour, j'ai dû rendre une paire de babouches qui m'avait coûté quarante piastres, parce que la couture se défaisait. Et je les avais depuis un mois à peine !

C'était la pure vérité; Hachim avait acheté ces babouches chez un membre de la corporation. Pour quarante piastres, elles auraient dû tenir un an.

– Parfois, malheureusement, j'ai l'impression que même notre nourriture n'a plus tout à fait le même goût qu'avant.

Hachim vit les doigts du vieux se crisper et se demanda s'il n'était pas allé un peu trop loin. Le maître porta une main à sa moustache qu'il frotta entre le pouce et l'index.

– Dites-moi, gronda-t-il, vous aimez la coriandre ? Dans la soupe ?

Ce fut au tour de Hachim de se renfrogner.

– Quelle drôle d'idée ! répondit-il.

Mustafa l'Albanais bondit sur ses pieds avec une étonnante agilité.

– Venez, dit-il simplement.

Hachim suivit le gros homme dans la galerie surplombant la cour. Sous la balustrade, entre les arcades, des hommes étaient occupés à frire des tripes. Les apprentis allaient et venaient en titubant avec des seaux qu'ils remplissaient au puits situé au centre de la cour. Un chat passa furtivement parmi les ombres, se frayant un chemin entre les pieds d'énormes hachoirs. Hachim songea que, là, même le chat avait son rang.

Ils descendirent un escalier et débouchèrent sous les arcades. Un homme armé d'un couperet luisant leva la tête lorsqu'ils apparurent, les yeux dégoulinant de larmes. Son couperet s'élevait puis retombait machinalement sur un oignon pelé : l'oignon restait entier jusqu'au moment où l'homme le balayait de côté d'un coup de lame pour en choisir un autre dans le panier accroché sur le côté du hachoir. D'un geste mécanique, il se mit à le peler et à le hacher. Pas une seule fois il ne jetait le moindre coup d'œil sur ses doigts.

« C'est là un vrai talent », se dit Hachim plein d'admiration. Le préposé aux oignons renifla et salua de la tête.

Le maître pénétra dans un corridor et se mit à chercher ses clés dans sa ceinture. Enfin, il palpa ce qu'il voulait et tira une chaîne. Il s'arrêta devant une lourde porte en chêne bardée de fer et mit la clé dans la serrure.

– C'est une très vieille clé, remarqua Hachim.

– C'est une très vieille porte, répliqua le maître à juste titre.

Hachim faillit ajouter « Et pas plus mauvaise pour ça » mais préféra s'abstenir. La serrure résistait. Le maître grimaça puis la clé glissa de côté dans le trou, appuyant sur les dents qu'il fallait. La porte s'ouvrit sans difficulté.

Ils se retrouvèrent alors dans une grande pièce au plafond bas, éclairée par une grille métallique si haut placée sur le mur opposé qu'on avait dû relever une partie du plafond pour lui faire une place. Quelques rayons poussiéreux d'un soleil hivernal tombaient sur une étrange collection d'objets rangés sur des étagères le long des murs latéraux. Il y avait des boîtes en bois, une pile de rouleaux, et un alignement de cônes métalliques de tailles diverses dont les pointes semblaient monter et descendre comme le motif bordant une frise décorative. Et là, au fond de la salle, se dressaient trois énormes chaudrons.

– Tous nos vieux poids, dit le maître, regardant avec attendrissement les cônes métalliques.

Hachim réprima son impatience.

– Les vieux poids ?

– Lors de sa nomination, chaque nouveau maître veille à ce que les poids et mesures de la corporation soient renouvelés et à nouveau certifiés. Les anciens sont alors entreposés ici.

– Pour quoi faire ?

– Pour quoi faire ? (Le maître parut surpris.) Pour comparer. Comment s'assurer sinon que les normes sont respectées ? Ainsi, je peux mettre mes poids sur la balance et vérifier qu'ils correspondent, à un poil près, à ceux qui étaient utilisés au temps de la Conquête.

– C'était il y a près de quatre siècles.

– Oui, exactement. Si les mesures sont les mêmes, alors les ingrédients aussi doivent être les mêmes. Vous comprenez, nos soupes ne font pas que respecter les normes. Elles sont... je ne dirai pas la norme elle-même, mais une partie de celle-ci. Une lignée continue qui nous vient de l'époque de la Conquête. Comme la lignée de la maison d'Osman elle-même, ajouta-t-il pieusement.

Hachim observa, comme il convenait, une pause respectueuse.

– Et les chaudrons ? suggéra-t-il.

– Oui, oui, c'est à cela que je songe. On dirait qu'il en manque un.

15

Le *seraskier* était assis au bord du divan, fixant le cuir brillant de ses bottes de cheval.

– Il va falloir faire une annonce, dit-il enfin. À l'heure qu'il est, trop de gens savent déjà ce qui s'est passé.

Les ouvriers avaient eu trop peur d'approcher du bouchon de l'égout lorsqu'ils avaient su de quoi il retournait. Le laissant dissimulé à l'entrée de ce dernier, ils avaient dévalé la colline pour informer le gardien de leur découverte. Le gardien en informa l'imam qui s'apprêtait alors à grimper en haut du minaret pour appeler les fidèles à la prière du matin. En toute hâte, sans trop savoir quoi faire, l'imam envoya le gardien à la recherche du veilleur du matin : filant le long des rues, le vieil homme entendait la prière monter des quatre coins de la ville. *Allah est le seul Dieu et Mahomet est son Prophète.*

Dans la lueur de l'aube, un groupe d'hommes s'agitait autour de l'égout. L'un d'eux s'était trouvé mal. Un autre, plus intrépide, plus brave ou plus démuni que les autres et donc plus avide de toucher les sequins promis par le veilleur du matin, avait tiré de l'égout le cadavre grotesquement difforme et l'avait déposé sur les pavés où il finit par être placé sur un drap, enveloppé et hissé sur une charrette tirée par un âne qui descendit en bringuebalant la côte menant à la Nusretiye, la mosquée de la Victoire.

L'ouvrier qui avait fait la découverte était déjà rentré chez lui pour oublier en dormant les visions qui le hantaient ou les chasser à grande eau dans la bonne chaleur des bains. Mieux armé contre le choc, son compagnon resta sur place pour jouir de cet instant de gloire au milieu de la foule. Déjà son histoire circulait, enjolivée comme il se doit, parmi les retardataires et, dans l'heure, plusieurs versions de l'affaire se répandirent dans toute la ville. À midi, ces histoires étaient si bien ficelées que deux d'entre elles parvinrent en fait à se côtoyer sans se gêner, amenant certains à croire que cette journée avait été marquée par une série d'événements étranges : l'exhumation d'un sphinx égyptien sur la côte ou, à Tophane, la découverte d'un groupe de cannibales surpris durant leur sanglant festin matinal.

Le *seraskier* intercepta beaucoup plus tôt les rumeurs. Ayant eu vent qu'un homme, sans doute l'une de ses recrues portées disparues, avait été retrouvé dans des circonstances étranges près de la mosquée de la Victoire, il y dépêcha un émissaire pour en savoir davantage et apprit que le corps avait été placé dans une remise normalement utilisée par certains ouvriers du site. Ensuite il expédia un billet à Hachim qui dégustait alors sa *borek* au café de Kara Davut, proposant de le retrouver à la mosquée, puis s'y rendit à cheval pour voir ce qu'il en était.

16

Un inconnu qui en savait plus que lui-même sur le chaudron manquant ? Le maître de la corporation des soupiers trouva cela plutôt inquiétant.

– S'agit-il d'une plaisanterie ? demanda-t-il, furieux, après avoir, assez vainement selon Hachim, parcouru des yeux le magasin, à la recherche de l'énorme chaudron disparu.

Comment diable pourrait-on dissimuler un chaudron gros comme un bœuf derrière quelques rouleaux et quelques poids tenant dans le creux d'une main ? En même temps, Hachim eut pitié du maître : pareil drame, allait-il sans doute ajouter, n'était jamais survenu auparavant dans toute l'histoire de la corporation. Et maintenant voilà qu'il s'était produit alors qu'il était responsable : un vol.

– Je n'arrive pas à le croire. J'ai la clé. (Il brandit la clé en question et la fixa comme si elle pouvait craquer et avouer sa faute. Puis il la secoua, en colère.) Ceci n'est pas du tout régulier. Vingt-quatre ans ! hurla-t-il, furieux, à Hachim. Je suis ici depuis vingt-quatre ans !

Hachim haussa les épaules d'un air conciliant.

– Vous gardez toujours la clé sur vous ?

– Dieu m'est témoin, je dors avec mes clés ! répliqua-t-il sèchement.

– Il faudrait peut-être changer la serrure.

Le maître inclina la tête et se pencha lentement vers Hachim.

– Vous dites que vous venez du palais, tonna-t-il. Qu'est-ce que tout ça veut dire ? Vous êtes un genre d'inspecteur ?

Hachim acquiesça lentement. « C'est un homme, pensa-t-il, qui se sent rassuré par le pouvoir. » Il jeta un nouveau coup d'œil aux mains du maître. Les doigts massifs étaient légèrement repliés.

– En quelque sorte. (Plus vivement, il ajouta :) Quand êtes-vous venu ici pour la dernière fois ?

Le maître aspira par le nez et, tandis qu'il expirait, Hachim se demanda sur quoi il méditait : sur la réponse à la question ? Ou sur l'opportunité d'y donner suite ?

– Je ne sais pas, finit-il par dire. Il y a à peu près un mois. Peut-être plus. Rien ne manquait.

– Bon. Qui garde l'endroit pendant la nuit ?

À Istanbul, c'était toujours les gens qui importaient. Les connaissances. L'équilibre des faveurs.

Le maître haletait.

– Comment est assurée la garde du siège de la corporation en dehors des heures de travail ?

– Nous employons des gardes. Moi-même, je dors au-dessus.

– Combien de gardes ?

– Oh ! Deux, peut-être trois.

Le visage de Hachim resta imperturbable.

– Ils ont les clés ?

– Je vous l'ai déjà dit. Je dors avec les clés. Ils ont bien sûr la clé de la porte principale... je la leur donne la nuit et la récupère le matin à la première heure.

– Puis-je la voir ?

Le maître ressortit le trousseau et passa ses doigts sur un paquet de clés. Après avoir trouvé la bonne, il la montra à Hachim qui leva les sourcils. C'en était une autre à l'ancienne, une sorte de peigne en bois, avec des crans de diverses tailles en guise de dents

– Vous avez dit deux ou trois gardes. Cela signifie deux ou bien trois ? Décidez.

– Eh bien, je... (Le maître s'interrompit.) Ça dépend.

– De quoi ? Du temps ? De leur humeur ? Ce que je vois ici, c'est un endroit qui respecte les règles, n'est-ce pas ? Pas d'écart par rapport à la routine, pas d'innovation, pas de coriandre dans la soupe. Exact ?

Le maître releva le menton.

– Mais quand on en vient à l'organisation de la garde de nuit, vous ne savez pas quel est le nombre des gardes. Deux *ou* trois. Peut-être cinq. Peut-être aucun.

Le maître de la corporation des soupiers courba un instant la tête. Il semblait réfléchir.

– Voilà comment ça se passe, dit-il lentement. Il y a toujours assez de gardes. Parfois ils sont deux, parfois trois comme je l'ai dit. Ce ne sont pas toujours les mêmes hommes, d'une nuit à l'autre, mais je connais la bande. J'ai confiance en eux. Depuis toujours. Ça fait longtemps que ça dure.

Hachim releva quelque chose d'implorant dans le ton de l'homme. Il le regarda dans les yeux.

– Ce sont des Albanais, n'est-ce pas ?

L'homme cligna des paupières. Il regarda Hachim droit dans les yeux.

– Oui. Et alors ?

Hachim ne répondit pas. Il tendit le bras, prit la main du maître dans la sienne et, de l'autre, se saisit de la manche du vieil homme et la releva. Le maître s'écarta d'un bond en jurant.

Mais Hachim avait déjà vu ce qu'il pressentait. Un petit tatouage bleu. Il n'avait pas eu le temps de reconnaître le symbole mais l'homme ne pouvait porter un tatouage sur son avant-bras que pour un seul motif.

– Peut-on parler ? proposa-t-il.

Le maître comprima les lèvres et ferma les yeux.

– D'accord, répliqua-t-il.

17

Visiblement secoué et révulsé par l'état et l'aspect du cadavre nu, le *seraskier* retourna dans ses appartements où il trouva Hachim qui, ignorant des derniers événements et affichant un air indifférent, examinait le dos des manuels militaires et des règlements rangés sur les rayons en face du divan.

Hachim attendit que la colère du *seraskier* retombât puis il l'interrogea sur la découverte du second cadavre, demanda des précisions sur la position de l'égout et l'état du corps. L'effort qu'il fit pour décrire la façon dont le cadavre était ligoté faillit faire sortir de ses gonds le *seraskier*, mais il se mit à pétrir de ses doigts le dos de la chaise, au point de le faire craquer. Hachim se demanda s'il allait s'asseoir.

– Je pensais, conclut le *seraskier* avec amertume, que nous aurions avancé à l'heure qu'il est. Y a-t-il du nouveau ?

Hachim tira sur son nez.

– Effendi, je ne sais toujours pas dans quelles conditions les hommes ont disparu. Sont-ils sortis ensemble ?

– Oui, c'est ce que j'ai compris.

– Pour aller où ?

Le *seraskier* soupira.

– Personne ne semble le savoir. Ils ont terminé leur service à cinq heures. Ensuite, ils sont retournés dans leur dortoir et y ont passé un certain temps. Je le sais parce que les hommes qui étaient de service la nuit se trouvaient encore là.

– Et qu'est-ce qu'ils ont fait ?

– Pas grand-chose, semble-t-il. Traîné sur leur lit. Feuilleté un bouquin, joué aux cartes. Ce genre de choses. Le dernier à quitter les lieux en a vu deux qui faisaient une partie.

– Pour de l'argent ?

– Je... je ne sais pas. Sans doute pas. En tout cas, j'espère que non. C'étaient de braves gars.

– L'homme qui les a vus jouer, a-t-il été le dernier à les voir en vie ?

– Oui.

– Alors personne ne contrôle les sorties de la caserne ?

– Eh bien, non. Les sentinelles sont là pour contrôler ceux qui entrent. Pourquoi s'occuperaient-elles de ceux qui sortent ?

« Pour aider quelqu'un comme moi dans une telle situation », se dit Hachim. C'était une raison mais il pouvait en avancer d'autres. Question d'ordre et de discipline.

– Est-ce que, en général, les hommes sortent, pour une raison quelconque, en uniforme ?

– Il y a cinq ou dix ans, c'était très rare. Mais aujourd'hui nous les poussons à revêtir en permanence l'uniforme. Il vaut mieux que les gens d'Istanbul s'habituent aux nouveaux usages, et c'est mieux pour les hommes. Cela renforce leur moral.

– Et utile aussi pour vous car cela vous permet de savoir comment ils se conduisent.

Le *seraskier* eut un sourire étrange, narquois.

– En plus.

– Sont-ils allés dans un bordel ? Avec des filles ? Je suis désolé, Effendi, mais il faut que je sache.

– Ces hommes étaient des officiers ! Qu'est-ce que vous racontez là ? Les hommes, oui, les hommes ordinaires voient des femmes dans les rues. Je sais. Mais ceux-là étaient des officiers. Et de bonne famille.

Hachim haussa les épaules.

– Et il y a aussi, convenez-en, de bons bordels. Il semble peu probable que ces quatre-là soient sortis pour passer toute la soirée en uniforme dans un café bien éclairé. Ce n'est pas comme ça qu'on disparaît, n'est-ce pas ? À un moment quelconque, au cours de la soirée, leur chemin a dû croiser celui de leur ravisseur. De leur assassin. Quelque part... où ? Dans un lieu sombre, à l'abri de la lumière. Un bateau, peut-être. Une ruelle obscure ou quelque endroit louche – un bordel, une salle de jeux.

– Oui, je vois.

– Puis-je, avec votre autorisation, interroger les officiers qui partageaient leur dortoir ?

Le *seraskier* expira, les dents serrées, les yeux fixés sur le sol. Hachim connaissait bien la situation. Les gens voulaient des solutions mais espéraient toujours les obtenir sans créer de remous. Le *seraskier* désirait faire une déclaration publique mais n'était pas, semblait-il, tout à fait prêt à risquer de choquer ou d'alarmer quiconque. Les forces du *padishah*, déclarerait-il, s'emploient, sans relâche et avec la certitude d'aboutir, à découvrir les auteurs de ce forfait... sans croire un mot de ce qu'il disait.

– Effendi, soit nous essayons de savoir ce qui s'est passé, soit il est inutile que je continue à m'occuper de cette affaire.

– Très bien. Je vous fais un petit mot.

– Un petit mot ? Cela suffira-t-il selon vous ? Pour les entretiens peut-être. Dans un endroit louche, le petit mot aura-t-il assez de poids ?

Le *seraskier* fixa les yeux gris de son interlocuteur.

– Je vous soutiendrai, dit-il d'un air las.

18

Hachim arriva tôt dans le petit restaurant situé en contrebas de la pointe de Galata et choisit une petite niche tranquille dominant le Bosphore. Ce détroit avait fait d'Istanbul ce qu'elle était : un trait d'union entre l'Europe et l'Asie, un point de passage entre la mer Noire et la Méditerranée, un vaste entrepôt du commerce mondial de l'Antiquité à ce jour. De l'endroit où il se trouvait, il apercevait la voie d'eau qu'il affectionnait tant, l'étroit ruban gris acier reflétant la silhouette de la ville qu'il avait créée.

Les bateaux se pressaient toujours aussi nombreux. Un mur de voiles blanches surplombait le pont d'une frégate ottomane s'apprêtant à remonter le détroit. Une flottille de bateaux de pêche à coque large et mât unique tentait, sous un vent d'est, de gagner la mer de Marmara. Une embarcation des douanes fila sur l'eau avec ses longues rames rouges, tel un scarabée des mers en fuite. Il y avait des bacs et des esquifs, des péniches surchargées, des cotres gréés avec une voile latine venus des bords de la mer Noire, des bateaux-maisons amarrés à l'entrée grouillante de la Corne d'Or. De l'autre côté du détroit animé, Hachim distinguait à peine, sur la rive opposée, Scutari, point de départ de l'Asie.

Les Grecs avaient baptisé Scutari Chalcédoine, cité des Aveugles. En fondant la ville, les colonisateurs avaient ignoré le cadre naturel parfait de l'autre bord, l'endroit où, des siècles plus tard, Constantin devait faire de la petite ville de Byzance une grande cité impériale portant son nom. Durant un millénaire, Constantinople fut la capitale orientale de l'Empire romain, jusqu'au jour où ce dernier se réduisit à une langue de terre autour de la ville. Depuis la Conquête en 1453, cette ville était la capitale de l'Empire ottoman turc. Officiellement, elle portait toujours le nom de Constantinople, même si l'homme de la rue l'appelait le plus souvent Istanbul. Elle restait la plus grande ville du monde. Mille cinq cents ans de grandeur. Mille cinq cents ans de puissance. Quinze siècles de corruption, de coups de force et de compromis. Une ville de mosquées, d'églises et de synagogues, de marchés et de boutiques, de commerçants, de soldats, de mendiants. La ville reine, surpeuplée, âpre au gain. Peut-être, songeait parfois Hachim, les Chalcédoniens n'étaient-ils pas, après tout, aussi aveugles.

Il avait presque espéré que l'Albanais ne viendrait pas mais, quand il leva les yeux, il le vit planté là, imposant et sévère, ajustant sa cape. Hachim lui ayant indiqué le divan, il s'assit et tira de sa chemise un chapelet de prière fait de grains d'ambre. De son gros pouce il en compta douze tout en fixant Hachim.

– Ali Pacha de Janina, dit le maître de la corporation des soupiers. Ce nom signifie quelque chose pour vous ?

Ali Pacha était le chef de guerre qui avait, à force de ruse et de cruauté, bâti un État semi-indépendant dans les montagnes d'Albanie et du nord de la Grèce. Il y avait quatorze ans, Hachim avait vu sa tête exposée sur une colonne aux portes du Sérail.

– Le lion, gronda Mustafa. C'est comme ça qu'on l'appelait. J'ai servi dans son armée... c'était mon pays. Mais Ali Pacha était aussi malin. Il nous a donné la paix. Je voulais la guerre. En 1806, je suis allé dans les provinces danubiennes. C'est là que je me suis engagé dans le corps.

– Des janissaires?

Le maître acquiesça.

– Comme cuistot. J'étais déjà cuistot, même à cette époque. Se battre, c'est pas grand-chose pour un homme. Pour un Albanais, c'est rien. Demandez à un Grec. Mais cuisiner!

Il en grogna de plaisir. Hachim joignit les mains et souffla dessus.

– Je suis un homme de tradition, poursuivit le maître tout en continuant à faire glisser lentement les perles sous son pouce. Pour moi, les janissaires étaient la tradition. Cet Empire, c'est eux qui l'ont bâti, non? Et c'est dur pour quelqu'un de l'extérieur de comprendre. Le régiment des janissaires, c'était comme une famille.

– Chaque régiment dit la même chose.

Le maître des soupiers lui décocha un regard méprisant.

– Ils disent ça parce qu'ils ont peur et doivent se battre ensemble. Ça ne veut rien dire. Dans le corps, il y avait des hommes que j'aimais parce qu'ils savaient manier un faucon ou faire des poèmes mieux que n'importe qui au monde. Croyez-moi. Il y avait un brave soldat qui tremblait comme une feuille avant chaque bataille mais qui se battait comme dix. On s'occupait les uns des autres, et on s'aimait. Oui, ils m'aimaient parce que je pouvais leur faire à manger n'importe où, comme on aimait le savetier qui arrivait à nous chausser même quand il n'avait rien d'autre que de l'écorce et des aiguilles de pin pour travailler. Nous étions plus qu'une famille. Nous avions un monde à nous dans le monde. Nous avions notre propre nourriture, notre propre justice, notre propre forme de religion. Oui, oui, notre propre forme. Il y a plusieurs manières de servir Dieu et Mahomet. Faire partie d'une mosquée, c'en est une, celle de la plupart des gens. Mais nous, janissaires, on était surtout des Karagozi.

– Vous voulez dire qu'être janissaire, c'était adhérer à une forme de soufisme ?

– Bien sûr. À ça et à d'autres rituels liés à la condition de janissaire. Aux traditions.

Les traditions. En 1806, le sultan Selim avait commencé à constituer une armée parallèle aux janissaires. De ce point de vue, c'était la devancière de la Nouvelle Garde de Mahmud. Mais, à la différence de ce dernier, Selim disposa de peu de temps pour s'organiser. Ainsi, quand ils se retournèrent contre leur sultan, les janissaires l'écrasèrent et détruisirent son armée novatrice. Les janissaires révoltés s'étaient groupés autour de Bayraktar Mustafa Pacha, commandant des provinces danubiennes.

– Alors vous étiez là, laissa entendre Hachim, quand Selim fut chassé du trône en faveur de son frère Mustafa.

– Le sultan Mustafa ! (L'Albanais proféra ce titre avec mépris puis cracha.) Ceint de l'épée d'Osman, sans doute, mais aussi fou qu'un chien. Après deux ans, les gens cherchaient un moyen de faire revenir Selim. Bayraktar aussi changea d'avis, comme le reste d'entre nous. Nous nous trouvions à Istanbul dans la vieille caserne et, une nuit entière, nous avons prié pour être éclairés sur la marche à suivre, parlé aux derviches karagozi.

– Et ils vous ont dit quoi faire ?

– Le lendemain, nous avons pris d'assaut le palais de Topkapi. Bayraktar a franchi les portes en réclamant Selim.

– C'est alors, rappela Hachim, que Mustafa donna l'ordre d'étrangler Selim avec son petit cousin, au cas où.

Le maître des soupiers inclina la tête.

– Exactement. Le sultan Mustafa voulait être le dernier de la maison d'Osman. S'il l'avait été, je crois qu'il aurait survécu. Quelle que fût notre nature, nous, janissaires, étions fidèles à cette maison. Mais Dieu en décida autrement. Selim fut tué et le petit cousin en réchappa.

Grâce à la présence d'esprit de sa mère, songea Hachim. Au moment décisif, alors que les hommes de Mustafa fouillaient le palais armés de leurs arcs, la Française rusée qui portait actuellement le titre de Validé-sultane avait dissimulé l'enfant sous une pile de linge sale. C'est ainsi que Mahmud devint sultan par la grâce d'un tas de fripes.

– Vous étiez là ?

– Je me trouvais dans le palais quand on amena l'enfant à Bayraktar Pacha. J'ai vu l'expression sur le visage du sultan Mustafa : s'il avait semblé fou avant, à ce moment-là... (Le maître haussa les épaules.) Le grand mufti n'a pas eu d'autre choix que d'émettre une *fatwa* le déposant. Et Mahmud est devenu sultan. Quant à moi, j'en avais assez de cette façon de guerroyer. Révolte, combats dans le palais, assassinat de Selim. (Il fit un geste du bras.) Toutes ces allées et venues, ici, là. J'en voulais plus. (Le maître inspira profondément puis expira en gonflant les joues.) À la première occasion, j'ai quitté le corps. J'étais un bon cuistot, j'avais des amis à Istanbul. Cinq ans après, j'étais à mon compte.

– Vous avez aussi renoncé à votre carnet de paye ?

Beaucoup d'hommes continuaient d'émarger, de toucher leur salaire de janissaire et de profiter de tous les privilèges du corps sans avoir la moindre intention d'aller guerroyer. C'était une escroquerie bien connue. Mustafa hésita.

– Pas tout de suite, admit-il. Mais, au bout de quelques années, n'ayant plus besoin d'aide, je l'ai rendu.

Hachim en douta mais ne dit rien. Le maître des soupiers lança en l'air son chapelet et le rattrapa.

– Vous pouvez vérifier dans les archives. J'ai cessé d'être janissaire en mai 1815. Il fallait du courage. Vous ne pouvez pas comprendre.

Hachim fit de son mieux.

– Ils ne voulaient pas vous laisser partir ou vous aviez besoin de l'argent ?

L'Albanais le foudroya d'un regard méprisant.

– Écoutez, je suis libre de mes mouvements. Aujourd'hui, c'est spécial. Je n'avais pas besoin de l'argent, je m'en tirais bien. (Hachim plissa les yeux en guise d'acquiescement.) J'ai eu du mal à rompre avec eux.

Hachim se pencha en avant.

– Comment avez-vous fait ?

Le maître de la corporation étala ses mains énormes et les regarda.

– J'ai appris à me fier à moi-même. J'ai vu de mes propres yeux ce qui était arrivé aux janissaires, ce qu'ils avaient fait de la vraie tradition, celle qui importait. Ils ne servaient plus l'Empire. (Il leva les yeux.) Vous croyez que c'est évident ? J'attendais seulement, comme beaucoup d'autres, un retour à la tradition du service. Au bout du compte, j'ai décidé que je ne pouvais plus attendre. J'ai vu que nous étions condamnés à répéter nos erreurs. Vous pensez que les janissaires étaient paresseux, lâches, arrogants. Les mutineries. L'ingérence.

Le maître se caressa la barbe et plissa les yeux en direction de Hachim médusé.

– Je vous le dis, les hommes qu'on a pendus à l'arbre des Janissaires ont été capturés sans aucun mal. Quand nous sommes devenus furieux, quelqu'un nous a fourni les noms, et nous avons crié : Tuez-le ! Tuez untel et untel ! Ils nous les ont jetés en pâture. Après ça, nous pensions que tout irait mieux. Vous mettez de la coriandre dans la soupe. Eh bien, certains aiment, d'autres pas, d'autres encore ne remarquent même pas. Oublions ceux qui n'aiment pas. Vous ajoutez des haricots, des carottes. Même chose : certains aiment, d'autres pas. Mais la plupart des gens ne se prononcent pas vraiment, ni dans un sens ni dans l'autre. Au bout du compte, vous pouvez supprimer les tripes et appeler ça de la soupe. Personne ne fera la différence. À part quelques-uns. (Il tira sur sa moustache.) Les janissaires étaient comme ça. Comme une recette modifiée en douce. En ville, je faisais une soupe à l'oignon et aux tripes avec des tripes et des oignons. Mais, à la caserne, ils voulaient, pour ainsi dire, me faire croire qu'on pouvait faire une soupe à l'oignon et aux tripes avec du lard et des haricots. Finalement, j'ai dû partir.

Hachim admira le cran du vieil homme. Tant de choses dans cette ville n'étaient qu'apparence ! Il fallait avoir une certaine trempe pour se retirer. Oui, mais l'Albanais n'avait jamais vraiment tourné le dos. Pas si ce que Hachim soupçonnait au sujet des gardes de la corporation était vrai.

– Vos vieux amis ? insinua-t-il.

– Non, non, ils n'avaient aucune prise sur moi. Vous vous méprenez. Ils ne m'ont pas non plus blâmé. Mais ils ne m'ont pas oublié. Nous sommes partis chacun de notre côté mais ils ne m'ont pas oublié. (Il tendit maladroitement le bras pour prendre un gâteau et le fourra dans sa bouche. Hachim l'observa tandis qu'il mastiquait d'un air décidé.) Le 15 juin fut la nuit la plus terrible de mon existence.

J'ai entendu les chaudrons... Comme tout le monde, pas vrai ? Dix-huit années le sultan avait attendu. Dix-huit années pour que le garçon devienne un homme, et tout ce temps-là avec une seule idée en tête, détruire le bras qui avait détruit Selim.

Peut-être, songea Hachim. Mais les motivations de Mahmud étaient plus complexes que le simple désir de venger la mort de son oncle. Il voulait aussi se défaire de tous les hommes qui l'avaient presque par hasard mis sur le trône : éteindre une dette et, en même temps, venger une mort. Les janissaires avaient naïvement attendu de la gratitude et se donnèrent carte blanche. Hachim se souvenait encore de la caricature qui fut une nuit placardée sur la grille du palais, où le sultan était représenté comme un chien tenu en laisse par un janissaire. « Voilà comment nous traitons nos chiens, disait la légende. Tant qu'ils servent à quelque chose et se laissent mener, nous les ménageons ; mais, s'ils ne servent plus à rien, nous les jetons à la rue. »

– Les habitants de la ville furent effrayés. *Boum, boum ! Boum, boum !* C'était un bruit terrifiant, n'est-ce pas ? La nuit qui tombait, et pas un bruit dans les rues tandis que tous nous tendions l'oreille. Je suis monté sur le toit, furtivement, comme un chat. Ah ! oui, il y avait bien une tradition. Ils disaient que la voix des janissaires était la voix du peuple. Les hommes le croyaient. Les chaudrons résonnaient pour l'Empire, comme ils résonnaient depuis des siècles. Seul le bruit du martèlement des chaudrons et l'aboiement des chiens errants dans les rues. Vous savez, je me tenais sur le toit et j'entendais ce bruit en pleurant pour ces idiots. J'ai pleuré pour un bruit. Je savais que je ne l'entendrais plus même s'il me restait mille ans à vivre. (Il s'essuya les mains sur le visage.) Plus tard, après la tuerie et la destruction, certains d'entre eux sont venus me demander un emploi discret. L'un d'eux vivait depuis des jours dans un terrier, mais ils ont mis le feu aux forêts de Belgrade pour les sortir de là. S'ils voulaient avoir la vie sauve, ils devaient éviter famille et parents. Ils étaient perdus. Ils étaient traqués. Mais nous avions partagé notre pain. Je leur ai donné de l'argent et leur ai dit de disparaître, loin d'Istanbul. Jamais plus personne ne s'intéresserait à eux, pas après quelques semaines ou quelques mois. Et, lentement, certains d'entre eux ont commencé à revenir. À la recherche d'emplois discrets, dans l'ombre – chauffeurs, veilleurs, tanneurs. J'en connaissais quelques-uns. Il dut y en avoir des milliers, je suppose, qui m'étaient étrangers.

– Des milliers ?

– J'en connaissais une poignée à qui j'ai donné du travail. Un service de nuit. Discret. (Il ferma les yeux et secoua lentement la tête.) Je ne comprends pas. Dix ans, tout allait bien, des hommes rangés. Reconnaissants pour le travail.

– Alors, d'après vous, qu'avaient-ils à faire d'un chaudron ?

Le maître de la corporation ouvrit les yeux et fixa Hachim.

– Ça, c'est ce que je ne comprends pas. Ce n'était qu'un faux chaudron de toute manière. On ne peut rien faire avec un chaudron en étain noir. C'est juste pour faire semblant.

Hachim se remémora l'officier mort recroquevillé au fond du chaudron.

– Juste pour faire comme si, n'est-ce pas ? demanda Hachim. C'est ce que vous disiez. De la soupe aux tripes avec des haricots et du lard.

Le maître des soupiers le regarda, surpris, et croisa les mains.

19

– Il faut rappeler Hachim ! (La Validé-sultane tendit un doigt et le pointa sur son fils.) Nous risquons toutes d'être assassinées dans notre lit.

Le sultan Mahmud II, seigneur des Horizons, maître de la mer Noire et de la Blanche, leva les mains et roula les yeux. Il n'était guère concevable, pensa-t-il, que trois cents femmes en pleine santé, au nombre desquelles il rangeait, bien sûr, sa mère, fussent tout bonnement assassinées une par une dans le sanctuaire même du pouvoir impérial.

Malgré tout, il se mit à jouer avec cette idée. Il garderait toujours en sécurité près de lui la délicieuse Hadice et, à la fin, par un simple processus d'élimination, on finirait par identifier l'assassin. Alors Hadice et lui feraient irruption parmi les belles étranglées et expédieraient le tueur dans l'autre monde. Lui-même annoncerait qu'il était trop secoué par ce drame pour prendre d'autres concubines, que ce serait injuste pour elles car il était beaucoup trop vieux. Il épouserait ensuite Hadice et elle lui frotterait les pieds.

– Validé, dit-il poliment, vous savez comme moi que ce sont des choses qui arrivent. Il y a probablement une très bonne explication.

Il voulait faire remarquer qu'il y avait presque certainement une explication toute simple, mais il comprit que sa mère allait se sentir insultée par une telle insinuation. Il s'agissait là de son royaume qu'elle partageait avec le *kislar agha*, le chef des eunuques noirs, et tout ce qui s'y passait devait être grave.

– Mahmud, dit vivement la Validé, je songe à une très bonne explication. C'est vous que la meurtrière veut.

– Moi ?

Le sultan fronça le sourcil.

– Pas au lit, petit nigaud. Elle veut vous tuer.

– Ah ! ah ! Il faisait sombre, elle a pris quelque houri parée d'ambre gris pour son sultan et l'a étranglée avant de s'apercevoir de sa méprise.

– Bien sûr que non.

– Alors cette jeune fille, c'était quoi ? Un exercice de strangulation ?

La Validé-sultane inclina la tête.

– Peut-être, admit-elle. Je suppose qu'il faut s'exercer. Je ne pense pas que les filles aient étranglé beaucoup de monde avant d'arriver ici. (Elle tapota le coussin près d'elle et Mahmud s'assit.) Ce qui m'inquiète, c'est qu'elle cherche peut-être simplement à précipiter les choses, poursuivit la Validé. Elle a son tour sur la liste. Tôt ou tard, elle sera seule avec vous. Elle veut que ce soit le plus tôt possible pour pouvoir vous tuer.

– Alors elle liquide la jolie fille et gagne une place ? Je vois.

– Vous tournez la chose en ridicule, mais je suis ici depuis bien plus longtemps que vous, assez en tout cas pour savoir à quel point les choses ridicules peuvent devenir d'une gravité extrême. Faites-moi confiance. Fiez-vous à l'intuition d'une mère.

– Je vous fais confiance, bien sûr. Mais ce que je ne comprends pas, c'est pourquoi la meurtrière est aussi pressée. De plus, en tuant la fille, elle a de toute façon ralenti le processus. Après ça je n'aurai à voir aucune d'entre elles pendant plusieurs jours. Mes nerfs, mère.

– Cela rend la chose plus probable. Cette malheureuse fille aurait pu vous tourner la tête. Vous auriez pu la garder plusieurs semaines d'affilée. Elle aurait pu, je ne sais pas, vous frotter les pieds comme vous aimez.

Mahmud arbora un grand sourire triste. La Validé connaissait tous les secrets.

– Et puis il y a l'édit, n'est-ce pas ? La grande proclamation. Si vous mourez, plus d'édit. Ne me dites pas que personne ne veut vous supprimer pour ça !

– Me faire disparaître à temps, vous voulez dire ?

– Exactement. Je pense que vous devriez envoyer chercher Hachim sur-le-champ.

– C'est fait. Il est déjà sur l'affaire.

– Sottises. Il n'est pas du tout sur l'affaire. Je ne l'ai pas vu ici de la journée.

20

De fait, Hachim avait trouvé ce jour-là le temps de visiter le harem. À sa sortie du restaurant, il s'y était rendu discrètement, sans attirer l'attention, juste pour voir l'endroit où le corps avait été trouvé et où la jeune victime avait vécu.

Dans la chambre, qu'elle avait partagée avec trois autres filles, les cadres de lit étaient en métal et il y avait plusieurs rangées de patères où les jeunes filles suspendaient leurs vêtements et les sacs contenant les savons parfumés qu'elles aimaient, quelques châles et des pantoufles, quelques bandes de toile bien propres et tous les bracelets et bijoux en leur possession. Ses compagnes, qui n'étaient encore que des *cariyeler*, des odalisques, n'avaient pas encore accédé au rang de *gözde*, mais telle était leur ambition.

Deux filles avaient étalé un vieux drap en travers de leur lit et étaient occupées à s'épiler avec une pâte jaune collante, mélange d'herbes, de cendres parfumées et de chaux vive, qu'elles prenaient dans un simple pot en cuivre posé sur une petite table de chevet octogonale. L'une d'elles, une rousse avec des yeux verts et pâle de peau, s'enduisait soigneusement au moyen d'une spatule lorsque Hachim se présenta à la porte et s'inclina. Elle se tapota le menton en guise de salut.

– Le lit de la *gözde* ? s'enquit Hachim.

La fille à genoux le lui indiqua en pointant la spatule. L'autre fille, bras et jambes écartés, leva la tête et plissa les yeux.

– Ils devraient enlever ses affaires, la pauvre, dit-elle. Ce n'est pas très drôle pour nous.

– Je suis désolé, dit Hachim. Je veux juste voir ce qu'il y a. (Il passa les mains sur ses vêtements, puis décrocha deux sacs des patères et en vida le contenu sur le lit.) Vous deviez être amies.

La fille qui était à genoux se leva du lit et s'approcha pour mieux voir. Elle avait un coude levé pour laisser à l'air l'onguent sur son aisselle et, d'une main, elle ramena en arrière ses cheveux noirs et se fit une queue de cheval. Son teint était olivâtre et ses lèvres aussi sombres que du vin vieux, de même que le bout de ses seins aux courbes bien fermes.

Hachim la regarda à son tour puis remua les affaires étalées sur le lit vide.

– Elle avait ma taille, dit la fille, se saisissant d'un tas de gaze transparente. On le savait toutes.

La fille sur le lit gloussa.

– Absolument !

La fille agita le vêtement dans sa main puis le ramena contre sa poitrine, se servant de son bras libre pour l'étaler sur un sein, les rubans de soie translucide retombant sur son ventre. Il y avait quelque chose de si innocent et de si obscène dans ce geste que Hachim en rougit.

La fille sur le lit le devança.

– Remets ça en place, Nilu. C'est trop sinistre. *Lala*, vous êtes venu chercher ses affaires ?

Nilu reposa sur le lit le bustier vaporeux et se tourna vers son amie. Hachim examina soigneusement les affaires de la *gözde*.

– Comment était-elle ? demanda-t-il.

La jeune fille répondant au nom de Nilu grimpa de nouveau sur le lit de son amie. Hachim entendit crisser le matelas. Il y eut un silence.

– Elle était... normale.

– C'était une amie ?

– Elle était gentille. Elle avait des amies.

– Des ennemies ?

Hachim pivota sur lui-même. Assises côte à côte, les deux jeunes filles le dévisageaient.

– Aïe ! (La fille mit soudain une main entre ses jambes.) Ça pique !

Elle sauta du lit, ses seins pâles oscillant, une main plaquée entre ses jambes minces.

– Viens, Nilu. Il faut que je me lave.

Nilu prit une serviette sur une patère.

– Elle avait des amies, dit-elle, avant de détaler vers la porte. Des tas d'amies, ajouta-t-elle par-dessus son épaule.

21

– Ah ! Salut, trésor !

Celle qui l'aborda ainsi était une femme décharnée d'une quarantaine d'années, affublée d'une perruque noire brillante, d'un bustier pailleté aux seins rembourrés, d'une longue jupe diaphane et d'une paire de grandes pantoufles incrustées de perles. Elle portait aussi une demi-tonne de maquillage. Ce qui la vieillissait, se dit Hachim avec un léger pincement au cœur.

Cela faisait combien... dix-huit ans ? Ils étaient déjà tous deux plus âgés qu'il ne l'était lui-même quand il avait découvert la ville dans la suite du grand prince marchand phanariote Georges Mavrocordato. Mavrocordato avait vite perçu quel était le talent de Hachim et lui avait donc confié la tenue des comptes, à cause de sa belle écriture. Il l'avait envoyé au port glaner les renseignements utiles, lui avait demandé d'éplucher les manifestes et de repérer les nouvelles marchandises. Hachim avait beaucoup appris et, grâce à son don pour les langues – don plus grand, si possible, que celui de son maître qui parlait le turc ottoman, le grec ecclésiastique, le démotique, le roumain, l'arménien et le français, mais également mal le russe et pas du tout le géorgien –, il s'était rendu indispensable au clan Mavrocordato. Il avait découvert l'art d'être invisible, l'astuce consistant à se taire et à parler peu, de sorte que sa présence passait presque inaperçue.

Hachim était heureux de ces longues heures qui lui aiguisaient l'esprit. Mais le vieux tourment, alors récent et donc encore plus pénible, avait crû dans le climat pesant du commerce et de la politique. La plus secrète de toutes les souffrances : la condition d'eunuque était pour lui à l'époque la grammaire d'une langue qui lui échappait. Aussi s'était-il senti isolé au sein de la société la plus cosmopolite d'Europe.

Il avait rencontré Preen lors d'une réception que Mavrocordato avait donnée pour un pacha qu'il voulait impressionner en recrutant des danseuses pour la soirée. Ensuite, Hachim avait été chargé de les rétribuer et c'est ainsi qu'il eut l'occasion de parler à Preen.

De toutes les traditions qui faisaient l'identité d'Istanbul, la longue histoire des danseuses *köçek* était sans doute la moins célèbre et peut-être la plus ancienne. Certains disaient que ces dernières étaient les descendantes, au sens spirituel, des jeunes danseurs d'Alexandre. Constantinople aurait été fondée à peu près un millénaire après que la tradition des *köçek* eut migré de ses terres natales au nord de l'Inde et en Afghanistan jusqu'aux frontières de l'Empire romain. Les *köçek* étaient des créatures de la ville, et le développement d'une cité sur les rives du Bosphore dut les aspirer comme un feu déchaîné aspire la poussière. Une chose est sûre : les Grecs aimaient ces danseuses qu'ils recrutaient parmi les garçons castrés avant la puberté pour les soumettre ensuite à un apprentissage rigoureux de l'art et des mystères stylisés de la danse des *köçek*. Les jeunes dansaient à la fois pour les hommes et les femmes mais, sous les Ottomans, ce divertissement était en général réservé aux hommes. Elles se produisaient en troupe de cinq ou six membres, accompagnées par un musicien qui pinçait les cordes d'une cithare tandis qu'elles virevoltaient, tapaient du pied et incurvaient les poignets. Chaque troupe était responsable du recrutement de « nouvelles filles » et de leur formation. Beaucoup d'entre elles couchaient, bien sûr, avec leurs clients, mais ne voulaient en aucune façon être assimilées aux prostituées qu'elles jugeaient tout à fait dévergondées et sans la moindre compétence. « N'importe quelle fille peut écarter les jambes, lui avait rappelé un jour Preen. Les *köçek*, elles, sont des danseuses. »

Mais il est certain que les *köçek* n'étaient pas très regardantes sur le choix de leurs amis. Elles se trouvaient à l'échelon le plus bas de la société ottomane, au-dessus des mendiants mais au même niveau que les jongleurs, les acteurs, les prestidigitateurs et tous ceux qui constituaient la classe méprisée – et bien entretenue – des amuseurs professionnels. Elles avaient leurs snobismes – qui n'en a point ? – mais vivaient dans le monde et savaient comment il tournait.

Au départ, Hachim avait été amusé par Preen et ses « petites amies ». Il aimait la franchise de leurs propos, mélange de coquinerie et de candeur et, chez Preen, il en vint à admirer le cynisme enjoué dissimulant un cœur épris de romanesque. À côté des sombres regards et des lourds secrets de l'aristocratie phanariote, l'univers de Preen était certes grossier mais plein de rires et de surprises. Et quand, au début de la rébellion du Péloponnèse, des nuages menaçants s'étaient accumulés sur la tête des Grecs à Istanbul, Preen avait sur-le-champ accédé à sa demande sans se soucier du danger qu'elle courait ni des accusations faisant rage dans les rues. Pendant deux jours, elle avait abrité la mère et les sœurs de Mavrocordato, pendant que Hachim imaginait un stratagème pour les acheminer vers l'île d'Égine et ainsi les soustraire au danger.

Parfois, il se demandait ce qu'elle voyait en lui.

– Entre donc. (D'une pirouette elle retourna à son visage dans le miroir.) Pas le temps de m'interrompre, chéri. Les autres filles vont arriver dans une seconde.

– Un mariage ?

Hachim connaissait le cérémonial. À maintes reprises depuis l'année du drame, il avait aidé Preen à se préparer pour les mariages, les fêtes de la circoncision, les anniversaires pour lesquels les gens recherchaient la présence des danseuses *köçek*. De son côté, et peut-être sans en être tout à fait consciente, Preen l'avait préparé à affronter sa propre vie, ces nouveaux jours tristes où les affres du désir et de la colère le rongeaient de l'intérieur, et tous les jours meilleurs à venir.

– Une soirée de garçons, dit-elle sans se retourner. Tu as de la chance de me trouver.

– Les affaires vont bien ?

– Comme jamais. Voyons. Comment me trouves-tu ?

– Superbe.

Elle tourna la tête à droite et à gauche, tout en suivant son image dans la glace.

– Pas vieille ?

– Certainement pas, s'empressa de répondre Hachim.

Preen porta une main à sa joue et tira doucement la peau vers le haut. Puis elle la laissa retomber, et Hachim vit qu'elle l'observait dans le miroir. Elle arbora alors un sourire éclatant et se tourna vers lui.

– Tu prépares une fête ?

Hachim sourit et hocha la tête.

– Non, je cherche des renseignements.

Elle agita un doigt dans sa direction. Une bague énorme incrustée de cristal taillé scintilla dans la lumière : l'un de ces bijoux voyants du bazar baptisés « crève-cœur » à cause de la jalousie qu'ils sont censés susciter.

– Mon chou, tu sais que je ne rapporte jamais une confidence. Une fille a ses secrets. Quelle sorte de renseignements ?

– Il me faut vite savoir ce qu'on raconte.

– Ce qu'on raconte ? Pourquoi diable viens-tu vers moi pour ça ?

Tous deux éclatèrent de rire.

– Des hommes en uniforme, glissa Hachim. (Preen fronça le nez et fit la moue.) La Nouvelle Garde, de la caserne Eskechir.

– Désolée, Hachim, mais l'idée me révulse. Ces pantalons serrés ! Et si peu de couleur. Ils me font toujours penser à une bande de grillons sautillants en route, un jour d'automne, pour un enterrement.

Hachim sourit.

– En fait, je veux savoir où ils vont sautiller. Pas tant les hommes que les officiers, Preen. Des garçons, m'a-t-on dit, de très bonne famille.

Il n'alla pas plus loin. Preen leva les sourcils et tâta sa coiffure sur la nuque.

– Voilà les filles. Je ne promets rien mais je vais voir ce que je peux faire.

22

C'était un réduit qui ressemblait plutôt à une cellule et contenait très peu de choses : un tabouret en pin, un lit de corde affaissé et une rangée de crochets en bois d'où pendaient plusieurs grands sacs, formant de grosses masses noires dans la lumière jaune. La pièce aveugle dégageait une odeur fétide, humide, mélange nauséabond de parfum et de sueur auquel s'ajoutait la fumée noire de la lampe à huile.

L'être qui logeait là se précipita vers les sacs et se mit à fouiller en surface le plus petit, les doigts tâtonnant à l'intérieur, avant de se jeter sur un autre, plus grand, qu'il vida en tirant sur les cordons. Le contenu tomba sur le matelas avec un petit tintement métallique.

Une paire d'yeux noirs brillants fixa, avec haine, les bijoux qui scintillèrent à leur tour. Il y avait une chaîne en or avec un lapis sombre, une broche en argent d'un ovale parfait incrustée de diamants gros comme des petits pois, un bracelet, version réduite de la chaîne en or, dont le fermoir disparaissait sous un rubis fixé à un médaillon d'argent et enfin une paire de boucles d'oreilles. L'origine de ces bijoux était manifeste. Sur chaque face, soigneusement incrusté dans le lapis, entre les diamants, sur le rubis apparaissait ce répugnant symbole idolâtre *Z* ou *N*, zigzaguant ici et là, aussi grimaçant que l'homme lui-même.

C'est ainsi, à coup sûr, que tout avait commencé. Il n'était pas aisé de suivre le cheminement exact – ces Francs étaient aussi rusés que des renards –, mais Napoléon était à l'origine de tout. Qu'était-ce donc que les Français cherchaient à imposer au monde ? La liberté, l'égalité et quelque chose d'autre. Un drapeau à trois bandes. Il y avait autre chose. Peu importait. Tout n'était que mensonges.

Ce drapeau avait flotté au-dessus de l'Égypte. Pareils à des ciseaux, les hommes avaient poncé, gratté, déterré et inscrit ce qu'ils trouvaient dans des petits carnets. Conduits par un infidèle à moitié aveugle, d'autres hommes-ciseaux avaient eux aussi brûlé leurs navires à l'ombre des Pyramides, et Napoléon lui-même s'était enfui de nuit par la mer. Ces infidèles qui s'étaient alors remis en route, sans eau ni vivres, étaient tombés comme des mouches dans les déserts de Palestine.

Mais ce n'était que le début. On eût cru, n'est-ce pas, que tout le monde aurait perçu la folie de ces étrangers. Eh bien, non : les Égyptiens tentèrent de les imiter. Ils avaient vu la façon de procéder des Français, comment ils s'étaient comportés en maîtres dans le domaine du sultan. Ils attribuèrent cela aux pantalons et aux canons particuliers que les Français avaient laissés derrière eux, à la façon dont leurs soldats défilaient et faisaient demi-tour, se battant comme un seul homme dans le désert alors même qu'ils tombaient comme des mouches.

Nouvelles manières. Nouvel enseignement tiré des petits carnets. Les gens passaient leur temps à gribouiller, à fourrer leur nez dans des cahiers jusqu'à en avoir les yeux rougis de fatigue, à faire semblant de comprendre le charabia des Français.

Napoléon. Il avait tué le roi de France, n'est-ce pas ? Envahi la Maison de la paix [1]. Jeté de la poudre aux yeux de ses propres hommes et à ceux du monde entier. Sinon comment expliquer que personne ne vit ce qui se passait ? Et ces joyaux... fallait-il se vendre pour des colifichets ? Quel que fût leur prix ?

Dommage que la fille ait vu. Ce meurtre avait été une contrainte imprévue – et dangereuse. Peut-être un

1. *Dar al-Islam*, les pays musulmans. (*N.d.T.*)

geste exagéré. Peut-être n'avait-elle rien vu, rien compris, l'esprit occupé à autre chose. Un sourire mystérieux de triomphe et d'espoir sur son joli visage. Rien qui ressemblât à son épouvante lorsqu'elle se débattit pour respirer, et vit les mains qui se resserraient sur son cou. Celles qui avaient dérobé les bijoux.

Et puis, il y avait les autres. En ce lieu, il fallait agir vite, sans céder au remords.

Un crachat tomba sur le lapis et se mit à couler lentement sur le trait vertical de la lettre *N*.

23

Preen sentit l'ouzo lui arracher le fond de la gorge puis dégringoler, comme quelque chose d'animé, dans le puits de son estomac vide. Elle reposa le verre sur la table basse et en prit un autre.

– Aux frangines !

Les petits verres furent alors brandis dans les airs, entrechoqués et vidés d'un coup sec par cinq filles aux cheveux de jais et au visage légèrement flétri. L'une d'elles hoqueta puis bâilla et s'étira comme un chat.

– C'est l'heure, dit-elle. Faut dormir pour être belle.

Les autres se mirent à jacasser. La soirée avait été bonne.

Silencieux pendant la danse des *köçek*, les hommes avaient exprimé leur satisfaction, selon l'usage consacré, en glissant des pièces sous les coutures de leur costume lorsqu'elles se trouvaient à proximité. Il n'était pas toujours aisé de se faire une idée juste, mais la maison avait semblé propre et les hommes sobres. Une célébration quelconque. Elle ne sut jamais quoi au juste.

Elle aimait que ses hommes fussent sobres mais, une fois le spectacle terminé, elle n'hésitait pas à s'enivrer un peu elle-même. Elles avaient demandé à la voiture de les laisser en haut de la rue conduisant aux quais et s'étaient enfoncées d'un pas chancelant dans la nuit avant d'arriver à une taverne qu'elles connaissaient. Grecque, bien sûr, et regorgeant de marins. En soi, ce n'était pas un mal, avait pensé Preen, un vague sourire sur les lèvres car, en fait, deux d'entre eux leur lançaient de temps à autre des regards furtifs, deux jeunes gars assez beaux qu'elle ne connaissait pas. Simples pêcheurs des îles mais tout de même...

Deux autres filles décidèrent de partir. Preen songea qu'elle avait envie de rester. Juste elle et Mina, ensemble. Un autre verre, peut-être.

Elle en était à son deuxième quand les marins se décidèrent. Ils étaient de Lemnos, comme elle l'avait pensé, et avaient apporté le matin une belle prise au marché. Ils étaient eux aussi un peu éméchés pour leur dernière nuit en ville et avec de l'argent plein les poches. Après quelques minutes, Preen vit la main tannée de l'homme qui s'aventurait vers sa cuisse. Vas-y ! signifia-t-elle d'un sourire.

Cependant, du coin de l'œil, elle aperçut un petit bonhomme légèrement bossu, au visage grêlé, qui pénétrait dans la taverne. Yorg était un des maquereaux du port, une de ces fouines qui accostaient les marins fraîchement débarqués pour leur proposer un logement bon marché, une escale chez leur sœur ou, s'il ne semblait pas y avoir de danger, un verre gratuit chez eux. Yorg habitait naturellement dans un bordel où des filles de la campagne au teint hâve enchaînaient les passes, nuit après nuit, avant d'être jetées à la rue ou bien liquidées et précipitées dans le Bosphore. Elles faisaient alors partie des déchets humains qui flottaient près des docks et dont se détournaient les marins. Au demeurant, elles ne vivaient pas en général très longtemps.

Preen frissonna. Tout doucement, elle écarta la main qui venait de se poser sur sa cuisse, mit un doigt sur les lèvres du matelot et passa devant lui avec un déhanchement des plus élégants. Il attendra, pensa-t-elle. Pour l'instant, elle avait quelque chose à faire.

24

Il existait, juste sous les murailles d'Istanbul, une section de la ville, à la pointe de la Corne d'Or, qui n'avait jamais été totalement construite. Peut-être le terrain était-il trop escarpé pour supporter des bâtiments ou bien était-il interdit, à l'époque des Byzantins, de s'installer aussi près du palais des Césars. C'est ainsi que cette zone était restée, jusqu'au début du XIXe siècle, une sorte de terrain sauvage accidenté, peuplé de rochers et d'arbres rabougris.

Avec un brin de curiosité, on pouvait y trouver des hommes, et parfois aussi des femmes, qui vivaient là, mais il était déconseillé de trop fureter. Certains habitants de ce lopin de terre sortaient plus souvent la nuit que le jour et, à tout moment, il flottait un air de criminalité résignée sur les arbres fatigués ainsi que sur les petites grottes et les crevasses où une partie des ordures de la ville avait été rassemblée soigneusement pour former une suite de sinistres abris. Huttes, cabanes et taudis habilement dressés par des gens de l'ombre qui avaient échappé en quelque sorte aux mailles du filet de la charité, ou au nœud coulant du gibet.

De temps à autre, les autorités de la ville ordonnaient un coup de balai sur le flanc de la colline mais, invariablement, l'endroit était vide, la plupart de ses occupants ayant au préalable pris le large sans être vus. Les rafles ne donnaient pas grand-chose : un tas de détritus qu'on brûlait au fond du ravin, parfois un cadavre, un chien sauvage affamé ou un être si retranché du monde qu'il ne pouvait que fixer de ses yeux morts tous ces hommes venus d'une ville qu'il avait depuis longtemps perdue et oubliée. Les bruyants intrus armés de longues perches finissaient par repartir, les habitants de la colline revenaient subrepticement et la confection d'abris de fortune reprenait de plus belle.

Quelqu'un fouillait à présent très lentement le fond du ravin, passant avec soin d'un rocher à l'autre. La lune brillait un peu mais de gros bancs de nuages venaient la masquer pendant plusieurs minutes. Durant l'un de ces sombres entractes, la silhouette s'immobilisa, attendant, aux aguets.

– Rien à signaler ?

La réponse vint dans un murmure.

– Non, rien.

Les deux hommes se côtoyèrent à tâtons dans l'obscurité. Le nouveau venu se laissa tomber, les pieds devant, dans une grotte peu profonde, s'accroupit puis s'appuya contre la paroi.

Quelques minutes plus tard, les nuages se dissipèrent. Le clair de lune éclaira tout ce qu'il voulait voir. Une petite caisse d'opium calée contre le mur. Une pile sombre : il savait qu'il s'agissait des uniformes. Et, au fond de la grotte, deux hommes, ligotés et bâillonnés. La tête de l'un était renversée en arrière comme s'il dormait. Quant aux yeux du second, ils flamboyaient comme ceux d'une bête terrorisée.

Le nouveau venu regarda instinctivement la petite caisse, soulagé de l'issue de l'affaire.

25

Hachim rejeta la tête en arrière tandis que le clair de lune coulait à flots d'une percée dans les nuages. Les deux mains posées sur son écorce, il eut l'impression que l'arbre était plus grand que dans son souvenir : les rameaux noirs et tordus montaient en vrille vers le ciel, entrelacement de branches si serré et si haut que la lune elle-même avait du mal à filtrer au travers.

Les janissaires s'étaient approprié cet arbre. Un bon réflexe les avait poussés à adopter quelque chose de vivant, dans un coin de la ville privé de naturel par l'érection de monuments à la gloire de la grandeur humaine. Comparé à ce platane imposant, Topkapi semblait froid et inerte. Sur sa gauche, Hachim distinguait la silhouette noire du palais édifié longtemps auparavant par un vizir qui se croyait tout-puissant avant qu'on l'étranglât avec un cordon de soie. Au nord se dressait l'Aya Sofya, la grande église des Byzantins devenue mosquée. Derrière se dressait la Mosquée bleue, construite par un sultan qui réduisit son empire à la mendicité pour parvenir à ses fins. Et là était cet arbre, poussant tranquillement à l'emplacement de l'Hippodrome antique, généreux de son ombre aux heures chaudes de la journée.

Personne n'avait osé le tenir pour responsable de ce qu'il avait fini par représenter : l'insolent pouvoir du corps des janissaires. Cela n'avait jamais été, songea Hachim, la façon de faire turque. Ce même instinct qui avait poussé les janissaires à s'approprier l'arbre empêcha les gens de l'abattre, une fois le nom des janissaires voué à l'oubli. Ils aimaient les arbres, et abhorraient le changement : l'Hippodrome lui-même en était la preuve. À quelques pas de là s'élevait un obélisque couvert de hiéroglyphes gravés, qu'un empereur byzantin avait ramené d'Égypte. Plus loin, une colonne imposante érigée autrefois par quelque empereur romain. Il y avait aussi la célèbre Colonne serpentine, torsade en bronze constituée par l'enroulement de trois serpents verts, qui se trouvait jadis dans le sanctuaire grec d'Apollon à Delphes. Les têtes des serpents avaient certes disparu mais Hachim savait que les Turcs n'en étaient pas fautifs.

Il sourit intérieurement au souvenir d'une nuit dans la résidence de l'ambassadeur polonais où Palewski, ivre, lui avait révélé dans un murmure l'étonnante vérité. Ensemble, ils avaient inspecté, à la bougie, les profondeurs d'une grande armoire vénérable où deux des trois têtes considérées comme une merveille de l'Antiquité reposaient sur une pile de linges poussiéreux. Personne n'y avait pratiquement touché depuis leur arrachement de la colonne, au siècle passé, par quelques jeunes fêtards faisant partie de la suite de l'ambassadeur polonais. « Trop affreux, avait murmuré Palewski, saisi d'effroi à la vue des têtes en bronze. Mais c'est trop tard maintenant. Chose brisée ne doit être retapée. »

Ainsi, l'arbre des Janissaires survécut. Hachim appuya le front sur l'écorce à moitié décollée et se demanda s'il était vrai que les racines d'un arbre sont aussi longues que ses branches sont hautes et larges. Même quand un arbre était abattu, ses racines continuaient de vivre, aspirant l'humidité du sol, et forçant de nouvelles pousses à jaillir de la souche.

Il y avait à peine dix ans que les janissaires avaient été éliminés. Beaucoup avaient été tués, en particulier ceux qui s'étaient barricadés dans la vieille caserne avant qu'on appelât l'artillerie pour réduire le bâtiment à l'état de coquille fumante. Mais d'autres s'étaient échappés. S'il fallait en croire le maître des soupiers albanais, un nombre plus important que Hachim n'aurait imaginé.

Et seulement si l'on prenait en compte les régiments stationnés à Istanbul. Chaque ville de l'Empire avait eu son propre contingent de janissaires : Edirne, Sofia, Varna à l'ouest; Scutari, Trébizonde, Antalya. Il y avait des janissaires établis à Jérusalem, à Alep et à Médine : des régiments de janissaires, des bandes de janissaires, des imams karagozi, avec tout le bataclan. Parfois, le pouvoir dont ils jouissaient dans les villes de province leur avait permis de former des juntes militaires qui avaient la haute main sur les recettes publiques et tenaient sous leur coupe le gouverneur local. Combien d'entre eux existaient encore ?

Combien d'hommes avait compté le corps ? Dans quelle proportion avaient-ils été écrasés ? Dix ans plus tard, combien de janissaires avaient survécu ?

Hachim savait exactement à qui poser ces questions. Obtiendrait-il des réponses ? Rien n'était moins sûr.

Il leva les yeux une dernière fois vers les branches du grand platane et tapota son tronc massif. Ce faisant, sa main buta sur quelque chose de plus mince et de moins dense qu'un lambeau d'écorce.

Par curiosité, il tira sur le papier. Dans le clair de lune finissant, il lut alors :

Sans savoir
Et ne sachant rien de ce non-savoir
Ils se répandent.
Fuis.

Sans savoir
Et ne sachant rien de ce non-savoir
Ils cherchent.
Apprends-leur.

Inquiet, Hachim regarda alentour. Un nuage ayant occulté la lune, l'Hippodrome semblait désert. Pourtant il avait la pénible impression que les vers qu'il venait de lire lui étaient destinés. Qu'on le guettait.

26

Les gigantesques Archives de l'administration ottomane étaient logées dans un vaste pavillon à la jonction de la deuxième et de la troisième cour, la plus retirée, du palais de Topkapi. On y accédait, dans la deuxième cour, par une porte basse protégée par un porche profond où des eunuques noirs montaient la garde de jour comme de nuit. Un archiviste était toujours de service car on avait constaté depuis longtemps que, si la plupart des sultans évitaient toute tâche pénible en dehors des heures de travail, leurs vizirs pouvaient à tout instant réclamer des documents. Même à l'heure où Hachim arriva, deux torchères brûlaient à l'entrée du bâtiment. Dans la lumière ainsi projetée, on apercevait deux silhouettes emmitouflées blotties sur le seuil, les eunuques en faction.

La nuit était froide et, leur burnous épais ramené sur la tête, les hommes dormaient profondément ou cherchaient le sommeil. Hachim les enjamba d'un pas leste, et la porte s'ouvrit sans bruit sous la simple pression de ses doigts. La refermant derrière lui en silence, il se retrouva dans un petit vestibule, au plafond très travaillé, aux murs gravés d'une belle envolée de caractères koufis. Des chandelles brûlaient faiblement dans des niches. Il essaya la porte devant lui et constata avec surprise qu'elle était ouverte.

Dans l'obscurité, l'endroit semblait encore plus grand que l'entrepôt de livres dont il avait gardé le souvenir, les rayonnages au centre disparaissant dans la pénombre. Sur un côté de la pièce courait près du sol un banc pour la lecture garni de coussins et, loin, presque perdu dans l'obscurité sonore, il y avait un tout petit point lumineux qui semblait rendre encore plus épaisse l'ombre environnante. Comme il observait, la lumière disparut puis reparut à nouveau.

– Un visiteur, déclara plaisamment une voix. Comme c'est aimable !

Le bibliothécaire traversa la pièce. C'était le balancement exagéré de sa démarche, comprit Hachim, qui avait occulté un instant la lumière de la bougie.

– J'espère que je ne vous dérange pas.

Le bibliothécaire s'avança vers une lampe près de la porte et tailla doucement la mèche jusqu'à obtenir une lumière assez vive pour leur permettre de se voir. Hachim s'inclina et se présenta.

– Très heureux. Je m'appelle Ibou, dit l'autre tout simplement, en courbant légèrement la tête. (Il avait une voix grêle, presque de fille.) Je suis d'origine soudanaise.

– Bien sûr, dit Hachim.

Au palais, les eunuques les plus recherchés venaient du Soudan et de la haute vallée du Nil, des garçons souples, imberbes, dont la féminité cachait une force énorme et une capacité de survie encore plus colossale. Des centaines de garçons, il le savait, étaient arrachés chaque année à la haute vallée du Nil et traversaient les déserts jusqu'à la mer. Seul un petit nombre arrivait au port. Quelque part dans le désert, on procédait à l'opération. Le garçon était plongé dans le sable brûlant pour éviter toute infection et devait s'abstenir de boire pendant trois jours. Si, au terme de ces trois jours, il n'avait pas perdu la raison et parvenait à uriner, ses chances de gagner étaient alors très grandes. C'est lui qui l'emporterait. Le prix au Caire était proportionnellement élevé.

– Peut-être pouvez-vous m'aider, Ibou.

D'une certaine façon, Hachim en doutait : le délicieux jeune homme se trouvait sans doute dans la bibliothèque parce qu'il jouissait des faveurs d'un eunuque plus âgé. Il n'était pas assez vieux pour savoir ce qu'était un janissaire et a fortiori maîtriser le système des archives.

Ibou avait pris un air grave, solennel, et pincé les lèvres. Il était vraiment très mignon.

– Ce que je recherche, expliqua Hachim, c'est un relevé de tous les régiments de janissaires de l'Empire avant l'Heureuse Affaire. (Cette expression prudente, consacrée, l'Heureuse Affaire, lui avait échappé. La force de l'habitude. Il lui faudrait être plus explicite.) L'Heureuse Affaire... reprit-il.

Ibou l'interrompit.

– Chut !

Il porta une main à ses lèvres et, de l'autre, s'éventa. Il roula les yeux à droite et à gauche pour exprimer le besoin d'être prudent. Hachim sourit. Au moins, il avait entendu parler de l'Heureuse Affaire.

– Vous voulez des noms ou seulement des chiffres ?

Hachim fut surpris.

– Des chiffres.

– C'est donc l'abrégé qu'il vous faut. Attendez.

Il tourna les talons et se fondit en vacillant dans le noir. Enfin, Hachim aperçut la bougie, au loin, qui se mit à trembloter avant de disparaître. Derrière les rayonnages, supposa-t-il.

Hachim connaissait mal les archives, juste assez pour comprendre que leur organisation était méticuleuse et inspirée. Si, au Divan, c'est-à-dire à la réunion du Conseil, un vizir avait besoin d'un document ou d'une référence, de quelque date ou nature que ce fût, les archivistes devaient pouvoir, en quelques minutes, retrouver sa trace. Quatre ou cinq siècles d'histoire ottomane étaient consignés là : ordres, lettres, formulaires de recensement, avis d'imposition, proclamations du Trône et, en sens inverse, pétitions de la population, données sur l'emploi, promotions, dégradations, biographies des hauts dignitaires, états des dépenses, cartes militaires, rapports des gouverneurs, le tout remontant jusqu'au XIVe siècle. C'est à cette date que les Ottomans étaient sortis pour la première fois d'Anatolie pour franchir les Dardanelles et gagner l'Europe.

Il entendit des pas qui se rapprochaient. La bougie et son porteur svelte surgirent de l'obscurité. Hormis la chandelle, les mains d'Ibou étaient vides.

– Pas de chance ?

Hachim ne put retenir dans sa voix une certaine condescendance.

– C'est que..., murmura le jeune homme. Jetons tout de même un coup d'œil.

Il alluma au mur quelques lampes au-dessus du banc de lecture et s'agenouilla sur un coussin. Juste au-dessus de ce banc courait une étagère ne contenant que de volumineux registres à dos vert. D'un coup sec, le garçon en tira un et l'ouvrit sur le banc. Les pages épaisses craquèrent à mesure qu'il les tournait en chantonnant pour lui-même. Finalement, il promena son doigt sur une colonne puis s'arrêta.

– Ça y est ?

– On y arrive, dit Ibou.

Il referma le registre avec un claquement sourd et le souleva pour le remettre en place. Ensuite, d'un pas nonchalant, il se dirigea vers un ensemble de tiroirs encastrés dans le mur près de la porte et en ouvrit un. À l'intérieur, il sélectionna une fiche.

– Oh ! (Il regarda Hachim d'un air triste.) Hors d'ici. Non, pas vous. Vous êtes trop aimable. Je parle des documents que vous recherchez.

– Sortis ? Empruntés par qui ?

– Ah ! Ça, ce n'est pas à moi de le dire.

Ibou agita la petite fiche devant son visage, comme s'il ouvrait et refermait un éventail, d'un tour de main.

– Non, non. Bien sûr que non, dit Hachim, l'air renfrogné. J'espérais, même si...

– Oui ?

– Je me demandais s'il vous serait possible de me dire quelle somme le beylicat de Varna tira de... des droits d'exploitation minière dans les années 1670.

Ibou ferma les lèvres puis souffla. Comme s'il allait, pensa Hachim, donner de mémoire les chiffres.

– Une année en particulier ? Ou simplement l'ensemble de la décennie ?

– 1677.

– Un instant, je vous prie.

Il plaça très vite la fiche retournée dans le tiroir ouvert, prit la bougie et, en une seconde, disparut derrière les rayonnages. S'avançant, Hachim s'empara de la fiche et y lut : *Relevés des janissaires ; 7-3-8-114 ; abrégé : fig., 1825. Accès réservé.*

Il remit la fiche en place, intrigué.

Une minute plus tard, tandis qu'il examinait avec Ibou un épais rouleau de parchemin jauni à la forte odeur de peau de mouton, sur lequel étaient consignés, pour l'année 1677, plusieurs sommes et commentaires concernant le beylicat de Varna dont il n'avait cure, il lâcha la question :

– Ibou, que signifie « accès réservé » ? Il s'agit du sultan ?

Le jeune homme se renfrogna.

– Vous avez fouiné ?

Hachim sourit.

– C'est juste une formule que j'ai entendue quelque part.

– Je vois. (Les yeux d'Ibou se plissèrent un instant.) Ne touchez pas le rouleau, s'il vous plaît. Eh bien, cela peut désigner le sultan. Mais ce n'est sans doute pas le cas. En outre, cela ne renvoie certainement pas aux hallebardiers à tresses, aux jardiniers ni à aucun des cuisiniers. On les aurait fait figurer selon leur rang et leur fonction.

– Alors qui ?

Ibou désigna d'un air espiègle le rouleau de parchemin.

– Est-ce que cela vous intéresse ou est-ce une simple excuse pour venir bavarder ?

– Juste une excuse. Qui donc ?

L'archiviste enroula soigneusement le parchemin. Il l'attacha de nouveau avec un bout de ruban rouge et le souleva.

– Permettez-moi d'abord de tout ranger.

Hachim gloussa intérieurement en observant le garçon, agile et d'une insupportable souplesse, qui rôdait parmi les tiroirs. Il remit la fiche à sa place et ferma les tiroirs de ses doigts effilés avant de disparaître avec la bougie dans les rayonnages. Dieu assiste les plus âgés ! Il n'avait jamais vu semblable afféterie. Mais il n'en était pas moins impressionné. Ibou avait l'apparence et la voix d'un jeune éthéré africain mais, sans aucun doute, il s'y connaissait. Et pas seulement en matière d'archives poussiéreuses, comme il pouvait le constater.

Il revint très vite.

– Accès réservé, souffla Hachim.

– La maison impériale. Le sultan, sa famille, son état-major.

– Les femmes de la famille impériale ?

– Absolument. Toute la famille du sultan. À l'exception toutefois des esclaves.

Accès réservé, songea Hachim.

– Ibou, selon vous, qui a pu rechercher cet ouvrage ?

– Je ne sais pas. (Il se renfrogna.) Peut-être...

Il haussa les épaules avant de renoncer.

– Qui ? À qui pensez-vous ?

L'archiviste leva une main pour couper court.

– À personne. Rien. Je ne sais plus ce que j'allais dire.

Hachim décida de ne pas insister.

– Je me demande, cependant, où je pourrais trouver ce qui me préoccupe.

Ibou inclina la tête et regarda une des lampes au mur.

– Demandez à une ambassade étrangère. Je ne serais pas surpris.

Hachim commença par sourire de cette suggestion. « Mais après tout, pourquoi pas ? se demanda-t-il. C'est exactement le type de renseignement dont elles pourraient bien disposer. » Il regarda Ibou d'un œil curieux. Mais celui-ci avait porté le dos de sa main à son menton et fixait innocemment la lampe.

27

– Mince !

Preen n'avait pas pensé à l'argent. Yorg le maquereau ne pensait, lui, à rien d'autre.

– Quoi, ma danseuse *köçek*, nous sommes assis là ensemble rien que pour boire un verre ? Échanger des ragots ? Bien sûr que non. Tu viens me soutirer un renseignement. Quelque chose que tu recherches, que j'ai peut-être. Une transaction. (Il lui sourit en grimaçant et se frappa la tête.) Ma boutique.

Pour Preen, l'information était, semblait-il, rangée ailleurs : dans sa bosse. Quelque poison, et il en avait à revendre.

– Qu'est-ce que tu veux ? demanda-t-elle.

Les yeux de Yorg se portèrent au-delà, pareils à ceux d'un lézard.

– Tu as des amis, je vois.

– Des gars. Tu n'as pas répondu à ma question.

Ses yeux revinrent vers elle.

– Oui, je crois, dit-il doucement, que tu as quelque chose qui peut m'intéresser, pas vrai, *köçek* ? Un marin ivre pour Yorg.

Elle regarda par-dessus son épaule. Le visage renfrogné, son marin grec balançait un verre d'avant en arrière. Mina et l'autre gars avaient rapproché leur tête puis, ayant entendu ce qu'il venait de chuchoter, Mina explosa de rire et se rejeta en arrière, une main palpitante sur la poitrine.

– Vraiment ?

Elle regarda à nouveau Yorg. Il avait des yeux froids comme la pierre. Ses doigts crispés sur le verre étaient presque plats, avec d'énormes jointures déformées.

– Tu lui rendrais service, *köçek*, cracha-t-il. (Il la regarda avec un petit sentiment de victoire.) Ce gars mérite une vraie femme, tu crois pas ? Ah ! les danseuses *köçek* ! Les traditions anciennes, des années de formation, bla-bla-bla. (Qu'est-ce qui donnait le droit à ces tristes salauds de le toiser ?) Oui, une femme. Et peut-être même, de préférence, une jeune.

Preen se raidit.

– Tu es mesquin, Yorg. Je pense qu'un jour tu le regretteras. Vas-y, prends le marin.

Elle retourna à sa table. Mina leva les yeux mais le sourire sur ses lèvres disparut quand elle aperçut le maquereau difforme qui suivait. Le marin, surpris, regarda Preen puis Yorg.

– Il faut que je parte, lui murmura-t-elle à l'oreille en se penchant. (Puis, un peu plus fort, ajouta :) Voici Yorg. Il ressemble à l'envoyé du Diable mais, ce soir, il veut t'offrir un verre. N'est-ce pas, Yorg ?

Yorg lui lança un regard écœuré avant de se tourner et de tendre une main.

– Salut, Dmitri, grogna-t-il.

28

« Ambassade de Grande-Bretagne, Péra

« Ma sœurette,

« ... affreusement drôle. Demande beaucoup de vos nouvelles.

« J'essaie d'écrire toutes mes impressions, suivant votre souhait, mais il y en a tant que je ne sais guère où commencer. Imaginez que vous tentiez de décrire dans une lettre tout ce qu'il vous a jamais été donné de voir dans les vitrines de porcelaine de grand-maman, vous voyez ce que je veux dire... Tasses empilées pêle-mêle, petites soucoupes, bergères, cafetières et sucriers colorés, aux couvercles bombés : tel est le sentiment que me donne cet endroit. Sans parler du ruban d'eau bleu sur lequel semble reposer le tout – pas la vitrine, bien sûr, mais Constantinople.

« Fizerly dit que les Turcs ne se soucient ni de la veille ni du lendemain – tous fatalistes ! Il s'est rendu une fois dans la grande église bâtie par Justinien – Aya Sofya (en grec, svp) – déguisé de la tête aux pieds en mahométan (Fizerly, bien sûr, pas Justinien, maligne !) et il dit que c'est tout bonnement terrible, rien sauf quelques gongs pour le dîner suspendus dans les coins pour montrer ce qu'Ali Ottoman fait là depuis quatre siècles. C'est un merveilleux bonhomme, Fizerly, et vous aurez sans doute l'occasion de rencontrer sa sœur car il dit, et je le crois, que nous nous allons devenir proches amis.

« Dans le même ordre d'idées, je viens de passer mon premier grand test en diplomatie. Fizerly n'avait pas fini de me dire que les Turcs vivent dans l'instant que l'un d'eux s'est présenté d'un pas traînant au portail de l'ambassade – tous ont, vous savez, des capes qui les font ressembler à des sorciers – les Turcs bien sûr, pas les portails – et s'est déclaré historien ! Fizerly l'a abordé en turc et le type a répliqué dans un français parfait. Fizerly et moi nous nous sommes regardés – je pensais que j'allais mourir de rire –, mais le Turc était sérieux et voulait enquêter sur les régiments de janissaires, et caetera. L'amb. dit, m'a raconté Fizerly, qu'Istanbul est beaucoup plus morne sans les janissaires. En tout cas pas trop morne pour

« Votre frérot bien-aimé
« Frank. »

– Pour qui travaillez-vous ?

Frank Compston parlait mal le français. Hachim eût préféré le voir partir et poursuivre en paix son travail. L'Anglais sembla intrigué.

Hachim répliqua :

– Disons que je travaille pour mon propre compte.

– Ah ! En indépendant ?

Hachim se répéta l'expression, qui ne lui était pas familière. Indépendant ? Oui, d'une certaine manière il l'était de ces boules qui pendent entre les cuisses des autres hommes.

– Vous êtes très perspicace, dit-il en inclinant la tête.

Le visage du jeune homme s'empourpra. Il avait la certitude qu'on se moquait de lui mais ne comprenait pas tout à fait la teneur de l'échange. Peut-être ferait-il mieux de se taire un moment. Ce serait plus diplomatique. Il croisa les bras et resta fort digne sur son siège capitonné, à observer le Turc griffonnant des listes.

Après une minute, il dit :

– Une bien vilaine affaire, cette histoire des janissaires, n'est-ce pas ?

Surpris, Hachim leva les yeux.

– Pour eux, oui, lâcha-t-il sèchement.

Le jeune homme approuva d'un vigoureux signe de tête, comme si Hachim venait de faire une remarque d'une grande profondeur.

– Diable, oui ! Quel sale tour pour eux !

Il secoua la tête et leva les sourcils.

– Pas très drôle d'être brûlé vivant, murmura Hachim. Pas trop amusant *.

Le jeune homme roula de gros yeux déférents.

– Certainement pas ce que j'affectionne comme distraction !

Il baissa la tête et partit d'un grand éclat de rire. Hachim continua d'écrire.

– Au fait, reprit le jeune avec entrain, que font les gars pour se distraire ici, à Istanbul ?

Il était à présent penché en avant, les mains pendant entre les genoux, le visage perplexe.

Hachim plissa les yeux. Lorsqu'il se mit à parler, ce fut presque en murmurant.

– Eh bien, certains se servent d'un mouton mort.

Le jeune sursauta.

– Un mouton ?

– Ils le dépècent et retirent sa... comment dites-vous, sa vessie. (Le garçon se figea, l'air horrifié.) L'un d'eux, en principe le plus fort, met ses lèvres sur l'urètre...

– Bon, bon. Je... je vois. Croyez-moi, ce n'est pas ce que je voulais dire.

Hachim fit semblant d'être intrigué.

– Mais est-ce que vous ne jouez pas aussi au football dans votre pays ?

Le jeune homme le fixa puis perdit contenance.

– Je suis désolé, oui, bien sûr. Je... je... (Son visage était tout rouge.) Je crois que je ferais mieux d'aller prendre un verre d'eau. Excusez-moi, je vous prie.

Hachim fit un petit sourire puis se pencha de nouveau sur les registres.

Il avait trouvé ce qu'il cherchait. Il ne s'agissait, pensa-t-il, que d'évaluations mais, même s'ils n'étaient qu'approximatifs, les chiffres donnaient à réfléchir.

Combien de janissaires avaient péri dans les événements de juin 1826 ? Un millier, peut-être, à la caserne. Plusieurs centaines d'autres recensés dans la traque qui s'était ensuivie... disons cinq cents. Il y avait bien eu des pendaisons et des exécutions, mais curieusement peu. Le plus souvent, de meneurs notoires.

On avait laissé le reste se fondre dans la masse. Trois, ou peut-être davantage, avaient trouvé un emploi auprès de la corporation des soupiers, comme le savait déjà Hachim.

Si ces chiffres permettaient de se faire une idée, il restait encore un grand nombre dont on n'avait aucune trace. Des hommes qui menaient quelque part des vies tranquilles, discrètes, élevaient des enfants, travaillaient pour gagner leur pain. Eh bien, cela suffisait pour déstabiliser le système.

Hachim se cala sur sa chaise, les yeux fixés sur ses totaux. Un tas d'hommes pleins de regrets nostalgiques. De fait, environ cinquante mille.

29

L'imam fit la grimace. Pouvait-il prétexter un autre engagement ? Il savait que l'eunuque priait dans sa mosquée, mais ils ne s'étaient jamais parlés jusqu'à ce jour. Il l'avait abordé après la prière de midi et lui avait demandé un entretien. L'imam avait alors très gracieusement incliné la tête avant de voir qui le sollicitait.

Comme l'eunuque lui emboîtait le pas, l'imam songea qu'il n'avait pas le droit de refuser sa sympathie ou ses conseils. Mais il appréhendait cet entretien.

Comment un homme pouvait-il être un bon musulman quand tant de voies lui permettant d'accéder à son Dieu étaient, pour ainsi dire, déjà condamnées? Certes, l'imam se considérait comme un maître. Mais ses enseignements avaient trait pour la plupart à la famille : bénédiction des enfants, règles à suivre pour la vie conjugale. Il conseillait les pères au sujet de leurs fils, et les fils au sujet de leurs pères. Il disait aux hommes – et aux femmes – comment se comporter dans le mariage. Maris infidèles, femmes jalouses. Tous venaient à lui comme vers un juge, avec des questions. Il lui incombait de les examiner et de répondre par oui ou par non. En général, c'était par le biais de ces questions qu'ils parvenaient à comprendre leur problème. Il les amenait à poser les bonnes questions : ce faisant, ils devaient s'interroger sur leur propre conduite, à la lumière des enseignements du Prophète. De quoi pouvait-il parler avec un être qui n'avait pas de famille?

Ils arrivèrent dans sa chambre. Divan, table basse, cruche sur un plateau en cuivre. Quelques coussins. La pièce était peu meublée, mais n'en était pas moins somptueuse. Du sol jusqu'à hauteur d'épaule, les murs étaient recouverts de fabuleuses céramiques d'Iznik, vieilles de plusieurs siècles et remontant à la période la plus glorieuse de cette production. Les motifs géométriques bleus semblaient dater d'hier. Brillantes et pures, les céramiques retenaient le soleil entrant à flots par les fenêtres situées au-dessus. Dans le coin, un poêle noir répandait une douce chaleur.

L'imam désigna le divan tout en restant lui-même debout, dos au poêle. L'eunuque sourit, un peu nerveux, et s'installa sur le divan, ôta ses sandales avant de ramener les pieds sous son burnous. Intérieurement, l'imam grogna. Cela, pensa-t-il, n'allait pas être facile. Il passa un doigt sur un sourcil.

– Je vous écoute.

Sa voix était grave et sonore : Hachim en fut impressionné. Il avait coutume de rencontrer des gens ayant quelque chose à cacher, gênés dans leur élocution par le doute et l'hésitation, et voilà que cet homme pouvait lui apporter des réponses marquées du sceau de l'autorité. Être imam, c'était vivre dans la certitude. Pour lui, il y avait réponse à tout. La vérité était tangible. Hachim lui envia cette sécurité.

– Je veux être renseigné sur les Karagozi, dit-il.

L'imam s'arrêta de polir son sourcil qui se dressa à la pointe de son doigt.

– Pardon ?

Hachim se demanda s'il avait dit ce qu'il ne fallait pas. Il répéta :

– Les Karagozi.

– C'est une secte interdite, répliqua l'imam.

Non seulement ce qu'il ne fallait pas, songea Hachim, mais à l'homme qu'il ne fallait pas. Il commença à se lever, remerciant l'imam de sa précision.

– Attendez, je vous prie. Vous voulez être renseigné sur eux ?

L'imam avait levé la main. Un débat doctrinal, voilà qui changeait tout. Il se sentit soulagé d'un grand poids. Ils n'auraient donc pas à parler de concupiscence, de sodomie ni des autres sujets que les eunuques souhaitaient aborder lorsqu'ils se rendaient auprès de leur imam. Savoir s'il était possible pour un homme sans testicules de jouir des houris qu'offrait le paradis.

Hachim reprit sa place.

– Les Karagozi étaient très présents dans le corps des janissaires, observa l'imam. Peut-être le savez-vous ?

– Oui, bien sûr. Je sais aussi qu'ils étaient peu orthodoxes. Je veux savoir comment.

– Le cheik Karagoz était un mystique. C'était il y a longtemps, avant la Conquête, quand les Ottomans étaient encore un peuple nomade. Ils avaient quelques mosquées, ici et là dans les villes et les cités prises aux chrétiens. Toutefois, les combattants étaient des *ghazi*, des guerriers saints, et n'avaient pas coutume de vivre dans des cités. Ils étaient avides de vérité, mais il était difficile pour les maîtres et les imams de résider avec eux. Nombre de ces *ghazi* turcs écoutaient leurs vieux *babas*, leurs pères spirituels, qui étaient des hommes sages. Je dis « sages » : ils n'étaient pas tous éclairés.

– Étaient-ils païens ?

– Païens, animistes, oui. Certains, cependant, furent touchés par la parole du Prophète, paix à Son âme. Mais ils firent entrer dans leur doctrine un tas de vieilles traditions, beaucoup d'ésotérisme et même des erreurs glanées chez les mécréants. Il ne faut pas oublier qu'il s'agissait de périodes tumultueuses. Le petit État ottoman se développait et de nombreux Turcs étaient attirés par lui. Chaque jour, ils tombaient sur de nouvelles terres, de nouveaux peuples, des religions curieuses. Il était difficile pour eux d'appréhender la vérité.

– Et les janissaires ?

– C'est le cheik Karagoz qui forgea le lien. Imaginez : les premiers janissaires étaient des jeunes gens à la foi incertaine, car ils avaient été arrachés aux rangs des infidèles et devaient oublier beaucoup d'erreurs. Le cheik Karagoz leur facilita la tâche. Vous connaissez l'histoire, bien sûr. Il se trouvait aux côtés du sultan Murad, qui fonda au départ le corps des janissaires avec les prisonniers qu'il fit dans les guerres des Balkans. Quand le cheik les bénit, main tendue au bout d'une longue manche blanche, cette manche devint l'emblème des janissaires, le talisman qu'ils portaient comme une aigrette à leur turban.

– Alors le cheik Karagoz était un *baba* ?

– Dans un sens, oui. Il vécut un peu plus tard que les derniers *babas* de la tradition turque, mais les principes étaient les mêmes. Ses enseignements étaient islamiques, mais ils reposaient sur le mystère et l'union sacrée.

– L'union sacrée ?

L'imam pinça les lèvres.

– Je veux dire union des religions, union avec Dieu. Nous disons, par exemple, qu'il n'est qu'une seule voie vers la vérité, et cela est écrit dans le Coran. Le cheik Karagoz pensait qu'il y en avait d'autres.

– Comme les derviches. Des états d'extase. L'âme affranchie de la prison du corps.

– Exactement. Mais les moyens étaient différents. Disons, plus primitifs.

– Comment ça ?

– Les vrais adeptes se considéraient au-dessus de tous les liens terrestres et de toutes les règles. L'infraction aux règles était donc un moyen de manifester son allégeance à la confrérie. Par exemple, ils buvaient de l'alcool et mangeaient du porc. Les femmes étaient admises aux mêmes conditions que les hommes. Une grande partie des préceptes clairs du Coran fut simplement écartée, jugée sans importance, voire non pertinente. De telles transgressions contribuèrent à créer un lien entre eux.

– Je vois. Peut-être les gens d'origine chrétienne eurent-ils ainsi moins de mal à aborder l'islam ?

– À court terme, oui. Je le reconnais. Ils renoncèrent à un plus petit nombre de leurs plaisirs licencieux. Vous savez comme sont les soldats.

Hachim acquiesça. Vin, femmes et chansons, l'éternelle litanie du feu de camp.

– S'ils laissèrent de côté les préceptes du Coran, dit-il lentement, quels autres ont-ils reçus ?

– Très bonne question. (L'imam joignit les extrémités de ses doigts.) D'une certaine façon, aucun. Le vrai Karagozi ne croyait qu'en lui-même : il croyait que son âme était celle qui se perpétuait à tous les stades... création, naissance, mort et au-delà. Les règles ne servaient à rien. Mais le ridicule, c'est qu'il avait aussi des règles à lui. Chiffres magiques. Secrets. Superstitions. Un Karagozi ne posera pas sa cuiller sur la table, ou ne se tiendra pas sur le seuil d'une porte, ce genre de choses. La soumission aux petites règles de la secte lui permettait d'enfreindre les lois de Dieu. Il ne faut pas s'étonner que toutes sortes d'individus peu recommandables aient été attirés par l'ordre des Karagozi. N'exagérons pas. Même confuse, l'intention de départ était pure. Les disciples des Karagozi se considéraient comme musulmans. Ainsi, ils participaient comme tout le monde aux prières à la mosquée. La part karagozi était un élément supplémentaire de leur allégeance spirituelle, un élément secret. Ils étaient organisés en loges, ce que nous appelons des *tekkes*. Lieux de réunion et de prière. Il y en avait beaucoup, à Istanbul et ailleurs.

– Tous les Karagozi étaient-ils janissaires ?

– Non, mais, en gros, tous les janissaires étaient Karagozi. Ce qui n'est pas la même chose. Peut-être, mon ami, sommes-nous allés trop vite en parlant d'eux et de leurs doctrines au passé. Le coup porté aux janissaires ? Un revers. Qui sera peut-être au bout du compte salutaire. Vous savez, la foi peut se renforcer dans l'adversité. J'imagine que nous n'avons pas fini d'entendre parler des Karagozi. Peut-être pas sous ce nom-là. Les courants de spiritualité qu'ils exploitent sont profonds.

– Mais proscrits, comme vous l'avez déclaré. Interdits.

– Ici, à Istanbul, oui. Mais ils ont fait un long périple à travers les siècles et les contrées, des déserts de l'Orient aux confins de la Maison de la paix. (L'imam sourit.) N'ayez pas l'air si surpris. La doctrine des Karagozi a fait gagner bien du terrain à l'islam. Peut-être en sera-t-il encore de même un jour.

– Du terrain ? Que voulez-vous dire ?

– Ils sont forts là où l'on s'attend qu'ils le soient. En Albanie, les janissaires ont toujours été forts.

Hachim acquiesça.

– Il y a un poème. Vous semblez en savoir long sur la question. Peut-être connaissez-vous donc cela aussi.

Il récita les vers qu'il avait trouvés cloués sur l'arbre des Janissaires.

Sans savoir
Et ne sachant rien de ce non-savoir
Ils se répandent.
Fuis.

Sans savoir
Et ne sachant rien de ce non-savoir
Ils cherchent.
Apprends-leur.

L'imam fronça le sourcil.

– C'est, je me souviens, un poème karagozi. Oui, je le connais. Très ésotérique, vous ne trouvez pas ? Par la suite, il évoque, je crois, une sorte d'union mystique et divine.

– Que voulez-vous dire ? Ce n'est pas tout ?

– Le poème que vous avez cité est incomplet. (L'imam sembla surpris.) Malheureusement, je ne peux pas le réciter avec précision.

– Mais vous pourriez peut-être vérifier ?

– Avec la grâce de Dieu, dit l'imam d'un air placide. Si vous êtes intéressé, je puis essayer.

– Je vous en serais très obligé, dit Hachim en se levant.

Ils s'inclinèrent l'un vers l'autre. Au moment où Hachim s'apprêtait à partir, l'imam tourna son visage vers la fenêtre.

– Mystères soufis, dit-il calmement. Beaux à leur manière mais éthérés. Je ne crois pas qu'ils signifient grand-chose pour les gens ordinaires. Je ne sais pas. Il y a beaucoup de passion, et même de foi, dans ce genre de poésie, mais, au bout du compte, cela ne convient pas aux croyants. C'est trop libre, trop dangereux.

« Libre, je ne sais pas, songea Hachim. Mais dangereux, oui. Très dangereux. Et même criminel. »

30

Il la vit qui descendait la rue d'un pas rapide. Élancée, gracieuse, cherchant à provoquer la convoitise des hommes. À quelques mètres de lui, elle ralentit son allure et se mit à regarder autour d'elle. Il leva la main et lui fit signe de traverser.

Elle tira un tabouret et se laissa tomber dessus. Des vieux qui jouaient au jacquet à la table voisine la dévorèrent des yeux, manifestement stupéfaits, mais Preen ne le remarqua pas, ou fit comme si de rien n'était.

– Café, dit-elle.

Hachim en commanda deux, tout en évitant le regard curieux du serveur. Ce n'était pas la première fois qu'il avait envie de se lever pour expliquer. Ce n'est pas, en réalité, une femme, donc tout est normal. C'est un homme, habillé en femme. Mais il admira le courage qu'elle manifestait en venant au café. Il fit aux vieux un signe de tête réprobateur.

Preen n'était guère maquillée. Le rouge de ses joues était naturel. Hachim pensa qu'elle n'en était que plus à son avantage.

– On ne peut pas parler ici, dit-il. Je file à la maison et tu n'as qu'à me...

– Nous parlerons ici, répliqua-t-elle, dents serrées.

Le garçon servit les cafés et commença à passer un chiffon sur une table voisine. Hachim rencontra son regard et fit un brusque mouvement de la tête. Le garçon s'éclipsa, déçu.

Il la regarda.

– Tu es très mignonne aujourd'hui, dit-il.

– Laisse courir.

Son ton était brutal mais elle garda les yeux sur la table et bougea légèrement la tête d'un côté puis de l'autre. Un soupçon de plaisir.

– Mieux vaut qu'on ne nous voie pas ensemble en ce moment. Moi, je dois me fondre dans le lot, filer à l'anglaise. Quant à toi, eh bien, je ne sais pas très bien dans quoi nous nous engageons ici.

– Je suis une grande fille, dit Preen.

Sa lèvre tremblota. Hachim sourit. Preen se couvrit la bouche d'une main et lui décocha un regard. Puis elle se trémoussa.

– Oh ! Je sais que je suis une vilaine, mon chou. Mais je ne peux pas m'en empêcher. Il fallait que je fasse quelque chose d'un peu fou, que je voie quelqu'un que j'aime. Le choquer aussi. Pour me sentir vivante. (Elle laissa un frisson de plaisir courir sur son corps.) J'ai parlé à l'homme le plus répugnant d'Istanbul.

Hachim leva les sourcils.

– Je m'étonne que tu en sois aussi certaine.

– Un maquereau bossu, venu des docks ? Je ne vois pas pire. Il dit que quelqu'un, l'autre nuit, a vu tes amis.

Hachim se pencha en avant.

– Où ?

– Dans un endroit assez salubre. « Salubre » est-il le mot que je cherche, Hachim ?

– Possible. Ton... informateur, il n'était pas là en personne ?

– En tout cas, il ne me l'a pas dit. Tu ne veux pas savoir où ?

– Bien sûr que si.

– C’est comme une suite de jardins, expliqua Preen. Le long du Bosphore.

– Ah !

Peut-être « salubre » était-il bien le mot que cherchait Preen : finalement, tout est relatif.

– Il y a là un kiosque, tout à fait bien en apparence. Il y a même des petites lanternes dans les arbres. (Preen semblait presque nostalgique.) On peut s’y installer pour bavarder, regarder les bateaux dans le détroit et prendre un café ou fumer une pipe.

Les jardins Yeyleyi étaient jadis un lieu de prédilection pour les gens de la Cour : le sultan y emmenait ses femmes pique-niquer au milieu des arbres. Ce devait être près d’un siècle auparavant. Les sultans cessèrent de venir quand l’endroit devint populaire. Avec le temps, il acquit une triste notoriété. Pas tout à fait respectables, les jardins Yeyleyi étaient le genre de lieu où les amoureux s’arrangeaient pour se retrouver par hasard, et communiquaient dans le langage des fleurs, tendre et en partie secret. À présent, les rencontres étaient plus spontanées mais encore mieux préparées, et le langage en général plus direct. Il pouvait tout à fait imaginer parmi les promeneurs ceux que le *seraskier* qualifiait de « garçons de bonne famille ».

– Et alors... quoi ? Ils sont arrivés, ont fumé une pipe, bu un café et sont repartis ensemble ?

– C’est ce qu’on m’a dit.

– En bateau ?

– Je ne sais pas. Il n’a pas parlé de bateau. Non, attends, je crois qu’ils sont partis en fiacre.

– Les quatre ensemble ?

– Les cinq.

Hachim leva vivement les yeux. Preen gloussa.

– Ils sont arrivés à quatre mais repartis à cinq.

– Oui, je vois. Et toi, Preen, tu sais quelque chose sur ce numéro cinq ?

– Oh ! Oui. C’était un Russe.

– Un Russe ? Tu es sûre ?

Hachim réfléchit. Les Stambouliotes avaient désormais tendance à qualifier de Russe tout individu vaguement étranger et blond. C'était une retombée de la dernière guerre, de toutes les guerres que la Porte avait livrées durant les cent dernières années aux hommes du tsar.

– Je pense que c'est la vérité, dit Preen. Il était en uniforme.

– Quoi ?!

Preen se mit à rire.

– Blanc avec un galon doré. Très élégant. Très très grand. Avec une sorte de médaille sur la poitrine, comme une étoile, avec des rayons.

– Preen, c'est de l'or en barre. Comment as-tu trouvé ça ?

Elle songea au jeune marin grec.

– En faisant des sacrifices.

Elle sourit. Puis elle se souvint de Yorg, et son sourire s'évanouit.

31

Istanbul n'était pas une ville qui restait éveillée tard. Après dix heures, le plus souvent, une fois que le soleil avait depuis longtemps sombré sous les îles des Princes dans la mer de Marmara, les rues étaient calmes et désertes. Parfois, les chiens jappaient et grognaient dans les ruelles, ou se mettaient à hurler sur le rivage, mais ces bruits, comme l'appel à la prière du muezzin au point du jour, étaient les sons de la nuit à Istanbul, et personne n'y prêtait plus attention.

Aucun endroit de la ville n'était plus calme que le Grand Bazar, labyrinthe de rues couvertes et sinueuses qui dévalaient la colline en se tortillant comme des anguilles de Beyazit aux rivages de la Corne d'Or. Durant le jour, le bourdonnement du bazar était celui du caravansérail le plus fantastique au monde, marché où se négociaient l'or et les épices, les tapis et les étoffes, les savons, les livres, les remèdes et les poteries en terre cuite. C'est là, dans cette zone d'un kilomètre et demi de large, constituée de passages et de réduits, qu'étaient fabriqués chaque jour certains des articles les plus délicats et les plus utiles de l'Empire. Le bazar était un concentré de sa richesse et de sa production. Il avait ses propres cafés, ses restaurants, ses imams et ses hammams. Les règles les plus strictes étaient fixées pour sa sécurité.

Les hauteurs dominant le bazar, ce qu'on appelait la troisième colline d'Istanbul, sur laquelle se trouvait la mosquée de Beyazit, avaient été choisies par le Conquérant, le sultan Mehmet, comme site de son palais impérial, mais le bâtiment était encore inachevé quand il entama la construction d'un autre palais, Topkapi, sur la pointe du Sérail, qui devait être beaucoup plus grand et plus fastueux. Le vieux palais, l'Eski Serai, devint plus tard une sorte d'annexe de Topkapi. C'était une école pour la formation des esclaves du palais. Une compagnie de janissaires était stationnée dans ses murs. Mais ses seuls hôtes royaux étaient les femmes d'anciens sultans vouées, après la mort de leur seigneur et maître, à quitter Topkapi pour finir tristement leurs jours entre les murs de l'Eski Serai.

Cette lugubre pratique avait cessé depuis plusieurs années. Finalement, l'Eski Serai était resté à l'abandon puis tombé en ruine. Ses vestiges furent dégagés et, des décombres, surgit la tour de guet des incendies qui veillait encore soigneusement sur le Grand Bazar.

Le sac qui arriva dans la nuit était attaché par ses cordons à la lourde grille protégeant le Grand Bazar des regards indiscrets et des voleurs audacieux. Quand survint l'aube, plus d'une douzaine de personnes en avaient déjà parlé et, dans l'heure qui suivit, devant une foule compacte, on le décrocha pour le mettre enfin à terre.

Personne ne tenait à être chargé de son ouverture. Personne ne pensait qu'il contenait un trésor. Tout le monde se disait que son contenu, quel qu'il fût, devait être horrible, et tout le monde voulait savoir ce dont il s'agissait.

Au bout du compte, il fut décidé de transporter le sac toujours fermé dans la mosquée et de prendre l'avis du *kadi*.

32

Après plusieurs heures, on procéda ce matin-là à l'ouverture du sac.

– Quelle chose affreuse ! répéta le *kadi* en se tordant les mains. (C'était un vieillard, et le choc avait été grand.) Rien de tel... jamais... (Ses mains frémissaient dans les airs.) Cela n'a rien à voir avec nous. Des gens paisibles... de bons voisins...

Le *seraskier* approuva de la tête, mais il n'écoutait pas. Il observait Hachim qui tirait sur les cordons. Hachim se leva et fit basculer le sac pour le vider sur le sol.

Le *kadi* s'agrippa au chambranle d'une porte afin de tenir debout. Le *seraskier* fit un bond de côté. Hachim lui-même suffoqua devant le tas d'ossements blancs et de cuillers en bois. Calée dans la pile, il y avait une tête humaine dont le teint virait au noir.

Hachim resta les yeux baissés, sans dire un mot. « La violence est terrible, pensa-t-il. Et qu'ai-je fait pour y mettre un terme ? Préparé un repas, recherché un chaudron de fantaisie. *Préparé un repas.* »

Le *seraskier* avança un pied et remua le tas avec la pointe de sa botte. La tête reposait dans ce nid macabre, la peau jaune et tendue, les yeux luisant sous des paupières à demi fermées. Ni l'un ni l'autre ne virent le *kadi* quitter la pièce.

– Pas de sang, dit le *seraskier.*

Hachim s'accroupit près des os et des cuillers.

– C'est l'un des vôtres ?

– Oui, je crois.

– Vous croyez ?

– Non, j'en suis sûr. La moustache.

Il désigna mollement la tête tranchée. Mais Hachim était plus intéressé par les os. Il les étala, un par un, prêtant une attention particulière au tibia, au fémur et aux côtes.

– Très curieux, murmura-t-il.

Le *seraskier* baissa les yeux.

– Quoi donc ?

– Il n'y a sur eux aucune marque. Ils sont propres et entiers.

Il souleva le bassin et se mit à l'examiner sur toutes les faces. Le *seraskier* fit la grimace. Il avait déjà souvent eu affaire à des cadavres... mais quant à caresser les os. *Beurk.*

– En tout cas, c'était un homme, remarqua Hachim.

– Bien sûr que c'était un putain d'homme. C'était l'un de mes soldats.

– Simple remarque, répliqua Hachim d'un ton calme, en remettant le bassin à sa place. (Vu d'en haut, il était d'une taille presque obscène et trônait au milieu des restes du squelette étalés sur le sol de marbre.) Peut-être ont-ils utilisé un autre corps. Je ne saurais dire.

– Un autre corps ? Pour quoi faire ?

Hachim se leva et s'essuya les mains avec la bordure de sa cape. Il fixa le *seraskier*, sans rien voir.

– Je n'arrive pas à imaginer, dit-il.

Le *seraskier* désigna la porte et poussa un soupir.
– Qu'on le veuille ou pas, dit-il, il va falloir que nous disions quelque chose aux gens.
Hachim cligna des yeux.
– Pourquoi pas la vérité ? suggéra-t-il.
Le *seraskier* le regarda bien en face.
– Par exemple, dit-il brusquement. Pourquoi pas ?

33

Il est de belles villes où les citoyens heureux soutiennent une administration intelligente, où l'on ne voit jamais de bâtiment public délabré, de terrain à bâtir isolé, envahi de mauvaises herbes, ni même de palais en ruine. Mais une grande cité a besoin de tout cela car la décrépitude est également un signe de vie. D'un côté, le dépérissement parle d'opportunité, de l'autre, de délinquance et de corruption. Dans les années 1830, Istanbul ne faisait pas exception à la règle.

Hachim se tenait en haut des marches conduisant à la porte d'entrée d'un bâtiment de Péra, le quartier dit européen d'Istanbul, de l'autre côté de la Corne d'Or, et le cordon dépenaillé qui gisait, inerte, dans sa main incitait à ce type de réflexion. Il eut le sentiment que, d'une certaine manière, cette sonnette en panne était du même ordre que bien d'autres éléments délabrés et décrépis de cette vieille métropole, des basiliques lézardées aux maisons de bois affaissées, du bureau du patriarche aux pilotis détrempés dans le port.

À la dernière secousse, le cordon céda, mais une sonnette retentit à l'intérieur de la vieille demeure. Pour la première fois depuis des semaines, et pour la dernière avant des années, elle annonça à l'ambassadeur polonais qu'il avait un visiteur.

Palewski manœuvra pour s'extirper du divan en jurant et dans un tintement de verre brisé.

En haut de l'escalier, il s'agrippa à la balustrade et se mit à descendre, très lentement, vers la porte d'entrée. Il fixa un instant les verrous, puis s'étira, tendit les muscles de son dos, se passa une main dans les cheveux et autour du cou avant d'ouvrir d'un geste brusque. Instinctivement, il cligna des yeux face à l'assaut brutal de la lumière hivernale.

Avant d'entrer, Hachim lui fourra dans les mains les restes du cordon. Palewski referma la porte en bougonnant.

– Pourquoi n'entrez-vous pas par la porte-fenêtre à l'arrière ?

– Je ne voulais pas vous surprendre.

Palewski tourna le dos et se mit à gravir les marches.

– Rien ne peut me surprendre, dit-il.

Hachim jeta un rapide coup d'œil au couloir sombre conduisant à l'arrière de la résidence, et au drap couvrant des meubles entreposés dans le vestibule. Il suivit Palewski à l'étage.

Ce dernier ouvrit une porte.

– Ah ! dit-il.

Hachim entra derrière lui dans une petite pièce au plafond bas éclairée par deux longues fenêtres. En face se trouvait une cheminée élaborée, décorée de boucliers gravés réunis en gerbes, d'arcs et de flèches évoquant un temps plus chevaleresque. Dans l'âtre brûlait lentement un petit feu. Palewski jeta une bûche puis remua les braises, faisant jaillir quelques étincelles. Les flammes commencèrent à s'élancer.

Palewski se laissa tomber sur un gros fauteuil et fit signe à Hachim d'en faire autant.

– Prenons un peu de thé, dit-il.

Hachim s'était déjà trouvé plusieurs fois dans cette pièce mais il regarda autour de lui avec plaisir. Un miroir tacheté au cadre doré était suspendu entre les fenêtres à persiennes. Au-dessous se trouvaient le petit secrétaire de Palewski et la seule chaise de la maison. Les deux fauteuils placés devant le feu perdaient leur bourre mais restaient confortables. Au-dessus de la cheminée était accroché un portrait à l'huile de Jean III Sobieski, le roi polonais qui leva en 1683 le siège turc de Vienne. Deux autres peintures à l'huile, l'une d'un homme en perruque sur un cheval caracolant et l'autre représentant une scène de famille, étaient accrochées au mur près de la porte, au-dessus d'une petite table en acajou sur laquelle était posé le violon de Palewski. L'autre mur et les niches près de la cheminée étaient occupés par des livres.

Palewski se pencha en avant et tira d'un coup sec une ou deux fois sur un cordon en tapisserie. Une servante grecque bien mise apparut dans l'encadrement de la porte. Palewski commanda le thé. La jeune fille revint avec un plateau qu'elle déposa sur une petite table devant le feu. Palewski se frotta les mains.

– Du thé anglais, dit-il. Du keemun avec un soupçon de bergamote. Lait ou citron ?

Le thé, le feu et les chaudes couleurs de la pendule allemande sur le manteau de la cheminée contribuèrent à mettre l'ambassadeur polonais dans de meilleures dispositions. Hachim éprouva également une sensation de bien-être. Pendant un long moment les deux hommes restèrent silencieux.

– L'autre jour vous m'avez cité quelque chose... « Une armée avance sur son ventre. » Qui a dit ça ? Napoléon ?

Pawleski acquiesça et fit la grimace.

Du Napoléon tout craché. À la fin, ses armées avançaient sur leurs pieds gelés.

Ce n'était pas la première fois que Hachim se proposait de sonder l'attitude de Pawleski envers Napoléon. Celle-ci semblait être un mélange d'admiration et d'amertume. Mais, au lieu de poursuivre dans cette voie, il demanda :

– Y a-t-il dans la façon qu'avaient les janissaires de nommer leurs grades quelque chose qui vous semble important ?

– Important ? Ils ont emprunté leurs titres à la cuisine. Le colonel était appelé marmiton soupier, pas vrai ? Et il y a d'autres grades dont je me souviens : laveur de vaisselle, boulanger, crêpier. Les sergents-majors se promenaient avec une grande louche en bois en guise d'insigne. Quant aux hommes, s'ils perdaient au combat une soupière du régiment, l'un des grands chaudrons qu'ils utilisaient pour faire le pilaf, c'était le comble du déshonneur. Pourquoi les janissaires ?

Hachim lui raconta tout. Il lui parla du chaudron, de l'homme ligoté prêt à rôtir, du tas d'os et des cuillers en bois. Palewski l'écouta en silence.

– Pardonnez-moi, Hachim, mais n'étiez-vous pas à Istanbul il y a dix ans ? C'est ce qu'on appelle répression, n'est-ce pas ? On peut réprimer une douleur, une émotion. Mais nous parlons ici de chair et de sang. C'était l'histoire. C'était la tradition. Réprimés ? Ce qui est arrivé aux janissaires n'était même pas un massacre. (À la grande surprise de Hachim, Palewski tenta de se mettre debout.) J'étais là, Hachim. Je ne vous l'ai jamais raconté parce que personne, pas même vous, ne souhaitait savoir. Ce n'est pas la façon de faire ottomane. (Il hésita et sourit tristement.) Vous ai-je déjà raconté ça ?

Hachim hocha la tête. Palewski leva le menton.

– 16 juin 1826. Journée ensoleillée. Je me trouvais à Stamboul pour faire quelque course, j'ai oublié, commença-t-il. *Et boum*... la ville explose. Le bruit des timbales sur l'Eitmedan. Les étudiants des medersas bourdonnant comme un fromage à point. « Rentre, pensai-je. Descends à la Corne d'Or, prends le premier caïque venu, un thé sur la pelouse et attends les nouvelles. »

– Un thé ? s'exclama Hachim.

– Façon de parler. Comme la pelouse. Mais peu importe : je ne suis pas arrivé à mes fins. La Corne d'Or. Silence inquiétant. Les caïques étaient là, tirés à sec du côté de Péra. J'ai fait de grands signes, cabriolé sur le ponton, mais pas un seul misérable ne s'est proposé pour me faire traverser. Je vous le dis, Hachim, les poils de ma nuque étaient dressés comme des piquants. L'impression d'être en quarantaine. J'avais une vague idée de ce qui se tramait. J'ai pensé à certains pachas que je connaissais, puis je mc suis dit qu'ils devaient avoir suffisamment de problèmes pour s'occuper du mien. À dire vrai, je n'étais pas persuadé qu'il fût sage de se barricader en ce moment de crise dans la demeure d'un haut dignitaire, car nous savions tous ce qui se préparait. Devinez où je suis allé plutôt ?

Hachim plissa le front. « Je sais exactement où, mon bon ami, mais je ne gâcherai pas votre plaisir. »

– Dans une taverne grecque ? Une mosquée ? Je ne sais pas.

– Chez le sultan. Je l'ai trouvé au Sérail, dans la salle des Circoncisions. Il venait d'arriver de Besiktas, au nord du Bosphore. Entouré de divers commandants. Du grand mufti également. (Palewski lança à Hachim un long regard appuyé.) Ne me parlez pas de répression. J'étais là. « La victoire ou la mort ! » criaient les pachas. Mahmud prit dans ses deux mains le saint étendard du Prophète. « Soit nous l'emportons aujourd'hui, dit-il, soit Istanbul deviendra un monceau de ruines où les chats pourront fureter à leur aise. » Voici ce que je dirai de la maison d'Osman : il leur a peut-être fallu deux cent cinquante ans pour prendre la décision mais, une fois qu'ils l'ont prise, ils n'en ont pas démordu. Les étudiants sont accourus en nombre dans la grande cour de Topkapi. On leur a donné des armes, et ils ont transporté le saint étendard du Prophète à la mosquée du sultan Ahmet... toute cette extrémité de la ville était à nous, les environs de l'Hippodrome, Aya Sofya et le palais. Les rebelles, eux, se trouvaient au bout de la rue près de leur caserne à proximité de la mosquée de Beyazit et du bazar des fripes, qui a toujours été un bastion des janissaires. C'est là que les troupes du sultan attaquèrent en premier. La mitraille. Comme Napoléon aux Tuileries. Une rafale de mitraille. Juste deux canons... mais sous les ordres d'un type qu'ils appelaient Ibrahim. Le diabolique Ibrahim. Les janissaires retournèrent en courant à la caserne et se mirent à bloquer les issues avec des pierres... sans une pensée pour les camarades restés dehors dans les rues. Même encerclés par l'artillerie, ils refusèrent d'entendre parler de se rendre. Regroupés tout simplement, semble-t-il, à l'intérieur de la Grande Porte. La première canonnade qui la fit sauter tua des dizaines d'entre eux, en un instant. On a vu les flammes, Hach. Elles ont carbonisé les janissaires... en tout cas certains d'entre eux. C'était comme défaire une meule de foin, et tuer les rats qui détalent. Les prisonniers furent expédiés à la mosquée du sultan Ahmet, mais ceux qui ont été étranglés sur place furent jetés au pied de l'arbre des Janissaires... à la tombée de la nuit, il y avait là une demi-douzaine de cadavres. Le lendemain, l'Hippodrome était un monceau de corps. Il m'a toujours rendu malade, cet arbre. Quand je me rappelle les hommes pendus aux branches, comme des fruits... Et les cadavres des janissaires entassés autour de son tronc. Il doit avoir du sang en lui, Hach. Du sang dans les racines. Mais c'est ce que j'ai vu, et je dois dire une chose. J'ai assisté à des pogromes et à des massacres. J'ai vu pire, à dire vrai, que le sort ultime réservé aux janissaires. Des femmes et des enfants... J'ai vu ça. Les janissaires étaient des hommes et, d'une certaine façon, ils l'ont mérité, pauvres idiots, pour leurs agissements, et pour ceux de leurs prédécesseurs depuis la nuit des temps. Ils savaient dans quel sale boulot ils s'étaient engagés. L'Empire en mourait à petit feu et ils ont dû savoir qu'un jour il y aurait un règlement de comptes. Sans doute n'ont-ils pas pensé que ça se passerait ainsi, d'une façon aussi brutale et radicale. Cela n'a pas été du genre « la fête est finie, posez vos sabres sur le comptoir en sortant », pas vrai ? Ce fut un anéantissement, Hach. Dix mille morts ? Brûlés à leur sortie de la forêt de Belgrade. Extirpés des villes de province. Les cavaliers tatars filant aux quatre coins de l'Empire pour répandre la nouvelle. L'Heureuse Affaire, c'est comme ça qu'on dit, non ? Leur condition de janissaire ne figure même pas sur leur acte de décès. Ils ont disparu et, qui plus est, sans laisser de trace. Vous savez, quelques semaines plus tard, j'ai aperçu le sultan avec un bourreau dans un cimetière au milieu des cyprès. Leurs anciens morts. Les loyaux et les braves ainsi que les vénaux et les corrompus. Le bourreau a décapité chaque pierre tombale à coups de glaive.

Hachim leva un doigt.

– Il en reste une. Là-bas, à Scutari, avec la manche gravée dans la pierre.

Palewski l'arrêta d'un geste.

– Il en reste toujours une. Et peut-être des dizaines. Cela ne veut rien dire. L'Empire ottoman perdure, mais il se transforme ici même sous nos yeux. Tout ce qui était étrange et magnifique chez votre peuple, Hach, tout ce qui a fait tourner ce monde pendant des siècles, tout cela est en train de se dérober sous nos pieds parce que les janissaires ont disparu. Ils étaient le socle de l'Empire, vous comprenez ? Chaque jour, Istanbul offre des scènes qui feraient pleurer vos ancêtres. Le sultan assis sur une selle européenne. L'armée entraînée comme des soldats napoléoniens. Les chrétiens qui vendent de l'alcool à Péra, les hommes qui remplacent leur turban par un fez, tout ça. Et plus : les janissaires étaient des salopards arrogants, bornés et voleurs, mais c'étaient des poètes et même, pour certains, des artisans de talent. Et tous partageaient une culture qui leur était propre. Quelque chose qui les transcendait, qui transcendait leur cupidité et leurs défauts. Est-ce que je les regrette ? Non. Mais je les pleure, Hachim. Seul dans cette ville, je les pleure, parce qu'ils étaient l'âme de cet Empire, pour le meilleur et pour le pire. Avec eux, les Ottomans étaient uniques. Fiers, étranges et, d'une certaine manière, libres. Les janissaires leur rappelaient qui ils étaient et ce qu'ils voulaient être. Sans eux, ils sont désormais, je le crains, très normaux. Trop normaux : même le souvenir des janissaires est effacé. Et l'Empire ne pourra, je le crains, s'accommoder très longtemps de cette normalité. Elle est trop mince, trop friable, sans mémoire. La capacité de se souvenir, voilà ce qui forge un peuple. C'est aussi la même chose pour nous, Polonais, ajouta-t-il, soudain morose.

Il se laissa glisser dans un fauteuil et rumina en silence, une main sur les yeux. Hachim but une gorgée de thé, le trouva froid et vida la tasse.

– Je suis désolé, dit-il. Je n'aurais pas dû vous ennuyer.

Palewski releva lentement la tête.

– Ennuyez-moi, Hachim. Ennuyez-moi autant que vous voudrez. Je ne suis que l'ambassadeur, que puis-je savoir de quoi que ce soit ?

Hachim eut une envie de petit garçon, se lever et partir.

– Je me suis posé des questions à propos des os, dit-il, parce qu'ils étaient si propres. Combien de jours les meurtriers ont-ils eus ? Six ? Comment nettoyer les os d'un homme de cette façon en si peu de temps ?

– Eh bien, murmura Palewski, en le faisant bouillir.

– Oh ! Et entier par-dessus le marché... Dans une énorme marmite. Il n'y a pas la moindre trace de couteau sur les os.

Palewski reprit du thé. Il remarqua que sa main tremblait.

– Imaginez l'odeur, dit Hachim. Quelqu'un a dû certainement remarquer quelque chose.

– Hachim, mon ami, protesta Palewski, est-il un seul aspect de cette affaire qui ne soit pas lié à la cuisine ? Je crains que nous ne soyons forcés de suspendre nos rencontres du jeudi soir jusqu'à nouvel ordre. Je ne suis pas sûr de pouvoir le supporter.

Hachim fit semblant de ne pas entendre.

– La façon dont les corps arrivent, c'est presque comme s'ils voulaient montrer qu'ils peuvent frapper n'importe où... D'abord les nouvelles écuries au-dessus d'Aksaray, puis dans un tout autre coin, de l'autre côté de la Corne d'Or, à Galata, près de la mosquée de la Victoire. Enfin, aujourd'hui, on en trouve un sur les grilles du bazar. Des cadavres sortis on ne sait d'où, ajouta-t-il, et un autre à venir. À moins qu'on n'arrive cette fois les premiers.

– Cela ne serait possible que s'il y avait une sorte de constante. Quelque chose dans chacun de ces lieux qui convient au meurtrier, quelle que soit leur distance les uns des autres. Il est certainement plus difficile de déposer ces corps aux quatre coins de la ville et même à Galata que de les laisser flotter sur le Bosphore.

Hachim leva les yeux et acquiesça.

– Mais, pour quelque raison, les tueurs pensent que cette difficulté supplémentaire a son prix.

– Une constante, Hachim. Il faut vous trouver une bonne carte et y reporter ces points.

– Une bonne carte, répéta Hachim d'une voix monocorde.

Cela faisait bien longtemps que personne n'avait tenté d'établir une bonne carte d'Istanbul. Palewski le savait aussi bien que lui.

– Parfait. Qu'est-ce que vous avez d'autre ?

– Un poème soufi dont la pertinence reste à établir. Un Russe en uniforme, répliqua Hachim.

– Ah ! Un Russe. Là je peux vous aider.

Hachim lui raconta ce que Preen avait découvert au sujet du cinquième homme décoré.

– L'ordre de Vassili, sans aucun doute. Réservé aux exploits sur le champ de bataille, mais pas très coté. On ne le portera pas si l'on peut avoir quelque chose de plus prestigieux.

– Ce qui signifie ?

– Ce qui signifie que votre gars est peut-être un bon soldat mais pas un grand personnage. Un aristocrate de quatrième ordre, voire moins encore. Sans doute un soldat de carrière.

– À Istanbul ?

– Attaché à l'ambassade. Il n'y a pas d'autre explication. Je vais vous le trouver sans tarder.

Palewski se dégagea de son fauteuil et se mit à fouiller dans une étagère basse. Il en tira plusieurs exemplaires du *Moniteur* *, la gazette de la cour ottomane, retourna à sa place et se mit à les feuilleter.

– Tout est là... qui est arrivé, qui est parti, qui a présenté ses lettres de créance à la Cour. Regardez, nouvel arrivant à l'ambassade de Grande-Bretagne, chargé d'affaires américain élevé au rang de consul, audience de l'envoyé plénipotentiaire perse, bla-bla-bla. Ensuite, nouvel agent commercial russe, pas la bonne spécialité, départ du consul français... ah ! dommage que j'aie raté cette réception... et caetera, non. Ensuite. Voilà. N. P. Potemkin, jeune adjoint à l'attaché pour les affaires militaires, présente ses lettres de créance aux vizirs de la Cour. Plutôt modeste. Pas de vraie accréditation. Autrement dit, il n'a jamais rencontré le sultan.

Hachim esquissa un sourire. La propre audience accordée à Palewski par le sultan avait été l'apogée d'une carrière diplomatique tuée dans l'œuf. Et avait aussi fourni la matière d'une histoire que Palewski racontait d'un air très pince-sans-rire.

Caprice de l'histoire, l'ambassadeur polonais avait été maintenu à Istanbul aux frais du sultan. C'était un retour au temps où les Ottomans étaient trop suffisants pour se plier aux lois ordinaires de la diplomatie européenne et n'autorisaient aucun roi ni empereur à se considérer l'égal du sultan. Un ambassadeur était, à leurs yeux, une sorte de plaignant devant la source de la justice mondiale et non un grand personnage bénéficiant d'une quelconque immunité diplomatique. C'est pourquoi ils avaient toujours tenu à payer ses factures. D'autres nations étaicnt parvenues à contester cette conception de la fonction diplomatique. Mais dernièrement les Polonais ne pouvaient guère se le permettre. Depuis 1830, leur pays avait cessé d'exister, quand la dernière parcelle de terrain autour de Cracovie avait été avalée par l'Autriche.

Les appointements que recevait l'ambassadeur polonais ne semblaient pas couvrir le coût du maintien de l'ambassade elle-même, avait remarqué Hachim, mais ils permettaient au moins à Palewski de vivre dans un confort raisonnable. « Nous parlons de justice chrétienne, expliquait Palewski, mais la seule justice dont ait jamais bénéficié la Pologne a été le fait de son vieil ennemi musulman. Vous, Ottomans, vous comprenez mieux la justice que n'importe qui d'autre en ce monde ! » Palewski se gardait de faire remarquer que les appointements octroyés étaient inchangés depuis deux siècles. Hachim, de son côté, ne disait jamais ce qu'ils savaient tous deux : que les Ottomans persistaient à reconnaître les Polonais à seule fin d'irriter les Russes.

– Il semble donc, songea tout haut Hachim, que le jeune attaché Potemkin soit monté dans un fiacre avec quatre des meilleurs cadets de la Nouvelle Garde... et on ne les a jamais revus vivants.

Palewski leva les sourcils.

– Rencontre avec un Russe, disparition, quoi de plus courant ? En Pologne, cela arrive tout le temps.

– Mais d'abord, pourquoi ont-ils rencontré un officiel russe ? Nous avons pratiquement toujours été en guerre avec la Russie. Sinon aujourd'hui, du moins hier et probablement demain.

Palewski leva les bras en signe d'ignorance.

– Comment savoir ? Vendaient-ils des secrets ? Se sont-ils retrouvés dans les jardins par hasard et ont-ils décidé de faire la fête ensemble cette nuit-là ?

– Personne ne rencontre quelqu'un par hasard dans les jardins, lui rappela Hachim. Quant à vendre des secrets, j'ai l'impression que c'est nous qui avons besoin des leurs, pas le contraire. Qu'est-ce que les cadets pouvaient vendre... de vieilles tables de trigonométrie françaises ? Les plans de canons copiés au départ sur les Russes ? Le nom de leur chapelier ?

Palewski se renfrogna et avança les lèvres.

– Je crois que nous avons bu assez de thé, dit-il d'un air réfléchi. L'élucidation de profonds mystères requiert quelque chose de plus corsé.

Mais Hachim savait ce qu'il adviendrait s'il suivait le conseil bien intentionné de son hôte. C'est pourquoi il présenta ses excuses et partit.

34

Hachim se dirigea d'un pas pressé vers le quai de Péra longeant la Corne d'Or et regagna en caïque Istanbul, sur l'autre rive. Une charrette cahotante tirée par un âne le ralentit lorsqu'il rentra chez lui. Le conducteur regarda alentour et leva le manche de son fouet en signe de remerciement, mais les ruelles étaient trop étroites pour qu'il pût passer, de sorte que Hachim fut contraint de traîner les pieds, brûlant d'impatience ; finalement, la charrette tourna dans sa propre ruelle et, à ce moment-là, Hachim aperçut à mi-chemin un homme qui attendait. Sa tenue rouge et blanche indiquait qu'il s'agissait d'un page attaché au service intérieur du palais. Comme il regardait de l'autre côté, Hachim s'engouffra discrètement dans la ruelle dont il venait de sortir.

Appuyé contre le mur, il considéra sa position. Le *seraskier* lui avait octroyé onze jours avant la grande revue destinée à montrer que le sultan était à la tête d'une armée efficace et moderne, capable d'égaler tout ce que les ennemis de l'Empire pouvaient lui opposer sur le champ de bataille. Quatre jours s'étaient écoulés. On était déjà dimanche, et le temps semblait devoir faire défaut : il y avait la question du prochain meurtre, l'observation judicieuse de Palewski qu'il lui fallait mettre la main sur une bonne carte, et le problème de l'attaché russe, Potemkin. Mais il y avait aussi la strangulation au palais, et la menace voilée de la Validé lui intimant de trouver ses bijoux s'il voulait jamais obtenir un autre roman français. Oui, il en voulait un, mais Hachim n'était pas naïf. Les romans, c'était le moins important. Faveur, protection, une puissante amie. Il pouvait à tout moment en avoir besoin.

Ce n'était pas non plus un ingrat. Le Palais avait découvert ses talents particuliers et lui avait permis de les exercer. Tout comme, depuis des siècles, il sélectionnait et formait ses fonctionnaires pour mettre à profit leurs dons naturels.

Et quand le Palais sollicitait son aide, c'était son devoir de répondre.

Mais cela le mettait dans une position difficile. Il était engagé par le *seraskier* : c'est le *seraskier* qui l'avait appelé en premier.

Un meurtre au harem, c'était une affaire grave. Toutefois, ce dont il s'occupait à l'extérieur était pire.

Pour le quatrième cadet, il n'y avait pas de temps à perdre.

Il respira profondément, redressa les épaules et s'engagea dans sa rue.

35

L'habilleur des filles lança un regard implorant à Hachim, puis au *kislar agha*, chef des eunuques noirs, qui étalait sa forte corpulence sur une chaise longue. Ni l'habilleur ni Hachim n'avaient été invités à s'asseoir.

Hachim maudit sous cape son impétuosité. Il avait été conduit au palais juste au moment où la Validé-sultane faisait comme chaque soir un petit somme, de sorte que le *kislar agha* s'était empressé de prendre la direction des affaires. Le *kislar agha* ne dormait jamais. Quand Hachim l'avait informé de ce qu'il avait à dire, il avait sur-le-champ fait mander l'habilleur.

C'est ainsi que fonctionnait le système et Hachim le savait. Chacun avait ses idées sur le harem impérial, mais c'était essentiellement une sorte de machine. Le sultan qui injectait une nouvelle recrue dans la cohorte des concubines impériales n'était que le piston central d'un moteur destiné à garantir la production continue de sultans ottomans. Les autres, eunuques, femmes, n'étaient que de simples rouages.

Les chrétiens se faisaient du harem une tout autre image. Après avoir lu certains des romans français préférés de la Validé, Hachim avait peu à peu compris que les Occidentaux en général avaient du harem une idée très romanesque et très fantaisiste. Pour eux, il s'agissait d'un lieu de plaisir sirupeux où les plus belles femmes du monde, obéissant au caprice d'un seul homme, se livraient spontanément à des ébats amoureux, passionnés et lascifs, à d'obsédantes bacchanales. Comme si les femmes n'avaient que des seins et des cuisses, mais pas de cerveau ni de passé personnel. Qu'ils rêvent à leur guise ! songea Hachim. L'endroit était certes une machine, mais les femmes avaient leur vie, leur caractère et leur ambition. Quant aux rumeurs de lubricité, c'était simplement la vapeur que rejetait la machine.

L'habilleur était un bon exemple. Il ressemblait à un citron pressé. Quarante-cinq ans, aigri, tatillon, noir, décharné, pointilleux sur les détails, avec la vivacité naturelle d'un robinet qui goutte. Les tâches de l'habilleur consistaient à préparer la *gözde*, la jeune élue, pour le lit du sultan et s'étendaient à l'achat de sa lingerie. Son équipe comptait des coiffeurs, des tailleurs, des bijoutiers et un parfumeur qui s'employait, entre autres, à écraser et moudre des substances odorantes puis à mélanger les senteurs en fonction des goûts du sultan, à préparer savons, huiles, aphrodisiaques et enfin à veiller sur la fabrication de l'encens impérial. Si quelque chose tournait mal, c'est l'habilleur qui en faisait les frais. Mais il avait toujours sous ses ordres des fonctionnaires subalternes qu'il pouvait, à son tour, malmener.

– Une bague, habilleur, dit le *kislar agha*. Selon votre ami ici présent, la fille portait une bague. Je ne sais pas si elle la portait au moment du funeste événement. Peut-être pourrez-vous nous renseigner ?

La légère concavité annulaire sur le majeur de la jeune morte, qu'avait relevée Hachim avant que la Validé-sultane eût interrompu son inspection du corps, l'avait alors intéressé. Malgré tous ses atours et ses bijoux de prix, c'était la bague manquante qui rappelait, ne serait-ce que fugitivement, son existence d'être humain doté de pensées et de sentiments intimes. Calibrée en tout point pour la tâche qu'elle ne devait jamais accomplir – beauté parfaite à la mise impeccable, baignée et parfumée –, s'apprêtait-elle néanmoins à gagner la couche du sultan avec la plus infime trace d'une imperfection, un creux froid, blanc au majeur de sa main droite : discrète empreinte d'un choix ?

La bague fut-elle retirée au moment de sa mort, ou plus tard ?

L'habilleur regarda Hachim qui l'observait, impassible, les bras croisés patiemment sur la poitrine. Il leva les yeux, tapotant nerveusement des doigts ses lèvres closes. Hachim eut le sentiment d'avoir déjà obtenu la réponse qu'ils attendaient. L'habilleur tentait de maîtriser son affolement et de mesurer les conséquences possibles de ce qu'il se préparait à dire.

– En effet. Une bague. Juste celle-là. Elle portait cette bague.

Le *kislar agha* tira sur le lobe de son oreille. Il tourna un œil injecté de sang vers Hachim qui dit :

– Et le page de la chambre qui a trouvé le corps, pouvons-nous lui parler ?

On amena le page de la chambre, dont la tâche consistait à conduire la *gözde* au sultan : il ignorait tout d'une bague. Le *kislar agha*, qui était aussitôt arrivé sur les lieux, répondit à Hachim en se contentant de baisser les paupières.

– Elle a été couchée dans la chambre nuptiale, juste comme vous l'avez vue.

– Par... ?

– Entre autres, par l'habilleur.

L'habilleur ne se souvenait pas si la bague manquait alors.

– Mais vous auriez pu remarquer si elle avait disparu ? suggéra Hachim.

L'habilleur déglutit.

– Oui, oui, je suppose que cela m'aurait frappé. Après tout, c'est moi qui ai disposé ses mains. Vu comme ça, Effendi, il est manifeste qu'elle portait la bague quand elle... ah ! quand elle...

– Quand elle est morte. Pouvez-vous la décrire ?

L'habilleur déglutit.

– Une bague en argent. Insignifiante. Je l'ai vue souvent. Plusieurs filles la portent, se la passent. Il y a beaucoup de petites pièces comme ça, sans rien de particulier, qui appartiennent aux femmes en général, si l'on peut dire. Elles les portent un certain temps, puis s'en fatiguent et s'en défont. Franchement, je considère que ces babioles ne relèvent pas de ma charge... à moins qu'elles soient laides ou portent atteinte à l'harmonie de l'ensemble, bien sûr.

– Et vous l'avez laissée porter cette bague pour se présenter au sultan ?

– J'ai pensé qu'il était plus prudent qu'elle garde cette bague que d'avoir une vilaine marque sur le doigt. Je n'ai rien dit. (L'habilleur se tournait et se tortillait machinalement d'un côté puis de l'autre.) J'ai bien fait, n'est-ce pas, maître ? C'était une simple bague. Juste un anneau, en argent.

Le *kislar agha* le regarda fixement. Puis, d'un haussement d'épaules et d'un geste de la main, il le congédia de la pièce. L'habilleur sortit à reculons, en s'inclinant nerveusement.

Le *kislar agha* prit une pêche et y planta les dents. Le jus coula sur son menton.

– Vous pensez qu'il s'en est emparé ?

Hachim hocha la tête.

– Quelques grammes d'argent, pourquoi s'en serait-il embarrassé ? En revanche, quelqu'un l'a prise. Je me demande pourquoi.

– Quelqu'un l'a prise, répéta lentement le *kislar agha*. Alors elle doit être encore ici.

– Oui, je suppose.

L'homme noir s'adossa et examina ses mains.

– On la retrouvera, dit-il.

36

Son Excellence le prince Nikolaï Derentsov, de l'ordre du tsar Pierre, première classe, chambellan héréditaire des tsars de toutes les Russies et ambassadeur de Russie auprès de la Sublime Porte, regarda ses jointures devenir blanches sur le bord de son bureau.

C'était, et il aurait été le premier à en convenir, un homme d'une beauté peu commune. À près de soixante ans, avec sa très haute stature, de larges épaules soulignées par une jaquette à col montant et un foulard amidonné autour du cou, il était à la fois élégant et redoutable. Il avait des cheveux gris acier coupés court et de longs favoris. Une belle tête, des yeux bleus froids et une bouche plutôt petite.

La famille Derentsov trouvait la vie hors de prix. Malgré de vastes domaines, malgré l'accès aux plus hautes charges du pays, le prince Nikolaï Derentsov avait fait la pénible découverte, au terme d'un siècle de bals, de toilettes, de jeu et de politique à Saint-Pétersbourg, que ses dettes et ses dépenses excédaient ses revenus. En parvenant à épouser une très belle jeune femme, il avait, la saison passée, défrayé la chronique, bien que les belles jeunes femmes fussent aussi nombreuses en Russie que partout ailleurs.

Si l'on en parlait tant, si la jalousie le disputait aux félicitations, c'est que, par son mariage, le prince s'était aussi assuré le bénéfice d'une fortune considérable. Non que le milieu dans lequel évoluait Derentsov le formulât toujours ainsi. Derrière son dos, on disait avec mépris que, quelle que fût sa beauté, la jeune fille était l'objet d'une transaction. Son père s'était enrichi dans la fourrure.

– Il apparaît que vous avez été négligent, dit Derentsov. Dans mon ambassade, je ne puis maintenir en poste des gens qui font des erreurs. Vous me comprenez ?

– Je suis si désolé, Excellence.

Le jeune homme courba la tête. Nikolaï Potemkin semblait vraiment sincère. Il était aussi et surtout désolé non de ce qu'il avait fait, il n'était pas responsable, mais parce que le chef était irrité, injuste et semblait vouloir le remercier sur-le-champ. Il était là depuis à peine deux mois et avait glissé d'une charge administrative sans avenir dans l'armée russe à un emploi dans le service diplomatique, grâcc à l'intervention d'un parent âgé auprès de la Cour. Un parent lointain dont l'influence était des plus minces, de sorte que l'occasion ne se représenterait pas.

Il était, comme son chef, de très haute stature mais il n'était pas beau. Son visage balafré par un coup de sabre reçu dans la guerre contre les Turcs n'avait jamais bien cicatrisé, de sorte qu'une zébrure livide courait du coin de l'œil gauche à la lèvre supérieure. Il était très clair de peau, et ses yeux presque dépourvus de cils étaient pâles et larmoyants. Dans cet affrontement avec un cavalier turc, il avait saisi le sabre de sa main gauche nue, et trois de ses doigts désormais recroquevillés n'étaient plus qu'un crochet inutile. Le jeune Potemkin en était venu à comprendre que c'était le corps diplomatique ou... rien. Deux mille cinq cents hectares aux confins de la Sibérie. Un domaine de troisième ordre, criblé de dettes, à plus d'un millier de kilomètres de la moindre habitation.

Le prince Derentsov tapota sur le bureau du bout de ses doigts.

– Le mal est fait. Dans quelques minutes, nous allons nous entretenir avec un émissaire de la Sublime Porte. Mettons-nous d'accord. Vous avez rencontré les hommes une seule fois. Vous avez parlé français. Vous avez offert de les transporter et les avez déposés... où ?

– Quelque part, près de leur caserne, je ne sais pas très bien. Je ne suis allé qu'un petit nombre de fois en ville.

– Hum, grommela le prince. Rien d'autre, compris ? (Potemkin acquiesça.) Très bien.

Il tira une sonnette et demanda à l'ordonnance de faire entrer le visiteur ottoman.

37

Les Russes observèrent l'allure de Hachim.

Quelqu'un d'insignifiant, pensa l'ambassadeur. Aucun titre. Le jeune attaché Potemkin éprouva un immense soulagement, persuadé que, si les Turcs eux-mêmes accordaient si peu d'intérêt à cet entretien, son chef ne pourrait guère considérer son erreur comme un motif de renvoi.

Ils regardèrent Hachim s'incliner. L'ambassadeur ne lui proposa pas de s'asseoir.

– Je vous remercie de votre aide, déclara Hachim.

Le prince ricana et détourna le regard. Hachim surprit cette expression et sourit.

– Nous croyons savoir que le comte Potemkin a passé un moment avec quatre officiers de la Nouvelle Garde impériale la semaine dernière. Vous êtes le comte Potemkin. (Potemkin s'inclina.) Puis-je me permettre de vous demander si vous étiez amis ? Vous n'êtes pas à Istanbul depuis longtemps.

– Non. Je ne sais pas encore vraiment m'orienter. (Potemkin se mordit la lèvre : cela devait venir plus tard.) Nous n'étions pas amis. Nous avons juste sympathisé.

– Bien sûr. Alors vous vous étiez déjà rencontrés ?

– Pas du tout. Nous avons fait connaissance dans les jardins. Un pur hasard. Je suppose que nous étions tous un peu curieux. Nous avons parlé, en français. Mon français, je le crains, n'est pas très bon, ajouta Potemkin.

Hachim ne vit aucune raison de le flatter.

– Et vous avez parlé... de quoi ?

– À dire vrai, je ne me souviens guère. Je crois que je leur ai parlé de ça. (Potemkin porta sa main paralysée, tremblante, à son visage.) Blessures de guerre.

– Oui, je vois. Vous êtes un homme qui a connu le front.

– Oui.

– Que faisiez-vous dans les jardins ?

– Je regardais. Je me promenais.

– Vous vous promeniez ? Dans quel but ?

– J'ai pensé qu'il serait peut-être bon de faire un peu d'exercice. Dans un endroit tranquille, où je n'attirerais pas trop l'attention.

Hachim pensa que le Russe mutilé provoquerait sans doute de vrais remous dans une rue de la ville.

L'ambassadeur bâilla puis fit mine de se lever.

– Est-ce tout ? Je suis sûr que nous avons tous des obligations qui nous attendent.

Hachim s'inclina.

– Je voulais simplement demander à l'attaché comment il a quitté les jardins.

L'ambassadeur soupira, se leva et fit un geste de la main.

Potemkin dit :

– Nous sommes partis ensemble. Je les ai déposés quelque part, près de la caserne, je crois. Je ne connais pas bien la ville.

– Certes, je comprends. Vous avez pris un fiacre ?

Potemkin hésita et regarda son chef.

– Oui.

– Comment avez-vous partagé la course ?

– Pardon ?

– Vous les avez déposés. Je suppose qu'ensuite vous avez continué jusqu'à l'ambassade.

– C’est exact.

– Alors comment s’est effectué le règlement du cocher ? Est-ce que vous avez partagé les frais ?

– Ah ! Je vois ce que vous voulez dire. (Potemkin se passa les doigts dans les cheveux.) Non, non, j’ai tout pris à ma charge. Comme vous l’avez dit, il fallait bien de toute façon que je rentre.

– Vous vous souvenez combien vous avez payé ? C’est un détail qui risque d’être capital.

– Je ne le pense pas, intervint l’ambassadeur d’une voix des plus méprisantes. Comme je viens de le dire, nous sommes tous très occupés. Alors, si vous permettez...

Hachim se tourna vers l’ambassadeur. Il inclina légèrement la tête de côté et leva une main.

– Je suis désolé, dit-il d’un ton très ferme, mais je dois insister. Le comte Potemkin, voyez-vous, est le dernier homme qui ait vu les gardes en vie.

Les sourcils de l’ambassadeur frémirent un instant. Les yeux de Potemkin s’agrandirent.

– Grand Dieu ! s’exclama-t-il, sans regarder Hachim.

– Oui, c’est très triste. Alors, voyez-vous, tout ce que nous pourrons faire pour reconstituer les derniers gestes de ces hommes peut être très utile. Comme, par exemple, retrouver le cocher.

– Je suis persuadé que le comte Potemkin ne se souviendra pas du prix de la course, dit le prince d’une voix radoucie. Nous n’incitons pas notre personnel à transporter beaucoup d’argent. Les fiacres sont payés par les portiers, à l’entrée.

– Bien sûr, c’est tout naturel, dit Hachim. Je crains d’avoir été stupide. Naturellement, les portiers gardent une trace des sommes déboursées.

Le prince se raidit, conscient de son erreur.

– Je demanderai au comte Potemkin de vérifier. Si nous apprenons quelque chose, nous ne manquerons pas naturellement de vous en informer.

Hachim s'inclina.

– J'espère que le comte n'a pas de déplacements en vue. Il sera peut-être nécessaire de prévoir un nouvel entretien.

– Je suis persuadé que tel ne sera pas le cas, dit le prince en grinçant des dents.

Hachim sortit et referma la porte.

Le prince s'assit lourdement à son bureau.

– Eh bien ! dit-il.

Potemkin garda le silence. L'entretien, pensa-t-il, s'était plutôt bien passé. Il ne devrait pas, en principe, être contraint de rentrer au pays.

38

Une fois sorti du bureau du prince, Hachim s'attarda un instant dans le vestibule, perplexe. Un valet de pied en livrée se tenait au garde-à-vous près des portes en acajou qui étaient ouvertes. Perdu dans ses pensées, Hachim se déplaça lentement dans la pièce jusqu'au moment où il se trouva en face d'une carte sous verre qu'il fit mine d'examiner mais sans rien en voir.

Personne, songea-t-il, ne lui avait posé de questions. N'était-ce pas étrange ? La mission d'une ambassade était de collecter des renseignements. Pourtant son enquête n'avait suscité aucun intérêt. Ils avaient certes entendu que les hommes étaient morts. Mais, lorsqu'il avait déclaré que Potemkin était le dernier à les avoir vus vivants, personne ne lui avait demandé comment il le savait. On eût dit que la question ne les concernait pas, et cela ne manquait pas d'intérêt.

Encore plus intéressant, toutefois, était le mensonge au sujet du fiacre. Le mensonge... et le fait que le prince était au courant. Le fait que le prince lui-même avait tenté de dissimuler.

– Excusez-moi, monsieur*.

Hachim se retourna. Pour une fois, il resta presque interdit.

Il ne l'avait pas vue entrer.

Debout près de lui se trouvait alors la plus belle femme qu'il eût jamais contemplée.

39

– Madame*, murmura-t-il.

Elle était grande, presque aussi grande que lui, et il devina qu'il s'agissait de la princesse, de la femme de l'ambassadeur, bien qu'il eût pu l'imaginer plus âgée. Elle semblait avoir tout juste vingt ans. Ses cheveux relevés laissaient voir sa nuque élancée et ses épaules, même si quelques boucles noires dansaient malicieusement sur sa peau claire. Il remarqua la pointe de ses oreilles, le doux arrondi de son menton, l'oblique presque turc de ses pommettes. Ses grands yeux noirs étincelaient. Elle le regarda d'un air amusé.

Hachim ne comprit guère que le valet de pied pût rester planté là, insensible, quand la plus ravissante des créatures, yeux foncés, chevelure noire, visage sculpté, semblait-il, dans une neige virginale, passa doucement devant lui, dépourvue de chaperon. Était-il aveugle ?

– Je suis Eugénie, monsieur. La femme de l'ambassadeur le prince*.

L'épouse de l'ambassadeur. La femme de l'ambassadeur. Sa voix était singulièrement basse. Ses lèvres bougeaient à peine lorsqu'elle parlait.

– Hachim, murmura-t-il.

Il remarqua qu'elle avait tendu la main, les doigts dirigés vers le sol. Comme en rêve, il la prit et la pressa contre ses lèvres. La peau était tiède.

– Vous devriez être plus aventureux, monsieur Hachim, dit-elle en creusant une fossette sur sa joue.

Les yeux de Hachim s'agrandirent. Il sentit son visage s'empourprer.

– Je... je suis désolé...

– Je veux dire, bien sûr, en examinant les anciennes cartes de votre ville. (Elle le regarda de nouveau avec curiosité.) Vous parlez français, si je ne m'abuse. Merveilleux. La carte ? Intéressante, bien sûr... C'est l'une des premières cartes détaillées qu'on ait jamais faites d'Istanbul, peu après la Conquête. Disons, il y a un siècle à peu près. 1599, Flensburg. Melchior Lorich. Quoi qu'il en soit, je propose que nous regardions certains des tableaux. Ainsi, peut-être, vous pourrez vous faire une idée de ce à quoi, nous, nous ressemblons.

Hachim écoutait à peine ce qu'elle disait. La sensation qu'il éprouvait ne ressemblait à rien de ce qu'il avait connu auparavant, et il s'aperçut que sa beauté n'était pas seule en cause. Les hommes ordinaires pouvaient être perturbés, pensa-t-il, mais lui, Hachim ? Ridicule ! De belles femmes se pavanaient devant lui chaque fois qu'il entrait dans le harem du sultan. Il les voyait parfois presque nues : souvent, elles le taquinaient, avec leurs seins parfumés et leurs cuisses généreuses ! Elles imploraient de lui, ces créatures de rêve, une caresse fugace aux endroits interdits et inconnus ! Pourtant, il lui avait toujours semblé qu'elles étaient, au fond, plus ou moins vêtues, voilées, hors de portée.

Là se trouvait maintenant une femme presque habillée de pied en cap, bien qu'il pût admirer ses lèvres, le creux de sa gorge et ses fines épaules découvertes. Et c'est elle qui semblait être la plus dénudée.

Jamais, en public, une femme ne lui avait parlé ainsi. Ne lui avait permis d'effleurer sa peau. Elle posa une main sur son bras et l'entraîna vers les tableaux accrochés au mur.

– Dites-moi, monsieur*, cela vous choque-t-il de quelque façon ?

La main le choquait.

Ils se tenaient devant un portrait de famille du tsar Alexandre, entouré de sa femme et de ses enfants. C'était une composition informelle à la française : le tsar assis sous un arbre au soleil, la tsarine, telle une pomme mûre, appuyée contre lui et une ribambelle de petits garçons blonds en pantalons de soie et de petites filles en robe blanche groupés autour d'eux.

Hachim tenta d'examiner le tableau mais, oui, elle avait raison.

– Cela me choque un peu.

– Ah ! ah !

– Pas la femme (Hachim, tu mens !), mais l'intimité. C'est... c'est si... si public. C'est un étalage de quelque chose qui devrait rester privé, entre l'homme et la femme.

– Alors vous ne croyez pas à la représentation de la forme humaine ? Ou bien vous fixeriez-vous d'autres limites ?

Même sa voix, songea-t-il, était scandaleuse. Sa curiosité s'apparentait davantage à une lente caresse, comme si elle l'explorait, membre par membre.

– Je ne sais comment répondre. Quand je lis un roman, j'y trouve une représentation de la forme. Également la même intimité... et aussi d'autres états affectifs. Dans le roman, ces choses me ravissent. Mais elles me semblent choquantes dans certains de ces tableaux. Vous allez m'accuser d'incohérence

– Je ne vous accuserai de rien, monsieur*. Quand vous lisez... peut-être êtes-vous maître des personnages ? Ce qui se passe entre vous et eux reste privé. Mais les tableaux sont très publics, comme vous dites. (Elle le regarda timidement du coin de l'œil.) Vous, Turcs, en savez long, je pense, sur la sphère du privé.

Hachim regarda frénétiquement le tableau au mur.

– Le harem... c'est interdit, n'est-ce pas ?

– Mais pas à vous, madame*, répliqua Hachim.

Eugénie réprima un petit hoquet de surprise.

– Oh ? En tant que femme, vous voulez dire ?

– Bien sûr. Et en vertu de votre rang. Je suis convaincu que vous pourriez visiter les propres appartements du sultan si vous le souhaitiez.

Il vit l'intérêt sur son visage et regretta à moitié sa remarque.

– Sur invitation, naturellement ?

Sa voix était à présent cajoleuse.

– Mais je suis sûr qu'il serait possible d'obtenir une telle invitation, répliqua Hachim d'une voix rauque, étonné de sa propre conduite.

Qu'était-il en train de faire ?

– Je n'y avais jamais songé, dit-elle calmement. Par votre entremise ?

Hachim s'apprêtait à répondre quand la porte du bureau de l'ambassadeur s'ouvrit brusquement pour laisser passer le prince suivi de Potemkin.

– Que diable...

Le juron se figea sur les lèvres de l'ambassadeur.

Eugénie lui adressa un petit sourire froid.

– Monsieur* Hachim et moi étions en train d'avoir une conversation des plus passionnantes. Sur l'art, ajouta-t-elle. N'est-ce pas ?

Hachim s'inclina légèrement.

– Tout à fait, princesse.

Le prince regarda d'un œil sévère Hachim puis sa femme.

– Ce monsieur était en train de partir, lâcha-t-il d'un ton sec. Je suis sûr qu'il a beaucoup à faire. Comme nous tous. Je vous salue, monsieur*.

Hachim porta une main à sa poitrine et inclina la tête. Une nouvelle fois, il baisa la main effilée d'Eugénie.

Elle dit :

– Pardonnez-moi de vous avoir retenu. J'espère vivement que nous aurons l'occasion de reprendre une autre fois cette conversation.

Son ton était des plus diplomatiques. Distant. Indifférent.

Mais les doigts de Hachim brûlaient à l'endroit où elle avait exercé, avec les siens, une légère pression.

40

Aux bains, il voulait de la chaleur, toujours plus de chaleur. Quand sa tête sembla prise dans un étau de feu, il laissa le masseur le malaxer comme de la pâte puis s'allongea un bon moment dans la salle de repos, les yeux clos, respirant à peine.

Plus tard, en rentrant chez lui, il tomba sur le marché aux légumes en proie à une sorte de frénésie : son vieil ami Georges, le vendeur grec qui disposait sa marchandise comme des armes dans un arsenal ou des bijoux sur un plateau, sortit de derrière son étal et posa sur son bras une main vigoureuse.

– Tout doux, tout doux, dit-il de sa voix de basse profonde. Toi mettre dans ce panier comme un Grec vole, ceci, cela, tout. Dis à Georges ce que toi vouloir cuisiner.

Il arracha le panier des mains de Hachim et resta planté là, massif, le torse bombé dans sa tunique sale, les mains sur les hanches, barrant la route à son client. Hachim baissa la tête.

– Donne-moi ce panier, sale Grec, dit-il. (Georges ne bougea pas.) Le panier.

– Hé. (La voix de Georges était très douce. Puis, plus fort :) Hé ! (Il prit de tout petits choux.) Toi vouloir ? (Hachim hocha la tête.) Je comprends, dit Georges.

Il lui tourna le dos et se mit à vider le panier de ses légumes. Par-dessus son épaule, il dit :

– Va acheter du poisson. Je te donnerai une sauce. Toi faire brochettes de poisson, quelques oignons d'Espagne, des poivrons. Toi mettre sur la sauce. Toi mettre sur le feu. Toi manger. Va.

Hachim s'éloigna puis revint avec le poisson. Georges écrasait des noix dans sa main pour les ouvrir, puis il pela des gousses d'ail et serra le tout dans du papier.

– Maintenant, toi, Effendi, va maison et cuisine. Le poivron. L'oignon. Non, moi pas prendre argent à hommes fous. Demain, toi venir et payer moi double.

Après être rentré chez lui, Hachim mit le poisson et les légumes sur le hachoir et les coupa en tranches avec un couteau fin. Les oignons étaient forts et lui piquaient les yeux. Il remua les braises du fourneau et ajouta une autre poignée de charbon. Une fois les morceaux enfilés sur des broches, il écrasa les noix et l'ail avec le plat d'un grand couteau et hacha le tout, rassemblant de la main le tas de plus en plus petit jusqu'au moment où le hachis fut si collant qu'il lui fallut se gratter la peau avec la lame. Il badigeonna le poisson de sauce et le laissa reposer, le temps de se laver les mains dans le bol que sa servante lui préparait chaque matin et chaque après-midi. Il posa les broches sur les braises languissantes et les arrosa d'un filet d'huile. Quand l'huile siffla sur le feu, il éloigna la fumée avec un linge et retourna mécaniquement les broches.

Peu avant que le poisson fût sur le point de se détacher des tiges, il trancha une miche de pain blanc et la posa sur un plat avec un petit bol d'huile, des graines de sésame et quelques olives. Il mit dans une minuscule théière en émail des brins de menthe, un morceau de sucre blanc et une pincée de feuilles de thé chinois roulées serré comme un boulet de canon, versa l'eau avec l'aiguière. Puis il cala la théière dans le charbon en enfonçant la base dans les braises rougeoyantes.

Enfin, il mangea, assis dans la niche, dégageant les poivrons et le poisson de la broche avec une mie de pain.

Alors seulement il s'empara de la petite note pliée qui l'attendait à son retour. Elle émanait de l'imam qui envoyait ses salutations. Par ailleurs, il avait fait quelques recherches et transcrit d'une main ferme les derniers vers du poème soufi de Hachim.

Sans savoir
Et ne sachant rien de ce non-savoir
Ils dorment.
Réveille-les.

Sachant
Et sachant ce non-savoir,
Les quelques silencieux font un avec le Cœur.
Approche.

Hachim s'assit, jambes croisées. Puis il alla entrouvrir la fenêtre, roula une cigarette comme lui avait enseigné un maquignon albanais, petite torsion à un bout, carton de treize millimètres à l'autre, et but un thé à la menthe bouillant et sucré tout en relisant les vers.

Il s'étendit sur le côté. Quinze minutes plus tard, sa main partit chercher à tâtons la vieille fourrure toute chiffonnée qui se trouvait quelque part entre ses jambes. Il la tira et s'en couvrit le corps.

Trois minutes après, Hachim l'eunuque dormait à poings fermés.

41

La résidence polonaise bénéficiait de la pénombre. À mesure que descendait le crépuscule, même ses grilles semblaient lavées de leur rouille. Le rideau de myrte mal taillé, foisonnant, cachait aux regards des passants l'allée des voitures, formant avec elle une masse noire et compacte dans l'obscurité grandissante. Les pièces étaient vides, inhabitées depuis longtemps, et les éclats de plâtre qui descendaient en tournoyant des plafonds sculptés jonchaient des parquets à l'abandon, ternes et poussiéreux. Il se dégageait de l'endroit une impression de vie trompeuse, comme si les volets n'étaient fermés que la nuit. À la fin du jour, l'élégante demeure retrouvait un air de grandeur et d'opulence qu'elle avait perdu depuis soixante ans.

La lumière incertaine qu'on apercevait par deux fenêtres à l'étage sembla se faire plus vive avec le soir. Ces fenêtres, dont il était impossible de fermer les volets en raison de l'effondrement de plusieurs panneaux et de la lente oxydation des charnières par l'humidité de l'hiver, laissaient voir un désordre indescriptible.

À peine quelques heures plus tôt, Hachim avait quitté un ambassadeur hésitant entre de la vodka à l'herbe de bison et un simple alcool artisanal que lui fournissaient à bas prix des marins de Crimée. Cette même pièce, où s'était déroulé leur entretien, semblait à présent avoir reçu la visite de quelque bibliophile déchaîné. Un violon posé sur son chevalet traînait sur un plateau à thé. Une dizaine de livres, ouverts en apparence au hasard, étaient éparpillés sur le sol. Une vingtaine d'autres ou plus étaient calés tant bien que mal entre les bras d'un grand fauteuil. Du suif coulait d'une lampe sur un secrétaire décrépit où se trouvaient une pile de folios et plusieurs petits verres à thé peints qui n'avaient pas servi. Il semblait qu'on s'était livré à une perquisition.

Stanislaw Palewski gisait sur le sol derrière l'un des fauteuils, tête rejetée en arrière, bouche ouverte, yeux aveugles levés vers le plafond.

De temps à autre, il laissait échapper un léger ronflement.

42

Le *seraskier* prit une poignée de sable et en saupoudra le papier. Puis il inclina la feuille et fit à nouveau glisser le sable dans le pot.

Il lut une nouvelle fois le document avant de tirer le cordon de la sonnette.

Il avait songé à faire imprimer et circuler l'avis mais, après réflexion, il décida de le faire simplement transcrire à la main et distribuer dans les mosquées. Les imams pourraient ainsi l'interpréter comme ils l'entendaient.

« Le Commandant de la Nouvelle Garde de Son Altesse impériale à Istanbul. Salutations et avertissement.

« Il y a dix ans, le Trône jugea bon d'assurer la paix et la prospérité de l'Empire par une série d'Actes Heureux, destinés à extirper une hérésie mensongère et mettre un terme à des abus que Son Altesse impériale n'était plus disposée à tolérer. Par ses guerres comme par ses actes, le Sultan remporta une victoire totale.

« Ceux qui cherchent, en semant la mort, à rétablir dans la ville l'ordre ancien doivent prendre garde. Les forces du Padishah ne dorment pas, pas plus qu'elles ne tremblent. Ici, à Istanbul, un soldat affronte la mort avec mépris et fierté, avec la ferme conviction de sacrifier ce qui est vain à ce qui est saint, et de servir les intérêts supérieurs du Trône.

« Quelle que soit votre force, vous serez écrasés. Quelle que soit votre ruse, vous serez déjoués. Quelle que soit votre présomption, vous serez humiliés et conduits à subir le châtiment suprême.

« Une nouvelle fois, vous devrez fuir et serez chassés de vos tanières par la volonté du Sultan et de son peuple.

« Vous voilà prévenus. »

Le *seraskier* eut le sentiment de s'être attaché à clarifier la situation. La rumeur était une force insidieuse. Comme le goût de la guerre, elle pouvait et devait être maîtrisée.

Entraîner les hommes. Dissiper la rumeur. Garder l'initiative et laisser l'ennemi dans le doute. L'eunuque flairait une sorte de complot ourdi par les janissaires, mais le *seraskier*, prudent, avait opté pour une formulation vague. Le sous-entendu était là, bien sûr, entre les lignes.

Tactique classique des manuels.

Le *seraskier* se leva et se dirigea vers la fenêtre sombre. De là il pouvait embrasser la ville qu'il avait pour mission de défendre. Il soupira. De jour, elle lui apparaissait comme un enchevêtrement inextricable de toits, de minarets et de dômes, masquant une infinité de rues sinueuses et de venelles entortillées. À présent, les points lumineux des lampes se mêlaient à l'obscurité, répandant ici et là un faible éclat, comme une lumière incertaine flottant à la surface d'un étang meurtrier.

Il serra de ses doigts le bord de son veston et tira dessus pour lui redonner son allure.

43

En s'éveillant, Hachim pensa d'abord qu'il avait laissé une casserole sur la braise. Il bondit de son divan et fila à la cuisine d'un pas incertain, oscillant sur les talons. Il regarda autour de lui, perplexe. Tout était en ordre : le poêle à petit feu, sa plaque à peine tiède, la pile de casseroles et de vaisselle sales, les hachoirs et les couteaux. Mais il perçut une odeur de brûlé.

De l'extérieur s'éleva un mélange confus de cris et de fracas. Il lança un coup d'œil par la fenêtre ouverte. Le ciel était rougeoyant comme au point du jour et, tandis qu'il regardait, une toiture entière fut soudain aspirée par une flamme qui s'élança vers le ciel puis, perdant de son intensité, libéra une gerbe d'étincelles. Cela se passait, songea-t-il, à peine à une centaine de mètres, peut-être à une ou deux rues de là. Il entendait le crépitement du bois qui flambait et sentait dans l'air une odeur de cendres.

Une heure, songea-t-il. Je lui donne une heure.

Il regarda son petit appartement. Les livres rangés sur les rayons. Au sol, les tapis d'Anatolie.

– Ah ! perles de caramba ! jura-t-il.

Le sinistre avait éclaté dans une ruelle qui donnait sur Kara Davut. Son entrée était bouchée par une foule de curieux prostrés, de riverains inquiets dont plusieurs étaient tête nue, et de femmes plus ou moins dévêtues mais qui, toutes, parvenaient à se couvrir le nez et la bouche avec un chiffon. Une femme, remarqua-t-il, avait tiré vers le haut la veste de son pyjama, laissant voir un bourrelet de chair au ventre, tout en dissimulant son visage. Tous les yeux étaient rivés sur le feu.

Hachim regarda autour de lui. À Kara Davut, les gens sortaient de leurs maisons. Un homme, Hachim reconnut le boulanger, les incitait à retourner chercher des seaux. Il se tenait sur une marche à côté de la fontaine en haut de la rue et gesticulait. Hachim comprit soudain.

– Éloignez ces femmes ! cria-t-il en tirant les hommes à lui. Il faut faire une chaîne !

Il les bouscula : la fascination qui les avait envahis se dissipa. Certains s'aperçurent alors que leurs femmes étaient à moitié nues.

– Conduisez-les au café, suggéra Hachim. (Il intercepta un jeune homme qui courait avec un seau.) Donnez-moi ça... trouvez-en un autre ! (Il lança le seau à un homme qui se trouvait à proximité.) Formez une chaîne... prenez ça et faites passer !

L'homme s'empara du seau et le balança en avant, vers une paire de mains tendues. Un autre garçon courut vers Hachim avec un seau plein. Hachim s'aperçut que l'autre bout de la chaîne avait besoin d'être mobilisé.

– Vous, restez ici. Passez ce seau et tenez-vous prêt pour le suivant.

Il fila à l'arrière, empoigna des gens qui se trouvaient là et les plaça à la hâte à quelques pas les uns des autres. Des porteurs d'eau professionnels étaient déjà au travail, comme l'exigeait leur métier. On apporta des seaux supplémentaires. Dès qu'ils arrivaient, le boulanger les balançait sous la fontaine et les faisait passer. Hachim courut le long de la chaîne, vérifiant qu'il n'y avait pas de trou, puis remonta jusqu'au début afin de s'assurer que les seaux vides revenaient. Pour la première fois, il se trouva dans la ruelle.

Les flammes grondaient le long de l'étroite venelle : tandis que Hachim observait, une fenêtre explosa dans une pluie d'étincelles et une fine langue de feu jaillit, léchant la corniche de la maison voisine. Puis la flamme recula mais, dans la seconde qui suivit, elle jaillit à nouveau, propulsée vers le bâtiment voisin par le vent qui, s'engouffrant dans l'étroite ruelle, attisait déjà le feu comme un soufflet de forge. Placé en retrait, Hachim sentait le vent qui ébouriffait sa chevelure et la chaleur d'un côté du visage. Il se sentit impuissant. Puis, soudain, il se souvint de ce qu'il fallait faire.

– Un coupe-feu ! Un coupe-feu ! (Il se précipita vers la porte la plus proche et trouva une famille entière occupée à puiser de l'eau dans la cour.) Il faut que nous fassions un coupe-feu... pas ici, de l'autre côté de la rue. (Personne ne lui prêta la moindre attention : tous s'affairaient à chercher de l'eau pour asperger la façade de leur maison qui commençait déjà à roussir et à se boursoufler sous l'effet de la chaleur.) Une hache ! Donnez-moi une hache !

Le maître des lieux désigna de la tête un tas de bois dans un coin de la cour. D'un geste sec, Hachim extirpa la hache de la bûche où elle était enfoncée et se précipita dans la rue.

– Un coupe-feu ! hurla-t-il en brandissant la hache. (Plusieurs passants le regardèrent. Il les harangua.) Prenez vos outils, braves gens. Il faut que nous abattions cette maison !

Sans attendre leur réaction, il pivota sur lui-même en criant et planta la hache dans un panneau de plâtre. Un morceau de la taille d'une main se détacha. Il frappa de nouveau : les lattes se fendirent et cédèrent. En quelques minutes, il dégagea un espace assez grand pour attaquer à la hache les poutres verticales. D'autres l'avaient déjà rejoint. Il envoya deux hommes pour vérifier qu'il ne restait plus personne à l'intérieur et s'attaquer à l'autre côté. Puis il marqua une pause afin de reprendre son souffle, appuyé sur la hache. Les quatre hommes à l'œuvre étaient torse nu et le feu qui se rapprochait projetait son éclat sur les peaux en sueur.

– Un coup des janissaires, dit un homme entre ses dents en attaquant du plat de sa hache la fixation d'un tenon.

Cette fixation en bois commença à s'effriter à un bout. L'homme donna quelques coups rapides puis la tailla à nouveau et, pesant sur le plat de la hache, dégagea l'autre extrémité. Hachim saisit alors la fixation et la fit sauter d'un coup sec.

Le bâtiment vacilla. Plusieurs panneaux de plâtre de l'étage supérieur s'écrasèrent à leurs pieds, explosant dans un nuage de poussière aussitôt dissipé par le vent qui balayait la rue. Hachim regarda à nouveau. Deux maisons plus loin, le feu commençait à gagner. Les étincelles fusaient de toutes parts. L'un des hommes qu'il avait envoyés à l'arrière de la maison passa la tête entre une paire de poutres verticales dangereusement inclinées vers le sol pour la retirer aussitôt. Tout le monde se mit à rire.

– Ils seront dehors dans une seconde, dit-il.

– Y a pas de temps à perdre, dit un autre.

La victoire proche avait changé leur humeur.

Comme prévu, les deux hommes firent irruption de l'autre côté de la charpente et s'élancèrent par la porte qui s'était effondrée.

– Et dire que c'était les janissaires de Beyazidiye qui faisaient ça pour nous !

Ils s'amusaient à présent. Une lente glissade au-dessus de leurs têtes puis un fracas leur indiquèrent que les solives avaient cédé : le plancher de l'étage supérieur incliné faisait déjà pression sur les supports du toit qui restaient debout.

– Ça va nous tomber dessus ! hurla Hachim.

C'était vrai : toute la charpente de la maison basculait dans leur direction, en tournant sur elle-même.

– Attention !

Hachim recula, s'élança dans la rue loin du feu. Les autres suivirent. À vingt mètres, ils s'arrêtèrent pour voir la charpente tout entière tituber soudain dans la rue comme un ivrogne privé d'appui. Les tuiles du toit semblèrent flotter dans les airs puis, dans un fracas couvrant les crépitements du feu et les cris du haut de la rue, le bâtiment s'effondra soudain avec un bruit sourd dans un nuage de poussière. Des fragments portés par le vent se mirent à fondre sur eux tel un démon courroucé.

Hachim se retrouva par terre, la tête logée entre les bras : on eût dit que se déchaînait une tempête de sable. Quelqu'un hurla à ses côtés. Il enfonça son visage dans la fange, alors même que l'assaut des débris commençait à refluer. Des morceaux de tuile brisée courant au ras du sol heurtèrent ses bras sans le blesser.

Prudemment, il regarda par-dessus son coude. Plus loin dans la rue, l'incendie faisait toujours rage : il les avait à présent rattrapés, et les volets de la dernière maison debout s'ouvrirent avec une violence qui les fit pivoter frénétiquement sur leurs charnières. Mais les flammes qui surgirent des fenêtres s'élancèrent en vain. Là où se trouvaient du bois et la corniche, il n'y avait plus qu'un trou noir et quelques rares planches ballantes, accrochées à une poutre décharnée.

Quelqu'un se pencha pour l'aider à se relever. Il reconnut l'homme à la hache : ils se serrèrent la main puis, comme l'excitation avait été intense et que la bataille était gagnée, ils s'embrassèrent trois fois, épaule contre épaule.

– Vous nous avez tirés d'affaire, mon ami, dit l'autre homme. (Il ressemblait à un fantôme avec son visage blanc de poussière.) Murad Eslek, moi.

Hachim sourit :

– Hachim Togalu. (Pas Hachim l'eunuque.) À l'enseigne du Cerf, à Kara Davut. (Puis, comme c'était vrai, il ajouta :) C'est moi qui vous dois tout.

L'accent cultivé de sa voix prit l'homme par surprise.

– Je suis désolé, Effendi. Dans le noir... Toute cette poussière... Je n'ai pas...

– Laissez tomber, mon brave. Ne sommes-nous pas tous égaux devant Dieu ?

Murad Eslek sourit et fit à Hachim le signe de la victoire.

44

Hachim remua machinalement son café, essayant de comprendre ce qui l'intriguait encore dans les événements de la nuit.

Pas le feu lui-même. À Istanbul, les incendies étaient monnaie courante, mais il s'en était fallu de peu. Et s'il avait laissé la fenêtre fermée, l'odeur de la fumée l'aurait-elle alerté à temps ? Il aurait pu continuer à dormir, sans savoir qu'un rideau de feu dentelé progressait en dansant vers sa rue, s'éveiller un peu trop tard, la cage d'escalier pleine de volutes de fumée noire, les fenêtres fracassées par la chaleur...

Il pensa à la foule qu'il avait vue ce matin, aux femmes et aux enfants hébétés dans la rue. Tirés de leur sommeil. Grâce à Dieu, eux aussi s'étaient réveillés à temps.

Un vers du poème karagozi lui revint en mémoire. *Réveille-les.*

La cuiller s'immobilisa dans sa tasse.

Il y avait autre chose. Quelque chose qu'un homme avait dit.

Un coup des janissaires. *Et dire que c'était les janissaires de Beyazidiye qui faisaient ça pour nous.*

Une brigade de pompiers constituée de janissaires avait été stationnée près de la mosquée de Beyazit, la première et peut-être, à sa façon, la plus grande des belles mosquées des sultans : en effet, même Sinan Pacha, le maître des architectes dont la sublime Süleymaniye surpassa Aya Sofya, devait reconnaître que la mosquée de Beyazit avait montré la voie. Mais ce n'était pas la mosquée qui importait : c'était sa position. Car la mosquée de Beyazit était à cheval sur la crête de la colline dominant le Grand Bazar, l'un des endroits les plus hauts de Stamboul.

Un point d'observation unique. Si unique, en fait, qu'il fut retenu comme site du bâtiment le plus élevé et peut-être le plus laid de l'Empire : la tour de guet des incendies qui portait son nom. Le sac d'ossements avait été découvert à seulement quelques mètres de là.

Et il y avait eu un autre guet pour les janissaires de l'autre côté de la ville, la tour de Galata. La tour dressée près de l'égout qui contenait le cadavre putréfié du deuxième cadet.

Et, dans le vieux centre opérationnel des janissaires, la vieille caserne rasée depuis et remplacée par les écuries impériales, il y avait eu une tour dont Hachim conservait encore un vague souvenir.

Palewski avait suggéré qu'il pouvait y avoir une constante dans la répartition des corps... par conséquent, si chaque corps avait été placé au voisinage d'une vieille caserne de pompiers, une tour de guet des incendies, fief des janissaires... Hachim considéra un moment cette idée.

Le feu avait toujours été une prérogative des seuls janissaires. Il était aussi devenu leur arme. Les gens étaient tirés de leur lit par le tocsin des pompiers. *Réveille-les*.

Où donc se trouvaient les autres casernes de pompiers ? Il devait y avoir quatre cadavres. Donc quatre tours.

Peut-être, songea Hachim avec détermination, lui serait-il encore possible d'arriver à temps.

45

Le *kislar agha* avait une voix d'enfant, le corps d'un ancien lutteur et pesait plus de cent vingt kilos. Personne ne pouvait lui donner d'âge, et lui-même ne savait au juste quand il avait rampé hors du ventre de sa mère sous le ciel africain. Quelques livres d'une vie non désirée. Une autre bouche à nourrir. Son visage était couvert de sombres rides, mais ses mains étaient lisses et sombres comme celles d'une jeune femme.

C'est à une jeune femme qu'il avait alors affaire.

Dans l'une de ses mains lisses, il tenait une bague en argent. Dans l'autre, la mâchoire de la fille.

Le *kislar agha* tourna de côté la tête de la fille en question.

– Regarde ça, lui siffla-t-il. (Elle ferma les yeux. Il lui serra plus fort la main.) Pourquoi... as-tu... pris... la... bague ?

Asoul garda les paupières bien fermées, la douleur lui arrachant des larmes. Les doigts de l'homme s'étaient enfoncés entre ses lèvres qu'elle ouvrit soudain et glissèrent alors entre ses dents. Elle mordit fort. Très fort.

Le *kislar agha* n'avait pas crié depuis des années. C'était un son qu'il n'avait pas lui-même entendu depuis sa petite enfance dans un village soudanais : le hurlement strident, prolongé d'un porcelet qu'on égorge. Hurlant à son tour, il mit sa main gauche entre les jambes de la fille, se baissant un peu pour avoir une meilleure prise. *Attention à la marchandise.*

Son pouce chercha l'entrée. Ses doigts se tendirent et trouvèrent un faisceau de muscles crispés. Sa main se referma comme une poigne de fer.

La fille émit un râle et le *kislar agha* se libéra. Il mit sa main meurtrie sous son aisselle mais sans lâcher prise.

Il agita les doigts et la fille rejeta brusquement la tête en arrière. Le *kislar agha* accentua sa pression. Poussée de côté, la jeune femme se laissa aller.

L'eunuque la vit pivoter et projeter les bras en avant à la recherche du sol. Il exerça une traction soudaine avec sa main en tenaille. Puis, haletant, il se laissa tomber sur les genoux et se mit à fouiller les plis de sa cape. Il avait oublié la bague en argent. Seuls comptaient le besoin de punir et l'excitation du plaisir.

46

Preen eut du mal à croire ce que semblait dire l'imam. Un retour des janissaires ? Des cadets de la Nouvelle Garde assassinés de façon abjecte ?

Elle prit une pince et se mit à s'épiler les sourcils. Tout en s'observant dans la glace, elle se demanda si le message de l'imam avait un lien quelconque avec le renseignement qu'elle avait transmis à son ami Hachim.

Une affaire de meurtre. Son cœur s'arrêta un instant de battre.

Aujourd'hui, elle allait porter le trait un soupçon plus haut : elle pourrait toujours souligner la courbe avec du khôl. Elle se mit à chantonner.

Rien de ce qu'elle avait entendu à la mosquée n'avait de rapport avec Hachim, ni avec elle, ni avec cet affreux maquereau.

D'une main experte, elle traça vite l'arc de son sourcil, tout en continuant de s'observer dans la glace.

Mais Yorg pouvait être impliqué dans n'importe quoi. Avec n'importe qui. Après tout, elle n'avait fait que colporter un banal petit ragot. Une vétille. Mais Hachim avait été content. De l'or en barre, avait-il dit. Sans aller plus loin.

Elle déplaça sa main pour entamer l'autre sourcil.

Yorg parlait. Yorg dirait *n'importe quoi*, à condition d'être payé. Ou effrayé. Preen retint son souffle. L'idée que Yorg pût être effrayé était, eh bien, terrifiante.

Elle abaissa la pince et saisit entre ses branches un morceau de khôl. Avec soin, elle se mit à épaissir le trait.

Quelle serait la réaction de Yorg, se demanda-t-elle, en entendant l'histoire des soldats assassinés ? Pas dans une mosquée. Les Yorg ici-bas n'apprenaient rien à la mosquée. Ils n'y allaient même pas. Mais s'il l'apprenait et commençait à faire le rapprochement ?

Le khôl trembla. Le visage dans le miroir devint blême.

Il hurlerait certainement comme un porc.

47

Le pompier Orhan Yasmit mit les mains autour de sa bouche et souffla sur elles. C'était une sale matinée, pas simplement parce qu'il faisait humide et froid mais parce que la brume empêchait presque de travailler convenablement. Qui pouvait repérer un feu dans cette purée de pois ? Il apercevait tout juste en face la Corne d'Or.

Il frappa du pied plusieurs fois pour se réchauffer, puis passa du côté sud de la tour, scrutant d'un air morose le paysage en direction du Bosphore. Par beau temps, la tour de Galata déployait devant lui les plus belles vues que la ville pût offrir, à près de cent mètres au-dessus de la Corne d'Or : Stamboul de l'autre côté avec ses dômes et ses minarets, au sud, le Bosphore et plus loin Scuteri, et, parfois même, il parvenait à voir la chaîne de Gule, mauve dans le lointain.

C'était une tour massive, en pierre de taille, qui avait été construite par les Génois près de cinq siècles plus tôt, quand l'empereur grec régnait à Byzance et que Galata était son faubourg italien. Depuis lors, elle avait survécu aux guerres, aux séismes, et même aux incendies. La face de la ville avait changé, avec le remplacement des flèches par les minarets et l'établissement, dans le port florissant, d'un nombre croissant de gens qui avaient bâti leurs maisons de bois les unes sur les autres, des maisons entassées comme des brindilles sèches sur les pentes des sept collines. Puis ils avaient renversé leurs braseros, laissé tomber leurs bougies, produit négligemment aussi pendant des siècles des étincelles. Il ne se passait guère dix années sans qu'une section de la ville fût ravagée par le feu. S'il restait encore quelques vestiges, on le devait à la sagacité des bâtisseurs génois qui érigèrent la tour de Galata.

Le secret consistait à repérer tôt l'incendie, à le circonscrire sans tarder. Et à en faire un bon usage... ce qui signifiait, au temps des janissaires, le maîtriser et s'en servir au mieux de ses intérêts. Orhan Yasmit était trop jeune pour avoir lui-même connu cette époque, mais il avait entendu les histoires. Ah ! Les janissaires finissaient toujours par éteindre les incendies.

Orhan Yasmit s'appuya contre le parapet, se demandant combien de temps il lui faudrait encore attendre avant d'être relevé. Il se pencha. Il n'avait pas le vertige. Il aimait voir les gens s'affairer tout en bas, au-dessous de lui. Quand le soleil était derrière, il avait parfois le sentiment d'être un oiseau en vol, rasant toitures et marchés. Vus d'en haut, les gens enturbannés ressemblaient à des œufs d'oiseaux roulant à ses pieds.

Avec leurs petites têtes, les étrangers étaient bizarres, proches des insectes.

Entendant un bruit de pas, il s'éloigna du parapet et se retourna. Il s'attendait à voir le pompier de service, mais l'homme qui apparut sur la plate-forme était un civil, un inconnu avec une simple cape brune. Orhan se renfrogna.

– Je suis désolé, dit-il vivement, je ne sais pas comment vous êtes entré, mais les civils ne sont pas admis ici.

L'inconnu esquissa un vague sourire et regarda autour de lui.

– Deux paires d'yeux valent mieux qu'une, observa-t-il. Je ne vais pas vous retenir longtemps. (Orhan n'y comprenait rien.) Disons que nous travaillons tous deux pour le même service. Je suis envoyé par le *seraskier*.

Machinalement, Orhan se redressa un peu.

– Eh bien, dit-il avec réticence, de toute manière, votre présence ici ne sert à rien. Par un temps pareil, impossible de voir quoi que ce soit.

Hachim cligna des yeux face au brouillard.

– Oui, oui, je suis d'accord. (Il se dirigea vers le parapet et se pencha.) Incroyable. Vous regardez souvent en bas ?

– Non, pas trop.

Hachim inclina la tête.

– Je suppose que vous entendez malgré tout des choses. J'ai moi-même remarqué ça. La manière dont le son porte plus loin qu'on ne le croit. Surtout vers le haut.

– Vrai.

Orhan se demanda à quoi rimait tout cela.

– Vous étiez de service le jour où ils ont retrouvé le corps ?

– Je l'étais la nuit d'avant. Mais je n'ai rien vu ni rien entendu. (Il s'assombrit.) Qu'est-ce que vous cherchez ici, au juste ?

Hachim opina comme s'il comprenait.

– Cette tour doit être ici depuis longtemps.

– Cinq cents ans à ce qu'on dit. (Le pompier plaqua une main sur le parapet.) La tour de Stamboul, Beyazit, est pour l'essentiel très récente.

– Pour l'essentiel ?

– Il y a toujours eu une tour de guet pour les incendies là-bas, voyez-vous, mais cette tour était beaucoup moins élevée. Bonne vue sur le bazar et les environs mais, à l'est, vous avez la mosquée, et donc la vue était bouchée de ce côté-là. Cela n'avait pas beaucoup d'importance, la tour des janissaires située plus loin permettait de couvrir le terrain.

– Ah ! Je pensais qu'il y avait une autre tour de guet là-bas... au-dessus d'Aksaray ?

Orhan acquiesça.

– Quelque chose de bien à tous égards. Disparue aujourd'hui, avec le *tekke* en dessous et tout le reste.

– Le *tekke* ? De quel *tekke* voulez-vous parler ?

– Du *tekke*, de la salle de prière, peu importe. Comme ici, en bas. Pour ce folklore karagozi des janissaires. Les plus vieux *tekkes* karagozi de la cité, semble-t-il. Cette tour a disparu aujourd'hui, comme j'ai dit. Détruite par le feu durant le... c'est-à-dire il y a quelques années, vous voyez ce que je veux dire ? Alors ce qu'ils ont fait, c'est surélever la tour de Beyazit. Pour passer, voyez-vous, au-dessus de la mosquée, il a fallu, je pense, doubler sa hauteur... et tout est en pierre maintenant, comme pour celle-ci. Les anciennes étaient en bois et constamment détruites par les incendies. Alors voilà, nous avons deux tours, aussi bonnes que les trois anciennes. Meilleures en fait parce que tout est en pierre.

– J'en suis sûr. Allons. Parlez-moi de la quatrième tour.

Orhan regarda l'inconnu.

– Y a pas de quatrième. Galata, Stamboul, c'est tout.

– Il doit y en avoir une autre. À Yedikule, peut-être ?

– Yedikule ? (Le pompier sourit de toutes ses dents.) Dites-moi qui serait désolé si Yedikule prenait feu ?

Hachim se renfrogna : le pompier avait raison. Yedikule était le dépotoir de la ville, en bas au sud-ouest, là où les murailles de Byzance rejoignaient la mer. En dehors de la saleté et des chiens sauvages qui rôdaient dans ses rues sombres et misérables, il y avait là des tanneries ainsi qu'un bâtiment sinistre, déjà ancien lors de la prise d'Istanbul par les Ottomans, qu'on appelait le château des Sept Tours, où l'on frappait la monnaie et qui devint ensuite une ménagerie puis une prison et, dans ce dernier cas, le resta longtemps. Beaucoup de gens périrent entre ses murs. Plus nombreux encore furent ceux qui l'auraient voulu.

– Mais on voit Yedikule depuis la nouvelle tour à Beyazit, Effendi. Depuis Stamboul et Galata, comme je vous ai dit. Toute la ville est couverte.

Hachim fit la grimace. La deuxième strophe du poème lui revint à l'esprit.

Sans savoir
Et ne sachant rien de ce non-savoir
Ils cherchent.
Apprends-leur.

À l'évidence, lui-même n'apprenait pas vite.

– Écoutez, dit Orhan d'un air affable. Vous pouvez demander au vieux Palmuk, si vous voulez.

Un visage orné de favoris apparut à l'entrée de la trappe d'accès à la plate-forme.

Palmuk n'était pas vraiment vieux. Il était seulement peut-être deux fois plus âgé qu'Orhan, avec de grosses moustaches blanches et une bedaine imposante. Il s'extirpa de la trappe en soufflant.

– Ces foutues marches, marmonna-t-il. (Hachim remarqua qu'il avait un cornet en papier plein de petits pains au sucre.) Alors, pas de bébés ?

Il fit un clin d'œil à Hachim.

– Allons, Palmuk, je ne pense pas que le monsieur veuille tout ça. Il vient de la part du *seraskier*.

– Oh ! oh ! Le vieux cuisses de grenouille, hein ? Eh bien, Effendi, dites-lui de ne pas s'en faire pour nous. On a froid, on se mouille, mais on fait notre boulot, pas vrai, Orhan ?

– Vous le croirez peut-être pas, Effendi, ajouta Orhan, mais Palmuk a les yeux les plus perçants de Galata. On dirait qu'il sent un feu avant même qu'il se déclare.

Le visage de Palmuk se crispa.

– Du calme, p'tit gars. (Il se tourna vers Hachim.) Vous devez vous demander qui sont les bébés dont j'ai parlé ? En fait, c'est du jargon de pompiers. Un bébé... c'est un feu. Un garçon, c'est un feu côté Stamboul. On accroche les paniers de ce côté-là... (Il désigna quatre énormes paniers en osier placés contre le parapet.) Et, vous voyez, cela oriente les types dans la bonne direction. Une fille, c'est côté Galata.

Hachim hocha la tête. Même quand on vivait depuis longtemps dans cette ville, même quand on pensait la connaître, il y avait toujours du nouveau à découvrir. Parfois, il se disait qu'Istanbul n'était qu'un ensemble de codes aussi complexes et déroutants que ses venelles impénétrables, clameur silencieuse de signes hérités, de jargons privés, de gestes opaques. Il se rappela le maître des soupiers et sa coriandre. Tant de petites règles. Tant d'habitudes inconnues. Le maître était un ancien janissaire. Il regarda de nouveau Palmuk, se demandant si lui aussi avait un tatouage sur l'avant-bras.

– Vous êtes pompier depuis longtemps, donc ?

Palmuk le fixa, impassible.

– Neuf, dix ans. Qu'est-ce qui vous amène ?

Orhan dit :

– Le monsieur veut des renseignements sur une autre tour. Pas l'endroit de la vieille caserne. Une quatrième tour. Je lui ai déjà dit qu'il n'y en a pas d'autre.

Palmuk plongea la main dans son cornet, en tira un petit pain, le regarda et mordit dedans.

– Très bien, Orhan. Tu peux filer maintenant. Le vieux Palmuk est aux commandes.

Orhan bâilla et s'étira.

– J'ai bien besoin d'un petit somme, dit-il. Y a du feu à l'intérieur ?

– Oui, mon gars, et un beau, bien pétillant.

La mine réjouie et après une petite révérence à Hachim, Orhan se glissa dans la trappe et partit profiter du brasero, en bas, dans la chambre des pompiers.

Palmuk fit le tour des murs, regarda au loin et finit son petit pain.

Hachim n'avait pas bougé. Palmuk se pencha sur le parapet et regarda en bas.

– C'est drôle, dit-il, en vieillissant on perd la tête dans les hauteurs. Ils devraient me payer plus, vous ne trouvez pas ? (Il se tourna de nouveau vers Hachim, le visage incliné.) Voyez ce que je veux dire ?

Hachim le regarda froidement.

– Une quatrième tour ?

Palmuk se pencha sur un panier et cala son cornet de petits pains dans l'osier. Puis il regarda en direction de Stamboul, fit mine de ne pas avoir entendu.

Réprimant un soupir, Hachim chercha sa bourse dans les plis de sa cape. Il choisit trois pièces qu'il fit tinter dans le creux de sa main.

Palmuk se retourna.

– Dites donc, Effendi, ça c'est chic. Une contribution appréciée pour la cagnotte.

L'argent disparut dans une poche de sa tunique.

– C'est un renseignement que vous voulez, mon gars. Effendi. Une allusion pour les sages, je me trompe ? Vous avez été chic avec moi, alors je serai chic avec vous, comme on dit. Eh bien, voilà : y a pas de quatrième tour. Y en a jamais eu, autant que je sache.

Il y eut un silence. Le pompier passa une main sur ses moustaches. Ils se regardèrent les yeux dans les yeux.

– C'est tout ?

Le pompier haussa les épaules.

– C'est ce que vous avez demandé, non ?

– Exact.

Pendant quelques secondes, aucun d'eux ne bougea. Puis Palmuk tourna le dos à Hachim et se tint près du parapet, regardant vers le sud en direction du Bosphore noyé dans le brouillard.

– Effendi, faites attention aux marches en descendant, dit-il sans se retourner. Elles glissent quand elles sont mouillées.

48

– Elle est à moi ! s'exclama la fille.

C'était tout ce qu'elle avait dit jusque-là.

Hachim se mordit la lèvre. Cela faisait une demi-heure qu'il tentait de lui parler. En douceur, d'abord. D'où était-elle ? Oui, il connaissait l'endroit. Pas le lieu exact mais... En paroles, il lui brossa un tableau. Les montagnes, la brume, l'aube s'insinuant dans la vallée. Était-ce exact ?

Silence.

– C'est ma bague.

Menaçant :

– Nous ne pensons pas qu'elle t'appartient. Grave accusation. Si tu ne nous dis pas ce que tu sais, cela va aller mal pour toi, ma fille.

– Elle est à moi.

Cajoleur :

– Allons, Asoul. Tu as une vie que la moitié des Circassiennes rêveraient d'avoir. Caprices satisfaits. Luxe. Position assurée, honorable et *enviable*. Une belle fille comme toi. La couche du sultan et puis... qui sait ?

Elle tendit les lèvres et tourna la tête, tout en tortillant ses cheveux en boucle autour de ses doigts. Puis elle tira d'un coup sec et brutal sur la boucle et pressa les lèvres l'une contre l'autre.

– Ma bague, lâcha-t-elle.

– Je vois. Elle te l'a donnée ? demanda Hachim d'une voix douce.

– J'en crois pas un mot, interrompit le *kislar agha*. Elles mentent toutes comme des hyènes.

Hachim redressa les épaules et réprima son irritation.

– Asoul peut répondre comme elle l'entend, mais j'espère que ce sera la vérité.

Le *kislar* ronchonna. La fille lui lança un regard méprisant.

– Elle ne me l'a jamais donnée.

– Hum. Mais est-ce que vous aviez un accord, une entente au sujet de cet anneau ?

La fille le regarda d'un air étrange.

– Je ne sais pas de quoi vous parlez. Quelle importance, de toute façon ? Elle est morte, non ? Quelle importance si j'ai pris la bague ?

Hachim s'assombrit. Lui fallait-il expliquer la notion de vol ? C'était répugnant de voler un cadavre. Un sacrilège. Si elle n'était pas au moins consciente de cela, par quoi devait-il commencer ?

– C'est peut-être très important. Était-elle morte ou vivante quand tu as pris la bague ?

Mais le ravissant minois se mura une nouvelle fois dans le silence.

Hachim connaissait ces montagnards, élevés sur les sommets lointains du Caucase. Aussi durs que leur maison de pierre, que leurs pistes gelées en hiver. Vivant de grand air, toujours en lutte avec leurs voisins. Dieu leur avait donné la beauté, surtout aux femmes. Mais Il les avait faits durs.

Las, il reposa la question. Vivante ? Morte ?

Elle ne répondit point. Peut-être, après tout, était-elle dans le vrai. Quelle importance ? Hachim inspecta de nouveau la bague dans le creux de sa main. L'habilleur avait raison. Ce n'était qu'une babiole du marché, un simple anneau d'argent avec sur le dessus un motif usé figurant, semblait-il, deux serpents qui se mordaient la queue.

Il regarda la jeune fille. Elle portait des bracelets et un torque, le tout en or. Chose courante au harem où l'or et les bijoux venus de tout l'Empire servaient à satisfaire les aspirations des femmes à – quel était le terme employé par la Validé ? – la distinction. Mais il savait aussi que les objets de ce type pouvaient prendre une résonance qu'aucun étranger ne savait déceler ni même imaginer, qu'ils pouvaient engendrer dépit et jalousie, quel que fût leur peu de valeur intrinsèque, des affrontements passionnés, des crises de nerfs, des larmes et des échauffourées.

Les femmes du sultan avaient été élevées à la dure. Que représentait là-bas la mort ? Les bébés mouraient. Les femmes mouraient en accouchant de ces bébés qui mouraient, et les hommes recevaient une balle dans le dos pour un mot malheureux... ou finissaient centenaires. La mort n'était rien. C'était l'honneur qui comptait. Dans les montagnes d'où elles venaient, les gens prenaient ombrage du moindre mot, de sorte que les querelles se transformaient en affrontements sanguinaires qui se perpétuaient pendant des générations alors que le motif initial était depuis longtemps oublié.

Était-ce possible, se demanda-t-il, qu'une lutte de ce type eût été introduite au palais ? La distance entre le

Caucase et Istanbul était trop grande. Et pas simplement géographique.

Les serpents, que signifiaient-ils ? Ils couraient tout autour, se mordant à jamais la queue. Était-ce un symbole d'éternité, venant de quelques sornettes impies colportées dans les montagnes par les chamans ?

Hachim soupira. Il avait le sentiment de voir des problèmes là où il n'y en avait pas, de faire en vain des histoires. De perdre son temps. Tout ce qu'il avait réussi à faire était d'exacerber l'animosité entre Asoul et le *kislar agha.*

– Voilà, dit-il. (Il s'inclina devant l'eunuque noir et, le prenant par le bras, lui confia en aparté :) Encore cinq minutes, *kislar.* Accordez-moi ça. Sans témoin.

Observant ses yeux injectés de sang, Hachim eut du mal à se représenter ce qu'il pensait.

Le *kislar* grogna.

– Vous perdez votre temps, dit-il, promenant son regard puis le fixant sur la jeune fille. Le *lala* va te parler en privé. (Elle leva les yeux, impassible.) Tu sais ce que nous attendons.

Puis il quitta la pièce.

49

Asoul vit la porte se fermer et, très lentement, se tourna vers Hachim. Il eut le sentiment qu'elle ne l'avait jamais regardé jusque-là. Qu'elle n'avait peut-être jamais vraiment perçu sa présence dans la pièce.

– Tiens, dit-il doucement. Prends.

La fille suivit le cheminement de la bague dans les airs. Au dernier moment, avec la rapidité d'un serpent, elle tendit la main, s'en saisit et, de son poing fermé, se frappa la poitrine.

– Je vous ai déjà vu, dit-elle d'une petite voix.

Hachim cligna lentement des yeux mais ne dit rien.

Asoul baissa la tête et déplia ses doigts.

– Il va encore me la prendre, dit-elle.

– Non. Je vais lui demander de te la laisser.

La jeune fille ébaucha un sourire. Une certaine lassitude passa sur son visage.

– Vous.

Hachim pressa les paumes de ses mains sur ses joues.

– Quand on est blessé, commença-t-il lentement, quand on a perdu quelque chose, ou quelqu'un, cela rend triste, n'est-ce pas ? Parfois, le changement est salutaire, et parfois il donne juste envie de pleurer. Mais, quand on est jeune, il est difficile de croire à la douleur ou à la perte. Reste que la tristesse est un signe de vie. Les morts, eux, ne souffrent pas. Même ici, il y a beaucoup de tristesse. Même dans le temple de la félicité. Dans cet endroit béni. (Il s'arrêta un moment. Asoul n'avait bougé que pour frotter doucement la bague entre ses doigts.) Tu n'as besoin de rien dire, Asoul. Pas maintenant. Pas à moi. La tristesse t'appartient, à toi toute seule. Mais je veux te donner autre chose, en plus de cette bague. (Asoul leva le menton.) Un conseil. (Hachim inclina la tête, se demandant jusqu'où il pouvait aller. Ce qu'elle pouvait comprendre.) On ne peut rien changer, Asoul. La perte n'est jamais compensée, la douleur jamais complètement effacée. Tel est notre destin à nous, hommes ou femmes. L'amertume n'est pas une meilleure sorte de chagrin, Asoul. Le chagrin a sa place, mais l'amertume s'installe dans une blessure comme la gangrène. Insensiblement, peu à peu, elle vous enferme. Et finalement, même toujours en vie, vous êtes en fait déjà mort. Je l'ai moi-même constaté.

Asoul pressa ses lèvres l'une contre l'autre. Elle baissa la tête et se mit à cligner des yeux.

– Est-ce que je garderai la bague ?

Sa voix était fluette, mal assurée.

Hachim l'observa un instant en silence. Quelques minutes de plus et elle lui dirait ce qu'elle savait. Et, en se trahissant, peut-être l'amertume reviendrait.

Il trouva la poignée de la porte.

– Je parlerai moi-même à la Validé, dit-il.

De toute manière, il devait s'entretenir avec elle. Pour s'acquitter d'une promesse. Pour obtenir une invitation.

50

Le *seraskier* se déplaça jusqu'à l'extrémité du divan en s'aidant des talons et, prenant appui sur les mains, se mit debout.

– Vous auriez dû m'informer. (Sa voix était saccadée mais courtoise.) Je ne vous ai pas demandé de parler à des étrangers. Des mécréants.

Assis sur le divan, Hachim posa son menton sur les genoux.

– Savez-vous pourquoi je vous ai mêlé à cette affaire ? Pensez-vous que c'est parce que je voulais de la discrétion ? (Il regarda Hachim d'un œil furibond.) C'est parce que vous êtes censé être rapide. Mes hommes sont en train de mourir. Je veux savoir qui les tue, et je n'ai pas beaucoup de temps. Nous sommes déjà lundi. Il reste tout juste une semaine avant la revue. Les jours passent et vous ne me dites rien. En Crimée, vous avez été plus rapide. Je veux qu'il en soit de même ici. À Istanbul. (Les veines de ses tempes palpitaient.) Poèmes, fiacres. Cela ne m'apprend rien.

Hachim se leva et s'inclina. Alors qu'il s'apprêtait à franchir le seuil, le *seraskier* dit :

– Ces rencontres, c'est moi qui les ai organisées.

La cape de Hachim virevolta.

– Les rencontres ?

Le *seraskier* était debout contre la fenêtre, les mains dans le dos.

– Les rencontres avec les Russes. J'ai décidé qu'il fallait éduquer mes gars. Leur apprendre à présenter les armes et à saluer un officier supérieur ! Bien. À charger la culasse d'un canon ou à s'entraîner comme les Français. Ça, c'est la moitié de l'histoire. Un jour, nous nous battrons contre les Russes. Ou les Français. Ou les Anglais. Comment raisonnent-ils ? Quel est le goût des hommes pour le combat ? Qui sont leurs héros ? On peut en apprendre beaucoup sur quelqu'un si l'on connaît ses héros. (Le *seraskier* fit craquer ses jointures.) Je pourrais prétendre que rien de tout cela n'a d'importance. Il fut un temps où nous découvrions nos ennemis sur le champ de bataille et les écrasions sous la botte. Nous étions très forts. Mais les temps ont changé. Nous ne sommes plus aussi rapides qu'autrefois et l'ennemi, lui, l'est davantage. Nous ne pouvons pas nous permettre de les ignorer... les Russes, les Français. Oui, même ces Égyptiens peuvent nous en remontrer, si nous restons ici à Istanbul, essayant d'imaginer ce qu'ils sont en fumant notre narguilé. C'est à nous de prendre l'initiative, de chercher à voir comment ils raisonnent.

Hachim se gratta l'oreille.

– Et vous croyez que vos officiers peuvent apprendre tout ça en prenant un café avec l'attaché militaire russe ?

Le *seraskier* se dit : « Ce n'est pas un militaire ; pas même un homme. » Il s'exprima avec une précision exagérée.

– Vous m'avez demandé l'autre jour si je parle français. En fait, non. Aujourd'hui, nous disposons d'un livre, d'un dictionnaire, qui donne tous les mots en turc et en français, de sorte que nos hommes peuvent lire certains manuels dans cette langue. Pareil ouvrage n'existait pas quand j'étais jeune. En dehors des officiers que nous engageons pour enseigner à nos hommes, je n'ai jamais rencontré de Français. Ni d'Anglais, ni de Russes. Et jamais, bien sûr, leurs épouses. Jamais. D'ailleurs je ne saurais pas comment... (Il s'interrompit, étreignant l'air de ses mains tendues.) Comment me comporter. Comment leur parler. Vous savez, il y a trente ans, l'idée ne me serait pas venue à l'esprit. À présent, j'y pense continuellement.

– Je comprends.

Hachim se sentit plein de compassion pour le *seraskier*, dans son uniforme occidental, ses belles bottes, sa tunique boutonnée. Autant de symboles qu'il endurait, sans trop savoir pourquoi, comme l'un de ces nigauds du bazar pour qui un remède n'est efficace que s'il est source de désagrément. Bottes magiques, boutons magiques. Magie du *ferenghi*.

– Les choses vont vite. Même ici. (Le *seraskier* se passa une main sur le menton, tout en observant Hachim.) Le sultan sait que notre revue militaire est pour lui une occasion. Lundi prochain, toute la ville sera présente. Les gens verront la bannière du Prophète en tête des troupes. Cliquetis de la cavalerie, cuivres étincelants, belles montures. Soldats en rangs serrés marchant au pas. Quoi qu'ils pensent de nous aujourd'hui, ils seront émus. Impressionnés, j'en suis sûr. Plus encore, cela va les rendre fiers. (Le *seraskier* leva le menton en direction de la population, et ses narines se gonflèrent comme s'il humait déjà la fierté dans l'air.) En même temps que la parade, le sultan émettra un édit. Un édit qui va nous faire tous aller dans la direction qu'il veut nous voir prendre. Il nous appartient de le soutenir. D'essayer d'apprendre les bonnes choses que les infidèles peuvent nous apporter aujourd'hui. Même, comme vous dites, en prenant un café avec les Russes.

Mais Hachim avait cessé d'écouter.

– Un édit ?

Le *seraskier* baissa la voix.

– Autant que vous le sachiez. Des changements vont intervenir dans plusieurs domaines. Égalité des gens devant une seule et même loi. Administration : des ministres au lieu de pachas, ce genre de choses. Cela fera suite à la réforme de l'armée sur le modèle occidental, et ça ne suffira pas, naturellement.

Hachim se sentit écrasé. Que savait-il vraiment ? Dans six jours, un édit impérial. Ordre de changer. À grand-peine, il chassa les pensées qui se bousculaient dans sa tête.

– Pourquoi les Russes ? Pourquoi ne pas envoyer nos garçons prendre le thé avec les Anglais ? Ou boire du vin avec l'ambassadeur de France ?

Le *seraskier* frotta une main sur sa nuque énorme.

– Les Russes... ont manifesté plus d'intérêt.

– Et cela ne vous a pas semblé étrange ?

– Je ne suis pas un naïf. J'ai pris un risque. Les garçons de la Garde étaient – comment dire ? – très protégés. J'ai pensé qu'il valait mieux pour eux faire quelques erreurs maintenant, à Istanbul, que d'ignorer plus tard certaines choses sur le champ de bataille.

Mais à une bataille ils auraient pu survivre, pensa Hachim.

À Istanbul, ils n'avaient aucune chance.

51

Le tueur de l'ombre ne craint pas l'obscurité.

Il l'attend. On peut lui faire confiance. Elle finit toujours par arriver. L'obscurité est son amie.

Il était pieds nus pour ne pas faire de bruit. Il savait qu'il n'en ferait aucun.

Quelques années plus tôt, il était l'un des Hommes du silence. Un membre de l'élite. À présent il regardait le jour disparaître de la grille là-haut. Dans quatre heures, il soulèverait cette grille aussi aisément et aussi discrètement qu'une plume pour commencer son travail. Mais maintenant il devait attendre.

Il se souvint du jour de la sélection. Le colonel était assis, une rose sur les genoux, les yeux bandés, au milieu du hall de la caserne, et défiait les hommes de l'approcher l'un après l'autre. Pour prendre la rose... et regagner leur place. Récompense : un poste de commandement chez les sapeurs.

Le sol de pierre était jonché de pois chiches.

Personne n'avait sa dextérité ni sa patience. Son sang-froid. Un ou deux autres étaient arrivés jusqu'à la rose, mais leur impatience les avait trahis.

On lui apprit à se déplacer dans le noir sans faire de bruit. C'était facile.

On lui apprit à vivre sous terre. On l'enterra vivant, avec un roseau pour respirer.

On lui expliqua comment fonctionnaient les ombres, ce que l'œil pouvait percevoir, la différence entre mouvement et mouvement.

On lui ordonna d'être une ombre. De vivre comme un rat. De travailler comme un mineur. De tuer comme un serpent.

Patience. Soumission. Le temps, lui dit-on, est une illusion : les heures passent comme des secondes, les secondes peuvent sembler une éternité.

Avancer petit à petit sous les lignes de l'ennemi. Saper ses défenses. Guetter les sapeurs de l'ennemi, les contre-mines, le craquement des étais. Se faire de l'ombre une seconde peau. Tuer en silence.

Et s'il était capturé – ce qui arrivait lorsqu'on s'engageait aussi loin dans les lignes –, ne rien dire. Ne rien livrer.

De toute façon, on ne parlait pas beaucoup. Cela lui convenait aussi. Il n'avait jamais été très bavard. Les sapeurs étaient les Hommes du silence.

Il n'avait pas eu besoin d'amis quand il appartenait au corps. Il éprouvait un sentiment de communion. Il partageait la foi commune. Et cette foi l'aidait. À traverser le tunnel étroit. À surmonter la crampe musculaire, la peur et l'affolement, pour entrer dans le cœur intemporel et figé de toute chose.

Puis survint la trahison. Le bombardement de la caserne. Poussière. Effondrement du bâtiment. Éclats de pierre. Mur flottant en l'air avant de retomber. Il se souvint de ce moment : un mur tout entier, de dix mètres de haut, arraché à ses fondations et suspendu dans le vide.

Il se souvint de le voir fléchir et se tendre comme le flanc d'un cheval au galop. Comme si l'air lui-même était aussi dense que l'eau. Un instant qui sembla une éternité.

Il eut alors largement le temps de trouver un creux pour s'y tapir.

Comme un homme enseveli. Mais pas mort. Respirant par une fissure dans les décombres. Dégageant peu à peu les gravats de la tête aux pieds comme un ver sortant de son trou en quête de rosée.

La grille là-haut était désormais invisible. Le sapeur parvint cependant à la distinguer en déplaçant la tête d'un ou deux centimètres. En se servant de la lumière que personne d'autre ne pouvait percevoir.

Il leva le menton. L'heure était venue.

La patience était tout ce qui comptait.

La soumission était tout ce qui comptait.

Des gens allaient mourir. Des gens devaient mourir.

Seule la mort pouvait sanctifier la renaissance de l'Empire. Seul le sacrifice pouvait purifier et protéger les Lieux saints.

Les quatre piliers du Karagozi.

L'assassin tâta sa giberne. Il toucha le sol avec la paume de sa main.

Puis, tel un chat, il se mit en mouvement.

52

Hachim se pencha en avant et fixa les yeux sur la page 34 des *Liaisons dangereuses*. En vain. Le livre était ouvert à cet endroit depuis une demi-heure.

D'où viendrait cette loi ? Serait-elle comme les lois franques qui autorisaient les Grecs à posséder un pays mais refusaient le même avantage aux Polonais ? En outre, aurait-elle la même efficacité dans les hautes terres de Bulgarie que dans les déserts de Tripolitaine ?

Bond nécessaire ? Peut-être. Une seule loi pour tout le monde, sans tenir compte de la foi, la langue ou l'origine ? Pourquoi pas ? Il ne considérait pas qu'une telle chose fût sacrilège, mais beaucoup d'autres allaient le penser.

Pendant qu'il agitait ces questions dans sa tête, Hachim se demanda qui d'autre, au juste, était au courant de l'édit. Le sultan et ses vizirs, bien sûr. De hauts dignitaires, comme le *seraskier*, assurément. Les chefs religieux... mufti, rabbin, patriarche ? Sans doute. Mais la base... disons prêtres et imams ? Non. Et pas les simples habitants de la ville. Pour eux, la surprise allait être totale. Comme elle l'avait été pour lui.

Il referma brusquement le livre et, les yeux clos, se renversa sur le divan.

Durant les dernières heures, il était revenu une bonne dizaine de fois sur la question. Des troubles allaient éclater. Il en était sûr.

Mais il y avait plus.

Une chose qu'il savait être là, comme un visage dans la foule. Une chose qui lui avait échappé.

53

Soudain l'homme s'assit bien droit.

L'assassin pensa : « Il me sent. » Cela rendait la chose plus palpitante. On lui avait appris à s'infiltrer comme une odeur, pas comme un homme. À présent, l'odeur lui collait à la peau.

L'homme renifla.

Clic.

Très lentement, l'homme se mit debout. Un couteau à la main.

Bon. D'où était-ce venu ?

L'assassin sourit. Il tâta sa giberne. Ses doigts se refermèrent sur quelque chose de dur.

L'homme au couteau se tapit, le cou tendu.

– Qui est-ce ? Que voulez-vous ?

L'assassin ne bougea pas.

Une brise agita le rideau déchiré de la fenêtre qui claqua. L'homme au couteau se retourna, puis reprit sa position initiale. Il scruta l'obscurité.

Il tendit le cou. Très lentement, il tourna la tête.

Il tentait d'écouter.

L'assassin attendit. Aux aguets.

La tête de l'homme pivota à moitié.

L'assassin tourna légèrement le poignet et la corde se déroula. Il la ramena avec un grognement féroce et l'homme au couteau, soudain déstabilisé, se débattit désespérément, portant ses deux mains à son cou.

L'assassin tendit une nouvelle fois sauvagement la corde.

L'homme se mit à battre l'air de ses bras, cherchant à couper la corde. L'assassin sortit de l'ombre et le poussa par terre. Il saisit le poignet avec le couteau et enfonça son pouce entre les tendons : le couteau tomba bruyamment sur le sol, la main s'étant ouverte dans un spasme.

L'assassin l'enfourchait à présent. Il porta une main à sa ceinture et en tira une cuiller en bois.

L'homme à terre étouffait.

L'assassin relâcha un instant la corde. Sa victime poussa un râle effrayant, mais il s'agissait d'un faux répit. L'assassin glissa la cuiller en bois sous la corde et commença à la tourner.

54

Un gros homme, avide de sommeil, se sentit poussé hors du lit et tomba sur le sol. Il ouvrit les yeux et vit deux pieds de femme.

– Ça va, mon chou ? Voici tes affaires, trésor. Enfile ça. Pour moi, c'est terminé. Allez, fiche le camp.

Le gros homme se glissa tant bien que mal en tâtonnant dans sa robe. « Tire-toi », pensa-t-il. À coup sûr, il allait déguerpir sur-le-champ.

La femme le vit filer par la porte.

C'était fini pour la nuit. Fini, en tout cas, pour ce boulot-là. Personne ne viendrait à présent.

Là-haut, il saurait que le dernier client était parti. Il lui restait encore une chose à faire, la pire.

Lampe en main, elle grimpa l'escalier. Une fois à l'étage, elle s'arrêta. Il n'y avait aucun bruit.

Très doucement, elle entrebâilla la porte. La pièce dégageait une odeur terrible.

En silence, elle passa la tête à l'intérieur. Elle avança la main tenant la petite lampe et les ombres se mirent à danser autour de la pièce.

Plusieurs mois auparavant, la femme avait perdu sa foi en Dieu. Elle avait imploré, prié, elle L'avait supplié nuit après nuit et, au petit matin, c'était toujours la même réponse. Alors elle se mit à Le maudire. Rien ne changea. Au bout du compte, elle L'avait oublié.

Mais ce qu'elle voyait à présent était comme une révélation.

– Dieu soit loué, dit-elle.

55

Au point du jour, Hachim se dirigea vers les marches de l'embarcadère, serrant encore le billet que le *kadi* avait rédigé peu après la prière du matin. Puis il s'installa au fond du bateau. Le billet qu'il tenait était ramolli par l'humidité que dégageait le matin Istanbul, entre brouillard et crachin. Peu importait car il n'avait pas besoin de le relire.

Pendant que le rameur tirait sur ses lourds avirons, propulsant le caïque à fleur d'eau vers la pointe du Sérail, Hachim ramena ses genoux sur le coussin en crin et, machinalement, pesa de tout son poids sur son bras gauche afin d'équilibrer la frêle embarcation. Une cuiller en bois, avait écrit le *kadi* ; après avoir vu, la veille à peine, le sac d'ossements et de cuillers en bois vidé sur son sol, il avait été frappé de cette coïncidence et avait jugé bon d'en informer Hachim.

Vingt minutes plus tard, le rameur amena soigneusement à reculons le caïque contre les marches de Yedikule dans une volée de coups de rames et de cris.

Dès qu'il vit le petit homme étendu face contre terre dans la boue, une cuiller en bois fixée sur la nuque, Hachim sut qu'il ne s'agissait pas du quatrième cadet. Les mains du cadavre étaient ramenées près des oreilles, les genoux légèrement pliés, et la courbure du dos faisait croire, pensa Hachim, qu'il scrutait juste un trou dans la boue.

Hachim retourna le cadavre et regarda le visage. Yeux exorbités. Langue pendante.

Il hocha la tête. Le veilleur de nuit, qui était accroupi depuis plusieurs heures près du corps, cracha par terre.

– Vous le connaissez ?

Le veilleur haussa les épaules.

– Soses qui 'rivent, s'pa. (Il regarda le cadavre et son visage s'éclaira.) Ouais, brav' gars après tout. A rendu service à des gens. Des femmes, vous savez, et tout l'reste. (Il sc gratta la tête.) Mais, vous savez, sacrément dur. (Son esprit simplet changea de registre.) 'Peu trop brutal pour moi. L'était pas aimé, pas par les femmes.

Hachim soupira.

– Ces femmes... Êtes-vous en train de dire qu'il avait un bordel ?

– Ouais. Foutu coco aussi.

Hachim partit, pataugeant dans la boue jusqu'aux chevilles. Une fois sur le quai, il aperçut l'entrée d'une cour et se fraya un chemin parmi les détritus jusqu'à une pompe. Il actionna le bras. Un mince filet brun s'échappa du tuyau.

Les habitants des pièces autour de la cour commençaient à se lever. Un volet cogna contre le mur et une femme se pencha à une fenêtre à l'étage.

– Hé, vous faites quoi ?

– Je me lave les pieds, marmonna Hachim.

– J'vais balancer c'seau, alors faites gaffe.

Hachim s'éloigna en hâte, la boue toujours collée à ses pieds. C'était vraiment un sale quartier !

Il tourna au coin, espérant trouver un fiacre ou une chaise à porteurs. Chaque seuil de porte semblait avoir son mendiant dépenaillé ou son ivrogne qui ronflait : certains d'entre eux suivirent d'un œil trouble Hachim lorsqu'il passa. Les bars devaient fermer à minuit mais Hachim savait qu'ils restaient ouverts en général tant que quelqu'un avait de l'argent à dépenser, les derniers clients étant jetés à la rue quand leur bourse était vide et leur panse pleine. Il ne comprenait pas le plaisir qu'on pouvait y trouver. Preen en avait débattu un jour avec lui, et dit qu'elle aimait les bars à cause de leur mélange de bonheur et de tristesse. « Sauf les ivrognes, on ne sait jamais sur qui on tombe ni ce qu'ils font là. Chacun a son histoire. J'aime bien les histoires », avait-elle dit.

Ces histoires se terminaient trop souvent ainsi, songea Hachim, à baigner dans son propre vomi dans le froid d'un seuil de porte. Ou la tête dans la boue, mort, comme ce tenancier de bordel contrefait qu'il venait de voir et qui ne détonnait pas dans ce quartier.

Preen n'avait-elle pas dit qu'elle avait parlé à un bossu ? Un rat sordide sur le port qui la faisait se sentir sale. Qui l'avait informée de la rencontre entre les cadets et le Russe dans les jardins Yeyleyi. Son indicateur.

Et dans la boue, à peine tué, un maquereau bossu. Pas victime, quoi qu'on pût imaginer, d'un crime passionnel. Un coup trop fort. Un couteau à découper juste à portée de main. Non. C'était un meurtre de professionnel. Quelqu'un qui tuait avec un bout de corde... et une cuiller en bois.

Hachim se mit à courir.

56

Toutes les villes ont des quartiers à la limite de la respectabilité, quelle que soit leur proximité du centre riche et convoité. Même si elles sont spacieuses, même si elles semblent confortables, les maisons sont toujours marquées de manière indéfinissable par le passage incessant de diverses personnes : celles qui prennent un logement à la semaine, voire à la nuit; celles qui viennent, partent sans jamais revenir, et dont les intentions sont trop éphémères et trop diffuses pour être pleinement appréhendées. Personne ne pose de questions. Rien n'est supposé. Les services sont réglés à l'avance, et la confiance vaut de l'or. Les prix sont toujours un peu plus élevés qu'ailleurs, mais les clients sont contents de s'épargner une marche ou bien, étant étrangers, ne connaissent rien d'autre.

Preen, cependant, faisait en quelque sorte partie des meubles, et payait un loyer en conséquence. Son logeur n'avait rien à lui reprocher car il ignorait presque tout de son existence. Envoyé dans un café, il passait la journée à jouer au jacquet avec d'autres vieux et n'était rappelé que si sa femme désirait éconduire un nouveau client ou faire peur à un locataire récalcitrant. Par pudeur, la logeuse de Preen gérait la plus grande part de ses affaires en hurlant derrière un paravent treillissé, au pied de l'escalier. Il y avait une petite fenêtre que les gens pouvaient utiliser pour régler : ils tendaient l'argent par le trou et elle s'en emparait. S'il lui fallait jeter un coup d'œil, elle appuyait les yeux contre le treillis. Sa propre chambre à l'arrière était assez sombre.

À cet instant, elle observait un petit homme noir qui se battait avec un joug auquel étaient accrochés deux pots de chambre en porcelaine branlants. Sans se soucier des yeux qui devaient le suivre derrière le paravent, l'homme aux jambes arquées franchit la porte avec son fardeau et sortit en courant dans la cour. La logeuse surveilla ses mouvements avec envie et irritation. Non qu'elle voulût chaque matin porter à l'égout des excréments. Mais parce que le petit homme noir qu'elle avait engagé pour cette tâche savait avant elle tout ce qui se passait.

Le porteur d'excréments revint avec ses pots vides et les mit à sécher auprès des autres. Il se tourna vers le treillis.

– Trois messieurs au 5. Le 8 n'est pas rentré dormir, mais l'odeur est très mauvaise.

La logeuse pinça les lèvres puis les détendit. Le numéro 5 était loué pour une semaine à un homme seul. Elle aurait une explication avec lui quand il tenterait, un peu plus tard, de se glisser dehors. Quant au numéro 8, ce n'était pas la première fois qu'elle passait la nuit dehors. C'est à cause des mauvaises odeurs qu'elle dissuadait ses locataires d'introduire de la nourriture dans les chambres. Si elle avait le temps, songea-t-elle, elle irait enlever ce qui empestait dans la chambre de Preen.

Un homme se présenta à l'entrée. Elle reconnut un ami du numéro 8. Elle cogna au treillis avec les jointures de ses doigts.

– Vous pouvez vous épargner de monter, dit-elle d'une voix éraillée mais sur un ton qui se voulait aimable. (Le numéro 8 était son meilleur locataire.) Sortie.

Hachim regarda le treillis en louchant.

– Sortie ce matin, vous voulez dire ?

C'était peu probable. Le porteur d'excréments prit une serpillière et commença à la passer dans le couloir en grimaçant.

– Quoi qu'il en soit, répondit la logeuse, elle n'est pas là maintenant. Je peux lui dire que vous êtes passé, Effendi.

– S'il vous plaît. Auriez-vous, par ailleurs, l'amabilité de lui remettre ce message ?

Il arracha une feuille d'un petit calepin qu'il portait sur lui, griffonna quelques mots et la plia. Le battant du treillis s'abaissa et une main flétrie sortit pour la saisir.

– Il est important qu'elle le trouve le plus vite possible, ajouta Hachim. Vous ne savez pas où elle est partie ?

– Je veillerai à ce qu'elle le reçoive, dit la logeuse avec fermeté.

Hachim hésita. Y avait-il autre chose qu'il pût faire ? Il songea à monter pour laisser un message dans sa chambre mais la vieille peau du treillis était déjà en possession d'une missive et le domestique noir avait inondé le couloir.

Il salua le treillis et sortit dans la rue.

57

Il faisait déjà sombre quand Preen regagna sa pension. Non qu'elle eût accompli grand-chose ce jour-là : c'était la nuit dernière qu'il y avait eu de l'action, une soirée entre hommes où l'on avait servi de l'alcool et où Preen avait elle-même accepté de boire après la danse. C'était contraire à l'un de ses grands principes mais même les grands principes étaient faits pour être transgressés, avait-elle songé quand les verres s'étaient enchaînés et que le futur marié, angoissé, lui avait posé des questions sur la nuit de noces.

Elle avait donc fini par rester sur place, avait dormi tard et s'était réveillée avec la gueule de bois. Les autres invités étaient partis depuis longtemps, emmenant avec eux le marié. Elle se souvenait vaguement de rires étouffés et de gémissements qu'elle avait entendus au petit matin, avant de se retourner et de se rendormir. Une très grosse Arménienne, reniflant d'un air réprobateur, lui avait préparé du café. Le reste de la journée, elle l'avait passé aux bains, une serviette sur la tête.

Sur le chemin du retour, elle s'arrêta pour acheter une pâtisserie, mais la gueule de bois lui avait coupé l'appétit, et elle se contenta de grignoter un morceau avant de demander au vendeur de la lui envelopper. Elle était à présent dans son sac, mais en vérité Preen n'avait qu'une envie, monter dormir. Quand elle poussa la porte, sa logeuse cogna immédiatement au treillis.

– Un message pour vous, piailla-t-elle.

Le battant s'abaissa et Preen vit surgir sa main serrant un billet plié.

– Merci, dit-elle. Pourrais-je avoir de la lumière ?

– Urgent, qu'il a dit. C'est ce monsieur, cet ami à vous qui est passé l'autre jour. Qui cause bien. Voilà.

« Elle veut dire Hachim », pensa Preen en prenant le chandelier. Comme à l'accoutumée, il n'y avait qu'un moignon de bougie : la logeuse était très attentive à ces questions. Elle se demanda si elle devait faire demi-tour et tenter sur-le-champ de trouver Hachim : elle n'allait sans doute pas pouvoir lire le billet, mais elle ne voulait pas mettre la logeuse au courant.

Peut-être, si elle s'était trouvée au pied de l'escalier avec la bougie, aurait-elle été chercher Hachim. Ou bien, si la logeuse n'avait pas ajouté, sur le ton de la confidence, que chacun devrait s'abstenir de monter de la nourriture dans les chambres... que l'odeur dans sa chambre avait incommodé le domestique.

Preen gravit lentement les marches. À cette époque de l'année, il y avait un perpétuel courant d'air dans la vieille maison et le bout de chandelle avait besoin d'être protégé. Au deuxième étage, elle tourna à gauche dans un petit couloir, passa devant deux chambres closes et silencieuses, puis parvint au minuscule escalier en colimaçon conduisant à sa propre porte. Elle monta sans se presser, suivant la courbe très marquée qui lui déplaisait depuis toujours car, d'une certaine manière, elle la coupait du reste de la maison, l'isolait dans son coin. Elle leva les yeux et vit la porte. Dans l'étroite cage d'escalier, les ombres s'agitaient comme une bande de singes sauvages.

Elle s'arrêta et renifla. La logeuse avait raison : ça sentait. Pour la première fois, elle se demanda ce que c'était. Un rat mort peut-être sous les lattes du plancher? Elle frissonna de dégoût et tendit le doigt.

Il y avait une autre chose qu'elle n'aimait pas dans cet escalier, dans cette porte : devoir enfoncer un doigt dans le trou noir pour chercher à l'intérieur le loquet. C'était comme le mettre dans la bouche d'ombre.

58

Après avoir confié son message à la logeuse de Preen, Hachim était retourné aux Archives impériales. Le jour, un pâle soleil d'hiver filtrant par les hautes fenêtres, l'endroit semblait plus banal, l'atmosphère plus insignifiante. Il y avait aussi une autre cause à ce changement. Plusieurs archivistes étaient de service, mais Ibou, le garçon soudanais, ne faisait pas partie du lot. L'ange de la bibliothèque, songea Hachim.

L'archiviste en chef était un homme lugubre, avec des moustaches tombantes, pas un eunuque mais un vieux diplômé de l'école du Palais.

– Le Divan est réuni, expliqua-t-il d'un air sombre. Revenez cet après-midi.

Mais Hachim ne l'entendait pas ainsi.

– C'est urgent, dit-il.

L'archiviste le fixa de ses yeux tristes. Il semblait se considérer infiniment maltraité, mais Hachim le soupçonna d'être juste paresseux.

– Aidez-moi maintenant. Vous pourrez vous interrompre si des ordres arrivent du Conseil des vizirs.

L'archiviste acquiesça lentement et gonfla les joues.

– Mettez votre demande par écrit. Nous verrons ce qu'il est possible de faire.

Hachim s'accouda sur le bureau et mordilla un crayon. Finalement, il nota : « Tours de guet des incendies. Détails sur les emplacements. » Puis, se ravisant, il ajouta : « Résumé des coûts de rénovation/entretien 1650-1750 », indication plus susceptible de faciliter les recherches.

L'archiviste prit la fiche avec un petit grognement mais ne se préoccupa guère de la lire. Elle resta posée sur son bureau pendant plus de vingt minutes tandis qu'il feuilletait un volume in-quarto de chiffres et que Hachim faisait les cent pas près de l'entrée. Finalement, l'archiviste prit la fiche, la regarda et tira un cordon de sonnette.

La façon de se mouvoir des employés était calquée sur l'ennui prodigieux de leur maître : ils hochaient la tête et regardaient de temps à autre Hachim comme s'ils le soupçonnaient d'être venu au seul motif d'éprouver leur patience. Enfin, l'un d'eux disparut dans les rayons. Il resta absent pendant près d'une heure.

– Rien de spécifique concernant les emplacements. Il y a deux volumes de comptes, qui se rapportent au service des incendies en général. Ils sont à cheval sur la période que vous avez demandée. Désirez-vous les voir ?

Hachim réprima une envie de lui pincer le nez.

– Oui, s'il vous plaît, dit-il d'une voix neutre.

L'archiviste s'en retourna en traînant les pieds. Il revint avec deux livres étonnamment petits, plus petits que la main de Hachim, reliés en toile bleue. Le plus ancien, qui couvrait en gros la période allant du début du XVIIe siècle à 1670, était en piteux état, et la couture des cahiers était si abîmée que les pages se détachaient par paquets, menaçant de sortir complètement de la couverture.

L'archiviste fronça le sourcil.

– Je ne crois pas que nous puissions vous autoriser à consulter celui-ci, dit-il.

Hachim explosa.

– J'ai attendu toute la matinée pour m'entendre dire que je ne suis pas capable de garder en ordre quelques pages d'un livre. Je vais examiner le livre ici, sur ce banc. Pas m'en servir comme éventail, le malmener ou le lancer en l'air.

Toutefois, l'ouvrage se révéla décevant. Au bout d'une demi-heure, Hachim n'avait trouvé que trois références, deux ayant trait à la tour de Stamboul, qui brûla à deux reprises, et l'autre faisant une allusion des plus vagucs aux tours de guet des incendies sans en donner le nombre ni les nommer. Les entrées du livre étaient de mains très différentes, ce qui rendait le déchiffrage de certaines des plus anciennes à la fois pénible et décevant.

C'est pendant qu'il tentait de comprendre une entrée rédigée dans un mode d'écriture particulièrement ancien que Hachim se rappela soudain son message à Preen. Il l'avait composé en termes assez clairs et, si elle avait suivi son conseil, elle devait l'attendre bien calée dans un coin du café de Kara Davut en aguichant les hommes. Cette dernière pensée le fit sourire, mais ce sourire disparut aussitôt.

Il avait mis en garde Preen, avec des instructions très claires. Écartant les fioritures de la parole écrite, exagérant les pleins et les déliés, il avait couché quelques lignes que n'importe qui pouvait lire, même un enfant. *Même, mais seulement.* Seulement un enfant ayant reçu quelque instruction.

59

Preen glissa son doigt dans le petit trou noir de la porte et le recourba, cherchant vers le haut le mince loquet en bois.

Elle le sentit contre le bord de son ongle et le releva. Comme la porte s'ouvrait, un soudain courant d'air charriant un relent de viande pourrie souffla la chandelle dans sa main. Elle poussa un petit cri de désarroi et recula dans l'obscurité. La porte cogna contre le mur latéral. Au même instant, Preen sentit quelque chose effleurer son visage, une sorte de bruissement d'insecte sur sa peau. Elle rejeta violemment la tête en arrière, trébucha et perdit l'équilibre sur la première marche du sombre escalier. Elle tomba avec fracas, ricochant sur le mur arrière et dévalant de côté les étroites marches.

Preen atterrit enchevêtrée, meurtrie au bas de l'escalier, le visage écrasé contre le sol du couloir, avec des élancements au bras droit. Pendant quelques secondes, elle resta immobile, à écouter simplement le sang qui palpitait dans sa tête, le souffle haletant. Dans l'obscurité, ces sons prenaient une ampleur démesurée.

Mais ensuite il y eut un craquement étouffé derrière elle dans l'escalier, près de ses pieds, comme si quelqu'un testait son poids sur une marche en bois.

Le bruit de quelqu'un qui la rejoignait dans le noir.

Quelqu'un descendait les marches, venant de sa propre chambre.

D'un geste convulsif, elle ramena ses jambes et culbuta sur le côté. Comme elle retombait de tout son poids sur son bras, une douleur aiguë lui transperça l'épaule jusqu'à la nuque et elle ouvrit la bouche pour hurler.

Mais le cri mourut sur ses lèvres.

60

Montant les marches deux à deux, Hachim entendit le fracas de Preen qui tombait en arrière. Parvenu en haut de l'escalier, il s'agrippa au mur et vira dans le couloir. Perdu dans l'obscurité, il entendit un autre mouvement dans le passage et cria :

– Preen !

Sans hésiter, il fit deux pas dans les ténèbres. Seulement deux... mais qui lui sauvèrent la vie. Il venait à peine de s'avancer lorsqu'il fut projeté en arrière par une force qui l'aurait, quelques secondes plus tôt, catapulté au bas des marches. Rejeté contre le mur, il reçut au visage un coup violent qui lui coupa le souffle.

Tandis qu'il essayait de respirer, deux choses lui traversèrent l'esprit. *Primo*, qu'il était arrivé trop tard. L'assassin avait trouvé Preen, et elle était morte. *Secundo*, que le tueur, qui l'avait frappé et qui dévalait alors à toute vitesse le sombre escalier, n'allait pas s'en tirer aussi aisément.

Il avança une main et saisit la rampe. Ce geste sembla lui permettre de remplir à nouveau d'air ses poumons. Un autre le remit debout. Il resta un instant immobile, haletant, puis, avec un juron, plongea lui-même dans l'escalier.

Arrivé dans le couloir du rez-de-chaussée, il se précipita en courant dans la rue où il pivota et regarda alentour. L'homme noir qu'il avait vu le matin était étalé dans la poussière et, brandissant toujours dans chaque main deux pots de chambre, le fixait interloqué. Il redressa la tête d'un coup sec et plaça un pot sur son épaule. Hachim se mit à courir.

Il y avait encore beaucoup de gens dehors et, s'il était difficile, dans l'obscurité, de les dénombrer ou de dire où ils étaient avant d'arriver presque à leur hauteur, Hachim sut, à leur façon de s'écarter sur son passage, qu'il était sur la bonne piste. Quand un homme court dans la foule, pensa-t-il, cette foule s'attend naturellement à en voir un autre à ses trousses : la proie et le chasseur, le poursuivi et le poursuivant. C'était comme ça depuis les origines de l'homme, avant même la création d'Istanbul. La vision de deux serpents se mordant la queue envahit son esprit. Il poursuivit sa course.

Une fois au coin de la rue, il fila à gauche, mû par une rage très vive et par le désir instinctif de monter, de prendre le haut du pavé. Des silhouettes s'écartèrent à son approche. À un coin éclairé par les torches d'un café, il aperçut des gens qui tournaient la tête pour le regarder et pensa : « Je me rapproche. » Mais les rues se resserraient à nouveau. À la jonction de trois ruelles, il s'arrêta presque et faillit perdre son chemin. Mais alors un petit quelque chose dans l'air, un rien écœurant et douceâtre qu'il avait déjà senti auparavant mais ne pouvait identifier, lui fournit l'indice qu'il cherchait. Ignorant une ruelle vide bien éclairée puis une autre qu'il croyait être une impasse, il se précipita dans la plus sombre et la plus misérable de toutes. Était-il guidé dans sa course par l'instinct, la magie ou par des signes qu'il n'avait même pas le temps de déchiffrer – un léger penchant, une préférence pour l'ombre sur la lumière, une appréciation irraisonnée, irréfléchie de la différence entre rue et impasse familière, pour ainsi dire à son insu, après plusieurs années passées à Istanbul –, il ne le savait pas. S'il avait arrêté de penser, tout se serait arrêté, car l'air s'engouffrait dans ses poumons comme un lézard courroucé : il sentait ses écailles dressées, ses griffes tâtonnantes.

Il se tourna brusquement vers le mur, tendit les mains pour s'y appuyer et resta là quelques secondes, le souffle court. Devant, des lumières rougeoyantes tremblotaient dans les ténèbres, un chapelet de petits autels de rue éclairés par des chandelles brûlant derrière des verres colorés. Il devina où il était. Et, à cet instant, il comprit également où il allait.

Il courait avec une détermination si farouche, si vague et si enthousiaste que, à la ruelle suivante, il bifurqua soudain à droite et faillit renverser un passant.

Il s'agissait d'un coup oblique, épaule contre épaule, mais qui suffit à faire pivoter l'homme et, tandis qu'il tournoyait, Hachim regarda derrière lui et aperçut son visage. On y lisait, constata-t-il, toute une gamme de sentiments... colère, trouble et l'amorce d'une soudaine reconnaissance.

– L'incendie ! s'écria l'homme presque en riant. (Hachim salua du bras et reprit sa course, mais l'homme était sur ses talons.) Effendi !

Hachim reconnut la voix. Juste à ce moment, la ruelle s'incurva soudain et une lumière brilla à l'autre extrémité. C'est ainsi que, dans son champ de vision, il découvrit ce qu'il savait déjà être comme la queue d'un serpent : la silhouette fugace d'un homme qui disparut.

Une voix derrière lui s'écria :

– Je l'ai vu ! Allons-y !

Hachim tourna la tête tandis que l'autre homme, nouvellement dans la course, bondissait près de son épaule.

– Murad Eslek ! dit-il hors d'haleine.

Hachim se souvint de la rue en flammes, de l'homme couvert de suie qui lui avait souri et serré la main.

Arrivé à une ruelle offrant la possibilité d'aller soit à droite soit à gauche, Hachim hésita. Il semblait avoir perdu son sens de l'orientation : la soudaine apparition d'Eslek l'avait perturbé. Il savait qu'il courait depuis longtemps. Il sentait qu'il était très près du but mais éprouva un sentiment de colère et d'égarement en martelant d'un pas lourd le pavé d'une banale ruelle d'Istanbul. Ce qu'il avait pris pour de l'inspiration était devenu quelque chose d'ordinaire, une simple coïncidence.

– Les tanneries ! haleta Hachim.

L'odeur lui avait échappé mais elle l'avait aussi guidé pendant ce qui semblait des heures. Il l'avait sentie dès l'instant où le tueur de Preen était entré en collision avec lui en haut de l'escalier. Elle l'avait mené le long des rues, aspiré naturellement dans des ruelles, poussé à prendre à droite ou à gauche et, à présent que sa proie était en vue, elle le cernait de toutes parts.

Obstiné, sentant pour la première fois le poids de ses pieds, Hachim fila à gauche à la jonction de plusieurs ruelles misérables. Même dans le noir, il vit que les murs environnants n'étaient pas continus. Çà et là, une faible lueur rougeoyante lui indiquait qu'il passait devant une habitation. Mais, le plus souvent, il avançait dans le noir, là où le chemin se perdait dans la broussaille, où chèvres et moutons domestiqués étaient parqués dans des enclos de fortune. Il les entendait bouger, à cause du faible tintement des clochettes. À un moment, il buta sur une barrière à l'endroit où le chemin s'incurvait. Il avait depuis longtemps distancé son compagnon. Quant à sa proie, elle était désormais invisible. Indétectable.

La puanteur des tanneries l'avait privé de tous moyens.

61

La première chose que Hachim remarqua, après l'odeur infecte qu'il avait été forcé d'aspirer dans sa poitrine haletante, ce fut la lumière.

Elle montait en volutes étranges des cuves où l'on mettait les peaux à bouillir et à teindre. Sur fond d'une multitude de torches vacillantes, chaque cuve rejetait un panache de vapeur colorée, mêlant le rouge, le jaune et l'indigo, puis se dissolvant lentement dans l'obscure atmosphère nocturne. L'air empestait la graisse et le poil brûlé, mais le pire était l'odeur suffocante des excréments de chien dont on se servait pour tanner le cuir. Une vision d'enfer.

Un enfer dans lequel s'était évaporée la proie de Hachim.

Hachim mit un genou à terre et scruta les lieux.

Il avait entendu parler de la tannerie, en connaissait l'odeur aussi, mais c'était la première fois qu'il la découvrait de ses propres yeux. Un mur élevé délimitait un espace d'à peu près un demi-hectare sur lequel s'entassaient, presque bord à bord, des cuves encastrées dans un socle d'argile et de ciment que la graisse faisait luire sous les torches et qui servait aux tanneurs pour aller de l'une à l'autre afin d'en remuer le contenu bouillonnant avec une longue perche. Moulées dans la terre cuite et recouvertes de tuiles, elles avaient chacune environ deux mètres de diamètre. Çà et là, des grues rudimentaires avaient été installées pour plonger dans les teintures puis retirer les lourds ballots de peaux détrempées. Et, à la jonction de quatre cuves, dans un espace semblable à une étoile à quatre pointes, des grilles en fer circulaires avaient été fixées pour, supposa Hachim, insuffler de l'air dans les conduits qui couraient au-dessous. Plusieurs de ces grilles étaient visibles de l'endroit où il se trouvait.

De l'assassin, point de trace, mais Hachim savait qu'il était là, quelque part, tapi peut-être derrière le rebord d'une cuve, ou debout, immobile, contre les murs sombres. Hachim ne savait presque rien du tueur, hormis qu'il opérait dans le noir : c'était dans le noir qu'il s'était jeté contre lui, dans le noir qu'il avait tué Preen, et c'est en pleine nuit qu'il s'était glissé dans la pièce pour étrangler le bossu. Le noir, se dit Hachim, a partie liée avec cet homme.

Il scruta de nouveau la tannerie. Elle était entourée de murs élevés : mais, à l'autre bout, au-delà du ballet coloré, il aperçut dans l'ombre d'autres portes. Le tueur n'avait sans doute pas eu le temps de les atteindre.

Hachim se concentra ensuite sur les cuves les plus proches. Les teintes de la vapeur étaient moins vives, peut-être à cause de l'éclairage qu'elles recevaient. Ce n'est que plus loin, là où les colonnes s'enchevêtraient, qu'apparaissait une irisation rappelant l'arc-en-ciel. À l'évidence, certaines de ces cuves étaient vides.

Hachim approcha, jambes pliées, en relevant le bas de sa cape. Il s'avança sur l'argile qui était des plus glissantes et constellée de gouttelettes de vapeur et de graisse, de sorte qu'il se déplaça avec précaution, posant chaque pied avec un soin extrême. Il sentait la chaleur des cuves mais, oui, certaines étaient bien vides. Elles étaient vidangées, il pouvait à présent le voir, au moyen d'une bonde en bois fixée à une chaîne qui courait à l'intérieur de chacune d'elles, fixée au rebord par un anneau métallique. Il imagina le tueur se glissant dans l'une d'elles : comme le soldat trouvé mort dans le chaudron aux écuries, quelques jours plus tôt.

Il plongea une main dans sa cape et dégaina le petit poignard qu'il portait à la ceinture. Un instant, sa lame étincela dans l'étrange lumière puis se ternit avec la condensation de la vapeur ambiante sur le métal froid. Il le brandit, pouce sur la poignée, doigts repliés sur lui, comme s'il s'agissait d'une flèche.

Il mit un pied sur la grille et sentit un air chaud monter sur sa jambe. Puis, pesant sur elle, il la fit basculer avec un petit bruit métallique à peine perceptible. Il accentua de nouveau sa pression et à nouveau la grille céda légèrement. Mais, cette fois, elle cogna distinctement contre le cadre.

Hachim recula et s'accroupit pour inspecter la grille. Elle avait près de cinquante centimètres de diamètre et se composait de barres métalliques rondes espacées de cinq centimètres. Il redressa la tête afin de réfléchir. Le temps pour se cacher avait été des plus brefs. Tapi dans l'une des cuves vides, le tueur serait surpris comme un ours dans sa fosse. Hachim allait le trouver. Ce n'était qu'une question de temps. Et alors...

Il tendit la main et poussa l'extrémité de la grille qui bascula très légèrement. Elle n'était pas bien encastrée d'un côté et, en la faisant pivoter dans un sens puis dans l'autre, il finit par trouver le point cardinal. Hachim passa les doigts sur le bord et poussa un grognement en trouvant un petit lambeau de tissu pas plus grand qu'un ongle qui dépassait de la jointure.

Il se leva, recula avec précaution pour détacher du mur une torche allumée. À nouveau, il scruta la tannerie mais il n'y avait aucun mouvement. Près de la grille, il s'agenouilla et projeta la torche contre les barreaux.

Des tunnels. Ces grilles étaient plus que des bouches d'aération. Elles devaient aussi servir d'accès à un réseau de tunnels permettant aux tanneurs d'alimenter les feux qui portaient à ébullition l'eau des cuves. Le tueur avait pu se glisser par là dans les tunnels mais, dans la précipitation, un coin de sa chemise avait dû se prendre dans le joint quand il avait remis la grille en place.

Il a déjà été signalé que Hachim était assez courageux. Mais seulement quand il arrêtait de penser.

Sans même réfléchir, il souleva la lourde grille et glissa les jambes dans la cavité. L'instant d'après, il était accroupi au fond, près de deux mètres plus bas, à contempler abasourdi ce que fit apparaître la lumière vacillante de la torche.

62

L'assassin resta un moment à quatre pattes pour reprendre son souffle. Fort, oui, il était très fort. Mais il n'avait plus l'âge de courir ainsi, ni l'habitude. Cela faisait dix ans qu'il avait arrêté de s'entraîner.

« Bouge, se dit-il. Rampe loin de cette grille. » Pour la première fois en quarante-huit heures, il se sentit fatigué. Déprimé.

La mission avait échoué. Il avait attendu des heures dans cette chambre, les yeux rivés sur la porte. Une ou deux fois, il avait essayé le loquet, pour voir combien de temps il fallait pour que la porte s'ouvrît toute grande. La nuit était tombée : son élément.

Il l'avait entendue arriver. Il avait vu la lumière approcher, observé satisfait le doigt glissé pour dégager le loquet. Sa main s'était alors refermée sur le poids au bout de la corde.

Puis, dans le noir, tout avait dérapé. La danseuse recula au lieu d'avancer. Le poids vola dans les airs, puis il y eut la chute. Il aurait été possible de continuer... mais quelqu'un était arrivé.

Au moindre risque d'être découvert, il faut laisser tomber.

L'assassin se remit à bouger, en silence, s'éloigna en rampant de la grille le long de la rigole. « Ne pense plus à l'échec, songea-t-il. Cache-toi. Retourne à la terre. »

La remise en marche le calma. Sa respiration devint plus régulière. Repos, maintenant. Personne ne viendrait le traquer là et, plus tard, il pourrait corriger son erreur. À présent, il fallait dormir.

Dormir parmi les autels. Chaque autel surmonté d'un brasero rougeoyant.

L'air fétide et chaud. L'air assoupissant.

L'assassin se glissa sous une voûte basse et trouva un endroit dégagé sur la brique chaude. Il trouva aussi du pain de la veille sur le rebord d'un brasero et en fourra un morceau dans sa bouche. Il retira le bouchon d'une bouteille en terre cuite, but une longue gorgée d'eau tiède.

Enfin, il s'étendit sur les briques chaudes, mains croisées sous la nuque.

Alors, regardant au-dessus de lui le ventre arrondi des cuves, l'assassin se mit à hurler.

63

Hachim vit qu'il s'était trompé au sujet des espaces situés sous les cuves. D'après ce qu'il distinguait, toute une série de gaines d'aération débouchaient dans une énorme salle très basse, surélevée par de petites voûtes en briques. Entre les voûtes, à intervalles réguliers, de grands braseros, posés sur des socles en briques, chauffaient les chaudrons carrelés situés au-dessus : dans la faible lumière enfumée, les chaudrons suspendus ressemblaient aux tétons d'une monstrueuse diablesse.

Il promena son regard des bondes en bois pareilles à des mamelons au briquetage du sol sur lequel il était tapi. D'une certaine façon, il avait eu raison. Il s'était attendu à un dédale de tunnels mais ce qu'il avait trouvé, c'était l'empreinte d'un dédale, comme si le sol de la tannerie avait été buriné par une roue géante, comme si les tunnels qu'il avait imaginés avaient été abandonnés quand ils n'avaient qu'une dizaine de centimètres de hauteur. Une couche épaisse de graisse colorée les recouvrait.

Il avança doucement, torche dans une main, couteau dans l'autre. Il sentit la graisse s'amonceler entre ses orteils. Baissant les yeux, il vit qu'elle s'était accumulée à ses pieds en une crête luisante. Il vit aussi que la graisse avançait en fait mollement dans sa direction. Quelqu'un y avait déjà pataugé et l'avait repoussée sur les côtés, laissant une trace légère mais visible, et, à présent, elle reprenait doucement sa place, tout en montrant le chemin.

Frappé par une idée, il recula à pas lents vers la bouche d'aération et se tint debout. Il posa la torche au-dessus de sa tête et, s'agrippant au bord de la grille, se hissa pour retrouver l'air soi-disant libre.

Pendant les cinq minutes suivantes, Hachim rampa entre les cuves. Il gagna l'autre bout de la tannerie et retira la grille, projetant sa torche dans la cavité. Il observa un instant la graisse qui suintait.

Puis il se dirigea vers le centre de la tannerie et aménagea une corde fixée à l'une des grues servant à hisser les ballots de peaux et à les plonger dans les cuves.

Après avoir terminé, il s'empara de l'une des chaînes qui sortaient des cuves et tira dessus d'un coup sec.

Puis il en chercha une autre, puis une autre, tirant chaque fois de toutes ses forces.

D'un endroit reculé, comme des entrailles de la terre, il entendit alors monter un hurlement.

64

L'assassin vit la première bonde disparaître.

Dix ans plus tôt, il avait vu un mur s'effondrer sur lui et cet instant lui avait semblé une éternité.

À présent, durant une éternité, il ne laissa échapper aucun son.

Durant une éternité, il chercha désespérément une explication.

Et il ne roula de côté que lorsque la bonde fut remplacée par un jet noir de graisse et d'eau brûlantes qui s'abattit sur la brique.

Il ricocha sur son dos, la graisse chaude le transperçant comme des aiguilles.

Alors il hurla.

Des jets d'une teinture épaisse et bouillante surgirent autour de lui.

Le caniveau dans lequel il était étendu se remplit tout à coup d'un liquide tourbillonnant. Terrifié, il plongea les mains dans le torrent fumant et chercha désespérément une issue. Il leva les bras, mit ses mains ébouillantées sur la grille et se souleva. Tandis qu'il s'extirpait de la bouche d'aération, il ne remarqua pas les nœuds coulants qui se refermèrent brutalement sur ses chevilles brûlées.

65

Hachim se précipita sur le contrepoids et eut le plaisir de voir l'assassin décoller du sol. Mais, quand le nœud coulant heurta la poulie, le bras de la grue oscilla pesamment dans sa direction et la corde se détendit. Hachim se rejeta un peu plus en arrière pour retrouver sa prise, mais alors la corde supportant le poids de l'assassin se mit à tressauter entre ses mains et faillit le renverser. La corde fila entre ses paumes et il se trouva soudain à chercher un appui sur la pente suintante de la cuve. Il agita les deux pieds. Sa jambe gauche dérapa sur le bord et son pied toucha l'eau bouillante. Il le retira aussitôt, le souffle coupé, et se coucha sur le côté.

Luttant en quête d'un appui sur la surface gluante, Hachim vit la corde qui filait lentement entre ses doigts, luisante de graisse. Il avança précipitamment la main gauche, se saisit de la corde, aussi tendue qu'un barreau, et la souleva de quelques centimètres, tirant d'une main puis de l'autre jusqu'à ce qu'il fût en mesure de s'accroupir. Un instant, il sentit ses sandales patiner sur le sol graisseux et se pencha donc en arrière pour contrebalancer. Tout était survenu si vite que, lorsqu'il leva enfin les yeux, il ne comprit pas ce qu'il voyait. À quelques mètres de lui, une sorte de crabe géant agitait ses pinces dans un jet de vapeur rosâtre. Chevilles entravées, tête en bas, l'assassin écartait et serrait les jambes à hauteur du genou. Sa tunique était retombée sur sa tête, mais ses bras se débattaient au-dessus du fatras des vêtements, tentant de saisir ses propres jambes. L'ourlet de la tunique flottait dans un bain de teinture. Il était suspendu juste au-dessus d'une cuve bouillante, là où la grue l'avait transporté au moment où elle avait senti le poids de son corps.

Hachim tira sur la corde et se hissa en position debout mais dès qu'il relâcha son emprise, l'assassin tomba. Hachim tira de nouveau, enroulant la corde autour de sa taille, incliné en arrière au-dessus de la cuve qui se trouvait derrière lui.

« Je ne peux pas donner du mou », pensa-t-il.

Les jambes de l'homme qui se débattait s'écartèrent à nouveau. Que faisait-il ? Hachim jeta un coup d'œil par-dessus son épaule : il était suspendu au-dessus d'un bac rempli d'un liquide fétide tourbillonnant. Il voyait les peaux tourner inlassablement. Il lui fallait rester en équilibre, garder les pieds contre le bord de la cuve, les déplacer sur le rebord graisseux et peu à peu tendre à nouveau la corde sur la grue.

C'est alors qu'il vit ce que l'homme tentait de faire : un couteau à la main, il essayait de se projeter vers le haut, écartant et rapprochant les jambes pour combler la distance, visant le nœud de sa lame.

Il ne savait pas où il était.

Si la corde cédait, l'assassin plongerait dans la teinture.

Entre-temps, lui aussi planait au-dessus d'une cuve de liquide bouillant, toxique. Seul le poids de l'assassin lui maintenait les pieds sur le rebord de la cuve.

Et, à tout moment, la corde pouvait filer sur la jante, le précipitant à la renverse dans le liquide bouillant.

Ils s'équilibraient.

La corde fit un bruit sourd et se relâcha de quelques millimètres.

Hachim serra plus fort. À travers les colonnes jaunes et violacées, il vit s'agrandir les sombres portes à l'autre bout de la tannerie. Un groupe d'hommes sortit de l'ombre, se précipita vers lui sur le sol luisant. Et, d'après l'endroit d'où ils venaient et leur allure, Hachim considéra qu'ils ne semblaient pas bien disposés.

66

La corde s'agita une nouvelle fois. Hachim se débattit pour rester en équilibre sur le bord de la cuve. Son pied droit dérapa et, un instant, il se balança au-dessus de l'écume. Il ne put que laisser filer la corde jusqu'au moment où il se trouva presque à l'horizontale. Il sentait la chaleur sur sa nuque et le poids du liquide s'infiltrant dans sa cape.

Ce ne fut pas tant la raison que l'instinct qui le poussa à tirer farouchement sur la corde pour retrouver son appui. La réaction de son contrepoids humain le remit un temps en position debout : l'assassin tomba, et quand le paquet toucha l'eau bouillante, ses jambes s'écartèrent et se rapprochèrent convulsivement une dernière fois, la corde ayant fini par céder. Hachim s'agita, fendant l'air de ses bras tandis que l'assassin poursuivait sa descente dans la cuve. Recouvrant son équilibre, Hachim eut le temps de voir une main qui s'élançait hors du bac avant de sombrer dans l'eau bouillonnante.

Il n'eut pas le temps de songer à ce qui s'était passé. Contournant la surface glissante entre les cuves, les hommes de la porte se déployaient maintenant en deux files le long des murs, aux cris de « Arrêtez-le ! » et « Bouclez l'entrée ! ». Hachim se précipita en zigzaguant vers la porte par laquelle il était arrivé. Mais il lui fallait se mouvoir prudemment alors que les autres, qui se trouvaient plus loin des cuves et s'aidaient du mur, fondaient sur lui.

Plusieurs tanneurs se pressaient déjà à l'entrée quand Hachim passa près de la grille par laquelle il avait effectué sa première descente. Se baissant, il s'en saisit, la cala dans sa main gauche en guise de bouclier et, de l'autre main, sortit le couteau à lame courte. Mais il savait déjà que ce geste était vain. Les hommes à l'entrée étaient courbés, genoux fléchis, jambes arquées, prêts au combat. Et les autres, sentant le moment venu, s'étaient éloignés du mur et se dirigeaient vers lui au milieu des cuves.

Il pivota sur lui-même. Dans son dos, un homme bondit en avant : Hachim le frappa au visage avec son couteau. Un autre se rapprocha : Hachim fonça sur lui en se servant de la grille comme d'un gant de fer et le repoussa. Se tournant, il vit que l'entrée était infestée d'hommes : il n'y avait aucun espoir de fuite dans cette direction.

Sentant un mouvement derrière lui, il se tourna mais un peu tard. Il n'eut que le temps de voir un visage noirci par la rage avant de recevoir un coup étourdissant sur l'œil droit qui le fit tomber à terre. Il tira son couteau à l'aveuglette, pensant que l'homme allait se jeter sur lui ou s'écarter avant de l'empoigner. Mais, comme rien ne se passait, il roula sur lui-même pour brandir la grille lui servant de bouclier.

Juste à temps pour voir l'homme au visage noirci basculer à droite après une traction sur son bras. L'homme qui tirait plongea, se redressa comme un poisson et visa adroitement de son crâne le nez de l'assaillant. L'assaillant s'écroula, et l'auteur du coup se tourna vers Hachim en souriant.

– Faut vous sortir, dit-il, de c'putain d'endroit.

67

On dit que la bataille – qualifiée seulement de rixe – se poursuivit bien après que Murad Eslek eut aidé Hachim à distribuer en tous sens coups de poing et coups de pied pour s'extirper des tanneries et s'enfoncer dans l'obscurité silencieuse du dehors.

Comme ils avançaient à tâtons dans les ruelles, de petites lumières brillaient derrière les volets au-dessus de leurs têtes. De temps à autre, une porte claquait. Au loin, un chien se mit à aboyer. Leurs pas résonnaient doucement sur les pavés, renvoyés par les bâtiments paisibles et endormis. Un vent froid charriait l'odeur du plâtre humide et le parfum persistant des épices du soir.

– *Pouah!* Vous puez, mon ami, dit en souriant Murad Eslek.

Hachim hocha la tête.

– Sans votre aide, dit-il, il ne resterait rien à sentir. Je vous dois la vie.

– N'en parlons plus, Effendi. C'était, tout compte fait, une bonne échauffourée.

– Mais, dites-moi, comment...

Hachim se crispa sous l'effet de la douleur. À présent que l'excitation était passée, son pied ébouillanté commençait à le tirailler.

– C'est tout simple, répliqua Eslek. J'vous vois courir comme un diable – je m'dis p't-être qu'on l'a volé, ou quoi. Mais quand vous avez foncé vers les tanneries, c'était une aut' paire de manches... J'veux dire, ces types, c'est pas des tendres. Alors j'ai commencé à me dire que vous alliez avoir besoin de la grosse artillerie. J'ai donc battu le rappel et mobilisé les gars. J'ai fait le tour de quelques cafés. Annoncé la couleur. Prêts pour la bagarre à la tannerie ? Pas de problème. Mais, quand on est arrivés et qu'on a vu dans quel pétrin qu'vous étiez, les gars ont foncé comme des ânes sur une carotte. Beau travail !

Hachim sourit. Ils étaient maintenant de retour dans la ville. Les rues étaient désertes et il était trop tard, songea-t-il, pour trouver des bains. Eslek sembla lire dans ses pensées.

– Moi, je suis dans les transports. On travaille la nuit, Effendi. On couvre les marchés... légumes surtout et menu bétail. J'allais au boulot quand on s'est rencontrés. Il y a un hammam que nous fréquentons qui est ouvert toute la nuit. Comme vous êtes un monsieur, vous ne le connaissez sans doute pas. C'est petit, certes, mais je le trouve propre. En tout cas, ça vous évitera de rentrer chez vous et d'empester la baraque. Sans vouloir vous manquer de respect, ajouta-t-il à la hâte, mais ces tanneries, ça vous entre pas qu'à moitié dans la peau. C'est la graisse.

– Oui, oui. C'est tout à fait vrai. Je vous en serais très reconnaissant, vraiment. Mais vous avez fait tellement pour moi ce soir, je ne veux pas vous détourner de votre route.

Eslek secoua la tête.

– On y est presque, dit-il.

À l'entrée du hammam, ils se séparèrent sur une poignée de mains. Hachim murmura... et Eslek protesta.

– Laissez tomber, Effendi. Vous êtes venu spontanément nous chercher la nuit de l'incendie. J'ai une femme et des gosses dans cette rue et ils savent que vous avez fait beaucoup pour eux. J'avais l'intention de passer vous voir – à l'enseigne du Cerf, vous aviez dit, non ? – pour vous remercier comme il faut. Si j'peux vous donner un conseil, n'allez plus vous frotter à ces tanneurs. Ils sont sales, Effendi, et c'est pas juste la graisse.

Hachim fut reconnaissant pour les bains. Eslek avait raison : ils étaient propres. Le propriétaire, un vieil Arménien au teint cireux, avec une mine intelligente et lasse, accepta même d'envoyer un garçon chercher du linge propre chez la logeuse de Hachim pendant que celui-ci chassait à grande eau la graisse colorée qui s'était incrustée entre les orteils et l'odeur d'excrément qui lui collait à la peau. Ce faisant, il s'efforça de ne pas penser à ce qu'il savait.

Hachim défit son turban et se versa de l'eau sur les cheveux. *Preen était morte.* Il se concentra sur ce qui l'entourait. Quand le garçon de service lui proposa un pain de savon, il remarqua qu'il dégageait la même odeur que Murad Eslek. Il se tâta la joue gauche : le lendemain, il aurait un œil au beurre noir. Il continua à se verser régulièrement, avec la cuvette, de l'eau chaude sur la tête, à faire pénétrer le savon dans le cuir chevelu, derrière les oreilles, dans son cou douloureux. Les côtes étaient aussi endolories à l'endroit où l'assassin avait buté contre lui dans le couloir de Preen. *Et Preen était morte.* Hachim releva brusquement la tête afin d'observer le garçon qui lui apportait une bassine d'eau froide pour son pied ébouillanté. Il n'y avait rien à faire pour le genou qui était rouge et sensible. Il finirait bien par guérir.

Il s'obligea à se remémorer la poursuite dans les ruelles. Palewski lui avait raconté un jour comment Napoléon était entré en Italie, remportant victoire après victoire sur les Autrichiens, jusqu'à sentir que la terre elle-même lui donnait des ailes. C'est ce qui lui était arrivé quand il s'était mis à traquer l'homme qui avait tué le bossu, dans les ruelles pentues d'Istanbul. À traquer l'homme qui avait tué Preen.

Certes, il n'avait pas réussi à sauver l'assassin. Autrement, il aurait pu le faire parler. Apprendre... quoi ? Des détails, des noms, des emplacements.

Même à présent, il ne savait pas si le tueur comprenait ce qui se passait quand il s'était efforcé de couper la corde le liant à la grue. Hachim avait espéré l'éloigner peu à peu de la cuve bouillonnante. Le tueur savait-il où il était ? Était-ce un suicide ? Hachim était suffisamment pieux pour espérer que tel n'avait pas été le cas.

Pourtant, il ne pouvait se défaire de l'idée que le tueur avait compris, comme lui, qu'ils étaient tous deux accrochés à la même corde : unis pour quelques minutes dans une communion parfaite. Hachim le soupçonna d'avoir voulu l'entraîner avec lui.

De fait, tout ce qu'il avait appris était que le troisième cadet à mourir avait été ébouillanté pour que tous ses os fussent propres. Mais cela, se dit-il, était quelque chose qu'il aurait pu deviner. Après tout, le maître des soupiers lui avait déjà raconté que les janissaires revenus à Istanbul avaient pris des emplois peu courus : veilleurs, chauffeurs, *tanneurs*. Il se souvint du visage balafré et noirci de l'homme qui l'avait assommé.

Était-ce pour cela que Preen était morte ?

Hachim pressa ses cheveux.

Preen était morte.

Et pourquoi l'assassin était-il si déterminé à mourir ?

Qu'y avait-il, hormis la menace de la justice, pour décider un homme à mourir plutôt qu'à parler?

Hachim ne trouva que deux raisons. L'une était la peur. L'autre, la foi : mourir en martyr.

Il se contracta soudain, le souffle coupé, les yeux enflammés.

Preen était morte seule, pour rien, dans le noir. Avisée et rebelle, aimante et à jamais sacrifiée, elle était morte à cause de lui. Parce qu'il avait sollicité son aide.

Mais il y avait autre chose. Hachim gémit et, découvrant les dents, les yeux bien fermés, se cogna la tête contre le mur carrelé.

Il ne lui avait jamais vraiment appris à lire.

68

Dès le point du jour, la matinée fut lumineuse. Dans la rue, les Stambouliotes se congratulaient pour le retour du beau temps. Ils exprimaient l'espoir que la chape de plomb qui s'était abattue sur la ville pendant une semaine allait enfin se dissiper. Les optimistes déclarèrent que la succession de meurtres semblait arriver à son terme, ce qui prouvait que le message des imams avait fait son œuvre. Les pessimistes, eux, prédirent encore du brouillard pour les jours à venir. Seuls les fatalistes, qui se comptaient à Istanbul par centaines de milliers, haussaient les épaules. Comme pour les feux et les séismes, c'était, disaient-ils, la volonté de Dieu qui prévaudrait.

Hachim se rendit tôt au café de Kara Davut. Le patron remarqua qu'il boitait et, sans un mot, lui proposa un divan matelassé loin du trottoir, d'où il pouvait encore profiter de l'animation de la rue.

Quand il servit les cafés, Hachim demanda :

– Y a-t-il quelqu'un qui puisse porter un message pour moi, et attendre la réponse ? Je demanderais bien à votre fils mais c'est assez loin.

Il donna l'adresse. Le patron fronça le sourcil et fit la moue.

– Il a l'âge, dit-il d'un ton bourru. Mehmet peut y aller. Hé, hé ! Mehmet !

Un garçonnet de huit ou neuf ans sortit en trombe de l'arrière-boutique à l'appel de son père. Il s'inclina solennellement et se posta devant Hachim qu'il observa de ses grands yeux bruns, frottant un pied sur la jambe opposée.

Hachim lui donna une bourse et lui expliqua soigneusement où aller. Il lui parla de la vieille dame derrière le treillis.

– Tu dois frapper. Quand elle répondra, présente-lui mes compliments. Donne-lui l'argent, et dis-lui que ce sont... les frais... pour la dame Preen, de la chambre 8. Quoi qu'elle dise, n'aie pas peur. Rappelle-toi ce qu'elle te dira.

L'enfant acquiesça et fila par la porte devant laquelle un petit groupe s'était rassemblé pour assister dans la rue à la danse d'un derviche. Hachim vit l'enfant plonger sans hésiter entre les plis des capes puis disparaître dans la rue. Une course macabre, pensa-t-il. Le père ne serait pas content.

– Un bon petit gars, dit-il avec un sentiment de culpabilité. Vous devriez être fier.

Le père hocha la tête d'un air réservé et se mit à lustrer les verres avec un linge.

Hachim but une gorgée de café et se tourna pour observer la danse au-dehors. Le derviche évoluait dans l'espace délimité par le cercle des spectateurs qui devaient de temps en temps s'écarter pour laisser quelqu'un entrer ou sortir du café, ce qui permettait à Hachim d'apercevoir le danseur. Il portait une tunique blanche, des bandes molletières blanches et un bonnet blanc. Quand il fléchissait mains et jambes au rythme de quelque mélodie intérieure, ses yeux se fermaient. Mais le danseur n'était pas en transe : d'après ce que Hachim pouvait voir, c'était l'une des danses les plus simples de l'homme en quête de vérité, une représentation stylisée de l'Ignorance cherchant la Voie.

Il leva une main pour se frotter les yeux et ne put retenir un cri de douleur. Il avait oublié les contusions.

Une caserne de pompiers. Une autre tour. Son examen des fiches aux Archives impériales avait été décevant, pour ne pas dire plus. Les références aux tours de guet étaient trop rares pour servir de base de travail : elles ne signifiaient rien ni dans un sens ni dans l'autre. Tout ce qu'on pouvait en dire, c'était que les tours de guet contre les incendies existaient : Galata, Beyazit. Tout le monde le savait. Peut-être n'avait-il pas consulté le bon ouvrage.

Si seulement il pouvait retrouver ce jeune Soudanais dévoué. Ibou.

Il avait cherché des preuves de l'existence d'une quatrième tour mais n'avait rien trouvé. Peut-être n'y en avait-il pas eu. Et si le quatrième emplacement était tout autre chose qu'une tour? Mais, s'il n'y avait pas de tour, que cherchait-il?

La deuxième strophe du poème karagozi lui revint en mémoire.

Sans savoir
Et ne sachant rien de ce non-savoir
Ils cherchent.

Eh bien, voilà où il en était. Sans savoir, à chercher. Et la chute? *Apprends-leur.*

Très bien, pensa-t-il. Mais leur apprendre quoi? L'Édification. Naturellement, c'était de ça qu'il s'agissait. Mais cela ne signifiait rien pour lui. Comme disait le poème, il ne savait même pas ce qu'il ne savait pas.

Il pourrait pendant des siècles continuer à tourner en rond de la sorte.

Qui étaient donc ces autres gens, ceux censés enseigner ? Des maîtres tout simplement. Des imams, par exemple, assenant avec la férule le Coran à leurs petites ouailles turbulentes. Les instructeurs *ferenghi* en matière d'artillerie, peut-être, essayant d'expliquer les principes mathématiques à une bande de jeunes recrues. Et, dans les medersas, les écoles rattachées aux mosquées de la ville, des gamins doués apprenaient les rudiments de la logique, de la rhétorique et de l'arabe.

Dehors, sur le trottoir, le derviche avait fini sa danse. Il tira un bonnet de sa ceinture et fit le tour du café demandant l'aumône. Lorsque quelqu'un lui donnait quelque chose, il tendait une main et murmurait une bénédiction. Du coin de l'œil, Hachim vit le propriétaire qui l'observait, bras croisés. Il était certain que, si l'homme avait été un simple mendiant, il l'aurait chassé à coups de pied, peut-être avec une pièce, mais un derviche... Non, les *babas* devaient être traités avec respect car c'était eux qui montraient la voie au peuple. Le chemin pour accéder à une vérité supérieure.

Les derviches étaient les maîtres de vérités supérieures. Les Karagozi eux aussi enseignaient leur Voie.

Hachim courba les épaules, tentant de se concentrer.

Il avait eu récemment ce vers en tête. *Sans savoir ils cherchent. Apprends-leur*. Et il s'était dit, ou peut-être avait-il juste pensé, qu'il apprenait lentement.

Où était-ce ? Il avait l'impression que, malgré tout, il avait alors appris quelque chose. Il avait pensé à ce vers, et entendu quelque chose d'utile. Mais le moment et l'endroit lui échappaient.

Il ferma les yeux, cherchant confusément dans sa tête une réponse. *Il apprenait lentement*. Où avait-il pensé cela auparavant ?

Il avait la tête vide. Nouvelle tentative.

Il avait deviné qu'il y avait quatre tours. Le vieux Palmuk, le guetteur de feu, avait nié la chose.

Alors il se souvint. Ce n'était pas le vieil homme, c'était l'autre, Orhan. C'était Orhan qui lui avait parlé des tours quand ils se trouvaient sur le parapet de la tour de Galata, en plein brouillard. Il avait décrit la tour qui avait disparu et raconté comment ils avaient construit la tour de Beyazit pour compenser. La vieille tour avait brûlé, avait-il dit, et, avec elle, le *tekke*. Un *tekke*, comme celui qui se trouvait en bas.

Alors les deux tours avaient été équipées d'un *tekke* karagozi. Il n'était pas encore sûr pour la tour de Beyazit mais un *tekke*, c'était certainement l'endroit où s'enseignait la vérité, telle que la concevaient les Karagozi. *Sans savoir ils cherchent. Apprends-leur.* Et les *tekkes* des tours de guet étaient, pure coïncidence, les plus anciens *tekkes* de la ville.

« J'ai pris la chose à l'envers », se dit Hachim. Il se leva brusquement et vit un derviche clignant des yeux, souriant, qui tendait son bonnet pour une pièce. Le bonnet du derviche dansait sous son nez.

Hachim sortit.

Le derviche étendit les deux bras en guise de bénédiction. Dans son bonnet il avait vu rien moins qu'un sequin d'argent.

69

– CHARMANTE ! Tout à fait charmante* ! Si j'étais plus jeune, ma chère, je serais carrément jalouse.

Eugénie rougit légèrement et fit la révérence. Dans son esprit, il n'y avait aucun doute que la Validé, à demi étendue contre des coussins éparpillés sur la banquette de la fenêtre, avait sans doute été elle-même ravissante. Dans le doux contre-jour, elle possédait le maintien naturel d'une belle femme. Et les pommettes qui vont avec.

– Je suis si heureuse que nous ayons pu vous convaincre de venir, poursuivit la Validé sans la moindre ironie. (Levant son face-à-main, elle scruta la robe d'Eugénie.) Les filles vont vous trouver très à la mode*, déclara-t-elle. Je veux que vous vous asseyiez ici près de moi, avant qu'elles viennent vous dévorer des yeux. Nous pourrons parler un peu.

Eugénie sourit et prit place au bord du divan.

– C'était si aimable à vous de m'inviter ! dit-elle.

– Les hommes ne sont pas d'accord, mais il y a tant de choses que les femmes peuvent régler, n'est-ce pas* ? Même d'ici. Tu ne me crois pas* ?

– Naturellement, je vous crois, Validé.

– Et vous, Russes, vous êtes de nos jours dans une telle phase ascendante ! Le comte Orloff, le prédécesseur de votre mari, fut un bon ami de l'Empire durant la crise égyptienne. Il avait une femme très simple, je crois. Mais certainement qu'ils étaient très heureux ensemble.

Eugénie plissa les yeux une fraction de seconde.

– C'était une Voronsky, répliqua-t-elle.

– Croyez-le ou pas, je n'ai jamais été impressionnée par l'appartenance à une vieille famille. Ni moi ni ma tendre amie d'enfance Rose n'étions très *Almanach de Gotha**. Nous étions intelligentes, et cela compte beaucoup plus. Elle est devenue impératrice. Son mari, Napoléon, ne venait, bien sûr, de nulle part. Les Ottomans, j'ai plaisir à le constater, n'ont aucun snobisme de ce type.

Eugénie cligna paresseusement des yeux et sourit.

– Il y a certainement, dit-elle avec insouciance, une vieille famille dans l'Empire dont les prétentions doivent être respectées.

La Validé tendit une main et la posa sur le bras d'Eugénie.

– Tout à fait juste, ma chère. Mais mon fils a appris à défendre ces prétentions, pas à compter sur elles. Peu importe que vous soyez le cinquième, le vingt-cinquième ou, dans le cas de Mahmud, le trente-troisième sultan de l'Empire ottoman, et que vous descendiez en ligne directe d'Osman Bey lui-même, si vous ne parvenez pas à prouver que l'Empire a besoin de vous. Mahmud a dépassé mes espérances. J'aimerais que vous le rencontriez. Il sera bien sûr ravi de vous voir. (Face à l'expression de surprise d'Eugénie, la Validé se mit à rire doucement.) Oh ! Ne vous affolez pas. Mon fils n'est pas un Soliman.

Eugénie se retrouva elle aussi à rire. Soliman le Magnifique, le grand sultan de la Renaissance, s'était follement épris d'une courtisane russe, Roxelana. Il finit par l'épouser... dernière fois qu'un sultan convola en justes noces.

La Validé lui pressa le bras.

– Et, entre nous*, il les préfère un peu plus en chair. Vous verrez.

Elle leva la main. Comme par magie, deux jeunes filles entrèrent et s'inclinèrent. L'une d'elles tenait un plateau avec du café servi dans de toutes petites tasses. L'autre, un narguilé.

– Vous fumez ? (Eugénie regarda la Validé d'un air interloqué. Celle-ci haussa les épaules.) On oublie. C'est un vice du harem, je le crains. Un d'une longue liste. Les caprices de la mode parisienne en sont un autre.

Elle fit un signe aux jeunes filles qui posèrent le plateau et la pipe. L'une d'elles s'agenouilla gracieusement aux pieds d'Eugénie et lui présenta une tasse de café.

– L'inspection a commencé, dit la Validé d'un ton pince-sans-rire.

Eugénie prit la tasse et murmura « merci ». La jeune fille resta sur place et, portant une main à son front, adressa quelques mots à la Validé.

– Comme je le prévoyais, dit la Validé, les filles se demandent si vous aimeriez les accompagner au bain.

70

Tout en grimpant l'escalier en colimaçon, Hachim se réjouissait encore de la nouvelle.

Le jeune garçon l'avait rencontré sur le trottoir devant le café. Il s'était mis très sérieusement au garde-à-vous et avait débité le message qu'il avait appris par cœur en revenant de la pension de Preen.

– La dame dit que votre amie ne va pas mourir et que je ne devrais pas poser ce genre de questions. Elle dit qu'elle s'est blessée au bras et a besoin de beaucoup de repos. Elle dit... elle dit... (Son visage se crispa.) Je ne me rappelle pas l'autre chose, mais c'était comme le début, je crois.

Hachim lui avait fait répéter le message. Pendant plusieurs secondes, il resta pétrifié puis éclata de rire.

– Tu t'es très bien débrouillé... et tu m'as rapporté la meilleure des nouvelles. Merci.

Le garçon prit très cérémonieusement la pièce et retourna en courant au café pour la montrer à sa mère. Hachim tourna au coin de la rue, partit en boitant vers la Corne d'Or, et se mit à chantonner.

Son humeur ne changea pas quand il passa la tête par la trappe et vit le vieux Palmuk, le guetteur d'incendie, appuyé sur le parapet, dos tourné. Au contraire. Souriant, il monta en silence sur le toit. Une fois derrière Palmuk, il le saisit brusquement par la ceinture. Avant que le guetteur eût pu réagir, il l'avait hissé sur le parapet.

– Ah ! ah ! ah ! Ne fais pas ça ! Orhan ! Ah ! Arrête ! Espèce de salaud. Oh ! Oh ! Mon pauv'cœur. Orhan ?

– Ce n'est pas Orhan, dit Hachim d'une voix posée. C'est l'homme à qui tu as menti hier. La tour. Tu te souviens ? Je crois que tu as dit aussi que tu n'aimais pas l'altitude. Mais que dois-je croire ?

– J'aime pas, Effendi, j'aime pas. Et je jure que j'ai jamais menti.

Les jambes du vieux Palmuk se débattaient, mais ses bras étaient trop loin du parapet pour chercher un appui. Hachim le poussa un peu en avant.

– Non, je vous en supplie ! (À présent, il hurlait presque, les mots jaillissant en petits blocs figés.) Ce que j'ai dit... je voulais l'argent. Je le rendrai.

– Un *tekke* ! cria Hachim. Il y a un quatrième *tekke*, n'est-ce pas ?

Mais l'homme était devenu tout mou. Hachim plissa les yeux. Il se demanda si c'était une ruse. S'il le ramenait, alors... v'lan ! le vieux Palmuk lui sauterait peut-être à la gorge.

– Allez, maintenant par-dessus bord ! cria-t-il.

Soit le vieux Palmuk n'était plus conscient, soit il avait des nerfs d'acier.

Hachim se rappela l'assassin plongeant dans la teinture en ébullition. Il ramena le vieux Palmuk sur le toit.

Le visage de l'homme était cireux. Ses yeux affolés allaient de gauche à droite et il semblait avoir du mal à respirer. Il émit une série de petits bruits secs.

Hachim l'étendit sur le dos et déchira le col de sa chemise. Il lui massa la poitrine, en appuyant avec ses avant-bras. Les joues du vieillard retrouvèrent un peu de couleur et le mouvement rapide des yeux se ralentit. Enfin, il aspira avec un long sifflement effrayant et ferma les yeux.

Hachim ne dit rien. Il attendit. Les yeux du vieil homme s'ouvrirent à moitié et se tournèrent vers lui.

– Vous fallait pas faire ça, marmonna-t-il. Vous avez profité, Effendi.

Hachim, accroupi, bascula sur les talons et respira profondément par le nez.

– Tu m'as menti, dit-il froidement.

Un sourire rusé apparut sur le visage du vieux Palmuk, et il se mit à hoqueter tristement.

– C'est ce que vous vouliez, 's'pas ? (Il parla très calmement.) Vieux Palmuk, sers le client. Allez, Palmuk, raconte-nous une histoire. (Il ferma de nouveau les yeux.) Vous fallait pas faire ça.

Hachim se mordit la lèvre. La nuit précédente, il avait presque tué un homme. Et aujourd'hui...

– Je suis désolé, dit-il.

Palmuk porta une main à sa poitrine et agrippa sa chemise, rapprochant les bords déchirés.

– C'était une chemise neuve, Effendi.

Hachim poussa un soupir.

– Je t'en achèterai une autre. Je t'en achèterai deux. Mais d'abord, dis-moi une chose. Est-ce que les Karagozi avaient un *tekke* à la tour de guet de Beyazit ? Comme celui d'ici ?

Le vieux Palmuk avait le regard fixe.

– Un *tekke* ? La tour de Beyazit ?

Il commença à émettre un sifflement. Hachim mit quelque temps à s'apercevoir qu'il riait.

– Qu'est-ce qu'il y a de drôle ?

– Un *tekke* à Beyazit, vous avez dit ? (Le vieux Palmuk se frotta le nez avec la paume de la main en ricanant.) Bien sûr qu'il y avait un *tekke* là-bas. La tour tout entière était construite dessus.

Hachim fut pétrifié.

– L'Eski Serai ?

– C'est ce que j'ai entendu. Y a longtemps, les janissaires avaient coutume de garder le vieux palais. Il est tombé en ruine. Mais les Karagozi n'ont pas abandonné le *tekke*. Ils ont trouvé un moyen de le...

disons, protéger. Ils ont obtenu que la tour de guet soit construite dessus, vous voyez ?

Hachim voyait.

– Un autre *tekke*, donc. C'est ce que je recherche. Le quatrième.

Le guetteur d'incendie se mit à sourire.

– Y en avait des dizaines, Effendi. Des centaines.

– Oui, mais pour les guetteurs d'incendie ? Est-ce qu'il y en avait un... en particulier ?

Le vieux Palmuk fit un effort pour se redresser. Il se balança sur son postérieur, secouant la tête.

– J'aimerais bien savoir, Effendi. J'aimerais bien savoir ce que vous recherchez. Je ne sais qui vous pensez que je suis, mais vous vous êtes trompé de personne. Je... je... ne sais pas ce que vous voulez. (Il se tourna vers Hachim. Ses yeux gris étaient ronds.) Dans le temps, j'étais garçon de courses. Sur les docks. (Il hocha la tête, fixant Hachim comme pour la première fois.) Mettez-vous ça dans le crâne, Effendi. J'étais pas là.

Hachim se dit : « C'est vrai. Je donne de l'argent au gars. Je vais lui acheter des chemises. Et en réalité il ne sait rien. »

71

Hachim trouva l'ambassadeur polonais en robe de chambre, une robe en soie brodée avec des lions et des chevaux en fil d'or terni, qu'il supposa être d'origine chinoise. Palewski buvait du thé, contemplant en silence un œuf dur, mais, quand Hachim entra, il se protégea les yeux de la main, tournant la tête de part et d'autre comme une tortue inquiète. Les rayons du soleil donnaient du relief aux grains de poussière dans leur lente ascension vers les longues fenêtres.

– Savez-vous quelle heure il est? dit Palewski d'une voix pâteuse. Prenez un peu de thé.

– Vous êtes malade?

– Malade? Non. Mais souffrant. Pourquoi diable ne pleut-il pas?

Incapable de trouver quoi répondre, Hachim se pelotonna dans un fauteuil et laissa Palewski lui verser une tasse d'une main tremblante.

– Des *mezze*, dit Hachim. (Il leva les yeux.) Des *mezze*. Des amuse-gueule avant le plat de résistance.

– Allons-nous parler nourriture?

– Les *mezze* sont une façon d'attirer l'attention sur l'excellence du festin à venir. Leur préparation demande beaucoup de soin. Ou bien, devrais-je dire, leur sélection. Parfois les meilleurs *mezze* sont les plus simples. Concombres frais du Karaman, sardines d'Ortaköy, tout au plus farinées et grillées... Chaque chose à son apogée, en son temps : le *timing*, pourrait-on dire, est déterminant. Maintenant, prenez ces meurtres. Vous aviez raison... Ce ne sont pas de simples actes de violence isolés. Il y a une constante, et plus. Pris ensemble, voyez-vous, ils ne constituent pas une fin en soi. Le repas ne s'achève pas avec les *mezze*, pas vrai? Les *mezze* sont un prélude au festin. Et comme les *mezze*, ces meurtres sont, poursuivit-il, affaire de *timing*. Ce que je me demande depuis trois jours, c'est pourquoi maintenant. Les meurtres, je veux dire, les cadets. Presque par hasard, je découvre alors que le sultan s'apprête à publier bientôt un édit. Toute une panoplie de réformes.

– Ah! oui, l'édit, acquiesça Palewski, joignant les extrémités de ses doigts.

– Vous êtes au courant?

L'argument de Hachim s'effondra, le laissant sans voix.

– D'une façon détournée. Une mise au point a été faite, il y a quelques semaines, à l'intention, euh, de certains membres choisis du corps diplomatique à Istanbul. (Voyant que Hachim voulait intervenir, il leva la main.) Quand je dis « choisis », cela signifie que je n'étais pas du nombre. Il n'est pas difficile de comprendre pourquoi, à moins que je ne me trompe sur l'édit et sa portée. L'un de ses objectifs, le principal pour autant que je sache, est de faire en sorte que la Porte puisse prétendre à des prêts étrangers. À l'évidence, la Pologne n'est pas en mesure d'exercer une influence sur le marché obligataire. Par conséquent, on m'a tenu à l'écart. C'est essentiellement un arrangement entre grandes puissances. J'en ai eu vent par les Suédois qui tenaient, je crois, l'information des Américains.

– Vous voulez dire que les Américains ont été invités ?

– Aussi bizarre que cela puisse paraître. Mais vous savez comment sont les Américains. Ce sont les meilleurs spécialistes pour les emprunts en Europe. La Porte veut les mettre de son côté. Peut-être pourront-ils coordonner leurs efforts. Et, pour être franc, je ne pense pas que la Porte soit jamais parvenue à déterminer de quel côté sont les Américains. Vos pachas n'ont pas encore digéré la Déclaration d'Indépendance soixante ans après l'événement. (Palewski prit la théière.) L'idée de république les a toujours fascinés, comme des écoliers en quelque sorte. La maison d'Osman doit être la plus ancienne famille royale d'Europe. Un peu plus de thé ?

Hachim tendit sa tasse et sa soucoupe.

– Je me demandais qui était au courant pour l'édit. Mais je n'ai pas songé aux puissances étrangères.

– En fait, dit Palewski avec un cynisme tranquille, les puissances étrangères sont au cœur du problème : puissances étrangères, prêts étrangers.

– Oui, oui, bien sûr.

Ils burent leur thé en silence. Pendant quelques instants, on ne perçut que le tic-tac de la pendule allemande.

– Vos janissaires, dit Palewski après un moment, vous croyez qu'ils existent toujours ?

Hachim acquiesça.

– Que cela vous plaise ou pas, j'en suis sûr. Vous les avez vus balayés, m'avez-vous dit. Très bien. La Pologne, aux yeux du monde, a disparu il y a cinquante ans. On ne peut même plus la trouver sur une carte. Mais ce n'est pas ce que vous me dites. Vous dites qu'elle perdure. La Pologne existe par sa langue, par la mémoire, par la foi. Elle continue à exister sous forme d'idée. Eh bien, je parle de la même chose. Au sujet des tours de guet, je n'avais raison qu'à moitié. J'ai établi un lien entre les trois tours que je connais – les deux toujours debout et celle brûlée et démolie en 1826 – et les cadets dont les corps ont été trouvés à proximité. Il fallait que je trouve une quatrième tour, pas vrai ? Mais cela n'a pas été possible. Il n'y a jamais eu de quatrième tour. Je sais pourtant qu'il y a une constante. Les tours de guet portaient la marque des janissaires, tout comme ces meurtres. Il ne peut pas en être autrement.

– Peut-être. Mais, sans quatrième tour, le raisonnement ne tient pas.

– C'est ce que je pensais aussi. À moins qu'il y ait autre chose au sujet des tours qui m'a échappé, une chose susceptible de les relier à un autre endroit qui n'est pas du tout une tour de guet pour les incendies.

Palewski avança la lèvre inférieure et soupira.

– Je suis désolé de vous le dire, Hach, mais tout ça est bien mince. Oublions un instant mes réserves. Vous soupçonnez les janissaires d'avoir assassiné ces cadets, à cause des cuillers en bois et de tout le reste. (Il plissa le nez.) La constante des tours de guet vous est apparue parce que les janissaires les occupaient autrefois, comme pompiers de la ville. Mettons les tours de côté. Que devient votre théorie ? Répondez-moi. Vous ne pouvez pas gagner sur les deux tableaux.

Hachim sourit.

– Moi, je crois que si. J'ai trouvé il y a quelques jours ce que j'avais besoin de savoir, mais ce n'est qu'aujourd'hui que j'ai pu rassembler les pièces du puzzle. La tour de Galata abritait un *tekke* karagozi, lieu sacré pour les janissaires. La tour de guet disparue de la caserne des janissaires en possédait un aussi.

– Mais la tour de Beyazit, objecta Palewski, est moderne. Et c'est précisément ce que j'entends. À l'époque de sa construction, les janissaires, ainsi d'ailleurs que les Karagozi, appartenaient déjà au passé. Vraiment, Hach, cette obsession des janissaires ne fait que vous égarer.

– Je ne le pense pas. Je viens de découvrir que la tour de Beyazit a été construite juste au-dessus d'un vieux *tekke* karagozi, sur le site de l'Eski Serai. Cela fait donc trois. Ce que je cherche maintenant, c'est un autre *tekke* karagozi... et je ne sais même pas par où commencer.

Palewski tâtonna sur la table près de lui et trouva un maroquin en cuir. À l'intérieur se trouvait un feuillet unique de papier ministre plié en deux. Il le déplia et là, au grand étonnement de Hachim, figurait une vue d'ensemble d'Istanbul exécutée à l'encre avec le plus grand soin. À l'endroit où aurait dû se trouver le ciel, l'espace était plein de noms, de notes et de chiffres.

– Vous cherchiez une carte. La nuit dernière, je me suis souvenu, dit-il, d'Ingiliz Mustafa. J'ai mis la pièce à sac et déniché ceci.

– Le Mustafa anglais ?

– C'était en fait un Écossais. Campbell. Il est arrivé à Istanbul il y a soixante ans environ pour créer une école de mathématiques à l'intention des artilleurs. Et il en a profité pour se faire musulman.

– Il est toujours en vie ?

Palewski renifla dédaigneusement.

– Non, non. Même en embrassant l'islam, il n'y est pas arrivé. L'une de ses obsessions favorites était la sainteté d'Istanbul... comment la ville baignait dans la foi. Je dois dire qu'il devint un très bon musulman, mais il est difficile de se défaire d'une formation scientifique écossaise. Cette carte montre toutes les mosquées, les tombeaux sacrés, les *tekkes* des derviches, tous ceux qu'il put repérer dans la ville. C'est ici également qu'il la fit imprimer. (Il chercha dans la poche de sa robe de chambre une paire de lunettes pour lire.) Regardez, chaque lieu sacré de la ville porte un numéro. La clé se trouve là. Quatorze : Camii Sultan Mehmet. Mosquée de Mehmet. Vingt-cinq : Turbe Hassan. Le tombeau de Hassan. Trente, regardez, *Tekke* karagozi. En voici un autre. Ici aussi.

Hachim secoua la tête, incrédule.

– Seul un étranger pouvait faire quelque chose comme ça, dit-il. Je veux dire, c'est si... si... (Il allait dire « inutile » mais se ravisa.) Si insolite.

Palewski grogna.

– Il voulait montrer comment la foi qu'il avait embrassée était intégrée au tissu même de la ville. On a le choix aussi entre pas mal de *tekkes* karagozi.

Hachim examina un moment la carte.

– Trop, murmura-t-il. Quel est le bon ? Quel est le quatrième ?

Palewski s'adossa, les doigts sur les yeux, songeur.

– Ne m'avez-vous pas dit que les trois postes de pompiers étaient aussi les plus vieux *tekkes* de la ville ? N'est-ce pas ce que vous ont dit les guetteurs d'incendie ?

Le cerveau de Hachim s'emballa. Palewski poursuivit :

– Je dis peut-être cela parce que je suis polonais, et que tous les Polonais sont au fond d'eux-mêmes des antiquaires. Cette robe de chambre, par exemple. Vous savez pourquoi je la porte ?

– Parce qu'elle est confortable, dit Hachim d'un air absent.

– Oui et non. Elle est sarmate. Il y a plusieurs années, voyez-vous, nous, Polonais, pensions que nous étions connectés à une tribu semi-mythique de guerriers venus de Sarmate, quelque part en Asie centrale. Je suppose que nous ne savions pas très bien d'où nous venions et que nous nous cherchions un pedigree, pour ainsi dire. Tout le monde s'est pris de passion pour lui, et pour le prétendu style sarmate... vous savez, la soie, les plumes et le cuir cramoisi. Quand je suis arrivé ici, j'ai trouvé celle-ci pendue dans une garde-robe. Vestige d'un autre temps. C'est ce que je préfère en elle. Chaque matin, je me drape dans l'histoire. Dans la gloire imaginaire du passé. Et puis elle est, comme vous dites, drôlement confortable. Eh bien, ce qui retient mon attention, c'est l'idée que ces *tekkes* sont vieux, très vieux. Peut-être les premiers jamais établis dans la ville. Voilà, si vous voulez, votre pedigree. C'est peut-être par là qu'ont voulu commencer vos types. Le quatrième *tekke* est aussi peut-être l'une des premières loges de la ville. La première ou la quatrième, peu importe. Par conséquent, il faut que vous cherchiez un *tekke* qui soit aussi vieux que les trois que vous connaissez.

Hachim acquiesça. Les quatre premiers *tekkes*. Cela marchait : c'est ainsi que procéderaient des traditionalistes.

– Ce qui pourrait expliquer une autre chose qui me préoccupe, dit-il à voix haute. Pas le *timing*, ça, c'est l'édit, mais le nombre. Pourquoi quatre? Si vous êtes dans le vrai, si quelqu'un remonte aux origines, tente de recommencer, alors quatre est le chiffre qui s'impose. Quatre, c'est le chiffre de la force, comme les pieds d'une table. C'est une réflexion sur l'ordre de l'univers. Les quatre coins de la terre. Les quatre vents. Les quatre éléments. Quatre, c'est le fondement premier. Et c'est remonter aux origines mêmes de toute l'aventure ottomane! La guerre sainte... et Istanbul, nombril du monde.

Hachim pouvait entendre le maître des soupiers lui expliquer que les janissaires avaient bâti l'Empire, que, sous la direction des *babas* karagozi, ils avaient converti cette cité à la religion.

– Toutes les fois que les choses ont mal tourné, des gens sont venus expliquer que nous nous étions simplement écartés de l'ancien droit chemin, que nous devions revenir en arrière et tenter d'être ce que nous étions quand l'Europe entière tremblait à nos pieds.

– Attention, dit Palewski avec malice, pas toute l'Europe.

– À l'exception de la Pologne, le valeureux ennemi, concéda Hachim. (Un doute traversa son visage.) Mais comment déterminer quel était le quatrième des premiers *tekkes* ? Votre carte ici ne donne pas de dates, même si tout le monde les connaissait.

Palewski se rongea les ongles.

– Si seulement nous avions une carte plus ancienne, dit-il lentement, une vraiment bonne, pour la croiser avec celle-ci. La plupart des *tekkes*, après tout, n'y figureraient pas. Cela pourrait mener quelque part en procédant par élimination. (Il frotta l'une contre l'autre les paumes de ses mains). Il faudrait que ce soit une très bonne carte. (Puis il hocha la tête.) À vrai dire, je ne pense pas qu'il existe quelque chose d'assez ancien pour vous. En tout cas, pas chez moi.

Hachim serra les mâchoires, les yeux fixés sur l'âtre.

– Est-ce que le nom de Lorich vous dit quelque chose ? demanda-t-il avec calme. Flensburg. 1500 quelque chose.

Palewski écarquilla les yeux.

– Et comment, Hach ! C'est le panorama le plus étonnant de la ville qu'on ait jamais établi. Du moins, d'après ce que j'ai entendu. À dire vrai, je ne l'ai jamais vu. Il a dû y en avoir plusieurs exemplaires mais vous n'en trouverez aucun ici à Istanbul, ça c'est sûr.

– Un panorama étonnant, reprit Hachim en écho. Vous avez tort, mon ami. Je crois que je sais exactement où le trouver.

72

Une demi-heure plus tard, Hachim se tenait sous le portique de l'ambassade de Russie, songeant avec irritation qu'il y a une légère différence entre savoir et trouver. Il n'était qu'à quelque vingt mètres à peine de la carte qu'il avait vue accrochée dans la galerie du vestibule, à l'étage. Mais elle était pour lui aussi inaccessible que si elle s'était trouvée en Sibérie.

L'ambassadeur, lui dit-on, n'était pas chez lui. Hachim se demanda s'il observait le même horaire que Palewski : peut-être, à cet instant précis, était-il au lit avec sa pulpeuse épouse. L'idée le navra, et il demanda à voir le premier secrétaire. Mais le premier secrétaire ne pouvait pas non plus être joint. Alors Hachim songea à demander à voir la femme de l'ambassadeur, mais la raison et un sens inné des convenances l'amenèrent à y renoncer. Même les chrétiennes n'allaient pas ouvrir au premier venu qui frappait.

– Y a-t-il quelqu'un à qui je pourrais parler ? C'est très urgent.

Dès qu'il entendit un pas militaire affirmé, Hachim sut qui on avait trouvé pour le recevoir. La main estropiée.

L'affreuse balafre.

– Bonjour, dit Potemkin. Si vous voulez bien vous donner la peine d'entrer.

En pénétrant, à la suite du jeune diplomate, dans le grand vestibule, ses yeux se portèrent machinalement sur l'escalier.

– Le personnel n'admet en principe personne sans rendez-vous. Je suis désolé que vous ayez dû peut-être attendre longtemps. L'ambassadeur et son équipe ont une journée très chargée. Son Excellence est attendue ce soir au palais. Je crains qu'il soit impossible de les déranger.

Hachim le trouva nerveux, crispé.

– Peut-être pourriez-vous m'aider. L'autre jour, j'ai vu une carte intéressante à côté du bureau de l'ambassadeur et j'aimerais y jeter à nouveau un coup d'œil. Je me demandais si...

Potemkin parut intrigué.

– Une carte ?

– Oui. De Melchior Lorich. Elle est accrochée dans le vestibule à l'étage.

– Je suis sûr que Son Excellence sera ravie de vous la montrer, dit Potemkin d'un ton radouci. Ayez l'obligeance de présenter votre requête par écrit, et je veillerai personnellement à ce qu'il l'étudie.

– Et maintenant ?

Potemkin esquissa un demi-sourire.

– Je crains que ce ne soit impossible. Il faut, quoi, un mois plus ou moins pour donner suite aux requêtes de ce type. Mais peut-être pourrons-nous réduire ce délai. Disons trois semaines.

– Je sais que la carte est juste là, à l'étage. Je ne dérangerai personne. (Potemkin continua de sourire et ne dit rien.) Un quart d'heure, proposa Hachim désespéré.

– Vous oubliez, monsieur*, que vous êtes dans une ambassade en activité. Pas dans un musée ni dans un bazar. Mais je suis persuadé que Son Excellence le prince sera ravi de considérer votre requête... le moment venu. Dans l'intervalle, à moins que vous n'ayez autre chose...

– Je suppose que vous n'avez pas encore eu le temps de consulter les comptes du portier, observa Hachim, sarcastique.

– Non, reconnut doucement l'attaché. Pas le moindre temps. Permettez-moi de vous raccompagner, monsieur*.

73

À cet instant précis, la femme de l'ambassadeur se dévêtait, assistée de cinq servantes empressées qui s'emparaient de chaque pièce mise de côté et l'examinaient avec passion et admiration.

La proposition que lui avait faite la Validé de se baigner avec les femmes du harem du sultan, ajoutée à celle de goûter au narguilé, avait laissé un moment Eugénie sans voix. Elle n'était pas très émotive. Mais il lui était venu aussitôt à l'esprit que le sultan pouvait avoir soudain lui-même envie d'un bain. Ou encore, qu'il pouvait décider d'assister au spectacle, dissimulé derrière un treillis. Enfin, elle se demanda si la Validé ne se plaisait pas à la taquiner.

– Il n'y a aucun problème, avait dit la Validé. Le sultan n'utilise jamais le bain des femmes. Les filles seraient ravies, mais si vous préférez ne pas...

« Voilà deux au moins de mes trois inquiétudes dissipées », avait pensé Eugénie.

– J'en serais très heureuse, avait-elle répondu.

Quelques minutes plus tard, elle riait tandis que les filles se penchaient émoustillées sur son corset. L'une d'elles gonfla les joues puis expira. Une autre, dans l'hilarité générale, mima l'ouverture d'une petite serrure avec une clé. Haussant ses épaules fermes et veloutées, elle démontra à Eugénie que les femmes ottomanes jouissaient de certaines libertés refusées à leurs cousines européennes. Mais quand Eugénie sortit de son jupon, elles se reculèrent pour l'effet, pleines d'une admiration sincère, jusqu'au moment où elles aperçurent sa toison pubienne. Alors, avec la même sincérité, elles ouvrirent simplement de grands yeux stupéfaits. Puis elles l'aidèrent à se délacer et l'escortèrent dans le bain.

Plus tard, Eugénie devait s'interroger sur la différence entre un bain turc et un bain russe. Sur le domaine de son père à l'extérieur de Moscou, elle avait souvent sauté avec plaisir de la cabane en rondins pleine de vapeur dans la neige tandis que des aides lui fouettaient méthodiquement la peau jusqu'au sang avec un faisceau de brindilles de bouleau. Dans le bain du harem, le plaisir était atteint sans douleur, tel qu'en lui-même, et ce plaisir semblait infini et curieusement distillé. Elle fut savonnée, frottée, massée, et il sembla qu'aucune partie de son corps n'échappait aux prévenances des filles ni de la robuste femme qui lui fléchit les membres, fit craquer sa nuque et même plia doigts et orteils. Ce ne fut qu'avec un énorme effort de volonté, en partie regretté par la suite, qu'elle donna son avis sur la cire chaude et le rasoir apportés machinalement par l'aide. Après le bain, tandis qu'elle reposait nue sur un sofa dans la pièce voisine, entourée d'autres femmes qui fumaient, sirotaient du café et jaugeaient leur captive et tous ses vêtements, Eugénie s'aperçut qu'elle avait perdu toute notion du temps. Le babillage des femmes était très reposant, et leurs cadences d'oiseau mêlées à l'odeur du bois de pommier et du tabac la ramenèrent, quand elle ferma les yeux, à son enfance en automne, près d'un fleuve lointain, à une époque qui était somme toute assez proche.

Elle fut tirée de son sommeil par une main fraîche sur son épaule. Machinalement, elle se redressa et vit le *kislar agha* qui la fixait, impassible. Il opina plusieurs fois du chef puis, découvrant ses petites dents, lui fit signe qu'elle devait se lever.

Elle se mit debout lentement, souriant à ses nouvelles compagnes. Elles sourirent en retour mais de manière fugace et l'aidèrent à s'habiller. Elle entra d'abord dans son jupon, puis disposa sur sa poitrine le corset qu'une des filles lui laça dans le dos. Elle l'aurait préféré plus serré mais l'atmosphère de légèreté qui lui aurait permis de demander à la fille de tirer plus fort avait à présent quelque peu disparu. Elle regarda en direction de la porte où le chef des eunuques noirs promenait son regard sur toute la pièce. Une fois habillée, elle leva le menton et le regarda paresseusement dans les yeux. Il fit une révérence à peine perceptible et ouvrit la porte.

Une fois de retour dans les appartements de la Validé, elle trouva la vieille dame sur son divan, en conversation avec un homme dodu, d'âge moyen, assis à califourchon sur une chaise occidentale et qui la balançait d'avant en arrière.

Le sultan se tourna et se leva avec un peu de mal.

– Princesse * !

Il s'inclina, lui prit la main, et y pressa ses lèvres. Eugénie fit une profonde révérence.

– Bravo ! (La Validé applaudit.) Vous en avez, je vois, réchappé aussi bien mise qu'auparavant. Les filles, expliqua-t-elle, auraient pu aisément dérober vos vêtements.

– Ses vêtements ? (Le sultan sembla perdu.) Mais nous en faisons venir chaque année de Paris, Validé.

Eugénie éclata d'un rire joyeux.

– Je pense, Votre Majesté, que ce ne sont pas les vêtements eux-mêmes que nous, femmes, trouvons intéressants. C'est la façon de les porter. Et tout le monde, ajouta-t-elle sans pouvoir trouver un meilleur qualificatif pour les femmes du sultan, a été charmant.

Dans « tout le monde » elle n'incluait pas le *kislar agha*. Le *kislar agha* qui lui donnait la chair de poule.

– De retour ?

– Stanislaw Palewski, annonça Hachim, nous disposons exactement de quatre heures. Vous allez vous rendre à une réception.

Palewski sourit et hocha la tête.

– Je sais à quoi vous pensez : le concert des ambassadeurs au palais. Très tentant certes, mais je n'y vais plus. Ces temps-ci, je... (Il déploya ses doigts.) Pour tout dire, Hach, c'est un problème de tenue. (Il baissa la voix.) Un problème, disons, de mites.

Hachim leva une main impérieuse.

– Il n'est pas question de ces affreuses jaquettes de croque-mort que vous portez tous. Vous avez les plus beaux vêtements et quatre heures devant vous. J'ai déjà envoyé chercher le tailleur. Ce soir, il faut que vous apparaissiez au palais comme l'incarnation vivante de l'histoire polonaise.

– Hein ?

– Vous irez en Sar... C'est quoi déjà ?

– En Sarmate ?

– Exactement.

L'ambassadeur croisa les bras obstinément.

– De toutes les idées farfelues, c'est la meilleure ! Vous vous prenez pour qui ? Pour ma bonne fée ? (Hachim cligna des yeux et Palewski poussa un petit gloussement.) Peu importe, c'est de la vieille histoire. (Il se renfrogna.) Eh, que faites-vous ?

Hachim avait levé les bras et tendu les mains, reculant d'un pas comme si Palewski était le lutin qu'il venait d'extraire de sa manche.

Palewski plissa les yeux, méfiant.

– Je suis désolé, Hach. Je ferais pour vous n'importe quoi, vous le savez. Mais seulement dans les limites du raisonnable. En tant qu'ambassadeur de Pologne auprès de la Sublime Porte, j'ai une plus grande responsabilité. Mon pays est une nation déchue, je le sais. Mais têtue, monsieur, très têtue. (Il agita un doigt.) Appelez ça, si vous voulez, orgueil ou vanité... mais laissez-moi vous dire une chose. Ni pour vous, ni même pour la Vierge noire de Częstochowa en personne, je ne me mêlerai à mes pairs dans ma vieille robe de chambre moisie.

75

– Son Excellence n'est pas chez elle, gronda le majordome par la porte entrebâillée, scrutant le Turc qui avait sonné.

– Je vais attendre, dit Hachim. J'ai tout mon temps.

Le majordome pesa ces propos. D'un côté, il s'agissait d'un compliment à l'égard de son maître qui était, bien sûr, un homme affairé. De l'autre, personne à Istanbul ne disait jamais vraiment ce qu'il pensait. Il examina Hachim. Ses vêtements étaient à l'évidence propres, quoique simples. Il aimerait tâter du doigt cette cape pour s'assurer qu'il s'agissait vraiment de cachemire, mais après tout... cet homme était peut-être quelqu'un d'important.

– Si vous voulez bien vous donner la peine d'entrer, entonna le majordome, vous trouverez une chaise dans le vestibule.

Hachim s'avança et s'assit sur le siège en question. Le majordome ferma la porte derrière eux avec un déclic perceptible. Hachim était installé devant la porte qu'il venait de franchir et deux énormes fenêtres à guillotine qui descendaient presque jusqu'au sol. À sa gauche, derrière lui, l'escalier en colimaçon conduisait au vestibule du premier étage. Le majordome se dirigea d'un pas majestueux vers un valet de pied en perruque et hauts-de-chausses qui se tenait solennellement en bas des marches et lui murmura quelques mots en russe. Le valet regarda droit devant lui et ne répliqua rien.

– J'espère que vous n'aurez pas trop longtemps à attendre, dit le majordome, en passant près de Hachim avant de disparaître par une porte à droite.

Hachim était assis, mains croisées sur son giron. Le valet debout, mains sur les côtés. Aucun d'eux ne bougea durant vingt minutes.

Après ce laps de temps, Hachim sursauta soudain. Il leva la tête. Quelque chose à la fenêtre avait retenu son attention. Il se pencha légèrement de côté et se concentra, mais ce qu'il avait vu semblait avoir disparu. Il surveilla néanmoins la fenêtre.

Environ trente secondes plus tard, il était presque debout à regarder. Le valet glissa un regard dans sa direction, puis vers la fenêtre, mais celle-ci était noire et ne lui révéla rien.

Cependant, l'attention de Hachim était retenue par quelque chose qui se trouvait presque hors de portée. Curieux, il se pencha davantage vers la droite, pour mieux distinguer. De l'endroit où il se tenait, le valet comprit qu'il ne pouvait apercevoir ce que regardait l'inconnu. Il se demanda de quoi il pouvait bien s'agir.

Hachim esquissa un petit sourire, siffla par le nez, et continua d'observer, le cou tendu.

Le valet se frotta les doigts contre les paumes. L'étranger, remarqua-t-il, avait légèrement déplacé la tête pour ne pas perdre de vue ce qui se passait à l'extérieur. La chose semblait s'éloigner, sortir de son champ de vision car, à présent, le bonhomme était penché en avant.

Très lentement, Hachim se redressa à nouveau sur sa chaise. Il semblait perplexe. De fait, il ne comprenait tout simplement pas la signification de ce qu'il semblait avoir vu.

Quelque chose dans le parc, se dit le valet.

Alors qu'il ne devait rien y avoir. Ni personne.

Le valet poursuivit sa réflexion. Ce devait être une lumière. Une lumière dans la nuit, dans le parc contournant l'ambassade.

Qu'aurait fait le majordome ? Le valet regarda le Turc, toujours assis depuis une demi-heure à la même place. Avec un air légèrement préoccupé. Il avait aperçu quelque chose d'inattendu. Que personne d'autre n'avait observé.

Le valet fit un pas mesuré en avant, hésita puis alla jusqu'à la porte d'entrée et l'ouvrit. Il regarda à gauche. Les espacements entre les colonnes du portique étaient tout noirs. Il fit un pas dehors, puis un autre, tendant le cou pour mieux voir. Il sentit une ombre derrière lui et se tourna à moitié. Le Turc occupait tout le seuil.

Le Turc tendit les mains, paumes vers le haut, et haussa les épaules. Puis il se désigna et désigna le corps de garde.

– Je pars, dit-il en turc.

Le valet comprit le geste. Son inquiétude augmenta.

Le Turc descendit les marches.

Le valet attendit qu'il eût quitté le portique pour dévaler lui-même les marches et se perdre à gauche dans l'obscurité.

Au fond de lui, il savoura le petit vent froid qui lui fouettait le visage mais ne pourrait jamais, même en mille ans, ébouriffer ses cheveux postiches. Il ne voyait toujours rien. Il s'élança au coin de la maison et regarda le long de l'aile gauche.

Il n'osa pas s'aventurer plus loin.

76

Hachim regrimpa les marches à toute allure, traversa le vestibule désert et fila à l'étage. Parvenu en haut de l'escalier, il ralentit et mit la main sur la poignée d'une porte. Et s'il y avait un autre valet, comme le précédent, posté en sentinelle ? Il tourna la poignée et entra.

L'endroit était presque noir. Deux chandelles brûlaient dans leurs bougeoirs à l'autre bout, vraiment trop loin pour lui être d'une aide quelconque. Il prit à droite, se glissant le long de la galerie qui s'ouvrait devant lui. Les peintures à l'huile étaient difficiles à distinguer mais, en passant devant l'une d'elles, il s'arrêta. Il se mit de côté pour laisser la faible lumière l'éclairer et, bien qu'il fît très sombre, le groupement serré des personnages au centre indiquait qu'il s'agissait bien du tableau représentant le tsar avec sa tendre tsarine et leurs petits enfants. Il remonta la galerie.

Deux portraits en buste. Une évocation grandeur nature d'un homme à cheval. Une scène, qu'il ne put décrypter, avec une rivière et une masse d'hommes et de chevaux bondissant vers elle. Un autre portrait.

Puis il se retrouva à la porte. Il entendit le valet qui tambourinait au rez-de-chaussée.

Il regarda autour de lui, ébahi.

Le vestibule abritait toujours, comme il en avait gardé le souvenir, un vrai parlement de nobles russes, tout un Ermitage de têtes couronnées. Pour ce qui est des paysages, eh bien, un nombre considérable de verstes de la steppe russe étaient aussi entassées là. Dans les rues des villages, des hussards cosaques se penchaient pour donner à leurs belles un baiser d'adieu. Pas une carte d'Istanbul n'était en vue. À l'endroit où s'était trouvée l'ancienne trônait un portrait d'un tsar goutteux.

Il se rapprocha. Le tsar semblait surpris : peut-être n'appréciait-il pas d'être méconnu. Même à la faible lueur des chandelles, Hachim discernait encore le pâle contour du cadre décoloré se détachant sur la boiserie peinte. *Ils l'avaient enlevée.*

Hachim eut à peine le temps de se pénétrer de cette sinistre constatation que des pas retentirent dans l'escalier.

Sans hésiter une seconde, il se précipita vers la porte à l'autre bout de la pièce. La poignée céda sur-le-champ et, l'instant d'après, il avait disparu.

77

L'ambassadeur de Russie porta un monocle à son œil et le laissa retomber sans bruit, l'œil écarquillé de surprise.

– Je n'arrive pas à le croire, marmonna-t-il à la cantonade.

Un deuxième secrétaire qui se tenait à proximité se baissa comme pour ramasser la remarque et la porter à son oreille mais ne perçut rien. Il leva la tête et suivit le regard de son maître.

Debout près de l'entrée, une coupe de champagne dans une main et une paire de gants en chevreau dans l'autre, se tenait Stanislaw Palewski, ambassadeur de Pologne. Mais il ne ressemblait à aucun des ambassadeurs polonais qu'avait jamais vus le Russe. Dans un visage d'une pâleur mortelle, ses yeux bleus pétillaient d'excitation. Toutefois, ce n'est pas l'expression de son visage qui abasourdit le représentant du tsar.

Palewski arborait un habit de cavalier matelassé, descendant jusqu'au mollet, en soie rouge vif, avec d'incroyables broderies au fil d'or et de magnifiques parements en hermine au collet et aux manches. Il avait un long gilet de velours jaune débarrassé d'accessoires aussi vulgaires que des boutons et retenu à la taille par une splendide ceinture en soie rouge et blanche. Sous elle, Palewski portait une paire de pantalons bouffants en velours bleu, enfoncés dans des bottes dont le bord supérieur était flasque, et si bien polies que le carrelage en damier du palais s'y reflétait.

Pour les bottes, le tailleur de Hachim avait dit catégoriquement qu'il ne pouvait rien faire. Mais à présent, grâce à une judicieuse teinture des pieds de l'ambassadeur, il était impossible d'y détecter le moindre trou.

« C'est un vieux truc que j'ai trouvé au hasard de mes lectures, avait observé Palewski en se noircissant calmement les orteils avec un pinceau. C'est ce que faisaient les officiers français lors de la dernière guerre, toutes les fois que Napoléon exigeait une garde d'honneur. »

78

Hachim tira la porte derrière lui, relâchant doucement la poignée pour ne pas faire de bruit.

Le tout de justesse : collant son oreille à la porte, il entendit la seconde s'ouvrir toute grande. Quelqu'un pénétra dans la pièce, puis s'arrêta.

Dans cinq secondes, pensa Hachim, ils franchiront également ce seuil. Il regarda autour de lui dans l'espoir de trouver une cachette.

Mais il ne tarda pas à s'apercevoir que la superbe jeune femme de l'ambassadeur russe était assise devant un miroir, avec une cape en zibeline chatoyante, et le regardait bouche bée.

Et que, sous la fourrure, elle était nue.

79

Le prince Derentsov jeta un regard sur l'ambassadeur d'Autriche, un homme sans cou apparent, avec une énorme moustache et un ventre pareil à une outre de vin de Bukovine. Il s'était tenu dos aux portes, de sorte que Derentsov eut la satisfaction de voir sa réaction face à Palewski car, notant un changement d'expression chez le petit homme auquel il parlait, il se tourna et aperçut l'ambassadeur de Pologne.

Il fit une drôle de mine. Les yeux lui sortirent du crâne. Son teint cireux prit la couleur de la pourpre impériale.

« Quel abruti ! », pensa le prince Derentsov. La venue du Polonais ce soir dans cet accoutrement était un affront manifeste aux puissances qui avaient fait taire, quarante ans plus tôt, son petit pays chicanier. Mais la réaction de ce marchand de saucisses autrichien allait faire plaisir au Polonais.

L'Autrichien tenta d'attraper son regard, agitant une patte dodue dans les airs comme un phoque blessé. Derentsov tourna les talons et se mit à parler à son deuxième secrétaire.

Sans que cela perturbât sa conversation, l'ambassadeur britannique promenait de temps à autre les yeux sur son homologue autrichien et sur le prince Derentsov. Il tira sur sa lèvre pour réprimer un sourire.

L'ambassadeur américain dit :

– Ça, c'est incroyable !

Il voulut s'avancer vers Palewski et lui serrer la main, mais il était nouveau à Istanbul et connaissait mal les usages de la diplomatie. « Je parlerai à cet homme avant la fin de la soirée », songea-t-il.

L'ambassadeur de France se déplaçait de quelques pas d'un côté puis de l'autre de sorte que, à son arrivée, Palewski gravita tout naturellement vers le petit groupe du Français.

Quant au chef d'orchestre impérial, Giuseppe Donizetti, étant italien et des plus romantiques, il échangea quelques murmures avec le premier violon. Son programme de musique légère allemande de circonstance s'acheva discrètement et, après quelques bruissements de partitions, l'orchestre attaqua la dernière *Polonaise* de Chopin. Dans la salle de bal, les plus malins se mirent à applaudir. Le prince Derentsov poursuivit sa conversation, l'air détaché.

C'est ce moment que choisit le sultan Mahmud pour faire son entrée dans la pièce. Il entendit les applaudissements et, sentant revenir sa confiance, car il détestait ces réceptions internationales, il alla s'entretenir avec l'ambassadeur de France.

Plus tard, il tenta d'expliquer l'affaire à sa mère.

– Je l'ai trouvé drôlement bien. Condorcet aussi, je suppose. J'aimerais bien que nous ayons un régiment entier comme ça, tout en ceintures et en couleur. Il ressemblait à l'un d'entre nous.

– Ça, j'ai compris, interrompit la Validé d'un ton brusque. En revanche, ce que je ne puis comprendre, c'est pourquoi vous l'avez fait enfermer.

Le sultan se tordit les doigts.

– Ne soyez pas ridicule, Validé. Personne n'a été enfermé. Je l'ai fait simplement conduire sous escorte dans une pièce voisine. Je... je me suis entretenu avec lui plus tard. Même chose avec le Russe, Derentsov, car tout est sa faute. Proposer un duel ! Presque sous mon nez !

La Validé comprit sa position. C'était sur son conseil, plusieurs années auparavant, que le sultan avait émis, après accord des oulémas, un décret impérial interdisant le duel au sein de l'Empire. Cette mesure visait surtout ces montagnards butés de Circassie, dont les lointaines divisions provoquaient parfois inquiétudes et peines de cœur dans le harem du sultan et irritaient la Validé-sultane, mais elle s'appliquait aussi aux étrangers chatouilleux de Galata.

– L'ambassadeur britannique a placé Palewski à portée de voix du Russe, expliqua le sultan. Par conséquent, c'est aussi sa faute. Je n'étais pas présent mais, à l'évidence, Stratford Canning s'est arrangé pour attirer l'attention de Derentsov et le Russe a viré de bord si brusquement que son coude a heurté le verre de Palewski et qu'il s'est retrouvé le plastron dégoulinant de champagne. Vous savez comme ils sont. Bon, vous pouvez en tout cas l'imaginer. Derentsov s'est dit insulté. Le Polonais a sorti un mouchoir et s'est mis à lui tamponner la poitrine... *Hi! hi! hi!*

– Mahmud!

– Mais c'était drôle, Validé. Les Russes n'ont pas une seule fois reconnu l'existence de Palewski. Ils ont toujours prétendu ne l'avoir jamais vu. Et voilà Derentsov réclamant des pistolets pour le petit matin et l'ambassadeur polonais lui essuyant la poitrine avec une serviette!

À son tour, la Validé céda au cocasse de la situation.

– Mais qu'a dit le Polonais?

Mahmud se tordait, les yeux fermés.

– Il a dit... *ah! ah! ah!*, il a dit... *ah! ah! ah!* « Eh bien, dans ce cas, j'accepte le défi et débrouillez-vous avec votre propre mouchoir! » *Hi! hi! hi!*

La Validé-sultane, qui n'avait pas ri depuis plusieurs années, voire davantage, se sentit gagnée par l'hilarité de son fils. Il y avait bien longtemps qu'elle n'avait pas assisté à une réception mais elle savait combien les hommes pouvaient être drôles quand ils se retrouvaient entre eux.

Le sultan Mahmud fut le premier à se calmer, une nouvelle explosion entrecoupant de temps à autre son récit.

– Après cela, j'ai dû les séparer. Le Polonais s'est éloigné très poliment. Je lui ai parlé et l'ai laissé partir.

Quand son tour est arrivé, Derentsov était furieux... jacassant sur la violation de son immunité diplomatique, et tout le tintouin. Je l'ai laissé fulminer puis j'ai placé mon couplet sur les duels et la loi, comme j'avais fait avec l'ambassadeur polonais. J'ai dit qu'une nation civilisée se distinguait par son respect de l'individu, et par le respect de la loi par l'individu, et que, bien sûr, je comprenais que d'autres nations pussent avoir des principes différents, mais que, au sein de l'Empire que je dirige, le duel est interdit. Voilà pourquoi, dis-je, nous avons des lois... et des lois, ajoutai-je, qui seront renforcées et précisées dans quelques jours. Dans cet intervalle, je ne lui demandais que de s'excuser.

– Et ?

– Si sa libération avait dépendu de ses excuses, Validé, l'ambassadeur russe serait toujours confiné dans cette pièce. J'ai pris quelques marmonnements, des jurons, j'en suis sûr, pour une marque de contrition et le lui ai dit. Puis, je lui ai conseillé de rentrer chez lui avant de quitter la pièce.

– Flûte, mon brave* ! Vous êtes très habile !

La Validé saisit son fils par les oreilles et lui donna un baiser.

80

Avant que Hachim pût se ressaisir, Eugénie pointa sur lui un doigt impérieux.

– Vous devriez essayer sous le lit.

Hachim ne se le fit pas dire deux fois. Il plongea aussitôt vers le lit et se glissa dessous en gigotant. Il vit Eugénie approcher de la porte, pieds nus. Elle s'empara, en passant, de quelque chose sur le lit. Un peignoir en soie bruissa dans les airs et tourbillonna sur ses chevilles.

On frappa à la porte. Hachim dressa l'oreille, mais tout ce qu'il entendit fut le « *niet, niet* » d'Eugénie et quelques murmures. La porte se referma, et les pieds apparurent à nouveau au bord du lit. Ensuite, le peignoir glissa sur le sol comme une douce nuée et les pieds disparurent.

Eugénie était assise, juste au-dessus de lui. Elle attendait l'apparition de son Turc avec, pour seule parure, un petit sourire. Se sentant ridicule, Hachim se remit debout tant bien que mal et s'inclina.

– Pardonnez-moi, Excellence, dit-il. Je me suis égaré. Je n'avais aucune idée...

Eugénie fit la moue.

– *Aucune* idée, monsieur* Ottomane? Vous me décevez. Venez donc.

Elle promena sa main entre ses seins. « Ah! perles de caramba! se dit Hachim. Elle est adorable, plus encore que les filles du harem impérial. Comme sa peau est blanche! Et sa chevelure... aussi noire que l'ébène polie. »

Elle ramena un genou et le drap de soie remonta, découvrant une longue cuisse mince. « Elle me désire, pensa Hachim. *Et moi aussi je la désire.* » Sa peau : il brûlait de tendre le bras pour la caresser. Il brûlait de respirer son curieux parfum étranger, d'épouser de la main les courbes de son corps, de presser ses sombres lèvres contre les siennes.

« Interdite, telle est la voie de la passion et du regret. La voie que tu ne peux emprunter sous peine de perdre la raison. »

– Vous ne comprenez pas, dit Hachim désespérément. Je suis un... un... (Quel était ce mot que le jeune Anglais avait utilisé? Il le retrouva :) Je suis un indépendant.

Eugénie sembla perplexe.

– Vous voulez que je paye ? (Elle éclata de rire, incrédule, et secoua ses boucles. Pas seulement ses boucles.) Et si je refuse ?

Hachim était confus. Elle vit la confusion sur son visage et tendit les bras.

– Venez, dit-elle.

Elle plaça les mains à plat sur le lit, sous son dos. Hachim gémit doucement et ferma les yeux.

Cinq minutes plus tard, Eugénie avait découvert ce qu'il entendait par « indépendant ».

– De mieux en mieux, dit-elle, puis elle se renversa sur les oreillers et leva un genou mince. Vas-y, prends-moi, Turc, lâcha-t-elle, haletante.

81

Loin de là, dans la première grande cour du palais de Topkapi, les voitures s'éloignèrent sur les pavés et, une fois franchie la haute porte, disparurent en direction de l'Hippodrome dans l'obscurité de la ville. Une seule belle voiture était encore là, le cocher immobile sur son siège, le fouet à la main, tandis que deux valets de pied se tenaient derrière tels des hommes de pierre, insensibles au petit crachin. Comme le vent agitait les torches suspendues le long du mur intérieur, leur éclat se reflétait dans la laque noire luisante de la portière, éclairant les armoiries de la famille des Romanov avec leur aigle à deux têtes, symbole apparu tant de siècles auparavant dans cette même cité.

Si tout était encore fantomatique dans la voiture de l'ambassadeur de Russie, la situation dans le boudoir de l'épouse de Son Excellence était, elle, à son paroxysme.

Soulevant les épaules, Eugénie poussa un long soupir de satisfaction.

Quelques instants plus tard, elle glissa en souriant paresseusement dans l'oreille de Hachim :

– Je suis peut-être vaniteuse, mais je suppose que tel n'est pas le motif de votre venue. (Hachim se releva sur un coude, les yeux bien fermés comme en proie à une souffrance. Eugénie allongea le bras et caressa son front trempé.) Je suis désolée, dit-elle simplement.

Hachim recouvra son calme et ouvrit les yeux. Respirant profondément, il dit :

– La... carte... dans... le... vestibule. Où est-elle ?

Eugénic se mit à rire mais, quand elle aperçut l'expression de ses yeux, elle se rejeta de côté et s'agenouilla sur le lit.

– Vous êtes sérieux ?

– Il faut que j'examine cette carte, dit-il. Avant le retour de votre époux.

– Lui ? (Un air de mépris courut sur son visage.) Il n'entrera pas ici. (Elle bondit hors du lit, reprit son peignoir et noua la ceinture d'un geste sec et furieux.) Il ne m'a jamais pardonné de l'avoir épousé. Et vous ne pouvez pas vous figurer *l'ennui* que j'éprouve.

Haçhim se renfrogna. Il était difficile de croire que le prince pût un instant ôter les mains de cette femme. Et pourtant c'était vrai. Peut-être lui, Hachim, ne valait-il pas mieux que ces Occidentaux qui imaginaient le sultan au sein d'un paradis odorant peuplé de beautés célestes.

– Il y a six mois que je suis arrivée. Jamais je ne sors. Je change de toilette trois ou quatre fois par jour... pour quoi ? pour qui ? pour les gardes ? Une fois par semaine, mon mari donne un dîner des plus ennuyeux. (Elle rassembla ses boucles noires dans une main et les releva sur la nuque. Puis elle les laissa retomber.) Au pays, il y a un bal tous les soirs. Je vois mes amis. Je pars à cheval dans la neige. Je... oh, je ne sais pas, je ris, flirte, parle de littérature et d'art, de tout. Je suppose que c'est pour cette raison que j'ai sauté sur vous. Vous êtes le premier Turc à qui il m'ait jamais été donné de parler. Mon premier amant turc. (Hachim baissa les yeux. Eugénie rit à nouveau.) Je vais vous montrer la carte. Elle se trouve juste là.

Elle pointa un doigt derrière son épaule. Il se retourna. En effet, elle était là, adossée au mur, exhibant la forme familière d'une ville pareille à un groin fourrageant les rivages de l'Asie.

– Il faut que je compare, expliqua-t-il en se saisissant de sa cape.

Il sortit la carte de Palewski, la déplia et s'accroupit près de celle de Lorich, lissant la première contre le verre.

– Je ne sais vraiment pas ce que vous fabriquez, mais puis-je vous aider ?

Elle posa une main sur son épaule.

Hachim expliqua :

– Sur cette carte, nous avons tous les bâtiments religieux d'Istanbul qui existaient il y a près de trente ans. Ceux qui m'intéressent, ce sont les *tekkes* des Karagozi... le symbole semble être la lettre arabe *K*, comme ça.

– Ils sont horriblement difficiles à repérer, dit Eugénie en faisant la moue. C'est une vraie forêt d'arabesques.

Hachim balaya des yeux la carte.

– À l'origine, je cherchais une tour de guet contre les incendies, mais j'ai dû changer mon fusil d'épaule. La vieille carte, celle qui vous appartient, nous montre tous les bâtiments qui existaient en 1599. En comparant les deux, on devrait pouvoir établir où se trouvaient les plus vieux *tekkes* des Karagozi.

– Vous voulez dire que, si quelque chose apparaît sur les deux cartes, sa construction est antérieure à 1599 ? (Eugénie se mordit la lèvre.) Vous devriez diviser la ville en plusieurs bandes, nord-sud par exemple, afin de savoir où vous êtes et de ne rien laisser passer.

– Voilà, dit Hachim, une idée fort judicieuse. Allons-y.

Eugénie prit la carte de Palewski et la plia en quatre. Puis elle prit la première bande et ils commencèrent à repérer les *tekkes*.

Après vingt minutes, ils avaient couvert le premier quart de la ville et mis de côté environ une douzaine de *tekkes* jugés trop modernes. Hachim les raya de la liste. Il n'en restait que deux possibles.

– Bande suivante, dit Eugénie. (Ils poursuivirent leur recherche.) Certains trouveraient que c'est une drôle de façon d'occuper son temps en pleine nuit avec une jeune Russe à moitié nue.

– Oui. Je suis désolé.

– Ça me plaît. (Les yeux d'Eugénie pétillèrent. Elle mit les bras autour de ses genoux.) Quoi qu'il en soit, vous allez peut-être me remettre très vite au lit.

Ils achevèrent la deuxième colonne. Un candidat possible était apparu près des murs de la ville mais, cette fois, c'est la carte la plus récente qui sema la confusion en empêchant de déterminer avec précision quel bâtiment avait servi de *tekke*.

– On est à la moitié, lui rappela Hachim.

– Plus que ça, dit elle. À partir de là, la ville devient plus étroite jusqu'à la pointe du Sérail.

– Très juste. Allons-y.

Quelque dix minutes plus tard, ils identifièrent comme *tekke* la tour de Stamboul.

– C'est bon, dit Hachim. Cela prouve que le système marche.

– *Peuh !* Vous avez mis du temps à vous en apercevoir.

Le dernier pli fit apparaître la tour de Galata et aussi le vieux *tekke* du quartier général des janissaires, enfoui maintenant sous les écuries impériales. Comme l'avait prédit Eugénie, ils achevèrent plus vite leur comparaison, car non seulement la ville se rétrécissait mais une grande partie de celle-ci était couverte par le palais et les terrains adjacents au-dessus de la pointe du Sérail. Ils ne trouvèrent là rien de nature à les surprendre.

– Il est tard, dit Hachim. Il faudrait que je parte.

Eugénie se leva et s'étira d'abord sur un pied puis sur l'autre.

– Comment ? Peut-être n'y avez-vous pas songé, mais la nuit l'ambassade est cadenassée. Murs élevés. Sentinelles aux aguets. Même une souris ne pourrait s'infiltrer... ou s'échapper. Heureusement pour moi, vous n'êtes pas une souris.

D'un grand geste, elle envoya valser la ceinture autour de sa taille. Son peignoir s'ouvrit brusquement et, d'un haussement d'épaules, elle s'en libéra.

– Tout le plaisir est pour moi, dit Hachim avec un sourire.

– Nous allons y veiller, dit-elle, une main tendue.

82

Le maître de la corporation des soupiers se saisit des pointes de sa moustache et tira sur elles d'un air pensif.

Ensuite, il ramassa la vieille clé que le garde venait de rapporter et la glissa une nouvelle fois dans le grand anneau. Il savait que l'enquêteur du Palais devait avoir raison : seuls les veilleurs de nuit avaient pu organiser le vol. Mais pourquoi ? Il devait s'agir, supposa-t-il, d'une farce idiote. Peut-être quelque rituel sentimental auquel ils étaient attachés. Quand il avait expliqué que l'un des chaudrons avait disparu, il avait cru qu'ils seraient honteux et gênés. Il avait cru qu'ils avoueraient, se confieraient. Espéré qu'ils auraient confiance en lui.

Au contraire, ils l'avaient regardé, l'air ahuri, avaient tout nié. Le maître des soupiers avait été déçu.

Ensuite, il avait repris : « Je ne cherche pas à punir. Peut-être va-t-on rapporter le chaudron, et peut-être pourrons-nous enterrer l'affaire. Mais, avait-il dit en brandissant un doigt menaçant, je suis troublé. La corporation est une famille. Quand nous avons des problèmes, nous les réglons. Je les règle. C'est mon rôle en tant que chef de cette famille. Alors, quand un étranger vient me parler d'affaires dont je ne sais rien, je suis inquiet. Et aussi honteux. (Il s'était arrêté.) Un fouineur du Palais vient m'annoncer que quelque chose s'est passé dans ma propre maison. Ah ! maintenant je me fais comprendre, pas vrai ? »

Il avait détecté un soupçon d'intérêt, mais qui était resté sans suite.

Le maître des soupiers tira de nouveau sur sa moustache. Les hommes n'étaient pas vraiment insolents, mais froids. Le maître avait le sentiment qu'il avait pris des risques pour les aider. Il leur avait donné du travail quand ils étaient aux abois mais, en cette circonstance, ils n'avaient manifesté en retour aucune gratitude.

Il s'abstint de les renvoyer, habité par la pénible impression qu'une menace tacite lui avait été adressée. Il devait s'occuper de ses affaires – comme si le vol d'un ustensile et les dénégations qui avaient suivi ne le regardaient pas au premier chef ! Mais il ne pouvait tout simplement pas les congédier en ce moment. S'ils étaient pris, il risquait lui aussi de l'être. On pourrait l'accuser d'avoir aidé et encouragé les ennemis de la Porte.

Il croisa ses mains énormes et se mit à malaxer ses doigts.

N'y avait-il aucun moyen de leur faire payer leur manque de loyauté ? Il pensa à l'eunuque. L'eunuque avait une certaine influence au Palais.

Le maître des soupiers se demanda comment il pouvait faire plus ample connaissance avec cet homme.

83

Hachim passa la matinée à visiter les trois sites qu'il avait identifiés la nuit précédente à l'aide de la vieille carte. Il espérait que quelque chose le frapperait, s'il cherchait avec une totale disponibilité d'esprit.

Un *tekke* n'était pas nécessairement grand, mais un espace conséquent pouvait être un indice. Un *tekke* ne devait pas, en principe, avoir une forme particulière, mais un petit dôme pouvait indiquer qu'il s'agissait d'un lieu de culte. De même, peut-être, qu'une vasque pour l'eau sainte, une niche désaffectée ou une inscription oubliée sur un linteau dans un couloir, autant de petits signes qui pourraient paraître insignifiants en eux-mêmes mais qui, pris ensemble, pourraient contribuer à le mettre sur la voie. À défaut, il pouvait toujours demander.

La première rue qu'il visita exhibait encore les séquelles d'un incendie si violent que les quelques bâtiments de pierre avaient fini par exploser. Certains gros blocs brisés gisaient toujours à terre, encastrés dans la cendre qui dérivait mollement le long de la rue calcinée. Quelques hommes fouillaient la cendre avec des bâtons. Hachim supposa qu'il s'agissait d'habitants à la recherche de leurs économies. Ils lui répondirent lentement, comme si leurs pensées étaient encore ailleurs. Aucun d'eux n'était au courant d'un *tekke*.

Le deuxième endroit se trouva être une petite place de forme irrégulière à l'intérieur des murs de la ville. C'était un quartier populaire où un assez grand nombre d'Arméniens et de Grecs côtoyaient les boutiquiers turcs dont les petites échoppes s'agglutinaient du côté est. Les bâtiments étaient mal entretenus. Il était presque impossible de leur assigner un âge. Dans les quartiers pauvres, les bâtisses étaient en général rafistolées et reconverties bien au-delà de leur durée de vie normale. Quand survenait un incendie, les gens reconstruisaient dans le même style que leurs pères et leurs grands-pères.

En face des échoppes se trouvait une petite mosquée calme et propre et, derrière elle, une maisonnette blanchie à la chaux où logeait l'imam. Celui-ci vint lui-même ouvrir, appuyé sur une canne, un vieil homme très voûté avec une longue barbe blanche clairsemée et de grosses lunettes. Il était assez sourd et sembla perplexe, voire irrité, quand Hachim lui posa des questions sur les Karagozi.

– Ici nous sommes tous des musulmans orthodoxes, répéta-t-il d'une voix flûtée. Quoi ? Je ne vous comprends pas. N'êtes-vous pas musulman ? Eh bien, alors ? Je ne vois pas ce que... nous sommes tous ici de bons musulmans.

Il donna deux grands coups avec sa canne et, quand Hachim quitta enfin les lieux, resta planté sur le seuil, appuyé sur elle, à le suivre des yeux derrière ses grosses lunettes jusqu'à ce qu'il eût tourné au coin.

Des boutiquiers il apprit qu'un marché se tenait tous les deux jours sur la place. Mais, une fois interrogés sur l'existence d'un quelconque *tekke* soufi, désaffecté ou autre, ils répondirent par un simple haussement d'épaules. Un groupe de vieillards, installés sous un grand cyprès poussant au pied de la vieille muraille, débattirent entre eux de la question, mais leurs propos portèrent très vite sur les souvenirs d'autres endroits et l'un d'eux entama un long récit sur un derviche mevlevi qu'il avait un jour rencontré à Ruse, où il était né près d'un siècle plus tôt. Hachim s'éclipsa pendant que les hommes parlaient encore.

À la fin de la matinée, il parvint à la troisième et dernière possibilité suggérée par la carte d'Eugénie, un lacis de petites ruelles à l'ouest de la cité où il avait été impossible de repérer avec la moindre précision la rue ou le bâtiment où semblait se trouver le *tekke*.

Hachim arpenta le coin, délimitant une sorte de circuit qu'il mit plus d'une heure à explorer. Mais, comme toujours, ces rues étroites ne livrèrent pas grand-chose : il était impossible de deviner ce qui se passait derrière ces hautes façades aveugles, a fortiori d'imaginer ce qui avait pu se passer là quinze ou cent ans plus tôt. C'est seulement à la dernière minute, alors que Hachim était près de renoncer, qu'il accosta une sorte de furet à la moustache cosmétiquée, sortant d'une porte cochère avec un filet à provisions. L'homme recula quand Hachim se mit à parler.

– Que voulez-vous ? dit-il sèchement.

– Un *tekke*, enchaîna Hachim et, tout en parlant, il fut frappé par une idée. Je cherche un *tekke* soufi, mais je ne sais pas très bien de quelle obédience.

L'homme l'inspecta des pieds à la tête.

– Vous ne voyez pas la différence ? (Il semblait vraiment surpris.) Ils ne sont pas tous pareils, vous savez.

– Bien sûr, je comprends, dit Hachim, très calme. Pour le moment, je cherche un certain vieux *tekke*... Je suis architecte, ajouta-t-il d'un ton enjoué.

Il avait passé la matinée à demander aux gens s'ils se souvenaient d'un *tekke* karagozi, supposant qu'un *tekke* désaffecté pouvait être reconverti en n'importe quoi, boutique ou salon de thé. Il ne lui était pas venu à l'esprit jusque-là que le sort le plus probable pour un *tekke* abandonné était d'être pris en charge par une autre secte. Un *tekke* karagozi pouvait devenir celui de quelqu'un d'autre.

– Un vieux *tekke*. (L'homme promena son nez de gauche à droite.) Il y a un *tekke* nasrani dans la rue suivante. Ils sont là depuis seulement dix ans plus ou moins, mais le bâtiment est très vieux, si c'est ce que vous entendez.

Les Karagozi avaient été interdits dix ans plus tôt.

– C'est, dit Hachim en souriant, exactement ce que j'entends.

L'homme proposa de lui montrer le chemin. Tandis qu'ils marchaient, il dit :

– Quel est pour vous le sens de tous ces meurtres ?

Ce fut au tour de Hachim de sursauter. Un chien errant sortit d'une porte cochère et se mit à aboyer dans leur direction.

– Quels meurtres ?

– Les cadets. Vous devez être au courant. Tout le monde ne parle que de ça.

– Ah oui ! Qu'est-ce que vous en pensez ?

– Je pense seulement... comme tout le monde. C'est une grosse affaire, pas vrai ? Quelque chose est sur le point d'arriver. (Il leva la main en l'air comme pour le palper de ses doigts recourbés.) J'ai des rats.

– Des rats ?

– Vous aimez les animaux ? Avant, j'avais des oiseaux. J'adorais, l'hiver, quand la lumière tombait sur leurs cages. Je les suspendais à l'extérieur de la fenêtre. Ils chantaient toujours au soleil. À la fin, je les ai laissés partir. Mais les rats, eux, sont intelligents et ne rechignent pas à être en cage. En plus, je les lâche, pour trotter. Vous les voyez s'arrêter et penser à des choses. J'en ai trois. Ces derniers jours, ils ont un drôle de comportement. Ils ne veulent pas sortir de leur cage. Je les force, bien sûr, mais ils veulent seulement se cacher quelque part. S'il n'y en avait qu'un, je comprendrais. Moi aussi, y a des moments où je ne veux voir personne, juste rester à la maison et jouer avec mes petites bêtes. Mais tous les trois, c'est la même chose. Je crois qu'ils le sentent aussi.

Hachim, qui n'avait jamais aimé les rats, demanda :

– Que voulez-vous dire ? Qu'est-ce qu'ils ressentent ?

L'homme hocha la tête.

– Je ne sais pas. Les gens marmonnent entre eux. Comme j'ai dit, quelque chose se prépare et nous ne savons pas quoi. Vous y êtes. Voilà le *tekke*.

Hachim regarda autour de lui, tout surpris. Il était passé plus tôt devant la construction basse sans fenêtres qui ressemblait à un entrepôt ou à un hangar.

– Vous êtes sûr ?

L'homme opina vivement du chef.

– Il n'y a peut-être personne maintenant, mais il semble qu'ils soient là le soir. Bonne chance. (Il agita le filet.) Faut que j'aille chercher à manger pour les rats, expliqua-t-il.

Hachim lui fit un vague sourire. Puis il cogna fort sur les doubles portes.

84

– Oui, karagozi.

L'homme continua gentiment de sourire. Alors c'est donc ça, pensa Hachim. En même temps, il regarda autour de lui avec une curiosité soudaine. Était-ce donc là que les janissaires s'étaient livrés à leurs rituels bachiques ? Beuveries, femmes et poésie mystique ! Ou bien était-ce quelque chose de plus prosaïque, une chambre de commerce où se faisaient les transactions et où les soldats qui étaient devenus commerçants et artisans parlaient de l'état du marché et de ce qu'ils pouvaient en tirer ?

À première vue, il n'y avait dans cet endroit rien de sacré. Par son allure, il s'apparentait plutôt à un entrepôt, ce que Hachim avait cru par erreur au départ : une pièce toute simple, blanchie à la chaux, éclairée par de hautes fenêtres, avec au milieu une longue table en chêne et des bancs de chaque côté. Disons, une salle de banquet. Les murs venaient d'être blanchis mais semblaient n'avoir reçu qu'une seule couche, à en juger par les images nébuleuses qu'il distinguait encore sous la chaux.

– Les murs étaient décorés ?

Le maître des lieux inclina la tête.

– Très joliment.

– Mais... quoi, sacrilège ?

– Pour nous, oui. Les Karagozi ne craignaient pas de représenter ce que Dieu a créé. Peut-être étaient-ils capables de le faire avec un cœur pur. Mais les croyants dont je fais partie diront que ces images détournent l'attention. Cependant, je ne peux pas dire que c'est pour cela que nous les avons recouvertes. C'était plus par souci de retrouver la pureté originelle du *tekke*.

– Je vois. Alors les peintures murales furent introduites plus récemment dans les *tekkes* karagozi ? Ce n'était pas prévu à l'origine ?

Le maître des lieux resta pensif.

– Je ne sais pas. Pour nous, l'occupation par les Karagozi fut une parenthèse dont nous préférons ne pas nous souvenir.

Hachim leva les yeux vers le plafond à caissons.

– Une parenthèse ? Je ne comprends pas bien.

– Pardonnez-moi, dit humblement le maître du *tekke*. Je n'ai pas été assez clair, alors peut-être ignorez-vous que ce fut un *tekke* nasrani jusqu'à l'époque de la révolte de Patrona. Les Karagozi sont alors devenus très puissants et avaient besoin de plus de place, c'est pourquoi nous leur avons cédé l'endroit. Des événements récents, ajouta-t-il avec la circonspection d'usage, nous ont permis de récupérer le bâtiment, et les images ont alors été recouvertes, comme vous pouvez le constater.

Hachim se tourna vers lui, l'air abattu. La révolte de Patrona avait eu lieu en 1730.

– Vous voulez dire que ce *tekke* a été bâti par votre ordre. À l'origine, ce n'était pas du tout un édifice karagozi ?

L'homme sourit et hocha la tête.

– Non. Et donc, vous voyez, nous avançons en cercles concentriques. Ce qui est ouvert sera fermé.

Cinq minutes plus tard, Hachim se retrouva dans la rue.

La carte de Palewski, dessinée par l'Écossais Ingiliz Mustafa, identifiait le vieux *tekke* correctement... *pour son époque*. Mais ce n'étaient pas les Karagozi qui l'avaient construit : il ne faisait donc pas partie des quatre premiers *tekkes*.

Pourtant le principe devait être bon.

Hachim repensa à la petite place sous les vieilles murailles byzantines de la cité. Il se la représenta mentalement. La mosquée. La rangée de boutiques. Un vieux cyprès contre la maçonnerie érodée par les intempéries.

Le *tekke* se trouvait là. Il ne pouvait en être autrement.

85

Une demi-heure plus tard, Hachim arriva sur la place par une longue ruelle droite venant du sud.

Devant lui, au-delà de l'entrée de la ruelle, se dressait le splendide cyprès, là où, plus tôt, il s'était entretenu avec les vieillards.

De l'endroit où il se trouvait, avec un recul de quelque cinq cents mètres, il distinguait ce qu'il n'avait pu voir auparavant. Son regard passait au-dessus de la cime de l'arbre.

Juste derrière son faîte élancé, dans la splendeur solitaire de vestiges à moitié en ruine, une tour byzantine surgissait des imposantes murailles de la cité. La Kerkoporta. La Petite Porte.

Peu de Stambouliotes avaient eu vent du récit de la Conquête de 1453. C'était de l'histoire ancienne, qui remontait à près de quatre siècles. Le destin s'était alors accompli. Quant au pourquoi et au comment de la bataille qui avait permis de déposséder les Grecs, ils n'avaient plus d'intérêt ni de raison d'être, au XIXe siècle, pour les habitants de l'Istanbul turque.

Seuls deux types de gens s'y intéressaient toujours et en faisaient le récit à qui voulait l'entendre. Les janissaires, avec fierté. Les Phanariotes, avec regret. Regret véritable ? Hachim n'avait jamais pu tout à fait le savoir. En effet, c'était sous la domination ottomane que les grands négociants du Phanar avaient, au bout du compte, bâti leurs fortunes.

Hachim se souvenait exactement de l'endroit où il se trouvait lorsqu'il avait entendu pour la première fois en détail le récit de la Conquête turque. La demeure des Mavrocordato, sur les hauteurs du quartier de Phanar, était le palais le plus grandiose et le plus sinistre de sa rue. Dissimulée derrière de hauts murs et construite dans le pur style rococo, elle était le quartier général d'une entreprise familiale tentaculaire qui s'étendait jusqu'aux principautés du Danube et aux entrepôts de Trébizonde, récoltant au passage titres civils et religieux. Au cours des siècles, les Mavrocordato avaient produit des savants et des empereurs, des boyards et des amiraux de la flotte, des escrocs, des saints et de belles jeunes filles. Ils étaient extraordinairement riches, merveilleusement introduits partout et dangereusement bien informés.

Sept d'entre eux étaient autour d'une table, en plus de Hachim. Leurs visages exprimaient des sentiments très différents : humour et amertume, terreur et jalousie, suffisance et mépris. Mais il y avait aussi un beau visage qu'il apercevait parfois dans ses rêves, dont le regard en disait plus long. Seuls les yeux étaient les mêmes, bleus et menaçants. Hachim avait alors compris pourquoi les Turcs redoutaient les yeux bleus.

La table était recouverte d'un tapis anatolien dont la fabrication avait dû prendre des années, tant les nœuds étaient serrés. On avait servi le café et, une fois les lourdes tentures refermées et les serviteurs partis, Georges Mavrocordato, le patriarche aux joues flasques du clan, avait invité Hachim à faire son rapport.

Ensuite, Georges s'était lentement dirigé vers la cheminée et les autres avaient suivi et s'étaient assis à ses côtés dans un silence total qui était comme une forme de langage. Finalement, la vieille mère de Georges avait lissé le bas de sa robe en soie noire puis fait signe à Hachim d'approcher.

Et elle lui avait raconté l'histoire de la Conquête.

86

Immobile au milieu de la ruelle, il se souvint alors de tout.

En premier, de son amertume quand elle lui rapporta l'épisode de Kerkoporta. La Petite Porte.

Le siège durait déjà depuis quatre-vingt-dix jours quand le jeune sultan Mehmet ordonna l'assaut final de la muraille. Épuisés et affaiblis, les quelques milliers de Byzantins qui restaient pour défendre leur ville entendirent le roulement des timbales et virent les collines au-delà des murailles se déplacer quand les dizaines de milliers de soldats du sultan descendirent pour donner l'assaut. En vagues successives, ils se jetèrent sur les murailles mal défendues, érigées un millier d'années plus tôt : levées d'Anatolie, Bachi-Bouzouks des collines de Serbie et de Bulgarie, renégats et aventuriers de tout le Bassin méditerranéen. À chaque assaut qu'ils repoussaient, les défenseurs faiblissaient et l'attaque se poursuivait : police de Mehmet postée à l'arrière avec des fouets et des massues pour empêcher toute retraite, échelles s'abattant avec fracas sur les murailles, son aigu des cornemuses d'Anatolie retentissant à tout rompre, embrasements intermittents et grondement soudain du gigantesque canon hongrois.

Toutes les cloches de la ville sonnaient le tocsin. Quand la fumée se dissipa dans la brèche des murailles où gisaient les corps des envahisseurs, quand les défenseurs se précipitèrent pour reconstituer les décombres, quand la lune se dégagea d'un banc de nuages noirs en fuite, Mehmet lui-même s'avança à la tête de son infanterie d'élite, les janissaires. Leur progression ne se fit pas avec la frénésie sauvage de tout détruire animant les troupes irrégulières et les Turcs qu'on avait jetés contre les murailles tout au long de la nuit. Dans l'heure précédant l'aube, il les conduisit au fossé.

« Ils se battirent sur les murs, à mains nues, pendant une heure ou plus, dit la vieille dame. Croyant que les Turcs faiblissaient. Que même ces janissaires perdaient leur vitalité. Mais ce n'était pas le cas. »

Hachim avait observé ses lèvres qui frottaient contre ses mâchoires édentées. L'œil sec, elle poursuivit : « Il y avait une poterne, vous voyez, à l'angle où les grandes vieilles murailles de Théodose rejoignent les murs plus modestes derrière le palais des Césars. Elle avait été condamnée Dieu seul sait combien d'années auparavant. Si petite, cette porte. Je ne pense pas que deux hommes pouvaient y passer de front, mais là... la volonté de Dieu est infinie dans son mystère. Elle avait été percée au début du siège, pour les sorties. Un groupe venait de rentrer de l'une d'elles et, le croirez-vous, le dernier homme oublia de barricader derrière lui. »

C'est la découverte de la petite porte oscillant sur ses gonds – brèche minuscule dans les douze kilomètres de muraille et de mur intérieur, instant d'inattention dans une histoire millénaire – qui décida de l'issue du siège. Quelque cinquante janissaires se frayèrent un chemin et se retrouvèrent entre les doubles murs. Mais leur position était des plus exposées et ils auraient encore pu être repoussés ou tués par les assiégés si l'un des héros de la défense, un capitaine de la marine marchande génoise, n'avait pas été grièvement blessé à cet instant précis par un tir à bout portant. Ses équipiers le retirèrent de la muraille. Les Byzantins eurent alors le sentiment qu'il les avait abandonnés et lancèrent un cri de désespoir. Les Ottomans se ruèrent vers les murs intérieurs et un géant nommé Hassan surgit sur les fortifications à la tête de sa compagnie de janissaires.

Dix minutes plus tard, les pavillons turcs flottaient au sommet de la tour qui dominait la Kerkoporta. Tout cela s'était déroulé quatre cents ans plus tôt.

Mais à présent, dressée derrière le grand cyprès de la place, la tour de Kerkoporta était toujours là : rouge et blanche, vide, elle se découpait sur le bleu d'un ciel d'hiver.

L'endroit précis où deux mille ans d'histoire romaine atteignirent leur sanglante apogée, quand le dernier empereur de Byzance arracha ses insignes impériaux et, glaive en main, disparut à jamais dans la mêlée. L'endroit précis où Constantinople, la Pomme rouge, le nombril du monde, fut conquise par les janissaires pour le compte de l'islam et du sultan.

Malgré les dires du vieux Palmuk, il y avait une quatrième tour.

Le quatrième *tekke*.

Hochant la tête en pensant aux souvenirs qu'il avait ravivés, Hachim s'avança dans le soleil hivernal.

87

L'escalier de pierre conduisant au parapet intérieur du premier mur était invisible depuis la ruelle. Pour y arriver, Hachim chercha à tâtons son chemin en empruntant un passage sans nom entre deux maisons de bois adossées à la base du mur. Une fois en haut, il revint en arrière et suivit le chemin du parapet jusqu'à la tour de Kerkoporta.

Au niveau du parapet, il y avait une porte en bois intégrée à la maçonnerie. Elle était entrouverte. Ses gonds étaient rouillés et elle était fixée au chambranle par une chaîne en fer écaillée qui se délita presque lorsque Hachim posa la main sur elle. Il poussa. La porte trembla légèrement. Il plaça son épaule contre les planches et pesa de tout son poids jusqu'au moment où les gonds grincèrent et où la porte bascula vers l'intérieur plongé dans la pénombre.

Le sol était couvert de poussière, de mortier tombé du plafond et de fiente séchée. Se déplaçant avec précaution dans ses sandales, Hachim avança, grâce à un rai de soleil oblique, jusqu'au centre de la pièce et regarda alentour. Le plafond disparaissait dans l'ombre. Les murs gardaient encore les traces d'un plâtrage mais on pouvait désormais apercevoir des couches de briquetage romain mêlées à des assises tandis que, au fond de la salle, dans un coin, un escalier de pierre en colimaçon montait de l'étage inférieur puis se perdait dans les hauteurs.

Il se dirigea vers cet escalier et se pencha au-dessus. Une légère brise semblait monter vers lui, indiquant que la pièce du bas était aérée et peut-être éclairée, et charriant une odeur de ciment et de paille humides. Il chercha la première marche et commença à descendre dans l'obscurité, sa main gauche entraînant après elle les toiles d'araignées du mur non crépi de la spirale.

Pendant un moment, il se trouva dans les ténèbres et, pensant au soleil sur la place, aux commerçants assis devant leurs échoppes à quelques mètres à peine de là, il se dit que cet endroit était le plus solitaire et le plus silencieux de tout Istanbul.

À un autre détour de la spirale, une légère variation apparut dans la qualité de l'ombre et, tandis que Hachim continuait à descendre, celle-ci céda le pas à une grisaille crépusculaire, jusqu'au moment où, après la dernière marche, il arriva dans une salle voûtée, dotée de part et d'autre de fenêtres aux volets clos fendillés par lesquels filtraient quelques lambeaux de soleil.

Les murs assombris par le moisi verdâtre étaient encore plâtrés et, en y regardant de près, Hachim détecta des formes semblables aux dessins nébuleux qu'il avait vus ce matin-là sous le badigeon du *tekke* nasrani. Il identifia des arbres, des pavillons et une rivière. Une longue table en chêne courait au centre de la pièce et des bancs étaient rangés contre les murs.

Il fit un pas en avant et passa un doigt sur la table. Elle était propre. Pourtant la salle au-dessus était un amoncellement de poussière et de détritus.

Il se plaça face à la fenêtre. La lumière filtrant des interstices empêchait de voir. Il leva donc une main pour s'en protéger et vit une porte. Celle-ci était fermée de l'extérieur.

Dos à la porte, il inspecta la pièce. De cet endroit, il voyait au-delà de la table. À l'autre extrémité se trouvait une sorte de coffre en bois avec un couvercle plat.

Hachim traversa la pièce et s'approcha. Le couvercle lui arrivait à la taille. Il glissa les doigts sous le bord et exerça une légère pression. Le couvercle s'étant soulevé sans peine, il regarda à l'intérieur.

88

Stanislaw Palewski ouvrit la bouche pour gémir comme il le faisait tous les matins au réveil. Mais le gémissement ne vint pas.

– Ah !

Les événements de la nuit précédente lui revinrent à l'esprit avec une étonnante précision.

Il frétilla des orteils et ceux-ci apparurent docilement au pied du lit, dépassant de l'édredon qu'il avait adopté depuis longtemps, suivant l'usage turc. Ses orteils étaient très sales, puis il se souvint qu'il les avait noircis avec un pinceau.

Il se rappela aussi l'horrible champagne dont il avait failli s'abreuver la veille au soir. Sans doute quelque maison française peu scrupuleuse avait-elle livré un tonneau de ce mauvais cru à la Porte peu méfiante, en lui faisant payer le prix fort, persuadée qu'elle ne serait jamais prise en faute. Après tout, qui pouvait s'en plaindre ? Pas les Turcs, qui n'étaient pas censés consommer ce breuvage. Quant aux invités, ils ne risquaient guère de faire un éclat.

Malgré tout, songea Palewski, il n'avait pas l'occasion de boire tous les jours du champagne et il aurait pu en avaler davantage si ce Russe prétentieux n'avait pas été si maladroit.

Il sourit de toutes ses dents. Renverser son verre sur le prince Derentsov avait été, songea-t-il, une manœuvre inspirée. Mais l'avoir ensuite tamponné pour lui procurer le plus grand inconfort avait été un vrai coup de génie. Peu importait que le sultan en personne lui eût ensuite remonté les bretelles. Le Russe avait sans doute été plus malmené. Après tout, c'était lui qui avait lancé le défi. Il avait enfreint l'injonction du sultan. Palewski, lui, n'avait fait que réagir comme il convenait à un homme d'honneur.

Par ailleurs, le sultan et lui avaient eu un échange intéressant. Étonnamment franc et amical, et tout cela parce qu'il avait renversé son verre et portait une tenue infâme mais astucieusement combinée rappelant les atours sarmates de ses lointains ancêtres.

Le sultan apprécia le manteau. Il avait évoqué avec Palewski l'ancien temps que ni l'un ni l'autre n'avaient connu, mais que tous deux imaginaient paré d'un charme et d'un éclat que ni la Pologne ni l'Empire n'avaient jamais retrouvés. Et le sultan avait dit, d'une voix qui semblait soudain lasse et mal assurée, que le monde entier changeait très vite.

« Même le nôtre.

– Votre édit ? »

Le sultan avait opiné du chef. Il avait parlé de certaines des pressions qui le contraignaient désormais à modifier la gestion de son empire. La faiblesse militaire. L'esprit de révolte croissant, manifestement attisé par les Russes. Le mauvais exemple des Grecs, dont les puissances européennes avaient acheté l'indépendance.

« Je pense que nous prenons les bonnes mesures, avait-il dit. Je crois beaucoup à l'édit. Mais je sais aussi qu'il sera affreusement difficile de convaincre un grand nombre de gens du bien-fondé de ces changements. Parfois, moi-même, je vois partout de l'opposition... même au sein de ma propre maison. »

Palewski avait été très touché. Comme ils le savaient l'un et l'autre, la maison du sultan comptait quelque vingt mille âmes.

« D'aucuns estimeront que je vais trop vite. Seule une minorité pensera peut-être que je suis allé trop lentement. Et parfois je suis moi-même inquiet à l'idée que ce que je tente de faire sera si mal compris, si dénaturé et si décrié que, à terme, ce sera la fin de... tout ceci. (Et il désigna tristement l'ornementation.) Mais voyez-vous, Excellence, il n'est pas d'autre voie. Il n'est rien d'autre que nous puissions faire. »

Pendant quelques instants, ils étaient restés assis en silence, côte à côte.

« Je crois, avait dit lentement Palewski, qu'il ne faut pas craindre le changement. Une bataille connaît des hauts et des bas, mais le cœur des hommes qui la livrent n'en est pas, je suppose, plus faible pour autant. Par ailleurs, je crois, et j'espère, que vous avez agi au bon moment.

– *Inch' Allah*. Espérons tous deux que la prochaine série de changements sera propice, pour nous... et pour vous. »

Puis il avait remercié à nouveau l'ambassadeur de l'avoir écouté, et ils s'étaient serré la main.

En allant rendre visite au prince russe, le sultan s'était retourné sur le seuil et, agitant la main, avait dit : « Oubliez l'incident de ce soir. Pour moi, c'est déjà fait. Mais pas notre entretien. »

Incroyable. Même Stratford Canning, le grand Elchi, comme aimaient à l'appeler les Turcs, qui aida la Porte à résister aux prétentions russes, aurait défailli de plaisir si le sultan lui avait parlé avec une telle amabilité.

Palewski, qui d'ordinaire prenait son temps le matin, joignit les mains sous sa nuque sur l'oreiller, sourit largement, frétilla des orteils, tira la sonnette pour le thé et décida que sa première action de la journée serait de se rendre aux bains.

Et plus tard, comme on était jeudi, il irait dîner avec Hachim.

89

Tandis que le couvercle pivotait sur ses gonds bien huilés, Hachim jeta un coup d'œil prudent sur le contenu.

La lumière était faible et l'intérieur du coffre plongé dans l'ombre mais, même ainsi, Hachim reconnut quelque chose d'aussi banal qu'inattendu.

Au lieu du cadet mort qu'il redoutait, il découvrit une pile d'assiettes.

Près des assiettes, un plateau garni de petits verres assez tarabiscotés et rangés soigneusement à l'abri de la poussière. À côté, une coupe en métal couverte de ce qui se révéla être une bande pliée de tissu brodé. Enfin, un livre.

Hachim le prit. Il s'agissait du Coran. Autrement, le coffre était vide et sentait l'encaustique.

Hachim sourit, l'air assez sombre. Ils font venir les restaurateurs, se dit-il. Pour un banquet. Une orgie karagozi.

Il referma le couvercle et se dirigea vers l'escalier. Au milieu de son ascension, il se trouva plongé dans les ténèbres et se mit à gravir les marches deux à deux puis surgit hors de la spirale et traversa la salle par laquelle il était arrivé, sans se soucier du nuage de poussière qu'il soulevait dans sa course. Une fois dehors sur le parapet, il tira la porte d'un coup sec, remit la chaîne et s'adossa au mur, respirant avec difficulté. De l'endroit où il se trouvait, il dominait les branches de l'élégant cyprès.

« Pourquoi, se demanda-t-il, suis-je effrayé par de la vaisselle ?

« Parce que, pensa-t-il, cette fois-ci je touche au but. Trois corps apparaissent, près de trois *tekkes*. Celui-ci sera le quatrième. Établi sur le site du plus grand triomphe des janissaires... la conquête de Constantinople. »

Et le cadavre était encore à venir.

90

La première personne que Murad Eslek aperçut en entrant dans le café pour prendre le petit déjeuner, ce fut Hachim Effendi, le monsieur qu'il avait arraché aux griffes des tanneurs.

Hachim le vit sourire et faire un petit signe. Il murmura quelque chose à un serveur qui passait puis s'installa à ses côtés et lui serra la main.

– Vous allez bien, *inch' Allah ?* Commment va le pied ? (Hachim lui assura que le pied allait mieux. Eslek le regarda avec curiosité.) Je vous crois, Effendi. Pardonnez-moi, mais vous avez l'air d'une rose bien fraîche.

Hachim baissa la tête, se souvenant des heures qu'il avait passées avec Eugénie, la nuit dernière, à « pactiser ». Il la revit haletante, rejetant en arrière sa belle tête et découvrant ses dents avec un désir frénétique, presque subjuguée, comme elle le lui avait murmuré, par la découverte d'un homme qui pouvait faire plus qu'assouvir ses appétits, qui pouvait, pendant les heures que durèrent leurs ébats, éveiller une soif qu'elle n'avait jamais connue auparavant. Il n'avait pas fermé l'œil.

Il n'avait pas non plus dormi beaucoup la nuit précédente, celle où il avait précipité l'agresseur de Preen dans la cuve bouillonnante à la tannerie. Depuis lors, il avait toujours été en mouvement... cette seconde visite à l'ambassade de Russie, l'envoi de Palewski à la réception pour lui donner du temps, les kilomètres dans les rues à la recherche d'un *tekke* qui n'avait de signification que pour lui... et pour qui d'autre ? Pendant tout ce temps, son esprit avait envisagé les diverses possibilités, revenant sur ses rencontres de la semaine passée, cherchant un indice dont il pût se saisir.

Essayant tout le temps de ne pas penser à ce qui était advenu la nuit précédente. La douleur et le désir. Le tourment de n'avoir pu résister.

Il allait voir dans quelle mesure son ami Eslek pouvait l'aider, puis il irait au hammam pour revivre. Chasser la poussière de la tour Kerkoporta. Apaiser ses membres douloureux, noyer ses pensées, et contempler la présence du démon qu'il avait cherché si longtemps, et avec tant de peine, à maîtriser.

Levant le nez de son café, Murad Eslek vit l'expression sur le visage de Hachim.

– Tout va bien ?

Hachim prit un air dégagé.

– J'ai besoin de votre aide, dit-il. Une nouvelle fois.

91

Une heure avant le crépuscule, Stanislaw Palewski rejoignit un groupe d'hommes qui bafouillaient d'indignation aux portes du Hammam Celebi, l'un des meilleurs bains de la ville, côté Stamboul.

Il était situé au pied d'une colline, sous un réseau de ruelles très fréquentées dont la largeur relative indiquait qu'il s'agissait, malgré tout, d'un quartier prospère, ni trop bondé pour que les maisons touchent presque celles d'en face, ni trop luxueux pour qu'elles se cachent derrière des murs. Un quartier de marchands et d'administrateurs aisés qui aimaient flâner le soir dans les rues et s'asseoir dans les nombreux cafés et restaurants pour discuter des nouvelles de la journée. Ce n'était pas loin, en fait, de Kara Davut, et c'était avec l'idée de s'arrêter prendre un bain en se rendant au dîner du jeudi chez Hachim que Palewski avait traversé la Corne d'Or en caïque, muni de deux bouteilles de vodka à l'herbe de bison bien fraîches, à l'abri dans leur emballage et calées au fond de sa mallette.

Le Hammam Celebi était curieusement fermé pour cause de nettoyage. Les clients déçus serraient leurs sacs de linge propre et fulminaient méchamment contre la direction.

– Ils disent de revenir dans une heure, voire deux ! se lamenta un homme avec un couvre-chef arabe. Comme si je n'avais rien d'autre à faire qu'à passer ma soirée à monter et descendre les collines avec des vêtements comme un colporteur !

Un autre renchérit :

– Et, par-dessus le marché, un jeudi !

Palewski réfléchit au sens de cette indignation. Mais bien sûr : le lendemain était un jour saint consacré au repos et à la prière, qu'il fallait aborder sans souillure, du moins apparente. Aux bains, la soirée du jeudi était toujours très chargée.

– Pardonnez-moi de vous interrompre, dit-il poliment. Je ne comprends pas très bien ce qui se passe.

Les hommes se retournèrent pour l'inspecter de haut en bas. S'ils furent surpris ou mécontents de voir un étranger, et de surcroît un *ferenghi*, tout simplement désireux de pénétrer dans leurs bains, ils étaient à coup sûr trop bien élevés pour le laisser paraître. Et, en matière de bains, la procédure était depuis toujours démocratique. En effet, durant les heures de fréquentation réservées aux hommes, quiconque pouvait se présenter, infidèle ou croyant, étranger ou Stambouliote.

Un troisième client irrité, avec une petite bedaine et quelques boucles grises échappées de son turban, offrit poliment à Palewski une explication.

– Pour une raison qu'aucun d'entre nous ne peut imaginer, les gens du bain ont eu la lubie de nettoyer le hammam au milieu d'une soirée chargée au lieu de le faire la nuit.

Un quatrième homme intervint, avec calme.

– Il s'agit peut-être d'une maladie. Cela n'est jamais arrivé auparavant. Peut-être devrions-nous louer le responsable de l'établissement au lieu de nous emporter de la sorte. Nous devrions suivre leur avis et revenir dans un moment. Quant à transporter notre linge, il y a plusieurs bons cafés dans le quartier pour tuer le temps. N'est-ce pas ?

Le groupe se dispersa lentement. Palewski ne savait pas s'ils avaient toujours l'intention de revenir après que le dernier homme à parler eut évoqué le risque de maladie. Il pensa qu'ils le feraient probablement, oui. Les Turcs étaient fatalistes. Comme lui.

Il se demanda quoi faire. D'un côté, il attendait de se frotter les pieds pour enlever le noir. De l'autre, bien qu'il eût, même avec ce retard, la possibilité d'être à l'heure chez Hachim, il n'était pas encore, après tout, aussi fataliste que les Turcs en matière de santé.

Il décida de s'installer quelque part pour prendre un café tout en surveillant le hammam. S'il rouvrait et que tout semblait en ordre, il choisirait peut-être d'y entrer. Sinon, il irait tout simplement voir son ami à l'heure fixée et se passerait les pieds sous l'eau un peu plus tard. Ou de préférence le matin suivant, pensa-t-il en se souvenant de toute la vodka dans son sac.

Il rebroussa chemin, gravit un peu la colline et choisit un café d'où il pouvait surveiller l'entrée du hammam sans bouger la tête. Il voyait même, par-delà le dôme des bains et au-dessus des toits situés derrière, le soleil se coucher sur la mer de Marmara, dorant toitures et minarets, dômes et cyprès.

92

Eslek, songea Hachim, avait vite compris. À son grand soulagement, il n'avait pas refusé d'être payé : la tâche était cruciale, trop importante pour relever d'une faveur. D'ailleurs, il lui avait déjà rendu service. Le moment était venu de faire un geste en retour.

Il se défit de ses vêtements et les remit à l'assistant, puis enfila une paire de sabots pour isoler ses plantes de pied de la pierre brûlante. À l'intérieur des pièces chaudes du hammam, les sols étaient toujours dangereusement glissants. Nu à l'exception du pagne autour de ses reins, il franchit dans un claquement de sabots la porte donnant sur une grande salle surmontée d'un dôme et emplie de vapeur. Le dôme reposait sur des piliers formant des niches semi-circulaires dans les murs alentour, où l'on pouvait s'asseoir près d'un jet d'eau chaude qui s'écoulait vers la bonde au centre, et récupérer l'eau pour se nettoyer la peau au plus profond des pores.

Hachim entra avec plaisir dans la salle emplie de vapeur. Il écarta les pieds, courba le dos et s'étira jusqu'à faire craquer les jointures de ses épaules. Puis il passa les doigts dans ses boucles noires et chercha un endroit pour s'asseoir. Il prit possession d'une niche et s'installa sur un petit banc bas, dos au mur, ses longues jambes allongées devant lui. Pendant plusieurs minutes il ne bougea pas pour absorber la chaleur et sentir la sueur commencer à couler. Enfin, il se pencha en avant et prit à ses pieds une petite cuvette en métal.

Il allongea le bras pour remplir la cuvette et, très lentement, fit basculer l'eau sur sa tête. Ses yeux étaient clos. Il adorait la façon dont l'eau se frayait un chemin dans sa chevelure et dégoulinait, comme des doigts apaisants, sur sa nuque. Il répéta l'opération, entendit un homme rire, sentit l'odeur animale de la peau humide. Après quelques minutes, il prit un pain de savon et commença à se laver tout le corps en commençant par les pieds puis en remontant jusqu'au visage et aux cheveux.

Il continua de se verser de l'eau sur la tête et sur les épaules. Enfin, il se mit à chasser le savon de haut en bas, frottant la peau de ses doigts et observant la façon dont les poils des jambes suivaient le sens de l'eau. Cela lui rappelait toujours la vision d'Osman, ce rêve où le fondateur de la dynastie ottomane avait vu un grand arbre dont les feuilles se mirent soudain à trembler puis s'alignèrent, comme sous l'effet du vent, braquant une infinité de petites pointes acérées sur la cité rouge de Byzance. Pour terminer, il se malaxa vigoureusement les pieds avec les pouces puis se leva et se dirigea vers la dalle surélevée au centre de la pièce.

Il se hissa mollement sur la surface chaude, appelée « ventre » du hammam, étala sa serviette et s'allongea dessus face contre la pierre, la tête tournée à gauche et les yeux clos. L'énorme masseur, chauve comme un œuf, aux bourrelets glabres et luisants, fondit sur lui et se mit à lui triturer les pieds avec force et dextérité, lissant et pétrissant méthodiquement la chair de Hachim jusqu'au moment où celui-ci sentit tout son corps osciller de bas en haut. De bas en haut. De la tête aux pieds sur le marbre brûlant.

Des frissons invisibles lui parcoururent les jambes. Il songea à la pile d'assiettes. Il revit les seins blancs d'Eugénie, l'enchevêtrement des draps, ses lèvres gonflées par la chaleur. C'était là une autre sorte de chaleur, une chaleur qui le privait de volonté, le vidait de toute énergie. À une ou deux reprises, il rua sans le vouloir, échappant au sommeil qu'il appelait de ses vœux. « Tout va bien », se murmurait-il. Quelques minutes encore, puis le masseur allait d'une petite tape le lever du banc et le réveiller. Dormir.

Lentement, la salle commença à se vider.

Le masseur continua de pétrir son corps. Lentement, et encore plus lentement.

Il ne restait plus qu'un homme dans le hammam, endormi sur un banc. Le masseur retira ses doigts du cou de Hachim. L'homme ne bougea pas.

Le masseur se dirigea vers le client endormi et le souleva dans ses puissants bras musclés, comme un nouveau-né. L'homme sursauta et ouvrit les yeux. Quand le masseur le reposa, il se trouvait dans le tepidarium où l'attendait un plongeon dans l'eau froide. Le masseur lui donna une petite tape amicale puis il sauta dans le bain glacé, haletant et riant : il s'était endormi !

Le masseur verrouilla la porte du hammam et croisa ses énormes bras sur la poitrine.

À l'intérieur de la pièce chaude, Hachim continua de dormir, rêvant à la fonte des neiges.

93

– Comment suis-je maintenant, vieux ?

Fizerly inspecta son ami d'un œil critique.

– Parfait, Compston. Ou bien devrais-je dire Mehmet ? Si nous allons explorer la Vieille Ville, dorénavant tu es Mehmet. N'oublie pas.

Compston gloussa et se regarda dans le miroir de l'ambassade. Fizerly avait été des plus habiles avec le turban. Au bout du compte, ils s'étaient arrangés pour que pas un cheveu blond ne dépassât, même si l'équilibre du turban s'en trouvait légèrement perturbé.

– Contente-toi de bouger la tête comme un brave type, suggéra judicieusement Fizerly. Plus de Fizerly, mais Ali. Ali Baba pour te servir.

Compston-Mehmet gloussa et fit pénétrer un peu plus de suie dans ses sourcils.

– Espérons, dit-il, qu'il ne pleuvra pas.

94

Palewski sirotait son café en contemplant le coucher du soleil. Dehors, le brouhaha de la circulation commençait à s'apaiser, les portefaix remontaient, mains vides, la colline, quelques charrettes tirées par des ânes rentraient à l'écurie tandis que de plus en plus de gens sortaient respirer l'air du soir. Parfois, Palewski en reconnaissait quelques-uns... un dignitaire du Palais dont le nom lui échappait, un drogman grec attaché à l'une des maisons de commerce phanariotes, un imam qui n'avait pas changé d'un poil en quinze ans, depuis que Palewski s'était entretenu avec lui de l'histoire de la transmigration des âmes. Plus tard, il aperçut deux jeunes de l'ambassade britannique, Fizerly, se souvint-il, aux maigres favoris, fumant à présent un cigare turc à bouts coupés et se baladant avec un garçon qui portait un curieux chapeau confectionné de toute évidence à partir de sous-vêtements, opinait du chef et riait à ses côtés. Palewski se demanda vaguement ce qu'ils pouvaient bien faire, habillés comme des enfants dans un mystère de la Nativité. Personne ne semblait vraiment les remarquer. Ils descendirent la colline et tournèrent au coin des bains.

Comme Istanbul avait changé depuis son arrivée trente ans plus tôt ! Qu'avait-il dit à Hachim ? Ah ! oui.

Qu'il regrettait la disparition des janissaires. C'est que les dix dernières années avaient été plutôt mouvementées. Depuis l'élimination des janissaires, il n'y avait plus rien qui pût arrêter le sultan, hormis la menace d'une intervention étrangère, et le sultan était un moderniste-né. Il avait été le premier à adopter la selle européenne. Le changement qui avait envahi la ville allait bien au-delà de la disparition graduelle mais constante des turbans et des babouches, et de leur remplacement par le fez et les chaussures en cuir. Palewski était assez romantique pour le déplorer, même s'il ne pensait pas que cette mutation arriverait à son terme de son vivant, ne serait-ce que parce que la grande cité attirait à elle des gens venus des quatre coins de l'Empire, des gens qui n'avaient jamais entendu parler de lois somptuaires ni de lacets. Mais il en arrivait encore plus aussi de l'extérieur de l'Empire et, lors de la reconstruction progressive de Galata après le grand incendie, on avait vu des choses curieuses : par exemple, un gantier français et le Belge qui avait vendu le mauvais champagne, calfeutrés dans leurs échoppes avec des clochettes qui tintaient comme à Cracovie.

La porte s'ouvrit et une bouffée d'air froid s'engouffra dans la touffeur du café. Palewski reconnut l'homme qui était entré même si, l'espace d'une seconde, il eut du mal à le situer : un grand gaillard d'âge mûr, à la mine réjouie, qui se distinguait par sa cape blanche. Il était escorté de deux marchands européens que Palewski avait déjà aperçus dans les parages mais auxquels il n'avait point parlé. Il pensa qu'ils étaient peut-être français.

Les trois hommes s'attablèrent un peu en arrière du champ de vision de Palewski, de sorte qu'il mit quelque temps à se retourner et à reconnaître le *seraskier* qui avait ôté sa cape. Il était maintenant assis, jambes bien croisées, et portait des bottes montantes et une veste militaire gris-bleu boutonnée jusqu'au cou. Il tripotait une tasse de café tout en écoutant avec un petit sourire l'un de ses compagnons qui, penché en avant, argumentait calmement en s'aidant des mains. Français peut-être ? Ou bien italien ?

Palewski se demanda s'il allait commander lui-même un autre café. Il regarda le pied de la colline : les portes des bains étaient encore fermées mais un autre groupe d'hommes avec des sacs de linge s'était massé à l'extérieur, réitérant sans doute les griefs qu'il avait entendus une demi-heure plus tôt. Nettoyer les bains ! Et en plus un jeudi soir ! Quel sacrilège ! Quel scandale ! Palewski sourit et fit signe au garçon.

Eh bien, il pouvait voir qu'ils récuraient les bains... et même à fond. De la petite bouche d'aération au sommet du dôme s'échappait une couronne de vapeur blanche qui montait en tourbillonnant avant de se perdre dans le crépuscule. Traversée par les derniers rayons du soleil, la vapeur réfractait parfois tout un arc-en-ciel de couleurs. Magnifique, songea Palewski. Puis apparut un bâton auquel était accroché un chiffon blanc flottant dans l'air, sans doute pour nettoyer la bouche d'aération. « Comme il faut, se dit Palewski. S'ils finissent à temps, je tenterai à coup sûr ma chance. »

Le garçon lui apporta un autre café. Palewski s'inclina en arrière pour entendre la conversation qui se déroulait dans son dos, mais il s'agissait de marmonnements lointains, mêlés au gargouillis des pipes, au sifflement de l'eau bouillante et aux murmures des autres conversations. Déçu, il regarda une nouvelle fois par la fenêtre.

« Comme c'est étrange ! » songea-t-il. Le bâton continuait de monter et descendre dans le trou et le morceau de chiffon s'agitait avec lui, tel un minuscule drapeau.

« Voilà ce qui s'appelle briquer, se dit Palewski intrigué, et avec acharnement. »

Alors qu'il regardait, le bâton soudain vacilla et bascula de côté. Coincé sous un certain angle, le petit chiffon blanc flottait et claquait dans la brise du soir comme un signal de reddition.

95

Hachim rêvait. Il rêvait qu'Eugénie et lui se tenaient nus côte à côte dans la neige, observant un incendie de forêt qui provoquait des crépitements dans la cime des arbres. Il ne faisait pas froid. Avec la progression du feu, la neige se mettait à fondre. Il cria « Sautons ! » et ils s'élancèrent tous deux au-dessus de la crête de neige fondue. Il ne se souvenait pas d'avoir heurté le sol en contrebas mais il s'était mis à courir sur la place en direction de l'immense cyprès. Eugénie avait disparu, le maître des soupiers tendit ses énormes mains et embrasa d'une allumette le cyprès. Celui-ci brûlait comme une fusée tandis que Hachim s'y cramponnait, pressant son visage contre l'écorce lisse. Et, quand il essaya de s'en écarter, il ne put y parvenir car sa peau qui avait fondu collait à l'arbre.

Il toussa et tenta de lever la tête. Ses yeux s'ouvrirent. Ils semblaient recouverts d'une pellicule : sa vision était brouillée. Il fit un nouvel effort pour lever la tête et, cette fois, sa joue resta planquée comme une ventouse à la surface rigide du banc de massage sur lequel il reposait dans une mare formée par sa propre sueur. Il pivota sur lui-même, son corps tout entier glissant sur le banc, et s'assit jambes pendantes.

Une douleur sourde lui traversa les extrémités et il lui fallut quelques instants pour comprendre que ses plantes de pied brûlaient au contact de la pierre. Il se recula sur le banc, jambes relevées, et regarda alentour. Il n'y avait personne.

La vapeur montait du sol en petites bandes déchaînées rejoignant un brouillard plus épais au voisinage du dôme. Hachim s'aperçut qu'il avait du mal à respirer : l'air était si chaud et si humide que chaque respiration lui encombrait la gorge comme avec un chiffon. D'une main pesante il chassa la sueur de ses yeux.

Le brouillard semblait curieusement venir de lui, comme s'il avait un vrai problème de vision, et cela le désorienta : il agita la tête, cherchant une porte. Il aperçut ses sabots près du banc de massage. Les pieds dans les sabots, il se mit debout, vacillant, resta un instant accroché au banc puis, tel un homme se frayant un chemin dans la neige, tituba en direction de la porte. Il tomba contre elle, cherchant à tâtons la poignée, mais sa surface était aussi lisse que les murs.

Pas de poignée.

Hachim cogna des poings, incapable de crier, l'air filant entre ses dents comme un sanglot. Personne ne vint. Sans relâche, il se jeta contre la porte mais celle-ci ne bougea pas, le son lui-même étouffé par le chêne bardé de métal. Il se laissa tomber à terre, une main appuyée contre le bois.

La chaleur qui montait du sol en volutes l'empêcha de rester bien longtemps dans cette position. Il se leva lentement. Plié en deux, il se poussa le long du mur. Le robinet de la première niche avait cessé de couler. Il y avait une petite cuvette au sol mais qui contenait à peine trois centimètres d'eau, et le métal était brûlant.

Il ne parvint pas à se figurer combien de temps il était resté tapi là, les yeux rivés, entre ses bras, sur l'eau du récipient. Mais quand cette eau commença à fumer, il songea : « Je suis en train de rôtir. Au fait, il faut que je sorte d'ici. »

Doucement il leva la tête car il avait l'impression qu'elle pouvait exploser à tout instant. Il devait mettre l'eau hors de sa vue.

Un vague motif lumineux apparut là-haut dans le brouillard. Il provenait des découpes au sommet du dôme et, une seconde, Hachim se demanda s'il pourrait grimper et arriver jusque-là, projeter peut-être ses mains et ses lèvres contre les trous.

« Tu ne peux pas, se dit-il, escalader le dôme de l'intérieur. »

Ses yeux suivirent la base des murs, à la recherche de quelque objet qu'il pourrait utiliser.

Il faillit ne pas la voir : la longue canne de bambou fixée à une tête de balai, posée à l'angle entre le sol et le mur.

Il put à peine la saisir tant ses doigts étaient gonflés et perclus. Hachim souleva avec peine la canne fluette. Trop courte.

Une fois de plus, il fit le tour de la pièce. À deux reprises, il faillit perdre connaissance et tomba sur les mains et les genoux, mais la pierre brûlante le ramena à la vie et il continua de tituber jusqu'au moment où il trouva la seconde canne.

À présent, il lui fallait un morceau de chiffon pour les lier ensemble. Il tenta de déchirer la serviette avec ses doigts et ses dents, tout en geignant.

Enfin, il réussit à faire une entaille dans l'ourlet. Même en déchirant l'étoffe, il ressemblait à un petit enfant souffreteux, presque trop faible pour lever les bras, mais il finit par obtenir un bandage de coton qu'il fixa autour des deux bambous. Le morceau restant, il l'attacha au sommet de la perche, puis il se mit à la redresser. L'extrémité nue cogna contre le côté du dôme. Il poussa vers le haut.

Trop court.

À cause de la vapeur qui emplissait le dôme, Hachim ne put dire de combien. Son visage était à présent figé en un rictus laissant voir ses dents. Il chancela jusqu'au banc de massage et se hissa dessus à grand-peine. Chaque geste était une souffrance. Levant les bras, il s'aperçut qu'ils étaient presque cramoisis, comme si le sang commençait à suinter de ses pores.

Il se mit à actionner la perche de haut en bas, de haut en bas. Chaque fois, il avait l'impression de pomper également son sang par tous les pores de sa peau. Il se souvint vaguement qu'il devait agiter la perche mais ne se rappelait plus pourquoi cela importait, juste que c'était la seule chose à faire. Tout ce qui lui restait.

96

– Avec permission*, *Seraskier*. (Palewski tendit une main en s'inclinant.) Palewski, *ambassadeur de Pologne**.

Le *seraskier* leva les yeux, étonné. Puis il sourit poliment.

– *Enchanté**, Excellence.

– Je suis vraiment désolé de vous interrompre, poursuivit Palewski, mais je viens de voir quelque chose d'assez étrange et j'aimerais avoir votre avis.

– Mais bien sûr*. (Le *seraskier* ne sembla pas s'émouvoir. Lui-même et l'ambassadeur de Pologne ne devaient pas avoir les mêmes sujets d'étonnement.) Et qu'avez-vous vu, Excellence ?

Palewski songea que toute explication qu'il pourrait donner semblerait mince, voire risible. Il se tourna vers les compagnons du *seraskier*.

– Avec votre permission, je souhaiterais vous enlever le *seraskier* pour une petite minute. Veuillez m'excuser, Effendi.

Les hommes firent des gestes évasifs mais sans broncher. Le *seraskier* les regarda puis se tourna vers Palewski avec un demi-sourire impatient.

– Très bien, Excellence. (Il se mit debout.) Excusez-moi, messieurs.

Palewski le prit par le bras et l'entraîna dans la rue.

– Quelque chose de drôle vient de survenir aux bains, commença-t-il. D'abord, ils les ont fermés, de but en blanc, un jeudi soir. Ils sont censés les avoir nettoyés de fond en comble mais, il y a une minute, j'ai vu quelqu'un qui agitait un drapeau par un trou dans le toit. Je dis « drapeau » parce que je ne vois tout bonnement pas d'autre explication. Cela ressemblait, disons, à un signal. Et maintenant ça s'est arrêté. Voyez-vous, Effendi, cela peut vous sembler étrange, mais c'est exactement ce qui s'est passé... Comme si quelqu'un envoyait un signal puis avait dû, pour une raison quelconque, s'interrompre. Je voulais y aller moi-même mais vous voyant... eh bien, j'ai pensé que vous pourriez vous enquérir avec plus d'autorité.

Le *seraskier* se renfrogna. Cela ne ressemblait à rien, bien sûr, et ce qui se passait dans un hammam ne le concernait pas vraiment... le Polonais était à l'évidence très agité.

– Pour vous être agréable, Excellence, nous irons demander, dit-il avec toute la politesse qu'il put rassembler.

97

Hachim perçut des voix. Un mince filet de lumière fendait l'obscurité quand il leva les paupières de quelques millimètres. Quelque chose d'apaisant fut appliqué un instant sur son corps puis retiré.

De vagues formes évoluaient dans la lumière. *Terrible accident... coup de chance...* Puis quelqu'un lui essuya la face avec un linge frais humide et le visage de Palewski surgit devant ses yeux.

– Hach ? Hachim ? Vous m'entendez ?

Il tenta d'opiner.

Palewski plaça une main sous sa tête et le souleva.

– Buvez ceci, dit-il.

Hachim sentit le bord d'un verre contre ses lèvres, mais celles-ci paraissaient énormes. Ses doigts semblaient être enfilés dans des gants, tant ils étaient durs à plier.

– Peut-il parler ?

C'était la voix du *seraskier*.

« Je suis en train de rêver », pensa Hachim.

Des mains le soulevèrent et le transportèrent dans les airs. Puis il se retrouva de nouveau allongé, sous une couverture.

Palewski était présent quand on plaça son ami sur la litière et fit un signe aux porteurs. Au *seraskier* il dit :

– Je l'emmène à l'ambassade. Là-bas il sera en sûreté.

Le *seraskier* acquiesça.

– Veuillez, je vous prie, me donner plus tard de ses nouvelles.

Les porteurs placèrent les barres de la litière sur leurs épaules et suivirent l'ambassadeur dans la nuit.

Hachim était conscient du balancement de la litière comme ils se faufilaient dans les rues sombres. Il entendait le *tap-tap* des pieds des porteurs, le tintement des clochettes, et se demanda quelle était la gravité de ses blessures. Parfois, le tissu de la litière lui raclait la peau, et il faillit hurler.

Un coursier avait pris les devants afin de permettre à la servante de Palewski de préparer le lit et de faire un feu. Quand ils arrivèrent, elle était déjà sur les marches avec une pile de linge propre. Palewski prit les bougeoirs sur une table du vestibule pour éclairer le chemin des porteurs. Ceux-ci transportèrent Hachim avec une telle dextérité qu'il ne sut qu'ils montaient à l'étage qu'en voyant l'inclinaison du plafond.

On le déposa sur le lit. Palewski alluma un feu dans le poêle aux faïences ornées de fleurs bleues entrelacées, qui se trouvait dans un coin de la pièce, tandis que Marta apportait une bassine d'eau froide et une éponge. Puis elle rabattit le drap afin de pouvoir tamponner délicatement la peau enflammée du malade.

Hachim ne sentit rien, seulement un haut-le-cœur qui de temps à autre lui étreignait le ventre et le faisait vomir. Quand cela se produisait, Marta le nettoyait sans broncher. Il dormit un peu et, quand il s'éveilla, elle était toujours là avec une cuillerée d'un liquide si amer que la bouche lui fit mal, mais il avala et la nausée lentement disparut.

Marta apporta une bassine d'eau chaude fleurant la lavande et le miel. Hachim avait à présent une respiration régulière. À la lumière des chandelles, il observa la jeune Grecque silencieuse qui se tenait, avec son front droit et sa peau olivâtre, au-dessus de la bassine, absorbée dans sa tâche. Elle prit une pile de grandes serviettes en tissu et les trempa une par une dans l'eau, les essora et les mit à refroidir sur un portemanteau. Ses cheveux noirs lisses étaient ramassés en deux nattes fixées de chaque côté de la tête. Lorsqu'elle se penchait en avant, il apercevait les petits cheveux sur sa nuque qui prenaient la lumière.

Une fois prête, elle prit la première serviette parfumée au miel et la plia.

– S'il vous plaît, fermez les yeux, dit-elle d'une voix aussi douce que celle d'une colombe.

Elle posa fermement la serviette sur son front. Il sentit alors ses doigts qui étalaient le linge humide sur ses paupières et lui faisaient épouser la forme de son nez et de ses pommettes.

– Pouvez-vous glisser sur le côté ? Venez, je vais vous aider.

Un instant plus tard, il sentit qu'on lui pressait un linge frais sur le menton, le cou et l'épaule. Le bras gauche fut soulevé et les doigts de Marta étalèrent une autre serviette sur le côté de sa poitrine et sur le dos.

– Essayez de ne pas bouger, dit-elle.

Quand elle descendit le long de son corps, Hachim commença à retrouver ses sensations. Il sentit ses paumes sur les fesses et sur les cuisses, à travers le linge frais. Finalement, elle parvint à ses pieds et l'aida à se remettre sur le dos pour finir d'envelopper son côté droit.

– J'ai l'impression d'être une momie égyptienne, ronchonna Hachim.

Elle posa un doigt sur ses lèvres. Sa voix avait paru faible et fatiguée : il se demanda même si elle avait entendu ce qu'il avait dit.

Il dut s'assoupir car soudain il s'affola, persuadé qu'on l'étouffait, incapable d'ouvrir les yeux, écrasé par une affreuse pression sur la poitrine et sur les membres. Il poussa un cri, se débattit pour se libérer mais deux petites mains appuyèrent sur ses épaules pour le recoucher et une voix murmura doucement :

– Je suis là, ne craignez rien. Tout va bien. C'est mieux maintenant.

Pendant un instant, il sentit son souffle sur ses lèvres, puis elle retira le bandage de ses yeux. Quand il ouvrit les paupières, elle se tenait au-dessus de lui, une serviette dans une main, un sourire timide sur le visage.

Il lui sourit en retour. Pour la première fois depuis qu'elle l'avait touché, il eut conscience de sa nudité, conscience qu'il était une nouvelle fois seul avec une femme. Il se redressa doucement sur un coude, et elle aussi dut s'en rendre compte car elle se tourna vers la chandelle et dit :

– Si vous vous sentez mieux, vous devriez vous laver. Le miel va coller. Je vais vous apporter ce dont vous avez besoin.

Elle s'absenta une minute puis revint avec une bassine d'eau chaude et un peignoir plié sur le bras. Elle posa la bassine à côté du lit et plaça le peignoir à ses pieds.

– Il y a une éponge dans la bassine, expliqua-t-elle.

Comme elle se tournait pour partir, Hachim dit :

– Mon bras est encore très raide.

Elle lui lança un sourire et, pour la première fois, il vit ses sombres yeux graves pétiller.

– Alors il faudra vous laver lentement, dit-elle d'une voix suave avant de s'éclipser.

Hachim soupira et souleva ses jambes hors du lit, provoquant la chute en cascade des serviettes bruissantes.

Il se lava comme la jeune fille avait dit, lentement. Conscient qu'il restait peu de temps. Se demandant ce qu'il était advenu de Murad Eslek. Se demandant ce que Marta représentait pour son ami Palewski... et lui pour elle.

98

– Quelle heure est-il ?

Hachim avait, en ouvrant les yeux, trouvé Palewski assis au pied de son lit, les coudes sur les genoux, observant patiemment son visage.

– Minuit passé. Marta est allée dormir.

Hachim lui fit un pâle sourire tandis qu'une idée vagabonde se glissait dans son esprit. « Pour Palewski je ne suis qu'une moitié d'homme... mais la moitié qu'il aime. La moitié à laquelle il peut se fier. » Et il décida de ne jamais dire à son ami ce qui était arrivé entre lui et Eugénie à l'ambassade de Russie.

– Il faut que je vous remercie, Palewski, de m'avoir sauvé la vie.

– Et moi, je vous remercie, mon bon ami, de m'avoir donné l'opportunité de bavarder une heure ou presque avec le sultan. (Il battit des mains.) Ce fut une réception de la plus haute importance !

Hachim blêmit. Palewski l'informa du défi de Derentsov et de la conversation intime qu'il avait eue avec le sultan Mahmud II.

– J'ai le sentiment, Hach, que le sultan passe des nuits blanches avec son édit. Cela va beaucoup l'isoler. Il se fait beaucoup d'ennemis.

Hachim acquiesça.

– Je commence à penser que le meurtre n'est qu'un début. Et cette nuit, sans vous, ils m'auraient tué, moi aussi.

– Vous étiez dans un endroit public...

Hachim dit :

– J'ai oublié une chose que j'avais apprise. Le travail à la chaufferie des bains était l'un des boulots que prenaient les janissaires qui avaient survécu à la purge. Dites-moi, vous avez vu mon signal ?

Palewski raconta le déroulement des événements qui l'avaient conduit avec le *seraskier* aux portes des bains.

– Le *seraskier* ? interrompit Hachim. Si je n'étais pas à moitié mort... C'est l'homme à qui je dois parler. Il faut que j'aille le trouver.

Palewski le modéra de la main.

– Marta m'a laissé des instructions très précises, Hachim. Elle s'attend à vous trouver ici demain matin. Vous êtes son patient. Peut-être voulez-vous boire un peu de thé ? Ou quelque chose de plus fort ?

Hachim ferma les yeux.

– J'ai découvert l'endroit où le quatrième homme va refaire surface.

Palewski parut inquiet.

– Bon, bon, murmura-t-il. (Il se redressa.) Je suis désolé, Hachim, mais savez-vous ce que je pense ? Aucun de nous n'est un acteur dans cette affaire. Nous ne sommes au mieux que des témoins. Même vous. C'est trop... (Il fouilla dans sa tête.) Vous m'avez dit que vous aviez l'impression que c'était comme la préparation d'un festin, *mezze* et plat principal. Vous vous souvenez ? Eh bien, je crois que vous aviez raison. Nous sommes des convives. Et c'est une fête dangereuse. (Il se leva prudemment et, s'approchant de Hachim, s'accroupit près de son oreiller.) Vous n'allez retrouver personne vivant. Pas un seul des cadets n'a été tué où vous l'avez découvert. Vous ne trouverez pas non plus celui-là en train de rôtir sous vos yeux. Prenez du repos. Vous pourrez partir, si vous en avez la force, très tôt dans la matinée, après que Marta vous aura revu.

Hachim fixa le plafond. C'était un conseil sensé. Il avait perdu le temps dont il avait besoin, et rien ne le ferait revenir. Il voulait tellement faire comme son ami avait dit, dormir... et s'en remettre à Eslek. Il pourrait être à la Kerkoporta à l'aube.

C'était un conseil sensé. Mais, sur un point au moins, l'ambassadeur polonais n'aurait pu se tromper davantage.

99

L'approvisionnement d'une grande cité, aimait à faire remarquer le *kadi*, est la marque d'une grande civilisation. À Istanbul, c'était une activité qui avait été portée presque à son point de perfection par quelque deux mille ans d'expérience et l'on pouvait dire, à juste titre, des marchés d'Istanbul qu'il n'était pas une fleur, un fruit, une sorte de viande ou de poisson qui n'y faisait, le moment venu, son apparition.

Une cité impériale a un appétit lui aussi impérial et, durant des siècles, la ville avait ordonné à l'immense arrière-pays de lui apporter son tribut quotidien. Là où les Byzantins avaient installé leurs jardins maraîchers, aux abords de la Thrace et de l'Asie Mineure, les Turcs avaient, eux aussi, cultivé des légumes. Par les deux mers, les eaux chaudes de la Méditerranée et celles, sombres et glaciales, de la mer Noire, la ville était largement approvisionnée en poisson tandis que les truites les plus douces des lacs de Macédoine lui parvenaient dans des cuves. Des montagnes de Bulgarie arrivaient plusieurs sortes de miel pour la fabrication de sucreries par les maîtres confiseurs d'Istanbul.

C'était, à tout prendre, une activité parfaitement organisée, des pâturages des Balkans aux éventaires des marchés, avec un système permanent de commandes, d'inspections, d'achats et de réquisitions. Comme tout domaine requérant une surveillance de tous les instants, celui-ci était exposé aux abus.

Le *kadi* du marché de Kerkoporta avait pris ses fonctions quelque vingt ans plus tôt et s'était fait une réputation de sévérité. Un boucher qui utilisait de faux poids était pendu sur le seuil de sa boutique. Un marchand de légumes qui mentait sur la provenance de ses fruits avait les mains tranchées. D'autres, qui avaient peut-être trompé un client ou étaient sortis des circuits officiels pour offrir quelque marchandise meilleur marché, se voyaient contraints de porter un large collier en bois pendant quelques semaines, de s'acquitter d'une forte amende ou d'être cloués par l'oreille à la porte de leur échoppe. Le marché de Kerkoporta était devenu synonyme de transactions honnêtes, et le *kadi* supposait qu'il agissait toujours au mieux.

Les marchands le trouvaient trop zélé, mais ils étaient divisés quant à la façon d'agir avec lui. Selon une minorité, il fallait se concerter pour émettre à son encontre une plainte dont il ne pourrait se relever. La majorité haussait les épaules et conseillait d'attendre. Selon certains, le *kadi* était simplement en train de fixer son prix. Un marchand de tapis ambitieux ne se livrait-il pas, en prélude à la négociation, à des envolées lyriques sur les couleurs, les qualités et la rareté de son tapis ? Un jeune lutteur ne jetait-il pas toute sa force dans le combat alors qu'un autre plus âgé n'usait que du strict nécessaire ? Le moment viendrait, prétendaient-ils, où le *kadi* commencerait à craquer.

La brigade des partisans de l'action soutenait que le *kadi* était différent. Les réalistes disaient qu'il agissait en homme. Et les esprits les plus malins faisaient tranquillement observer qu'il avait deux filles. L'aînée, presque en âge de se marier, était réputée fort belle.

Lorsqu'elle arriva enfin, la chute du *kadi* fut muette et totale. La rumeur concernant la beauté de sa fille était tout à fait justifiée : la jeune femme était également modeste, pieuse, soumise et talentueuse. Ce sont ces mêmes traits qui mirent le *kadi* au désespoir lorsqu'il tenta de lui trouver un mari. Il aimait sa fille et voulait ce qu'il y avait de mieux pour elle, et c'est parce qu'elle était si parfaite qu'il devint si difficile. C'est parce qu'il était si difficile qu'il finit par accepter un maître renommé de la medersa centrale, un célibataire issu d'une excellente famille fortunée.

Les moyens du *kadi* ne lui permettaient en aucune manière d'offrir à sa fille la belle dot et les festivités nuptiales mémorables que la famille du marié prévoyait en général pour ses propres filles. Celle-ci n'y voyait pas bien sûr d'objection mais le *kadi* en fut tourmenté. La cause de ce tourment fut découverte par la marieuse, une vieille dame sagace qui mâchait du bétel et portait un bracelet en or pour chaque union négociée avec succès. Quand elle bougeait, on croyait entendre une fontaine. Et elle bougeait beaucoup. En effet, elle se rendait régulièrement dans presque chaque maison du quartier, et c'est au cours de l'une de ces visites que les marchands de la Kerkoporta eurent vent du dilemme auquel se trouvait confronté le *kadi*.

L'affaire fut conduite avec tact et délicatesse. Pour la préparation d'un mariage grandiose et la constitution d'une dot digne, les marchands ne demandèrent rien en retour au *kadi*. Peu de marchés étaient aussi bien gérés que le Kerkoporta : leur *kadi* avait introduit tant d'ordre, de régularité et d'honnêteté dans les transactions qu'il était de notoriété publique que même un étranger pouvait y faire des achats en toute confiance. Personne n'avait même besoin de savoir que la dot et la fête étaient un hommage privé du marché au juge.

Rien ne fut dit. Aucun accord ne fut passé, grâce au Ciel ! Le *kadi* continua de vaquer avec rigueur à ses occupations, comme par le passé. Il ne manifesta même pas de gratitude particulière.

L'homme était simplement las. Si l'honnêteté était source de fatigue, elle était moins épuisante que le poids de ce qu'il savait. En effet, il était conscient d'avoir pactisé avec les marchands qu'il avait pour mission de discipliner.

Il continua de siéger à la chambre du marché, de prendre connaissance des différends, d'enquêter sur les abus, de considérer d'un air sévère les suppliants et de garder le silence. Mais il ne punissait plus les infractions avec la même rigueur. Il ne se souciait plus vraiment de savoir si les marchands trompaient ou non leurs clients. S'il trouvait de l'or dans sa bourse ou un mouton fraîchement abattu devant sa porte, il n'éprouvait ni gratitude ni indignation.

Après tout, il lui restait encore une fille.

100

Les ânes frappaient le pavé de leurs petits sabots. Les charrettes à deux roues cahotaient et oscillaient derrière eux dans un bruit de galets glissants. Les minces rayons des lampes couraient sur les murs nus.

Quatorze. Quinze. Seize.

Murad Eslek leva une main. Le portier de nuit opina du chef et laissa la barrière retomber doucement dans le bloc de bois de l'autre côté de l'entrée, fermant ainsi la route.

Eslek lui cria quelques mots de remerciement et suivit ses charrettes sur la place.

Soixante à soixante-dix charrettes tirées par des ânes se bousculaient à travers les issues étroites, disputant le passage à une douzaine de charrettes beaucoup plus grandes tirées, elles, par des mules, à un troupeau de moutons bêlant et à des marchands ambulants qui arrivaient encore. L'espace était limité par les éventaires vides qu'Eslek et ses hommes dressaient depuis deux heures, chacun surplombé d'une lanterne. La charrette 8, remarqua Eslek, avait dépassé son éventaire : inutile d'essayer de revenir en arrière, il lui faudrait refaire le tour pour une seconde tentative quand les autres auraient dégagé le passage. Enveloppé dans une couverture de cheval attachée avec une ficelle, un autre marchand, en plein vent, exigeait de savoir où se trouvait sa livraison : la charrette numéro 5 avait été balayée par l'irruption de charrettes à mule venues de la ville. Eslek pouvait à peine la distinguer avec son empilement de cages à poules tanguant dangereusement dans le lointain. Mais, pour l'essentiel, tout était en place.

Il prit part au déchargement de la charrette de tête. Paniers d'aubergines, sacs de jute pleins de pommes de terre, boisseaux d'épinards s'abattirent sourdement sur l'éventaire. Quand la tâche fut presque terminée, il recula pour entamer le même rituel avec la charrette suivante. La manœuvre consistait à finir de décharger au même moment, à maintenir le convoi organisé et à évacuer les lieux en ordre. Autrement, il faudrait compter avec des va-et-vient incessants et une grande agitation jusqu'au lever du jour.

Il s'élança de l'autre côté de la place vers la charrette contenant les volailles. Comme il le redoutait, elle se trouvait coincée derrière une charrette tirée par une mule, remplie de sacs de riz, et personne ne se souciait des cris du conducteur. Eslek saisit le licol de la mule et fit signe du bras au conducteur qui, debout dans la charrette, balançait les sacs pesants dans les bras d'un homme qui se trouvait au sol.

– Hé ! Hé ! Tiens ça !

Le conducteur lui lança un coup d'œil et se tourna pour prendre un autre sac. Eslek rabattit le licol de la mule qui tenta de lever la tête mais préféra reculer d'un pas. La charrette cahota. Le conducteur, déstabilisé, trébucha en arrière, un sac dans les bras, et retomba lourdement sur son siège.

Le marchand en plein vent fit la grimace et se gratta le crâne. Quant au conducteur, il sauta de sa charrette, furieux.

– Que diable... Ah ! c'est vous, pas vrai ?

– Allons, Genghis, fais reculer cette vieille guimbarde, on est coincé. Là, range-toi.

Il fit signe au conducteur de la charrette avec l'âne, qui était assis sur sa planche et prêt à entrer en action avec son grand bâton. Le charretier des sacs de riz fit reculer la mule, le deuxième conducteur chassa à grands coups la poussière des flancs de l'âne et le petit animal se remit à trotter.

– Bravo ! (Eslek fit un signe de la main puis courut le long de sa charrette et s'appuya sur la planche.) Deuxième fois cette semaine, Abdul. Vous nous retardez tous.

Il ramena la charrette à l'arrière de son propre convoi, dit au conducteur de saisir un cageot et, avec l'aide du marchand, se mit à décharger, zigzaguant d'un bout à l'autre de la file. La plupart des marchands en plein vent disposaient déjà leurs stocks. L'odeur du charbon de bois flottait dans l'air tandis que les vendeurs ambulants allumaient leurs feux. Eslek avait faim mais il devait encore faire sortir les charrettes. Il lui fallait une autre heure pour leur faire franchir sans problème la barrière et régler les conducteurs.

– Abdul, dit-il, garde simplement les yeux bien ouverts, compris ? Ces conducteurs de mules sont des durs, mais ils ne peuvent pas te toucher. Pas si tu t'abstiens de leur en donner l'occasion. Reste bien derrière celui qui te précède et regarde devant toi. Ce sont tous de fortes gueules.

Il retourna à pied au marché. De temps à autre, il devait se plaquer contre le mur pour laisser passer, dans un fracas de sabots, d'autres charrettes tirées par des ânes mais, lorsqu'il atteignit la place, le premier brouhaha de la nuit avait disparu. Les vendeurs étaient occupés à disposer fruits et légumes et rivalisaient de talent, construisant des pyramides, des amphithéâtres et des acropoles de gombos, d'aubergines, de pommes de terre cireuses, de dattes et d'abricots, disposés en tas ou en rangées, avec de savants effets de couleurs. D'autres qui avaient allumé leurs braseros attendaient que le charbon se recouvrît d'une mince pellicule de cendre blanche et, entre-temps, décortiquaient des châtaignes avec un couteau ou enfilaient sur une grosse broche des tranches de mouton. Bientôt, pensa Eslek tiraillé par la faim et l'attente, les boulettes de viande seraient en train de mijoter, le poisson de frire, le gibier et la volaille de rôtir sur les broches.

Il lui fallait aussi s'acquitter d'une autre tâche avant de pouvoir manger. Après avoir fait le point avec les vendeurs et calculé leurs factures, il fit le tour de l'enceinte du marché. Il prêta une attention particulière aux sombres recoins, aux portes noyées dans l'ombre et à l'espace sous les éventaires quand il n'était pas au service du patron. Il regardait les hommes en face et les reconnaissait aussitôt. De temps à autre, il levait la tête pour embrasser l'ensemble du marché, voir qui arrivait et surveiller la venue de toute charrette qui lui était inconnue.

De temps à autre, il se demandait ce qui retenait Hachim.

Une troupe de jongleurs et d'acrobates, six hommes et deux femmes, prirent position près du cyprès, assis sur leurs talons en attendant le jour et les clients. Entre eux, ils avaient placé un grand panier avec un couvercle et Murad Eslek passa un long moment à les observer du coin de la ruelle sous les murailles de la ville, jusqu'au moment où il constata que ce panier ne contenait en réalité que des battes, des balles et tout l'attirail propre à l'exercice de leur art. Puis il se remit en marche, attentif aux autres saltimbanques et charlatans venus en nombre pour le marché du vendredi : le conteur kurde au manteau bigarré, l'avaleur de feu bulgare, chauve comme un œuf, un certain nombre d'orchestres, joueurs de fifre des Balkans, ensembles à cordes d'Anatolie, un couple d'Africains souples et silencieux parsemant avec soin une couverture étalée sur le sol d'amulettes et de remèdes, une rangée d'orfèvres tziganes avec de toutes petites enclumes et une réserve de pièces de monnaie enveloppées dans des morceaux de cuir doux, qui étaient déjà au travail, taillant les pièces et façonnant petites bagues et bracelets.

Il embrassa à nouveau du regard le marché et pensa à la nourriture, tout en sachant qu'il lui faudrait attendre encore quelques minutes avant de pouvoir manger. L'air sentait déjà les herbes rôties. Il entendait le grésillement de la graisse chaude coulant sur les braises. En passant, il prit un dé de pain blanc salé sur un étal et le fourra dans sa bouche. Puis, en l'absence de remontrances, il s'arrêta un instant pour admirer le dispositif d'une broche actionnée par un petit chien qui courait vaillamment à l'intérieur d'une roue en bois. À proximité, il aperçut du coin de l'œil un homme qui retournait des boulettes de viande avec un couteau plat. Comme il poussait quelques boulettes sur le côté de la casserole, Eslek s'avança.

– C'est donc prêt?

L'homme lui sourit et opina.

– Pour le premier client du vendredi, c'est toujours gratuit.

Eslek sourit de toutes ses dents. Il observa l'homme qui éparpillait quelques pitas sur la surface chaude de la casserole et appuyait sur elles avec le couteau avant de les retourner. Il en tira une vers lui et l'ouvrit en traçant vite un arc avec la pointe puis en glissant la lame à l'intérieur.

– Sauce piquante?

Murad Eslek se mit à saliver. Il acquiesça.

L'homme prit un filet de sauce avec la pointe de son couteau, l'étala à l'intérieur du pain puis ramassa deux boulettes et les fourra dedans avec une généreuse portion de laitue et quelques gouttes de citron.

Tenant le kebab dans ses deux mains, Eslek, joyeux, passa entre les étals, tout en mâchant goulûment.

Il ne vit rien qui le surprit. Finalement, il prit la ruelle près des murailles et trouva le passage sombre dont Hachim avait parlé. Il gravit les marches avec précaution et retourna à la tour. La porte était encore munie de sa chaîne, telle que Hachim l'avait laissée. Il s'assit sur le parapet, jambes pendantes, et se lécha les doigts puis regarda, à travers le cyprès, le marché en contrebas.

Le ciel s'était éclairci et l'aube n'allait pas tarder.

101

Quand Hachim rouvrit les yeux, il faisait encore noir. Le feu dans le poêle s'était éteint. Tressaillant légèrement de douleur, il parvint à se redresser et glissa les jambes hors du lit. Ses pieds étaient meurtris et gonflés mais il se força à tenir debout. Après avoir clopiné quelques minutes dans la pièce, il trouva que la douleur était supportable. Il découvrit par hasard ses vêtements en tendant une main dans l'obscurité pour reprendre son aplomb. Ils étaient soigneusement pliés sur une table où Marta avait dû les placer.

Il prit sa cape dans le vestibule et sortit dans l'air frais du petit matin. Sa peau était sensible mais il avait les idées claires.

Il descendit vivement vers la Corne d'Or. Les vers du poème karagozi lui tournaient dans la tête au rythme de ses pas.

Sans savoir
Et ne sachant rien de ce non-savoir
Ils dorment.
Réveille-les.

Il accéléra son allure en direction des wharfs. Sur le quai, il trouva un passeur éveillé, tapi dans son burnous pour se protéger de la fraîcheur de l'aube, et, une fois sur l'autre rive, prit une chaise à porteurs et ordonna aux hommes de le conduire au marché de Kerkoporta.

102

– Je vous ai vu arriver, expliqua Murad Eslek.

Il avait sur-le-champ reconnu Hachim et s'était précipité pour le saluer avant qu'il disparût dans la foule. Le jour était à présent levé, beaucoup de gens se pressaient aux abords des étals, remplissant leurs paniers de légumes frais.

– J'ai regardé partout, comme vous avez dit. Rien d'inhabituel. Quelques bateleurs que je ne connais pas. Rien d'autre. Tout est tranquille, normal.

– La tour?

– Ouais, j'ai vérifié. La porte dont vous m'avez parlé, elle est toujours avec la chaîne. Je suis resté là-bas une heure.

– Hum! Il y a une autre porte, cependant, de l'autre côté. À un étage inférieur. Il vaudrait mieux que je jette un coup d'œil. Vous, restez ici et ouvrez l'œil, mais si je ne suis pas de retour dans une demi-heure, prenez certains de vos gars et venez me chercher.

– C'est donc risqué? Un instant, je vais trouver quelqu'un pour vous accompagner maintenant.

– Bon, dit Hachim. Pourquoi pas?

Il leur fallut à peine quelques minutes pour atteindre le parapet. Le porteur qu'Eslek avait ramené marchait, indifférent, d'un pas lourd, derrière Hachim qui se sentit rassuré par sa présence : le souvenir des sombres marches descendant vers cette salle lui donnait encore des frissons. Il retira la chaîne et, une nouvelle fois, fit pression de son épaule sur la porte.

Le porteur regimba.

– Je pense que nous ne devrions pas entrer là-dedans. C'est pas permis.

– Moi, j'ai la permission, coupa court Hachim. Et vous, vous êtes avec moi. Allons-y.

Cette fois, il faisait plus sombre mais Hachim savait où aller. En haut des marches, il mit un doigt sur ses lèvres et descendit le premier. Le *tekke* était tel qu'il l'avait laissé la veille. Il essaya la porte : elle était toujours fermée à clé. Nerveux, le porteur resta au pied des marches, regardant alentour, l'air surpris. Hachim alla au coffre et souleva le couvercle. Même collection de plats et de verres. Toujours pas de cadet.

Hachim se redressa.

– Allons, dit-il, on va repartir maintenant.

Le porteur n'eut pas besoin de se l'entendre dire deux fois.

103

L'Effendi lui avait dit d'ouvrir l'œil, et c'était exactement ce qu'Eslek faisait depuis plusieurs heures. Il ne savait pas au juste ce qu'il cherchait, ni comment il saurait qu'il avait trouvé la chose en question. Une chose hors du commun peut-être, avait suggéré Hachim. Ou si commune que personne n'y prêterait attention... sauf peut-être, avait-il précisé, Eslek lui-même. Eslek savait quelle était la place de chaque chose et qui on attendait au marché du vendredi.

Il se gratta la tête. Tout était comme à l'ordinaire. Les étals, la foule, les jongleurs, les musiciens : c'était toujours comme ça. Le marché était plus animé car on était vendredi. Qu'est-ce qui s'était produit qui ne se produisait pas les autres jours de la semaine ? L'homme des boulettes lui avait donné un petit déjeuner gratuit, ce qui n'arrivait pas tous les jours !

En pensant aux boulettes, il se souvint de quelque chose.

Il essaya de se rappeler. Il avait faim, oui. Et il avait vu avant les autres que les boulettes étaient prêtes. Tout ça du coin de l'œil, en chipant un dé de pain...

Eslek releva soudain le menton. Le petit dé de pain. Personne n'avait remarqué. Il n'y avait personne pour tenir l'éventaire, et le petit chien courait pour faire tourner la broche. Une chose qu'il n'avait en fait jamais vue à ce jour, du moins pas au marché. Et alors ?

Il décida de jeter un second coup d'œil. Comme il se faufilait dans la foule, il aperçut le vendeur de boulettes avec le couteau plat dans une main et une pita dans l'autre, qui servait un client. Mais il regardait de côté. Quand Eslek arriva près de lui, il était toujours là, comme pétrifié, et le client commençait à grogner :

– J'ai dit oui pour la sauce.

Le vendeur se retourna, l'air intrigué. Puis il regarda son couteau et le pain dans ses mains comme s'il ne savait pas très bien ce qu'ils faisaient là.

Son client s'éloigna en renâclant.

– Laissez tomber. La vie est trop courte.

L'homme des boulettes ne semblait pas avoir entendu. Il tourna la tête et regarda une nouvelle fois par-dessus son épaule.

Eslek suivit son regard. Le petit chien trottait toujours dans la roue, langue pendante. Mais c'est moins le chien abandonné qui retint son attention que la viande enfilée sur la broche. On l'avait solidement fixée pour qu'elle fût saisie dès que le feu prendrait mais il n'y avait personne pour l'arroser et elle commençait à se rétracter. Dans le bloc de viande qui se délitait peu à peu et se raidissait, Eslek aperçut la forme de l'animal qu'il avait jadis été. Deux de ses pattes se détachant du tronc, curieusement élancé, étaient épaisses. Les deux autres plus petites, ratatinées, dans la pose de la prière. Il aurait pu s'agir d'un lièvre, sauf que celui-ci était dix fois plus grand que tous les lièvres qu'Eslek avait jamais vus.

Le vendeur de boulettes avait dû le remarquer car il dit soudain :

– Je ne comprends pas ce qui se passe. Il n'y a eu personne dans cet étal de toute la matinée, pas depuis que je suis arrivé. Le chien doit être épuisé. (Il avala, et Eslek remarqua sa pomme d'Adam qui montait et descendait.) Et qu'est-ce qu'y a sur cette putain d'broche? (Eslek sentit les poils se dresser sur sa nuque.) J'vous l'dis, mon vieux, gronda-t-il, sûr que cette merde, c'est pas *halal*.

Le vendeur de boulettes porta une main à son amulette et la serra fort. Il se mit à marmonner quelque chose : Eslek s'aperçut qu'il priait, récitant les trente-neuf noms de Dieu, tout en fixant de ses yeux horrifiés le tronc et les membres d'un être humain qui craquaient et noircissaient au-dessus de la braise.

104

Hachim entendit les cris alors qu'il était presque sorti de la tour. Il se tint avec le porteur sur le parapet, essayant de contourner du regard le vieux cyprès. En un instant, l'espace en contrebas fut bondé de gens qui tentaient de fuir, s'engouffrant dans les ruelles. Des voix s'élevèrent. Il entendit plusieurs personnes crier : « Le *kadi* ! Allez chercher le *kadi* ! » Une femme se mit à hurler. L'un des bâtons en bois des jongleurs voltigea jusqu'au cyprès puis retomba avec fracas, heurtant les branches tandis que la foule se pressait contre lui.

Hachim embrassa des yeux la place. Il était inutile de tenter d'y descendre, comprit-il, tant que la foule se déversait dans la ruelle. Quelqu'un au-dessous de lui trébucha et un panier de légumes vola dans les airs.

Il vit alors le *kadi* sortir de sa baraque et s'avancer au milieu d'un groupe d'hommes qui gesticulaient et pointaient leurs doigts. Plus loin sur la gauche, il constata qu'un cercle s'était formé au milieu des étals, isolant l'un d'eux. Il regarda en contrebas. La foule avait cessé de courir. Les gens se tenaient en petits groupes, tandis que ceux qui étaient près de l'entrée de la ruelle avaient fait volte-face et tendaient nerveusement le cou pour voir la place.

Hachim allongea le pas sur le parapet, descendit d'un bond les marches et s'élança dans le passage. Quelqu'un lui agrippa le bras mais il parvint à se dégager et se faufila vers la place entre les groupes de curieux. Comme il courait vers le cercle d'hommes, il vit Murad Eslek qui conduisait le *kadi*. Les hommes se pressèrent sur les côtés pour les laisser passer, et Hachim s'élança sur leurs talons.

Un coup d'œil suffit à le renseigner. Le *kadi* était sans voix. La broche tournait encore. À chaque tour, l'un des bras ratatinés dégringolait mollement vers le sol. Hachim s'avança et mit une main sur la roue. Le petit chien tomba simplement au fond, pantelant.

– Il faut éteindre le feu, dit Hachim en se tournant vers Eslek. Faites venir les porteurs et une brouette. Une charrette fera l'affaire. Il faut que nous sortions ça... d'ici.

Eslek ferma les yeux un instant et acquiesça.

– Je... je n'ai jamais pensé...

Il n'acheva pas sa phrase mais partit chercher les porteurs.

Entre-temps, le *kadi* s'était mis à morigéner la foule en agitant les poings.

– Partez d'ici ! Retournez au travail ! Vous croyez que je suis fini, n'est-ce pas ? Eh bien, vous allez voir ! Est-ce que c'est une plaisanterie ?

Il plaqua ses poings sur ses tempes et les regarda tous, oscillant sur ses talons. Dans son marché ! Quelle infamie ! Quelle infamie et quelle honte ! Qui lui avait fait ce mauvais coup ?

Il avança à grandes enjambées et les hommes se bousculèrent pour lui frayer un passage. Il se dirigea vers sa baraque, entra et claqua la porte.

Dans le silence stupéfait qui suivit, quelques-uns dont Hachim semblèrent remarquer pour la première fois l'odeur. Agréable, dense sans être pesante, comme celle du veau. Eux aussi s'écartèrent.

Le vendeur de boulettes fut pris de vomissements sonores et violents. Hachim vit Eslek qui revenait avec les porteurs armés de balais et de râteaux. Il lui parla quelques minutes. Il interrogea le vendeur de boulettes qui ne pouvait réprimer son tremblement.

Personne n'avait rien vu. Pour le vendeur de boulettes, la broche tournait déjà avant qu'il eût commencé à s'installer. Il avait trouvé cela étrange, oui, mais il avait son travail et n'y avait plus pensé jusqu'au lever du jour. En fait, c'était pour le chien qu'il s'était inquiété.

C'était le chien qui avait, au départ, retenu son attention.

105

Les bijoux de la Validé étincelaient dans la lumière jaune. Dans cette chambre crasseuse, ils étaient les seuls objets susceptibles de retenir l'attention.

Il y avait en eux de la magie. La magie que conférait le pouvoir. Personne ne pouvait se détourner de ces joyaux, pas plus qu'un lapin ne peut lâcher des yeux un serpent.

Les doigts lisses se tendirent pour les caresser.

Magie *ferenghi*, peut-être. Quelle différence cela pouvait-il faire ? Les doigts se raidirent. Il y avait peut-être des mots à prononcer. Des invocations. Des incantations. C'était une possibilité imprévue. Le zigzag qui figurait sur chacun des bijoux était peut-être un mot, ou un son.

Non. L'essentiel était de les posséder. Quiconque détenait ces bijoux jouissait du pouvoir qu'ils conféraient. Napoléon, pour mettre en déroute même les armées des croyants, avait, personne ne l'ignorait, une chance hors du commun. Quel idiot ! Il s'était séparé de ces joyaux et sa chance avait tourné. Il en était de même pour la Validé : à compter de l'arrivée des bijoux, tout lui avait réussi. Elle avait peiné pour parvenir au sommet, sur un champ de bataille autrement plus périlleux que tous ceux que l'Empereur avait trouvés sur sa route, où les murmures étaient des lances, le savoir, des bataillons, et où la beauté marchait au pas.

La chose était de notoriété publique, pas vrai ? Tout le monde savait combien il était difficile de sortir vainqueur de la mêlée, de ne pas se laisser repousser, renverser, pour finir ses jours dans l'ombre. Et puis d'atteindre son but, de se maintenir au sommet, d'avoir droit de vie et de mort sur des créatures qui rampaient et courbaient l'échine au moindre mot !

Rien ne pourrait détruire cela. Personne ne pourrait le lui enlever. Pas avec ces choses en sa possession.

Et une paire de lèvres se plissa, avança pour baiser les bijoux.

106

Hachim enroula ses doigts autour de la petite tasse et fixa avec reconnaissance le breuvage noir épais qui s'y trouvait. Pas d'épices et un soupçon de sucre. Tandis qu'il le portait à ses narines, une ombre apparut sur la table et il leva les yeux, surpris.

– Je vous en prie, dit-il en désignant un tabouret.

Le maître des soupiers plaça ses énormes mains sur la table et se laissa tomber de tout son poids sur le siège. Il embrassa du regard tout le café, les autres clients, les poêles et le mur de cafetières étincelantes en reniflant.

– Le café sent bon.

– C'est de l'arabica frais, répliqua Hachim. Ils brûlent les grains ici chaque matin. Trop de gens achètent le péruvien, vous ne trouvez pas ? Il est bon marché, mais, pour moi, il a toujours un goût rance.

Le maître des soupiers approuva. Sans retirer la main de la table, il leva les doigts et fit un signe solennel au propriétaire qui arriva en s'inclinant.

– Un café, très sucré, avec de la cardamome. Pas de cannelle. (Le cafetier repartit vers son fourneau.) Je n'aime pas la cannelle, ajouta le maître des soupiers.

Ils débattirent poliment de la question jusqu'à l'arrivée du café. Hachim était prêt à reconnaître avec le maître que la cannelle dans le pain était une abomination.

– Où allons-nous chercher ces idées ? (Le maître, perplexe, leva les sourcils.) Et dans quel but ?

Hachim haussa les épaules et ne dit rien. Le maître des soupiers posa sa tasse et se pencha en avant.

– Vous vous demandez ce que je fais ici. Eh bien, la nuit dernière, les gardes ne se sont pas présentés à leur poste. C'est la première fois. J'ai pensé que vous seriez peut-être intéressé.

Hachim baissa la tête. Il se demanda pourquoi le gros homme était venu et dit :

– Je préférerais parler du passé. D'il y a vingt, vingt-cinq ans. Les janissaires étaient alors des fauteurs de troubles, pas vrai ? Qu'ont-ils fait au juste ?

Le maître des soupiers se passa les doigts sur la moustache.

– Des incendies, mon ami. Nous avions dans le corps des hommes qui savaient commander à un feu aussi aisément qu'un Bohémien à un ours. J'ai dit « nous »... Je voulais dire « ils ». Je n'étais pas impliqué. Mais c'était comme ça qu'ils faisaient connaître leurs sentiments.

– Où éclataient surtout les feux ?

Le maître des soupiers haussa les épaules.

– Dans le port, à Galata, par ici près de la Corne d'Or. Parfois c'était comme si le feu couvait dans toute la ville, sous terre pour ainsi dire. Il suffisait qu'ils lèvent le couvercle quelque part et... *zoum* ! Tout le monde le sentait. Le danger partout.

Comme à présent, songea Hachim. La cité tout entière était au courant des meurtres. Les gens savaient ce qui se passait. L'attente était vive. Trois jours, et le sultan proclamerait son édit.

– Merci, maître. Avez-vous remarqué d'où vient le vent aujourd'hui ?

Le maître des soupiers plissa soudain les yeux.

– De Marmara. Le vent est venu de l'ouest toute la semaine.

107

Le *seraskier* pinça les lèvres.

– Je doute que ce soit faisable. Oh ! Opérationnellement, oui, peut-être. Nous pourrions inonder la ville avec la Nouvelle Garde, un homme à chaque coin de rue, l'artillerie, si nous arrivons à la faire passer, dans les espaces découverts. Tous autant qu'ils sont. (Il bondit et alla se poster près de la fenêtre.) Regardez, Hachim Effendi. Regardez ces toits ! Quelle pagaille, hein ? Collines, vallées, boutiques, maisons, tout cela éparpillé dans un lacis de petits chemins et de ruelles. Combien de coins pensez-vous que je trouverai là-bas ? Dix mille ? Cinquante mille ? Et combien d'espaces découverts ? Cinq ? Dix ? Nous ne sommes pas à Vienne.

– Non, reconnut Hachim calmement. Néanmoins...

Le *seraskier* l'interrompit de la main.

– N'allez pas croire que je ne vous comprends pas. Oui, je pense qu'on pourrait faire quelque chose. Mais la décision ne m'incombe pas. Seul le sultan peut donner ordre aux troupes de sortir de leurs casernes. Aux troupes en armes, j'entends. Vous croyez qu'il peut prendre une telle décision aussi vite ?

– Il l'a fait il y a dix ans.

Le *seraskier* grogna.

– Dix ans ! Il y a dix ans, la population était à l'unisson avec le sultan. La menace des janissaires nous terrorisait tous. Mais aujourd'hui... que savons-nous ? Vous croyez que les Stambouliotes accueilleront mes hommes à bras ouverts ? Il est un autre point que j'hésite à mettre en avant. Ce qui s'est passé il y a dix ans ne s'est pas fait en un jour. Il a fallu des mois, voire des années de préparation, pour remporter la victoire sur les hordes de janissaires. Nous, nous disposons de vingt-quatre heures. Et le sultan est... plus vieux. Sa santé plus aussi bonne.

Il boit, vous voulez dire, pensa Hachim. M. Le Moine, le marchand de vin belge de Péra, corsait considérablement les vins du sultan avec du cognac. Et que dire de la découverte, il y avait tout juste un an, d'une montagne de bouteilles à long col dans les bois, près de l'endroit où le sultan aimait à pique-niquer en famille ?

– Il va y avoir un soulèvement des janissaires, dit carrément Hachim. Je pense qu'il prendra la forme d'un ou de plusieurs incendies, je ne sais pas. Tôt ou tard, le sultan devra demander aux gardes de sortir, de maintenir l'ordre et d'éteindre le feu. Quant à moi, je préférerais que ce soit le plus tôt possible. (Il s'éloigna de la fenêtre et se tourna vers le *seraskier*.) Si vous ne le faites pas, dit-il, je tenterai de parler au sultan.

– Vous ?

Ce n'était pas une question. Hachim vit que le *seraskier* soupesait la situation. Il était debout, dos à la lumière, mains croisées derrière lui. Le silence se fit plus profond.

– Nous irons ensemble, vous et moi, annonça finalement le *seraskier*. Mais vous, Hachim Effendi, devrez préciser au sultan que c'était votre idée, pas la mienne.

Hachim le regarda froidement. Un jour, pensa-t-il, il trouverait au service du sultan un homme prêt à défendre ses idées, à se battre pour elles. Mais l'heure n'était pas encore venue.

– Je prendrai tout sur moi, dit-il calmement. « Après tout, je ne suis qu'un eunuque. »

108

Comme ils traversaient la première cour, leurs pas résonnèrent entre les grands murs du Sérail. D'ordinaire, un vendredi, l'endroit était animé mais, en raison du ciel gris et de la tension contenue qui flottait dans l'air, la grande cour était pratiquement déserte. Des gardes en tenue d'apparat se tenaient au garde-à-vous le long des murs d'enceinte, aussi immobiles et silencieux que les janissaires qui les avaient précédés, et dont l'impassibilité glaçait jadis le cœur des plénipotentiaires étrangers. Hachim se demanda si la Nouvelle Garde n'était pas, à sa façon, plus sinistre : marionnettes allemandes plus qu'hommes de chair et de sang. Comme l'avait souligné son ami Palewski, les janissaires, eux, plastronnaient avec panache.

Ses doigts étaient refermés sur un bout de papier calé dans sa ceinture. Quand il avait traversé l'Hippodrome, il avait, sur une impulsion, obliqué à la Colonne serpentine pour rejoindre par un chemin boueux l'arbre des Janissaires, sachant ce qu'il y trouverait : les mêmes vers mystiques qui l'avaient intrigué toute la semaine.

Ils avaient été épinglés sur l'écorce en lambeaux. C'était ainsi que les Grecs notifiaient la mort des leurs, songea Hachim, avec un morceau de papier cloué sur un poteau ou sur un arbre. Il s'était emparé du poème pour l'étudier à nouveau.

Sans savoir
Et ne sachant rien de ce non-savoir
Ils dorment.
Réveille-les.

Un feu dans la nuit, pensa Hachim. Un appel aux armes. Mais qu'est-ce que cela signifiait ?

Sachant
Et sachant ce non-savoir,
Les quelques silencieux font un avec le Cœur.
Approche.

Il plia le papier et le glissa dans sa ceinture.

109

Le sultan les fit attendre une heure et, lorsqu'il les reçut, ce ne fut pas, comme le prévoyait Hachim, dans les appartements privés mais dans la salle du trône, pièce que Hachim n'avait vue qu'une seule fois, quinze ans auparavant.

Il y avait également plusieurs années qu'il n'avait pas aperçu le sultan. La barbe de Mahmud, autrefois noire comme le jais, était rougie par le henné, et ses yeux noirs vifs étaient désormais larmoyants, enfoncés dans des replis graisseux. Sa bouche semblait s'être affaissée et n'était plus qu'une moue de désappointement permanent, comme si, ayant goûté à tout ce que l'argent peut acheter ici-bas, il n'y avait trouvé qu'amertume. D'une main dodue, couverte de bagues, il leur fit signe d'avancer mais ne prit pas la peine de se lever du trône.

La salle elle-même était conforme au souvenir qu'en avait gardé Hachim, un écrin dans les tons bleus les plus frais, tapissé du sol au sommet du dôme de très belles faïences d'Iznik, jardin imaginaire et figé dont les entrelacs couraient en festons le long des murs.

Hachim et le *seraskier* entrèrent en s'inclinant jusqu'à la taille et, après avoir avancé de cinq pas, se prosternèrent.

– Debout, debout, ordonna le sultan avec humeur. Il était temps, ajouta-t-il à l'adresse de Hachim.

Le *seraskier* prit un air grave.

– Votre Majesté impériale, commença-t-il, une situation est apparue dans la ville que nous croyons être, Hachim Effendi et moi-même, lourde des plus graves conséquences pour la sécurité et le bien-être du peuple.

– Que voulez-vous dire, Hachim ?

Hachim s'inclina et se mit à expliquer. Il parla de l'édit et du meurtre des cadets. Il évoqua une prophétie émise des siècles plus tôt par le fondateur de l'ordre karagozi des derviches... et surprit sur le visage du sultan un air de réprobation.

– Faites attention, *lala*, très attention aux termes que vous utilisez. Il est des choses dont on ne saurait parler.

Hachim le regarda sans se démonter.

– Dans ce cas, je ne pense pas que ce soit nécessaire, sultan.

Il y eut un silence.

– Non, répliqua Mahmud. J'ai compris. Approchez tous deux du trône. Nous ne voulons pas crier.

Hachim hésita. Les paroles du sultan lui rappelèrent les derniers vers du poème : « Les quelques silencieux font un avec le Cœur. *Approche.* » Quelle pouvait bien en être la signification ? Il fit un pas vers le sultan. Le *seraskier* se tint raide à ses côtés.

– Que dites-vous, *seraskier* ?

– Plus de cinquante mille hommes pourraient s'apprêter à descendre dans la rue.

– Et Istanbul pourrait être détruite par le feu. Exact ? Je vois. Eh bien, il faut que nous réagissions. À quoi songez-vous ?

– Je pense, sire, que vous devez autoriser la Nouvelle Garde à occuper temporairement la ville, expliqua Hachim. Le *seraskier* est réticent, mais je ne vois pas de meilleur moyen d'assurer la sécurité publique.

Le sultan fronça les sourcils et tira sur sa barbe.

– *Seraskier*, vous connaissez l'humeur de vos hommes. Sont-ils prêts à sauter le pas ?

– Leur discipline est bonne, sultan. Et ils ont plusieurs chefs sensés et déterminés. Avec votre permission, ils pourraient prendre position dans la nuit. Leur seule présence suffira peut-être à effrayer les conspirateurs.

Hachim remarqua que le *seraskier* était devenu moins hésitant.

– Reste, observa le sultan, que cela peut dégénérer en bataille de rues.

– Possible. Dans ce cas, il faudra simplement faire de notre mieux. Identifier les meneurs du réseau, limiter les dégâts. Avant tout, sultan, protéger le palais.

– Hum. De fait, *seraskier*, je n'ai pas prévu de rester dans la ville.

– Sauf votre respect, sultan, votre sécurité peut être garantie, et je pense que votre présence contribuera à rassurer le peuple.

Le sultan répondit par un soupir.

– Je n'ai pas peur, *seraskier*. (Il se frotta les mains sur le visage.) Préparez les hommes. Je vais consulter mes vizirs et vous ferai parvenir un ordre dans les heures qui viennent. (Il se tourna vers Hachim.) Quant à vous, il est grand temps de progresser dans votre enquête. Veuillez en référer directement à mes appartements.

Il les congédia d'un geste. Les deux hommes s'inclinèrent très bas et marchèrent à reculons jusqu'à la porte. Comme celle-ci se refermait sur la salle d'audience, Hachim leva les yeux et vit le sultan assis sur son trône, le poing enfoncé dans la joue, qui les observait.

110

Une fois sorti, le *seraskier* s'arrêta pour s'éponger le front avec un mouchoir.

– *Notre* enquête ? Vous auriez dû me dire que vous étiez sur une affaire ici, grommela-t-il avec reproche.

– Vous ne me l'avez pas demandé. Quoi qu'il en soit, comme vous l'avez constaté, je vous ai donné la priorité.

Le *seraskier* grogna.

– Et de quoi s'agit-il ?

Le *seraskier* était trop brusque. À la parade, cela marchait peut-être : les soldats ne juraient-ils pas d'obéir en toutes circonstances ? Mais Hachim n'était pas de ceux-là.

– Rien qui puisse vous intéresser, répliqua-t-il.

Le *seraskier* pinça les lèvres.

– Sans doute pas. (Il fixa Hachim dans les yeux.) Je suggère donc que vous agissiez comme l'a dit le sultan. De mon côté, je ferai de même.

Hachim regarda le *seraskier* se diriger d'un pas vif vers l'Ortakapi, la porte centrale conduisant à la première cour. Il n'aurait pas aimé se trouver à sa place. D'un autre côté, si le *seraskier* s'en tirait bien, c'est à lui et à la Garde que reviendrait tout l'honneur. C'était une occasion de rehausser la réputation des Gardes quelque peu ternie par leurs échecs sur le champ de bataille. Et un devoir aussi. Pas juste envers le sultan mais également envers le peuple d'Istanbul. Sans les Gardes, toute la ville se trouvait à la merci des janissaires révoltés.

Pour Hachim, il n'y avait aucun doute : le quatrième meurtre marquait la fin d'une étape, celle des préliminaires. Les vieux autels avaient été de nouveau consacrés, par le sang. La seconde étape était en cours, Hachim en était convaincu.

Réveille-les. Approche.

Qu'est-ce que cela voulait dire ? D'après lui, dans les prochaines soixante-douze heures, tout le monde allait le savoir.

Il vit le *seraskier* disparaître dans l'ombre de l'Orta-kapi. Il prit alors lui-même la direction des appartements du harem.

111

– Salut, étranger !

C'était presque un murmure. Ibou, le bibliothécaire, plia son long bras et agita les doigts en guise de bonjour. Hachim fit un grand sourire et leva une main.

– Vous allez au travail ? demanda-t-il à voix basse.

Selon une coutume bien établie, personne n'élevait jamais la voix dans la deuxième cour du palais. Ibou inclina la tête.

– En fait, je viens de finir. J'allais chercher quelque chose à manger.

Hachim eut le sentiment qu'il s'agissait d'une invitation.

– Je voudrais bien pouvoir vous accompagner, dit-il. (Puis :) Vous n'êtes pas sorti par la bonne porte.

Ibou lui adressa un regard solennel et tourna la tête.

– Je ne vois rien d'anormal.

– Non, je veux dire des Archives. Je... je ne savais pas qu'on pouvait passer de ce côté. (Hachim se sentit rougir.) Peu importe. Merci pour votre aide, l'autre nuit.

– J'aurais simplement aimé vous être plus utile, Effendi, répliqua Ibou. Vous pouvez repasser, si vous le souhaitez. Je travaille de nuit le reste de la semaine.

Il lui adressa un salamalec et Hachim en fit de même en retour.

Hachim pénétra dans le harem par la porte de la Volière. Il ne franchissait jamais ce seuil sans songer à la Validé Kosem qu'on avait, deux siècles plus tôt, traînée nue, sur les talons, hors de ses appartements, puis étranglée dans le couloir. Ainsi prirent fin cinquante années de terreur durant lesquelles l'Empire avait été dirigé par une série de fous, d'ivrognes et de débauchés. Parmi eux, le propre fils de Kosem, Ibrahim, qui avait fait tapisser les murs et le sol de ses chambres de fourrures russes et enfourchait ses jeunes femmes comme des juments... Jusqu'au jour où le bourreau lui infligea le supplice du lacet.

Redoutable enceinte que celle du harem.

Il pénétra dans la salle des gardes. Six hallebardiers étaient de service, postés par deux près des issues conduisant à la cour de la Validé-sultane et au Passage d'or, petite allée découverte reliant le harem au *selamlik*, aux quartiers des hommes. Les hallebardiers n'avaient pas d'armes, à l'exception de petites dagues enfoncées dans la ceinture de leurs pantalons bouffants. Ils ne portaient de hallebardes que pour les missions de protection, par exemple lorsque, en de rares occasions, ils escortaient les femmes du sultan hors du palais. Entre-temps, ils avaient un seul signe distinctif : de longues tresses noires accrochées au fond de leurs chapeaux à haute forme indiquant qu'ils étaient autorisés à pénétrer dans le harem. Hachim se souvint d'un Français qui avait ri lorsqu'on lui avait expliqué la fonction de ces nattes. « Vous croyez qu'une crinière suffira à empêcher un homme de voir les femmes du sultan ? En France, dit-il, ce sont les femmes qui ont de longs cheveux. Est-ce pour les empêcher de voir à la dérobée un bel homme ? »

Hachim avait répliqué, assez sèchement, que les hallebardiers à tresses n'entraient que dans les parties les plus publiques du harem, pour y porter les provisions de bois.

Il mit son poing sur la poitrine et s'inclina légèrement.

– Par ordre du sultan, murmura-t-il.

Les hallebardiers le reconnurent et le laissèrent passer.

Il se retrouva sous la colonnade longeant le côté ouest de la cour. Il avait plu et les dalles étaient luisantes et couvertes de flaques, les murs verdâtres à cause de l'humidité. La porte donnant accès à l'appartement de la Validé-sultane était ouverte, mais Hachim s'immobilisa, retournant la situation dans sa tête.

Où était dans le harem, se demanda-t-il, la source du danger ?

Il pensa aux hallebardiers qu'il venait de croiser, avec leurs longs cheveux pareils à des œillères.

Il pensa aux chambres et appartements qui se trouvaient au-delà, aussi étroits et anciens que la ville elle-même, avec leurs coudes raides et leurs issues soudaines, et aux petits écrins aménagés dans des coins biscornus et des espaces cloisonnés. Comme la ville, ils s'étaient développés au cours des siècles, pièces créées sous la pression du moment, arrachées au grand ensemble pour satisfaire un caprice, et portes percées sans doute sous la pression d'un millier de regards et d'un million de soupirs. Rien de tout cela n'avait été prévu. Et, dans cet espace, des bains et des chambres à coucher, des salons et des corridors, des toilettes et des dortoirs, des escaliers tortueux, des balcons oubliés : même Hachim, qui connaissait les lieux, pouvait s'y perdre, ou découvrir à l'improviste par une fenêtre une cour qu'il croyait éloignée. Il savait qu'il y avait là des chambres guère plus enviables que des cellules.

Combien de gens foulaient chaque jour ce labyrinthe, passaient toutes les heures de leur existence entre ces murs, suivant à leur tour quelques itinéraires vénérables conduisant d'une tâche à une autre : dormir, manger, se baigner, servir? Des centaines, certainement; peut-être des milliers, mêlés aux fantômes de tous ceux, innombrables, qui les avaient précédés : femmes dont certaines avaient menti et péri, eunuques caquetant autour d'elles, commérages montant comme la vapeur des bains des femmes et regards de jalousie, d'amour et de désespoir que lui-même avait perçus.

Il tourna les yeux vers la cour de la Validé-sultane. Elle n'avait qu'une vingtaine de mètres carrés mais c'était le plus grand espace découvert du harem : le seul endroit où une femme pouvait lever son visage vers le ciel, sentir la pluie sur ses joues, voir les nuages filer devant le soleil. Et il y avait, il le savait pour les avoir comptées, sept portes donnant sur cette cour; sept portes, quinze fenêtres.

Vingt-deux façons de ne pas être seul. Vingt-deux façons d'être observé.

Comme il se tenait sous la colonnade à regarder la pluie, il entendit des femmes qui riaient. Et sur-le-champ il se dit : « Le danger de cet endroit vient de ce que rien qui s'y fait ne peut rester secret.

« Tout peut être vu ou entendu. Un vol peut être surpris. Une bague peut être trouvée. À moins que... »

Il regarda la porte ouverte des appartements de la Validé. Mais la Validé ne pouvait dérober ses propres bijoux.

Il entendit s'ouvrir la porte derrière lui et se retourna. Là, essoufflé par l'effort et bouchant de sa masse énorme l'encadrement de la porte, se trouvait le *kislar agha*. Il regarda Hachim de ses yeux jaunes.

– Vous êtes de retour, piaula-t-il.

Hachim s'inclina.

– Le sultan estime que j'ai travaillé assez dur.

– Le sultan, reprit en écho le Noir avec un visage sans expression.

Il avança lentement en se dandinant et la porte de la salle des gardes se referma derrière lui. Debout près d'un pilier, il tendit la main pour sentir la pluie.

– Le sultan, répéta-t-il doucement. Je l'ai connu quand il n'était encore qu'un enfant. Vous imaginez !

Il découvrit soudain ses dents et Hachim, qui n'avait jamais vu sourire le *kislar*, se demanda s'il s'agissait d'une expression rieuse ou d'un rictus.

– J'ai vu Selim mourir. Ça s'est passé là, dans cette cour. Le saviez-vous ?

Tandis que la pluie continuait de tambouriner dans la cour, de s'infiltrer dans les dalles et de tacher les murs, Hachim songea : « Lui aussi sent en ce lieu le poids de l'histoire. »

Il secoua la tête.

Le *kislar agha* leva deux doigts et tira le lobe allongé de son oreille. Puis il se tourna pour regarder la pluie.

– Beaucoup de gens souhaitaient sa mort. Il voulait tout changer. Comme aujourd'hui, pas vrai ?

Le *kislar agha* continua de regarder la pluie, en tirant sur son lobe. Tel un enfant, se dit vaguement Hachim.

– Ils veulent, dit-il avec mépris, que nous soyons modernes. Comment puis-je être moderne ? Je ne suis qu'un putain d'eunuque.

Hachim inclina la tête.

– Même les eunuques peuvent apprendre à s'asseoir sur une chaise. À manger avec un couteau et une fourchette.

L'eunuque noir darda sur lui un regard hautain.

– Moi pas. De toute manière, les gens modernes sont censés savoir des choses. Tous lisent. Dévorent des pattes de mouche sur le papier pour recracher le tout à la face des autres au moment le plus inattendu.

Comment appellent-ils ça ? La réforme. Bon, pour vous ce n'est pas un problème. Vous êtes instruit. (Le *kislar agha* leva la tête et regarda Hachim.) Ce n'est peut-être pas pour tout de suite, peut-être pas cette année ni la suivante, dit-il lentement de sa petite voix maniérée de fausset, mais un jour viendra où ils nous jetteront à la rue pour qu'on y meure comme des chiens.

Il agita les doigts comme pour chasser Hachim. Puis il s'avança lourdement dans la cour et se dirigea d'un pas lent, sous la pluie, vers une entrée située en face.

Hachim le suivit un moment du regard puis approcha de la porte en bois des appartements de la Validé et frappa discrètement.

L'une des esclaves de la Validé était assise sur un coussin brodé dans le petit vestibule, occupée à se tailler avec des ciseaux les ongles des pieds. Elle leva les yeux et lui fit un beau sourire.

– Je voudrais, si je puis me permettre, dit Hachim, voir la Validé.

112

Quand Hachim quitta le palais, ce vendredi après-midi, il faisait presque nuit et, au marché de Kara Davut, les boutiquiers commençaient à plier bagage à la lueur des torches.

Un instant, Hachim se demanda s'il n'aurait pas dû se joindre pour le déjeuner à Ibou, l'archiviste élancé, car il n'avait rien mangé de la journée et, tenaillé par la faim, se sentait la tête vide. Presque machinalement il écarta cette idée. En général, regrets et doutes ne l'occupaient guère longtemps : il s'agissait d'émotions vaines qu'il avait pour habitude de combattre, de crainte de voir s'ouvrir les vannes. Il avait connu trop d'hommes dans son état dévorés par l'amertume, trop d'hommes et aussi de femmes paralysés par le doute, obsédés par des mutations pourtant irréversibles.

Georges le Grec sortit en courant de derrière son étal tandis que Hachim choisissait quelques feuilles de salade parmi celles qui restaient au fond d'un panier. Ce spectacle sembla le rendre frénétique.

– Pourquoi vous venir si tard dans la journée, hein ? Pour acheter cette vieille merde ? Vous vieille dame ? Vous élever des lapins maintenant ? Moi tout jeter. (Il mit les mains sur les hanches.) Vous vouloir quoi, au juste ?

Hachim tenta de réfléchir. Si Palewski venait dîner, comme promis, il lui fallait quelque chose d'assez consistant. De la soupe donc et des *manti*... la femme des *manti* était sans doute partie, il en était sûr. Il pourrait faire une sauce avec des olives et des poivrons. De l'ail, il en avait.

– Je prendrai ça, dit-il, en montrant une citrouille orangée. Quelques poireaux, si vous avez. Petits, c'est mieux.

– Très petits poireaux, bon. Vous faire *balkabagi* ? Vous nécessiter quelques oignons alors. Bon. Pour bouillon, carotte, oignon, persil, laurier. Fait vingt-cinq piastres.

– Plus ce que je vous dois de l'autre jour.

– Moi oublier autre jour. C'est aujourd'hui.

Il trouva pour Hachim un filet.

L'échoppe de la femme des *manti* était encore ouverte, comme Hachim l'avait espéré. Il acheta une livre de viande et des *manti* à la courge, un demi-litre de crème aigre à la crémerie voisine et des *borek* toutes chaudes à peine sorties du four. Ensuite, pour la première fois, lui sembla-t-il, depuis des jours, il rentra chez lui.

Dans sa chambre, il alluma les lampes, enleva ses chaussures de ville et accrocha sa cape à une patère. Puis il ouvrit la fenêtre d'un ou deux centimètres pour aérer. Avec un chiffon trempé d'huile et une poignée de brindilles sèches, il alluma un feu dans la cheminée et jeta dessus un peu de charbon de bois. Puis il se mit à cuisiner.

Il plaça les légumes du bouillon dans un pot, ajouta l'eau de la cruche et mit le tout à mijoter à l'arrière du fourneau. Ensuite, il versa un filet d'huile d'olive dans le fond d'une lourde marmite, ajouta des oignons hachés, la plus grande partie des poireaux, quelques gousses d'ail et laissa le tout cuire à l'étouffée. Entretemps, avec un couteau bien tranchant, il décalotta la citrouille, l'évida de ses graines et la mit de côté. En veillant à ne pas entamer la coque, il sortit la chair orange avec une cuiller et la mélangea aux oignons. Il ajouta une généreuse pincée d'épices mêlées et de cannelle ainsi qu'une cuillerée de miel liquide. Après quelques minutes, il retira la casserole du feu et mit le bouillon à chauffer sur les braises.

Il déposa une serviette et un pain de savon dans la bassine vide et descendit dans la petite cour où se trouvait le tuyau d'eau. Là, il déroula son turban et se mit torse nu, frissonnant sous le crachin froid. Tout en haletant, il mit la tête sous le jet. Après s'être lavé, il se frictionna avec vigueur, sans se soucier de ses brûlures, et remplit la cruche. Une fois remonté, il se sécha plus soigneusement et enfila une chemise propre.

Alors seulement il se pelotonna sur le divan et ouvrit l'exemplaire des *Liaisons dangereuses* que lui avait prêté la Validé. Il entendait le bouillon cuisant à petit feu sur le fourneau. À un moment, le couvercle se souleva et un jet de vapeur odorante embauma la pièce avec un petit sifflement. Il relut la même phrase une dizaine de fois et ferma les yeux.

Quand il les rouvrit, il ne savait pas très bien s'il avait dormi. Quelqu'un frappait à la porte. Sursautant, il se sentit coupable, bondit et ouvrit toute grande la porte.

– Stanislaw !

Mais ce n'était pas Stanislaw.

L'homme était plus jeune. Il enlevait ses souliers et tenait un lacet de soie enroulé autour du poignet.

113

Le *seraskier* traversa d'un pas vif la première cour du palais et, franchissant la Porte impériale, Bab-i-Hümayün, se trouva sur l'esplanade séparant le palais de la grande église devenue mosquée, l'Aya Sofya. Après le calme insolite du palais, il fut frappé par le retour des bruits d'une grande cité : le grondement sur les pavés des charrettes aux roues cerclées de fer, la plainte des chiens et leurs grognements devant des rogatons, le claquement d'un fouet et les cris des conducteurs de mules et des marchands de nourriture ambulants.

Deux dragons éperonnèrent leurs montures et lui amenèrent son cheval gris. Le *seraskier* se percha dignement sur la selle, disposa sa cape et tourna la tête du cheval en direction de la caserne. Les dragons se rangèrent derrière lui.

Quand ils passèrent sous le portique de la mosquée, le *seraskier* leva les yeux. Le sommet du grand dôme de Justinien, dépassé uniquement par celui de la basilique Saint-Pierre de Rome, dominait l'ensemble. C'était, comme ne l'ignorait pas le *seraskier*, le point le plus haut d'Istanbul. Comme ils trottaient, il scruta pour la centième fois la configuration du terrain, plaçant mentalement ses batteries de canons, disposant ses troupes.

Quand ils parvinrent à la caserne, sa décision était prise. L'éparpillement de ses troupes dans la ville, pensa-t-il, ne servirait à rien. Les hommes pourraient même se trouver davantage exposés. Mieux valait choisir deux ou trois positions, les tenir solidement et effectuer toutes les sorties nécessaires pour atteindre leurs objectifs. L'Aya Sofya était un point de concentration. La mosquée du sultan Ahmet au sud-ouest de la ville en serait un autre. Il eût aimé placer des hommes dans les écuries de l'ancien palais du grand vizir, juste à l'extérieur des murs du Sérail, mais il ne pensait pas que l'autorisation lui serait facilement accordée. Il y avait une colline plus à l'ouest qui permettait de voir jusqu'au palais. C'était essentiellement le palais dont il devait se soucier.

Après avoir regagné ses appartements, il convoqua une dizaine d'officiers supérieurs pour leur donner ses instructions.

Une fois la chose terminée, il leur prodigua de brefs encouragements. Tout, dit-il, dépendait de la façon dont eux-mêmes et leurs hommes se conduiraient au cours des quarante-huit heures à venir. Obéissance était le maître mot. Il était convaincu qu'ils allaient ensemble parvenir à relever le défi qui leur était lancé. Ce fut tout.

114

Hachim s'élança vers la porte. L'homme sur le seuil se jeta en avant et les deux hommes, que séparait juste la mince porte, se disputèrent quelques secondes la meilleure prise. Mais Hachim, qui avait été surpris, fut le premier à céder : d'un bond, il s'écarta de l'entrée. Son assaillant fonça dans la pièce, faillit trébucher, puis se retourna vivement pour affronter Hachim accroupi et penché de côté.

Un lutteur, se dit Hachim. L'homme avait le crâne rasé, un cou incurvé, enfoncé dans de larges épaules dépassant des emmanchures d'un justaucorps en cuir noir, luisant comme s'il avait été huilé. Hachim nota qu'il était svelte, avec des jambes courtes. Ses pieds nus étaient plantés sur le tapis, à un mètre l'un de l'autre, ses genoux fléchis. Il n'y avait aucune trace d'arme en dehors du lacet dans son poing droit.

« Un homme capable, pensa Hachim, de me réduire en miettes sans le moindre effort. » Il recula, glissant de ses pieds nus sur le parquet ciré.

L'homme émit un grognement et se lança en avant. Tête baissée comme un bélier, il se rua sur Hachim à une vitesse folle. Hachim rejeta les bras en arrière et, reculant d'un bond, passa la main sur le hachoir de la cuisine. Ses doigts sentirent le couteau mais ne firent que le heurter. Sans doute pivota-t-il car, lorsqu'il tenta de saisir le manche, ses doigts se refermèrent sur le vide. Quand l'énorme épaule du lutteur s'écrasa contre son diaphragme, il fut si violemment jeté contre le hachoir que sa tête bascula en arrière. Hors d'haleine, il sentit les bras du lutteur qui montaient dans les airs pour neutraliser les siens.

Hachim savait que si le lutteur parvenait à l'empoigner, c'en était fait de lui. Il se jeta à droite, projetant tout le poids de son torse contre le bras du lutteur qui s'élevait, tout en cherchant à saisir l'anse du pot où se trouvait le bouillon. D'une torsion, il parvint à agripper le récipient et à le basculer sur l'épaule de l'homme, mais le couvercle était coincé, de sorte qu'il eut juste assez de place pour le plaquer sur le dos du lutteur avant que celui-ci pût lui ligoter le bras.

Une bande de cuir était cousue sur l'encolure du justaucorps de l'homme et, quand le pot glissa, le couvercle dut s'y accrocher. L'homme bondit en arrière tandis que le bouillon brûlant se répandait sur sa nuque et, du même coup, relâcha l'emprise qu'il avait sur sa proie.

La stupeur sur le visage de l'assassin quand il plaqua brutalement une main griffue sur les parties de son adversaire fut sensible. À coup sûr, plus sensible que les parties elles-mêmes.

L'homme retira son bras, comme hébété. Hachim pressa fortement sa main droite sur le bras gauche de l'assassin puis, abattant la gauche avec vigueur, agrippa le poignet de l'homme et lui tordit le bras. Il y eut un craquement et le membre devint mou. L'assassin le serra dans sa main droite. Un instant plus tard, Hachim se libéra du corps de son adversaire et, avec effort, envoya dans les airs l'homme qui retomba plié en deux, le bras droit immobilisé, sans laisser échapper le moindre hurlement ni le moindre mot.

Dans les cinq minutes suivantes, l'assassin n'émit aucun son. À peine un grognement. Ce qui rendit Hachim perplexe.

Puis il finit par comprendre la raison de ce silence. L'homme n'avait pas de langue.

Hachim se demanda si le muet savait écrire.

– Savez-vous écrire ? lui siffla-t-il dans l'oreille.

Le visage resta sans expression. Un sourd-muet ? Dans l'ancien temps, à l'époque de Soliman le Magnifique, il avait été décrété que seuls des sourds-muets devaient s'occuper de la personne du sultan. C'était une façon de s'assurer qu'ils ne pouvaient surprendre aucun propos, que rien de ce qu'ils voyaient ne serait rapporté à l'extérieur. Entre eux, ils communiquaient par signes : l'ixarette, langue secrète de la cour ottomane, était une langue des signes complexe que toute personne, sourde ou entendante, muette ou douée de parole, devait maîtriser dès lors qu'elle était affectée au service du palais.

Le service du palais. Un sourd-muet.
Frénétiquement, Hachim se mit à signer.

115

À l'autre bout de la ville, Preen, la danseuse *köçek*, était allongée sur le divan, les yeux fixés sur la fenêtre obscure.

Une perruque en cheveux naturels noirs comme le jais, complétée par des poils prélevés dans une queue de cheval, était posée sur un présentoir. Pots de maquillage, pinceaux et pinces à épiler traînaient, inutiles, sur la coiffeuse. Preen tenta de bouger son épaule ankylosée. Les bandages que le vétérinaire avait posés craquaient. Quand il s'agissait de soigner fractures et contusions, les filles s'adressaient toujours au vétérinaire : il acquérait en un mois plus de pratique et d'expérience que les chirurgiens dans toute leur vie, disait Mina, car les Turcs s'occupaient encore mieux des chevaux que de leur propre personne. Il avait examiné l'épaule tordue de Preen et diagnostiqué une luxation. « Rien de cassé, avait-il dit. Dieu soit loué. Quand mes patients se cassent quelque chose, il faut les abattre. »

Preen avait ri pour la première fois depuis son agression. Le rire n'était pas le seul remède dont usait le vétérinaire. Il lui avait aussi soulagé l'épaule et la nuque avec une préparation à base de marron d'Inde. Puis il avait disposé les bandages et badigeonné le tout avec de la colle chaude. « Le goût est horrible, avait-il observé. Mais cela empêche le bandage de s'affaisser et de se défaire. Est-ce médicalement nécessaire ou pas ? Qui sait ! Mais je suis trop vieux pour changer mes prescriptions. »

Après avoir pris, la colle avait séché et craquait à présent dès que Preen remuait l'épaule. Au moins elle pouvait bouger les doigts. Deux jours plus tôt, ils étaient enflés et paralysés. Mina était venue l'aider à manger. Elle lui avait apporté de la soupe aux tripes dans un bol en faïence. En dehors du docteur et de son amie, Preen n'avait reçu aucune visite : elle avait même décidé de renvoyer Hachim si d'aventure il se présentait. Sans camouflage, elle était sûre de ressembler à un épouvantail.

Certes, elle avait changé. Ses propres cheveux coupés ras n'étaient plus qu'un duvet soyeux, et sa peau était d'une pâleur extrême. Cependant, Mina voyait dans la forme de sa tête et dans le visage aux pommettes hautes plus que la trace du garçon qu'elle avait été, à la fois passionné et fragile. De ses grands yeux bruns, elle avait supplié Mina de passer la nuit avec elle, et Mina s'était blottie près de son amie et l'avait regardée dormir.

Le troisième matin, Preen avait dû dire à sa logeuse qu'elle n'avait nulle intention de verser un supplément pour son invitée. La conversation s'était déroulée à travers la porte, car Preen refusa de laisser pénétrer la vieille femme.

« Peut-être devrais-je déduire de mon loyer les nuits où je ne rentre pas ? s'était-elle écriée. De toute manière, c'est votre faute si je suis obligée d'avoir une infirmière. Je me fiais à vous pour surveiller les allées et venues ! Et vous avez laissé entrer un assassin ! »

Après un silence indigné, Preen s'était mise à sourire. Rien ne pouvait davantage mortifier la logeuse qu'une accusation de laisser-aller dans la surveillance qu'elle exerçait derrière son treillis. C'était comme mettre en cause sa bonne foi.

L'incident s'était déroulé un peu plus tôt. À présent, Mina arrivait avec du pain et de la soupe pour leur dîner.

Elle aida Preen à se caler bien droit sur le divan et lui tendit un bol.

– Tu es en train de rater une belle occasion, ma chérie, dit-elle en s'asseyant près d'elle. Une véritable invasion de beaux jeunes hommes. (Elle arqua les sourcils.) Des hommes en pantalons serrés ! La Nouvelle Garde.

Preen roula les yeux.

– Qui font quoi au juste ?

– C'est ce que je leur ai demandé. Ils prennent *position*, ont-ils répondu. Eh bien, je n'ai pas pu résister. Comment faire autrement ? J'ai dit que je pouvais leur en montrer certaines auxquelles ils n'avaient pas pensé.

Elles se mirent à pouffer.

– Mais qu'est-ce que ça veut dire ? demanda Preen.

– C'est manifestement une mesure de protection. Tous ces complots et ces meurtres, ça prend mauvaise tournure. Oh, Preen, je suis désolée ! Tu es pâle comme un linge. Je ne voulais pas... Je veux dire, je suis sûre que ça n'a rien à voir avec ce qui s'est passé l'autre jour. Dis, pourquoi tu ne demandes pas à ton ami haut placé ?

– Hachim ?

– C'est ça, mon chou. Hachim. Allons, mange ta soupe et refais-toi la façade. Je t'aiderai. Tu peux marcher, pas vrai ? On prendra une chaise et on ira tout de suite le trouver.

La vérité, bien sûr, est que Mina commençait un peu à se lasser de son rôle d'infirmière. Elle aimait sortir, surtout lorsqu'il se passait au-dehors quelque chose d'excitant. Elle déploya donc des trésors de persuasion qui finirent par vaincre les réticences de Preen.

– C'est juste que... je ne me sens pas en sécurité, admit Preen.

– Sottises, mon chou. Je serai avec toi et nous trouverons ton ami. Ce sera amusant, qui sait ? Tu n'as absolument rien à craindre. Tu seras aussi en sécurité qu'ici. Plus même.

Plus tard, Preen devait se rappeler ces paroles.

116

Sur ces entrefaites, Hachim reçut son deuxième visiteur de la soirée.

Palewski avait grimpé les escaliers pour humer les arômes sur le palier mais, pour une fois, il fut déçu. Il y avait une légère odeur d'oignons et peut-être de carottes bouillies, mais ces minces indices ne permettaient pas de conclure : ce pouvait être n'importe quel plat. Puis il remarqua les chaussures, une paire de robustes sandales en cuir.

De la compagnie, supposa-t-il. Il frappa à la porte. Il y eut une légère attente, puis la porte s'entrouvrit de deux centimètres.

– Grâce au Ciel, c'est vous, dit Hachim, ouvrant tout grand et tirant Palewski dans la pièce.

Surpris, Palewski en laissa presque tomber sa mallette. Hachim tenait un grand couteau de cuisine, mais ce n'était pas le plus important. Ce qui retint plutôt son attention, ce fut le corps d'un énorme gaillard sur le tapis, face contre terre, enveloppé dans un drap noué.

– Il faut que je fasse quelque chose de ce fou, dit Hachim brièvement. Je lui ai attaché les poignets avec le coin d'un drap mais à présent je suis à court d'idées.

Palewski cligna des yeux. Il regarda Hachim, puis revint sur le corps au sol. Il remarqua que l'homme avait du mal à respirer.

– Voilà peut-être ce dont vous avez besoin, dit calmement Palewski en palpant sa ceinture. (Il tendit une longue cordelière en fils de soie et d'or torsadés.) Elle allait avec ma robe de chambre. Ou bien, devrais-je dire, mes atours sarmates.

Ensemble, ils attachèrent bien fort dans le dos les poignets de l'homme. Hachim défit le drap et l'enroula autour de ses jambes : l'homme était si docile que Palewski eut du mal à donner foi aux propos de Hachim.

– Un lutteur ?

Puis il articula en silence le mot « janissaire ».

– Ne vous en faites pas. Il n'entend rien, le pauvre bougre. Non, pas un janissaire. C'est plus curieux que ça. Pire que je ne pensais. Écoutez, il faut que je contacte sur-le-champ le Palais. Je ne sais pas ce que j'aurais fait de ce type si vous n'étiez pas venu. Voulez-vous bien rester ? Garder un œil sur lui ? Piquez-le s'il essaie de bouger.

Palewski le regarda, horrifié.

– Au nom du Ciel, Hach. Ne peut-on le remettre au veilleur de nuit ?

– Le temps presse. Donnez-moi une heure. Il y a du pain et des olives. Vous pourrez le laisser là ensuite. S'il arrive à se libérer, eh bien, tant pis... quoique, vous pourriez essayer de l'assommer avec une casserole avant de partir. Pour moi.

– Bon, bon, je reste, grogna Palewski. Mais ce n'est pas pour ça que j'étais venu, vous savez. Un soir, conciliabule avec le sultan. Le deuxième, soirée tranquille entre amis. Le troisième, garde silencieuse d'un lutteur sourd-muet de cent cinquante kilos accusé de meurtre. Je pense que je boirai un verre, ajouta-t-il en rapprochant sa mallette.

Mais Hachim n'écoutait guère.

– Je vous en dois deux, dit-il par-dessus son épaule, tout en enjambant d'un seul bond le premier ensemble de marches.

117

Le vendredi soir, Kara Davut était toujours animé. Boutiquiers et cafetiers installaient des lanternes au-dessus de leurs portes et, après la mosquée, les familles arpentaient la rue, s'arrêtaient pour prendre un sorbet ou une glace, faisaient la queue pour des plats chauds et se pressaient dans les cafés. Les enfants se couraient après dans la foule, avec des rires et des cris, rappelés seulement à l'ordre, de temps à autre, par des parents complaisants. Les jeunes gens fréquentaient les cafés. Les plus fortunés consommaient. Les autres, près d'eux, bavardaient, tentant d'apercevoir les filles du quartier enveloppées, comme il se devait, dans des voiles et des *yarmach*. Elles se promenaient accompagnées de leurs parents, mais envoyaient sans cesse des signaux par leur démarche et le mouvement de leur tête et de leurs mains.

Hachim ne crut pas s'imaginer que l'atmosphère ce soir-là était différente. La rue grouillait et la foule était même plus dense qu'à l'accoutumée. Cependant, les enfants semblaient plus calmes, comme s'ils jouissaient d'une moindre latitude, et les jeunes dans les cafés semblaient plus nombreux et plus réservés.

Cette impression d'attente grave ne se dissipa guère lorsque Hachim se hâta vers le palais. Il n'avait pas réussi à trouver une chaise et se dit que les porteurs allaient contribuer au désordre qui menaçait la ville : ce n'étaient pas d'anciens janissaires mais ils n'en constituaient pas moins une bande de durs, le type d'hommes qui allaient grossir la populace ou aider la canaille s'ils flairaient une occasion.

Pendant qu'il marchait ou se hâtait à travers rues et venelles, il fut surpris de ne trouver sur sa route aucun soldat, aucun de ces petits pelotons que le *seraskier* avait prévus à chaque coin de rue. Quand allaient-ils prendre le contrôle de la ville ?

Il eut une sorte de réponse en sortant en trombe du dédale de rues derrière l'Aya Sofya pour se retrouver sur l'esplanade située entre la mosquée et les murs du Sérail. Deux gardes en uniforme se précipitèrent vers lui en criant ; derrière eux, il vit l'espace tout entier occupé par des soldats, certains à cheval, plusieurs pelotons organisés en ce qui semblait être une formation d'entraînement, et d'autres assis tranquillement par terre, jambes croisées, attendant les ordres. Au-delà, il crut distinguer des silhouettes de canons et de mortiers sur affût.

Voilà réunies les conditions d'un vrai désastre, pensa-t-il farouchement, opinion confirmée par les deux soldats accourus pour lui barrer la route.

– Accès interdit ! Vous devez rebrousser chemin !

Ils tenaient leurs armes en travers de la poitrine.

– J'ai une affaire urgente à régler au palais, lâcha Hachim. Laissez-moi passer.

– Désolé. Ce sont les ordres. Personne ne peut aller au-delà.

– Et le *seraskier* ? Où est-il ?

Le soldat le plus proche sembla gêné.

– J'peux pas vous dire. De toute façon, il doit être occupé.

Le second soldat fronça le sourcil.

– Qui êtes-vous ?

Hachim vit une chance à saisir. Il pointa un doigt.

– Non. Vous, qui êtes-vous ? Je veux votre rang et votre matricule. (Il ne s'y connaissait pas beaucoup en organisation militaire mais espéra faire la meilleure impression possible.) Le *seraskier* sera fort mécontent lorsqu'il apprendra cet incident.

Les soldats se regardèrent.

– Eh bien, je ne sais pas, marmonna l'un d'eux.

– Vous savez qui je suis, affirma Hachim. (Il en doutait fort, mais il y avait dans sa voix une pointe de colère qui n'était pas feinte.) Hachim Togalu. Officier supérieur du renseignement auprès du *seraskier*. Ma mission est urgente. (Les hommes traînèrent les pieds.) Si vous ne me conduisez pas sur-le-champ à la Porte impériale, j'en aviserai votre supérieur.

L'un des soldats regarda alentour. À quelques mètres se dressait dans l'obscurité la Porte impériale, noire et massive. Le commandant du corps... il pouvait se trouver n'importe où.

– Bon, allez-y, dit le soldat d'un signe de tête rapide.

Hachim passa devant eux. Après qu'il eut disparu, un des hommes soupira de soulagement.

– Au moins, observa-t-il, on n'a pas donné nos noms.

118

Hachim sentit les poils se dresser sur sa nuque en se frayant un passage à travers les soldats qui attendaient patiemment leurs ordres assis par terre. À chaque instant, il craignait d'être à nouveau arrêté, à nouveau retardé. Il suffisait qu'on l'interpellât.

Le cri arriva. Puis un autre, puis un autre. Il vit les hommes près de lui tourner la tête. Mais ce n'était pas pour le regarder.

Encore un cri :

– Au feu !

Hachim pivota, suivant le regard des hommes. Au-dessus de leurs têtes, derrière la Grande Mosquée, le ciel s'était éclairé comme au point du jour. Un point du jour survenant à l'ouest. Un point du jour du côté du vent dans cette cité d'Istanbul. Comme il regardait, il vit la lumière jaunir et vaciller.

Pendant quelques secondes, il resta pétrifié. Autour de lui, tendus, les hommes prenaient leur fusil, prêts à se lever. Hachim se mit à courir.

119

Le battant du treillis s'ouvrit avec un déclic au moment où Preen et Mina s'engageaient dans le couloir au pied de l'escalier, mais elles passèrent d'un air digne, sans un mot, nez en l'air. Une fois dans la rue, elles se donnèrent des bourrades et se mirent à pouffer.

Pendant dix minutes, elles se dirigèrent vers l'ouest, à la recherche d'une chaise pour transporter Preen. Celle-ci semblait avoir recouvré son équilibre en quittant la maison et ne s'appuyait que légèrement sur le bras de Mina, avide de découvrir ce qui l'entourait comme si elle avait gardé la chambre non pas deux jours mais un mois entier. Quelques hommes leur jetèrent des regards curieux et, finalement, elle ne put se retenir plus longtemps.

– Alors, où sont les beaux soldats ? demanda-t-elle.

Mina ronchonna.

– Et moi qui croyais que tu voulais sortir pour te faire rassurer par ton ami ! Vraiment, Preen ! (Puis elle regarda alentour et haussa les épaules.) Y en avait tantôt des dizaines, c'est vrai. Je dois dire que je suis moi-même assez déçue. Oh, mais où sont donc tous les porteurs de chaise ?

– Peu importe, dit Preen, souriante, en tapotant le bras de son amie. Maintenant tout va bien.

Dans la rue, derrière elles, il y avait un bourdonnement d'excitation, comme un soudain roucoulement de pigeons, se dit Preen. Tournant la tête, elle vit un homme qui courait dans la ruelle, gonflant les biceps et bombant le torse : il portait une barbe et une casquette rouge à laquelle était accroché un fanion blanc qui flottait au vent. Dans chaque main il brandissait une torche enflammée.

– Au feu ! Au feu ! beugla-t-il soudain. (Il alla vers le mur; on entendit un bruit de verre brisé, puis l'homme se jeta en avant, réapparut et traversa la ruelle à vive allure.) Au feu !

Il ne tenait plus désormais dans sa main qu'un brandon mais il avait dans l'autre une bouteille dont il aspergeait un seuil.

– Au feu !

– Que faites-vous ? hurla Preen, se libérant de Mina qui lui avait plaqué une main sur la bouche.

Elle tendit les bras sans réfléchir et sentit la douleur se raviver dans son épaule.

L'homme approcha le brandon de la porte. Comme Preen arrivait à sa hauteur, une belle gerbe de flammes bleutées jaillit soudain. L'homme pivota sur lui-même avec un rictus féroce.

– Au feu ! rugit-il.

Preen le gifla violemment de sa main valide. L'homme rejeta la tête en arrière. Un instant, il plissa les yeux, puis s'enfuit en remontant la rue avant qu'elle eût pu décider quoi faire.

Preen regarda, affolée, le seuil : les flammes bleues se mirent soudain à crépiter, certaines devenant jaunes en s'élevant pour lécher les vieilles boiseries.

– Mina !

Mina n'avait pas bougé mais regardait l'autre côté de la rue où une fenêtre fracassée apparaissait et disparaissait tandis que les flammes vacillaient et se rétractaient à l'intérieur.

– Repartons ! gémit Mina.

Preen obéit à son instinct. Dans la rue, les gens couraient déjà dans les deux sens. Quelques-uns s'étaient arrêtés et tentaient d'étouffer les flammes qui rampaient autour de la porte. Mais, alors même qu'ils les frappaient de leurs capes, le feu se mit à prendre dans la fenêtre d'en face.

– Non ! Allons-y, chez Hachim ! hurla-t-elle. (Elle regarda en arrière ; une lumière sembla vaciller au coin de la ruelle, puis un bataillon d'hommes enturbannés avec des torches tremblantes surgit au coin, bloquant la voie.) Courons !

La douleur à son épaule sembla s'estomper lorsqu'elle remonta la côte, jambes à son cou. Après un moment, elle tendit une main et la posa sur l'épaule de Mina. Les deux danseuses s'arrêtèrent, se défirent de leurs chaussures, de ces socques épais avec lesquels elles aimaient partir d'un pas chancelant rejoindre les hommes. Puis elle les ramassèrent vivement, comme font les femmes, et les tinrent à la main en courant pieds nus à travers les ruelles en direction de Kara Davut.

Elles n'allèrent pas jusque-là. En tournant dans la rue qui menait à l'esplanade sous la Porte impériale, elles se trouvèrent mêlées à une foule compacte d'hommes qui se poussaient et se bousculaient. Presque sur-le-champ elles furent cernées par d'autres gens qui arrivaient derrière en courant. Preen saisit Mina par le bras et la fit pivoter. Ensemble, elles se frayèrent à nouveau un chemin jusqu'au coin et tournèrent à droite.

– Nous allons passer derrière la mosquée, murmura Preen à l'oreille de Mina.

Elles ralentirent le pas, d'une part pour éviter les gens qui remontaient la ruelle dans leur direction, de l'autre parce que, au milieu de tant de gens, Preen ne voulut pas céder à la panique qui commençait à grandir autour d'elles.

Mais, au carrefour suivant, il leur fallut jouer des coudes pour avancer dans la foule. Tournant la tête à gauche, Preen aperçut, au fond à l'ouest, la lueur des incendies qui ravageaient la colline.

Au-delà, la rue latérale également grouillait d'hommes, et de femmes aussi, certaines avec des enfants qu'elles tentaient de protéger des assauts incessants de gens courant dans toutes les directions. Chacun semblait hurler, crier de laisser le passage, rugir au sujet de l'incendie.

Deux individus qui couraient en sens opposé s'arrêtèrent de crier pour en venir aux mains.

Un homme appelé Ertogrul Aslan, qui venait de passer la tête par sa porte, reçut un grand coup sur l'oreille, d'une caisse en bois portée par un homme qui fuyait collé au mur de la ruelle.

Un imprimeur qui déboucha dans la rue en courant fut emporté par un flot de gens qui cherchaient à atteindre le coin suivant.

Un petit garçon en chemise de nuit, qui devait un jour siéger comme député à l'Assemblée nationale kémaliste et passer une soirée à boire du raki avec un as de l'aviation, le baron von Richthofen, vit sa petite main échapper à l'emprise de sa mère. Il fut soulevé et transporté au-dessus des têtes pendant plusieurs minutes par de parfaits inconnus avant de se retrouver à nouveau pressé sur son sein, aventure qu'il relatera plus tard en détail en se fondant sur les souvenirs d'autres témoins.

Alexandra Stanopolis, jeune fille grecque en âge de se marier, se fit pincer seize fois les fesses et garda le secret jusqu'à la veille de sa mort à Trébizonde, cinquante-trois ans plus tard. Elle devait alors le confier à sa bru, qui finit elle-même ses jours à New York.

Un avare notoire, connu sous le nom de Yilderim, « coup de tonnerre », perdit un coffre en bois qu'il transportait au profit d'un joyeux larron qui le découvrit plus tard pour n'y trouver qu'une écharpe en soie avec un nœud bien serré. L'avare mourut ensuite dans un asile et le larron à Sébastopol, de dysenterie, ceint toujours de l'écharpe nouée.

Plusieurs centaines de fidèles de la Grande Mosquée, anciennement l'église de Hagia Sofya, se trouvèrent bloqués à l'intérieur du bâtiment et durent être escortés en petits groupes par des soldats en armes qui les conduisirent dans une ruelle sous le Sérail et leur dirent de rentrer chez eux par leurs propres moyens. Deux des fidèles, enveloppés dans leur cape de palefrenier et cachant leur visage terrifié sous le capuchon, reculèrent à l'apparition des soldats et, dans la mêlée près de la grande porte, préférèrent suivre un déserteur notoire dans une ancienne chapelle latérale de la cathédrale où ils se laissèrent tomber derrière une colonne, échangeant des regards inquiets. Leurs noms, inhabituels pour des musulmans, étaient Ben Fizerly et Frank Compston.

Et, pendant ce temps, à l'ouest de la ville, les incendies faisaient rage et se rejoignaient à vive allure comme les membres d'un régiment dispersé, enfonçant et consumant tous les obstacles qui les séparaient. Quant à Stanislaw Palewski, ambassadeur de Pologne auprès de la Sublime Porte, il récupéra, un couteau de cuisine dans une main et un œil sur la fenêtre, la cordelière en fils d'or de sa robe de chambre et, sans un mot pour l'homme qui s'agitait sur le tapis, se replia en toute hâte à Péra, sur l'autre rive de la Corne d'Or.

En temps de crise, se dit-il, les représentants étrangers se devaient d'être dans leur ambassade.

120

En traversant au pas de course la première cour du Sérail, Hachim remarqua qu'elle était pratiquement déserte : la Nouvelle Garde postée sur la place empêchant quiconque de passer, il aurait dû s'y attendre. Les quelques hommes restants semblaient s'être rassemblés sous le grand platane. L'arbre des Janissaires. Hachim leur lança un regard inquiet en filant sur l'allée pavée, sa cape brune ondoyant derrière lui.

À la porte de l'Ortakapi, cinq hallebardiers du *selamlik* dépourvus de boucles s'avancèrent en groupe pour l'arrêter. Deux d'entre eux étaient munis de piques, les autres d'une simple dague. Leurs capes, retenues par des épingles, étaient rejetées en arrière. Ils avaient les mains sur les hanches, la droite caressant la garde de l'arme calée dans leurs pantalons bouffants.

– Halte, messieurs ! cria Hachim en s'avançant dans la lumière. Hachim Togalu, au service du sultan !

Ils s'écartèrent prudemment pour le laisser passer.

Le vent qui avait rabattu sa cape contre ses jambes avait cessé : un instant, il contempla le grand espace qui s'ouvrait devant lui, avant de s'enfoncer dans une allée de cyprès, frappé par la noirceur figée des arbres, par l'obscurité qui l'enveloppait presque au cœur de la puissance ottomane. Seule la faible lueur d'une lampe au fond du tunnel l'empêcha de succomber à l'effrayante atmosphère d'un bois la nuit.

Il sortit en trombe de l'allée et traversa vivement le portique de la dernière porte, la plus mystérieuse de toutes, qui résumait la puissance de l'Empire : la porte de la Félicité. Celle-ci permettait de sortir de la deuxième cour des Cérémonies où vizirs, scribes, archivistes et ambassadeurs se morfondaient ou lançaient les ordres régissant la vie de milliers d'hommes, de la mer Rouge au Danube. Au-delà se trouvait l'enceinte sacrée de la troisième cour où une immense famille menait une existence rendue précieuse par la présence du sultan, du *shahinshah*, représentant de Dieu sur terre.

Mais les portes de ce représentant étaient bien fermées.

Le poing de Hachim ne résonna pas sur les battants bardés de métal : il aurait pu aussi bien cogner sur de la pierre. Exaspéré, il recula de quelques pas et leva les yeux. Les énormes corniches avançaient de trois mètres ou plus, dans le style ottoman classique. Il promena son regard sur les murs. Ceux de l'extérieur jouxtaient les cuisines impériales, longue série de dômes pareils à des bols empilés sur une étagère. Il n'y avait aucun moyen de passer. Il tourna à gauche et se hâta en direction des Archives.

Personne ne s'interposa lorsqu'il mit la main sur les portes marquetées et poussa. Les battants grincèrent. Il entra dans le vestibule. Une autre porte devant lui était entrebâillée, et, une minute plus tard, Hachim se retrouva dans la salle des Archives, sombre et familière.

Il appela doucement.

– Ibou ?

Pas de réponse. Il appela une nouvelle fois, un peu plus fort.

– Ibou ? Vous êtes là ? C'est moi, Hachim.

La petite chandelle à l'autre bout de la pièce disparut un instant puis réapparut. Quelqu'un avait bougé dans l'ombre.

– Ne craignez rien. J'ai besoin de votre aide.

Il entendit le claquement des sandales sur le dallage et Ibou s'avança dans la lumière. Ses yeux étaient tout ronds.

– Que voulez-vous ? dit-il presque dans un murmure.

– J'ai besoin d'utiliser la porte de derrière, Ibou. Pouvez-vous me laisser passer ?

– J'ai une clé. Mais... je ne veux pas y aller.

– Non, vous restez. Vous savez ce qui se passe ?

– Je suis nouveau. On ne m'a pas demandé... mais c'est une sorte de réunion. Dangereux aussi.

– Allons-y.

La petite porte donnait sur le corridor où la Validé Kosem avait été traînée et tuée. Hachim serra la main d'Ibou.

– Bonne chance! murmura le jeune homme.

La porte de la salle des gardes était fermée. Hachim l'ouvrit d'une pression rapide sur la poignée et entra.

– Je suis convoqué, annonça-t-il.

Approchez.

Les hallebardiers étaient pétrifiés. Ils ne tentèrent pas d'empêcher Hachim d'ouvrir la porte, comme s'ils eussent été des soldats mécaniques qu'on aurait oublié de remonter.

Pendant un instant, lui aussi resta médusé, observant la cour de la Validé-sultane. Puis il recula d'un pas et très doucement ferma la porte.

121

Les dortoirs des esclaves du harem se trouvaient au-dessus de la colonnade qui courait sur un côté de la cour de la Validé. Hachim essaya discrètement la porte et se retrouva dans une petite chambre nue, jonchée de tapis et de matelas, faiblement éclairée par de petites chandelles placées à terre sur des assiettes. Les lits étaient vides : des ombres brunes dans la fenêtre grillagée lui indiquèrent que les esclaves du harem s'y agglutinaient pour mieux voir.

L'une des esclaves sursauta lorsque Hachim surgit derrière elle. Il posa un doigt sur ses lèvres et baissa les yeux.

Jamais, sa vie durant, Hachim ne devait oublier cette scène. À gauche, la Validé-sultane se tenait à l'entrée de ses appartements, à la tête d'une armée de femmes du harem qui débordaient de la porte et se pressaient contre les murs sur trois rangées : une centaine, voire plus, supputa Hachim, vêtues ou dévêtues. Certaines, qu'on avait tirées du lit, étaient encore en pyjama.

En face, parés de leurs atours, se tenaient les eunuques du palais, blancs et noirs. Sur leurs turbans étincelaient des bijoux précieux et se balançaient des aigrettes. Il devait y avoir trois cents hommes, pensa Hachim, bruissant et murmurant comme des pigeons juchés sur un arbre.

Un silence s'empara d'eux : ils tournèrent le visage vers la porte située sous la fenêtre de Hachim et, lentement, se mirent à s'écarter de part et d'autre, créant une sorte de corridor. Hachim les distinguait mieux à présent et reconnut même quelques visages : il aperçut des zibelines, des caftans en cachemire et un trésor impérial de broches et de pierres précieuses. Ils ressemblaient, songea Hachim, moins à des pigeons qu'à des pies, des pies attirées par tout ce qui brillait, amassant dans leurs nids or et diamants.

Il se dressa sur les orteils pour voir qui fendait cette foule, bien qu'il le sût déjà. Le *kislar agha* était magnifique dans une énorme pelisse noire si pailletée par l'humidité ambiante qu'elle en étincelait. Il avançait avec lenteur mais son pas était d'une étonnante légèreté. Sa main, serrée sur le bâton, était couverte de bagues. Son visage disparaissait sous un grand turban de mousseline éclatant de blancheur, enroulé autour du chapeau rouge conique correspondant à son état, de sorte que Hachim ne put juger de son expression. Mais il vit les autres eunuques baisser les yeux vers le sol, comme s'ils n'osaient vraiment affronter son regard. Hachim connaissait ce visage, ridé comme celui d'un singe, aux yeux injectés de sang, aux joues grasses et bouffies. C'était un visage qui portait l'empreinte du vice et arborait ce vice avec un air de profonde indifférence.

Les eunuques étaient à présent disposés en deux rangées parallèles, le *kislar agha* seul au centre, face à la

Validé postée de l'autre côté de la cour. Il ne leva pas les mains, c'était inutile. Personne ne bougeait.

– L'Heure est venue. (Il parlait lentement d'une voix aiguë et fêlée.) Nous qui sommes les esclaves du sultan proclamons l'Heure. Nous qui sommes les esclaves du sultan nous rassemblons pour sa protection. Nous qui fléchissons le genou devant le trône soutenons le sacrement du pouvoir. Nous parlerons avec votre fils, notre seigneur et maître, le *shahinshah* ! (Le chef des eunuques éleva la voix en proclamant :) L'Heure est venue !

Une faible clameur monta des rangs des eunuques :

– L'Heure ! L'Heure !

La Validé-sultane ne fit pas le moindre geste, tapotant seulement, de son pied gracieux, la marche de pierre.

Le chef des eunuques leva les bras, les doigts recourbés comme des serres.

– Il faut déployer la bannière. Il faut apaiser la colère de Dieu et celle du peuple. Il s'écartera de l'abîme de l'incroyance et brandira le glaive d'Osman pour défendre la foi ! Telle est la Voie. Il est écrit que ceux qui savent approcheront et feront un avec le Cœur. Calife et sultan, seigneur des Horizons, tel est son destin. Le peuple s'est levé, les autels sont prêts. C'est Dieu qui nous a réveillés, à la onzième heure, Heure de la Restauration ! Qu'il vienne ! mugit-il d'une voix terrible. (Il recourba les doigts, sans serrer les poings, puis les laissa retomber sur le côté. Sa voix devint un murmure rauque.) Révèle le Cœur.

Comme Hachim, la Validé-sultane sembla trouver ce numéro un peu outré. Lorsqu'elle tourna la tête pour murmurer quelque chose à une suivante, Hachim vit son profil parfait, toujours limpide et beau, et reconnut la nonchalance de son regard quand elle se tourna pour se concentrer à nouveau sur le chef des eunuques. Nonchalance signifiait danger. Il se demanda si le *kislar agha* en était informé.

– *Kislar*, dit-elle d'une voix où perçait un mépris moqueur. Certaines de nos dames ici présentes ne sont pas chaudement vêtues comme il faudrait. Et la nuit est froide. De votre côté, vous n'êtes pas non plus habillé comme il faut. (Elle releva légèrement le menton, comme pour l'inspecter. Les yeux de l'eunuque se plissèrent de fureur.) Non, *kislar*, votre turban paraît en ordre. Mais il semble bien que vous portez *mes* bijoux.

« Bien joué », pensa Hachim, serrant le poing. À coup sûr, la Validé savait tirer parti d'un renseignement.

Les narines du chef des eunuques se dilatèrent mais il baissa très vite les yeux. Ce mouvement, provoqué, en quelque sorte, par l'influence d'une femme plus puissante que lui, eut-il pour effet de le déconcerter, ou bien en fut-il ainsi à cause du simple caractère inattendu des remarques de la Validé ? Hachim n'aurait su le dire. Mais le *kislar* ouvrit la bouche et la referma, comme s'il voulait tenir un discours qui ne sortait pas.

La voix de la Validé ressemblait à de la soie tendue.

– Et, par ailleurs, vous avez tué pour eux, n'est-ce pas, *kislar* ?

L'eunuque leva un doigt et le pointa sur la Validé. Hachim vit qu'il tremblait.

– Ils sont... pour mon pouvoir ! hurla-t-il d'une voix perçante.

À présent, il improvisait, entraîné dans un débat qu'il n'avait pas prévu d'engager et dont il ne pouvait sortir vainqueur. Son pouvoir décrut à chaque mot qu'il prononçait.

Du coin de l'œil, Hachim vit une forme blanche approcher du mur. Une silhouette juvénile bondit comme un chat et se précipita vers l'eunuque. L'eunuque ne la vit pas tout de suite car elle était cachée par son bras tendu.

– Que le sultan vienne, ou vous en subirez les conséquences ! s'écria le *kislar agha*.

Puis il tourna légèrement la tête et, à cet instant, Hachim reconnut la jeune fille. Celle qui avait volé la bague de la *gözde*.

Hachim ferma les yeux. Et, à cet instant, il revit son beau visage inflexible quand elle avait refusé de l'entendre.

À présent seulement, il reconnut cet air. Masque de la douleur.

Une esclave haleta près de lui, et Hachim ouvrit les yeux. La jeune fille s'était jetée sur l'énorme eunuque : il la chassa comme une mouche. Mais elle se redressa vite et, pour la première fois, Hachim vit qu'elle tenait à la main un poignard, une longue lame recourbée, comme le dard d'un scorpion. Elle bondit à nouveau et, cette fois, ce fut comme si les deux s'enlaçaient, tels des amants : la mince jeune fille blanche et l'énorme Noir, vacillant quand elle s'accrocha à lui.

Mais elle n'était pas de taille à se mesurer au *kislar*. Les mains de ce dernier se refermèrent sur son cou et, comme il appuyait de ses bras puissants, ses longs doigts se répandirent sur son cou comme une tache d'encre. Les pieds de la jeune fille se débattirent éperdument mais dérapèrent sur la pierre mouillée. Ses mains se tendirent vers celles de son adversaire, s'agrippant à elles. Cependant, le *kislar agha* était beaucoup plus fort. Avec un grognement, il la jeta de côté. Alors elle s'écrasa sur le sol, inerte.

Personne ne bougeait. Même le pied de la Validé avait cessé son tapotement. Soudain, l'une des femmes hurla et plaqua une main sur sa bouche. Le *kislar agha* tourna la tête, se balançant d'un pied sur l'autre comme en prévision d'un nouvel assaut. Hachim vit les femmes reculer.

Le *kislar agha* ouvrit la bouche pour parler. Il toussa. Ses mains se portèrent à son estomac.

Derrière lui, les eunuques s'agitèrent. Leur chef commença à se tourner vers eux et, comme il se mouvait, Hachim vit très distinctement ce qui avait provoqué le hurlement de la femme. La garde, sertie de pierres précieuses, d'une lame circassienne.

Le *kislar* cracha en se retournant puis commença à tomber vers le sol, son énorme torse s'affaissant lentement tandis qu'il pivotait sur lui-même. Ses jambes se dérobèrent et il s'écroula sur les genoux, tenant toujours la garde du poignard planté dans son abdomen, avec un air de surprise horrifiée qu'il devait emporter dans la tombe.

Hachim entendit le grondement sourd du corps du *kislar agha* s'abattant, tête en avant, sur le sol.

122

Il y eut un moment de silence, puis la cour devint le théâtre d'un désordre indescriptible. Les eunuques se précipitèrent vers les issues pour tenter de fuir, de mettre par tous les moyens quelque distance entre eux et leur chef déchu. Les hommes se faufilaient et se bousculaient pour atteindre les portes, certains s'engouffrant dans le Passage d'or, d'autres envahissant la colonnade, de sorte que Hachim ne pouvait plus les voir. Il était certain que les hallebardiers n'allaient pas bouger devant ces dizaines d'hommes fuyant vers le sanctuaire de leurs propres quartiers. Le lendemain, songea Hachim, pas un n'admettrait s'être trouvé en ce lieu cette nuit-là. Mais ils s'accuseraient l'un l'autre.

Il en était au moins un, cependant, dont il pourrait se porter garant. Il fut heureux de voir qu'Ibou avait pris le bon parti, qu'il n'avait pas délaissé son univers de textes moisis et de documents écornés.

Les eunuques avaient tous déserté l'endroit, abandonnant sur les dalles bijoux, babouches et même leurs bâtons. Quelques-uns avaient tenté d'empêcher la débâcle au premier mouvement de panique, haranguant la foule, criant des paroles d'encouragement : « C'est toujours l'Heure ! » Mais les eunuques avaient couru comme des poules dans une basse-cour, et ces mots s'étaient évanouis. Tous avaient fui.

En revanche, les femmes n'avaient pas bougé, attendant le signal de leur maîtresse. Le chef des eunuques et la jeune fille morte gisaient toujours sur les dalles luisantes, comme les pièces d'un jeu d'échecs géant... le pion blanc sacrifié à la tour noire. Mais c'était un sacrifice volontaire car la bague lui avait toujours appartenu. Un gage, supposa Hachim, qu'elle avait demandé à son amoureux de porter. Il existait entre ces murs d'autres formes d'amour que celui d'une femme pour un homme... à supposer que l'accomplissement de l'acte méritât le nom d'amour. Que leur avait dit l'habilleur ? Que cette bague apparaissait ici et là avec son mystérieux symbole, son sens caché. Tout cela était à présent fort clair. Circuit sans fin, le serpent qui dévore le serpent. Frustration, excitation et plaisir à parts égales... et sans issue.

La Validé descendit dans la cour. Les femmes s'assemblèrent autour du corps de la jeune fille et la soulevèrent afin de la porter sous la colonnade.

Même à présent, Hachim éprouva un pincement au cœur pour l'homme qui l'avait tuée, et aussi pour son amoureux. À peine quelques heures plus tôt, ils s'étaient entretenus juste à l'endroit où il gisait maintenant et il lui avait rappelé le meurtre du père du sultan, Selim, survenu alors qu'il jouait du nay pour divertir les jeunes filles du palais. C'était son propre prédécesseur qui avait perpétré l'acte. Était-ce là une des traditions qu'il cherchait à perpétuer : le meurtre des sultans par leur *kislar agha* ?

Mais pourquoi s'était-il emparé des bijoux de la Validé ? Peut-être, dans sa folie, l'avait-il expliqué lui-même : dans son vieil esprit étroit, rusé et superstitieux, il en était venu à lier les bijoux au pouvoir et les avait dérobés comme s'il s'était agi d'un talisman, d'un gri-gri qui devait le préserver dans l'épisode le plus crucial de sa carrière.

Les jeunes esclaves s'étaient déjà glissées dehors. Hachim les suivit, descendit les marches et traversa le poste de garde pour regagner le corridor.

Il s'arrêta, la main sur la poignée de la porte des Archives. Que fallait-il dire au jeune homme ?

Il poussa la porte qui s'ouvrit. Ibou se tenait juste de l'autre côté, une lampe à la main.

– Qu'est-il arrivé ? J'ai entendu des cris.

Il leva la lampe plus haut afin d'éclairer, derrière Hachim, le corridor.

– Qu'y a-t-il ? demanda Hachim.

Ibou regarda par-dessus son épaule. Il sembla hésiter.

– Êtes-vous seul ? Oh, je... J'ai cru entendre quelqu'un. (Il leva le bras et s'éventa de la main le visage.) Oh ! Il fait chaud.

Hachim sourit

– Et ce sera pire, dit-il, si nous n'arrivons pas à maîtriser les incendies.

– C'est vrai, dit Ibou avec un pâle sourire.

Hachim posa une main sur le chambranle de la porte et se laissa aller de tout son poids contre lui, les yeux fixés au sol. Il pensa à Ibou qui avait continué à travailler seul tandis que les eunuques aboyaient après leur sultan dans la cour de la Validé. Il pensa à la petite porte arrière qu'il venait de franchir si aisément et au groupe d'hommes qu'il avait vu dehors sous l'arbre des Janissaires. Tout se jouait à la seconde près, pas vrai ? Le soulèvement dans la ville et la persuasion du sultan. Les conspirateurs devaient avoir un moyen quelconque de communiquer... de faire connaître aux rebelles de l'extérieur l'apothéose mystique du sultan.

Un intermédiaire. Quelqu'un qui pût rapporter ce qui se passait dans le monde fermé du harem aux hommes qui, dehors, menaçaient la ville.

Il sentit un grand poids dans la gorge.

– Quels incendies, Ibou ? demanda-t-il calmement.

Hachim ne voulut pas regarder le visage du jeune homme. Il ne voulut pas se voir confirmer qu'il avait raison, qu'Ibou était la cheville ouvrière de tout ce complot. Mais il comprit lorsqu'il bredouilla pour lui répondre. À l'évidence, aucun archiviste confiné entre les grands murs de sa salle d'Archives n'avait pu voir ni entendre les incendies que Hachim avait vu éclater quelques instants à peine avant de pénétrer dans le palais quasi désert.

Ibou savait déjà ce qui allait se passer.

À contrecœur, Hachim leva les yeux vers lui.

– Cela n'a pas marché, Ibou. Le chef des eunuques est mort. Inutile d'attendre quelqu'un d'autre.

Il regarda derrière l'archiviste, le long des piles sombres, en direction de la porte. La lampe devant lui brillait et scintillait. Hachim ferma les yeux puis les rouvrit. La lumière était vive.

Ibou se tourna et posa avec soin la lampe sur la table. Il garda les doigts posés sur son pied, comme s'il s'agissait d'une offrande, pensa Hachim, comme s'il priait. Ibou fixa le petit cercle de la flamme et quelque chose dans la tristesse de son expression ramena Hachim à l'homme dont le cadavre gisait abandonné dehors, dans la cour en plein vent balayée par la pluie. Il y avait bien longtemps, le *kislar agha* avait dû ressembler à Ibou. Doux, élancé. Charmant. Le temps et l'expérience l'avaient rendu vulgaire. Mais, un jour, lui aussi avait été attachant.

– Ce n'est pas fini, Ibou, dit-il lentement. Il faut que vous leur disiez. Arrêtez ce qui se passe. L'Heure n'est pas venue.

Ibou respirait de manière saccadée. Ses narines se dilatèrent.

Très doucement, il retira les doigts de la lampe puis leva une main et tira sur le lobe de son oreille.

Hachim écarquilla les yeux.

– Darfour ? dit-il.

Le jeune homme le regarda et hocha la tête.

– Il n'y a rien là-bas. Des huttes. Des crocodiles dans le fleuve. Des petits cochons sauvages sur la route, des chiens. Il m'a dit que je devais venir. J'étais d'accord. (Hachim se mordit la lèvre.) J'ai quatre frères et six sœurs, poursuivit Ibou. Que pouvais-je faire d'autre ? Il nous envoyait de temps à autre un peu d'argent. Quand il est devenu chef, il m'a fait venir.

– Je vois.

– Il est l'oncle de ma mère, dit Ibou. (Hachim opina.) Le frère de mon grand-père. Et moi, je voulais venir. Même avec le couteau, j'étais content. Je n'avais pas peur.

Non, pensa Hachim : vous avez survécu. Colère ou désespoir, l'un et l'autre aidaient à survivre. Dans son propre cas, ce fut la colère. Et pour Ibou ? Un village boueux, infesté de crocodiles, l'épreuve du couteau dans le désert, l'espoir de fuir.

– Écoutez-moi, Ibou. Ce qui est fait est fait. Vous n'avez plus désormais de protecteur, mais je me porterai garant pour vous. Vous devez à présent venir avec moi et dire aux hommes dehors que la partie est terminée. L'Heure est passée. Faites-le, Ibou, pour éviter que beaucoup ne meurent.

Ibou frissonna et se passa la main sur le visage.

– Vous.. vous me protégerez ?

– Si vous m'accompagnez maintenant. Il faut que cela vienne de vous. Où attendent-ils... sous l'arbre ?

– Oui, près de l'arbre des Janissaires, lâcha Ibou presque dans un murmure.

« Il faut y aller de suite, songea Hachim, avant qu'il ait le temps d'avoir peur. Avant qu'il soit trop tard. »
Il prit Ibou par le bras.
– Venez, dit-il.

123

Quand ils atteignirent la porte de l'Ortakapi, Hachim ralentit le pas.
– Ibou, dit-il à voix basse. Je ne peux pas aller plus loin. Ma présence ne servira à rien. Vous devez dire que le *kislar agha* est mort, et que le palais est calme. Pas plus. Compris ?
Ibou lui serra le bras.
– Vous restez ici ?
Hachim hésita.
– Il faut que je trouve le *seraskier*, dit-il. Vous ne courez aucun danger : ils attendent un messager. Allez-y maintenant !
Il lui donna une petite tape sur l'épaule et regarda le jeune homme franchir nonchalamment la porte puis se diriger vers le groupe d'hommes cachés dans l'ombre plus dense des platanes. Il vit les hommes s'agiter et se retourner puis, s'étant assuré qu'Ibou retenait leur attention, il franchit discrètement la porte et contourna le mur opposé de la première cour en prenant soin de rester lui-même dans l'ombre.

124

Le brigadier Genghis Yalmuk glissa un doigt sous sa jugulaire et le promena d'une oreille à l'autre afin d'alléger la pression. Il servait dans la Nouvelle Garde depuis dix ans, et était passé, cinq ans auparavant, de simple soldat à artilleur. Durant ces dix années, son seul grief avait concerné la coiffure que les soldats devaient porter, le shako des *ferenghi* avec une grosse jugulaire en cuir. À présent, il commandait un bataillon de dix canons et ses hommes, quarante en tout.

Il regarda l'Hippodrome et grogna. Il avait peiné dans le sable et la chaleur de la Syrie. Il était en Arménie lorsque les Cosaques avaient enfoncé les lignes de l'infanterie et chargé sa redoute, avec leurs sabres étincelant dans le soleil, leurs montures aux naseaux fumants. Son commandant avait alors juré d'abattre tout homme qui déserterait son poste. La bataille, il le savait, c'étaient des jours et des heures d'attente, de réflexion différée, ponctués de courts engagements sauvages où l'on n'avait plus le temps de réfléchir. « Laissez tout ça », s'était-il entendu dire maintes fois aux officiers en charge.

Eh bien, à présent, il était l'un d'eux, et l'injonction de ne pas réfléchir était, pour autant qu'il pût en juger, toujours de mise. Ses ordres étaient venus directement du *seraskier* en personne, qui avait parcouru les lignes comme un dément, fixant la position des canons, instruisant les troupes, décidant les hausses et exhortant tout son monde à l'obéissance. Genghis ne trouvait rien à redire, naturellement, mais il était lui-même originaire de Stamboul, pas une de ces recrues d'Anatolie, et il trouva étrange d'être dans sa propre ville, en armes et les bras croisés, tandis que l'incendie faisait rage.

Il eût aimé être envoyé à Sultan Ahmet, peut-être, ou dans quelque autre endroit plus au cœur de la ville, où les hommes devaient sans doute combattre de front les incendies au lieu de s'entendre dire de pointer les canons dans toutes les directions et d'empêcher les foules d'approcher du palais. Mais le *seraskier* avait donné des instructions très précises. Ils avaient aussi synchronisé leurs montres en vue du barrage qui devait débuter dans près d'une heure. Le barrage dont Genghis Yalmuk ne contestait ni ne comprenait la raison d'être mais que le *seraskier* avait personnellement préparé, allant d'un canon à l'autre avec une liasse d'instructions et de mesures diverses, comme s'il ne pouvait se fier à son brigadier pour régler la question.

Et dans l'intervalle, songea-t-il tristement, ils étaient toujours là à attendre. À attendre pendant que la ville brûlait.

Il aperçut un homme avec une simple cape brune qui parlait à deux sentinelles devant la porte du Sérail et fronça le sourcil. Ses ordres étaient très clairs : tenir les civils à l'écart du théâtre des opérations. Cet homme avait dû se glisser par la porte et venir du palais. Genghis Yalmuk rejeta les épaules en arrière et partit dans leur direction. Cet homme ferait mieux de repartir par le même chemin, et, de plus, en quatrième vitesse, palais ou pas palais, sinon il comprendrait vite son malheur.

Mais, avant d'avoir fait cinq mètres, l'homme à la cape brune s'était retourné pour examiner le terrain. Une des sentinelles pointa son arme et l'homme commença à se diriger vers lui, une main levée.

– Dites donc, commença Genghis, mais le civil lui coupa la parole.

– Hachim Togalu, service impérial, dit-il. Je dois voir le *seraskier* et vite. Nécessité opérationnelle, ajouta-t-il. Nouveau renseignement d'importance vitale.

Genghis Yalmuk cligna des yeux. Il avait, après tout, l'obéissance chevillée au corps et une oreille sensible à tout ce qui ressemblait à un ordre. Quant à Hachim, il croisa les mains. Pendant un moment, les deux hommes se toisèrent. Puis Genghis Yalmuk leva un bras en l'air :

– Là-haut, dit-il.

Hachim suivit la direction de son doigt. Au-dessus des arbres et des murs entourant la Grande Mosquée. Au-delà des minarets. Plus haut et plus loin. Il pointait le dôme de l'Aya Sofya.

– Alors, c'est trop tard, dit vivement Hachim. Je crains d'avoir à vous demander de me montrer vos ordres.

125

Le *seraskier* s'adossa au gainage en plomb du contre-boutant et mit sa joue contre le métal lisse. Il n'avait pas réalisé à quel point il était excité. Son visage semblait brûler comme la ville étalée à ses pieds.

Là, sur les plombs, il avait une vue parfaite. D'en bas, l'Aya Sofya semblait jaillir d'un seul tenant, le dôme central massif soutenu par un anneau arc-bouté qui flottait dans l'air au-dessus de deux demi-dômes placés de chaque côté. C'était ainsi que, depuis toujours, les artistes la représentaient, avec des épaules rondes comme tant de mosquées mais, sur un point, ils se trompaient. Édifiée au XVe siècle, la grande église de l'empereur byzantin Justinien conciliait deux formes opposées. Le grand cercle du dôme, s'élevant au-dessus d'une galerie ronde avec des arceaux, montait vers le ciel à partir d'une base carrée couverte de plomb. Aux quatre coins, il y avait un espace où l'inclinaison était moins forte et c'était donc de là, à quelque soixante-dix mètres du sol, que le *seraskier* regardait les sept collines, par-dessus le Sérail, jusqu'aux eaux sombres au-delà, où se balançait par endroits une lanterne. Plus à l'ouest, il imagina le reflet dans l'eau des flammes qui s'élançaient alors vers le ciel, projetant dans l'espace de magnifiques gerbes d'étincelles, bondissant de toit en toit, consumant les murs en bois des vieilles maisons du port, forçant les portes, rugissant dans les ruelles. Fournaise purifiante, implacable, alimentée par deux mille ans de ruses et de tromperies.

Le feu était partie intégrante de la ville. Tout au long des siècles, il avait couvé, se déchaînant de temps à autre, se nourrissant de tout l'amadou insinué dans les sombres coins et recoins d'Istanbul, dont les angles biscornus regorgeaient de poussière, de détritus et de la crasse d'un million d'âmes ignorantes. Une cité de feu et d'eau. De saleté et de maladies. Une cité qui puait au bord de l'eau comme un cadavre en décomposition, trop putride pour être déplacé, brillant des grasses floraisons de la putréfaction.

Il se tourna vers le sud. Que le Sérail était noir ! Tapi derrière ses vieilles murailles, comme il dominait sur sa propre hauteur ! Mais le *seraskier* en savait plus long : c'était le nid d'un vautour, éclaboussé par la crasse et la fiente des générations, bâti sur les ossements des morts, empli en permanence du cri béant d'oisillons réchauffés par leurs propres excréments et se nourrissant de la crasse arrachée au purin environnant de la ville où il avait été construit.

Le *seraskier* s'avança jusqu'à la gouttière et regarda vers la place où ses hommes se tenaient près de leurs canons. Ordre et discipline, pensa-t-il : de braves hommes, à qui l'on avait fait endosser, ces dernières années, les nobles habits de la déférence et de l'obéissance. Ils savaient ce qu'il en coûtait de sortir du rang. C'était sur l'ordre et l'obéissance que reposait une armée, et une armée était un instrument précieux dans les mains d'un homme qui savait s'en servir. Sans ordre il n'y avait qu'une racaille qui jappait et mordait comme un chien fou, ignorant sa raison d'être, cédant à toutes les sollicitations et sujette à tous les caprices.

Eh bien, cette nuit, il allait montrer au peuple qui était le plus fort : la racaille aveugle et le nid du vautour, ou le plomb, la mitraille et la force de la discipline.

Et quand la fumée se dissiperait, un nouveau départ. Une grande ère nouvelle.

Il sourit, ses yeux brillant dans la lueur de l'incendie. Puis il se raidit, s'écarta doucement du mur et tira son pistolet de sa ceinture. Il releva le percuteur et pointa le canon droit sur la voûte. Quelqu'un montait l'escalier.

L'ombre s'allongea puis le *seraskier* vit l'eunuque qui clignait des yeux, tournant la tête de part et d'autre.

– Parfait, Hachim, dit le *seraskier* en souriant. Je me demandais si vous viendriez.

126

Le *seraskier* tapota de son pied le toit en pente.

– Savez-vous ce que c'est ? Voyez-vous où nous sommes ? (Hachim le regarda.) Oui, naturellement. Sur le toit de la Grande Mosquée. Vous voyez le dôme au-dessus de votre tête ? Les Grecs l'appelaient Hagia Sofya, l'église de la Sainte Sagesse. Hauteur, soixante mètres. Volume intérieur, trois millions de mètres cubes. Vous savez de quand elle date ?

– Elle fut construite avant l'époque du Prophète, dit prudemment Hachim.

– Incroyable, pas vrai ? (Le *seraskier* gloussa. Il semblait être dans les meilleures dispositions.) Et sa construction n'a duré que cinq ans. Vous imaginez l'effort que cela dut représenter ? Ou ce que nous pourrions faire de nos jours d'une telle énergie appliquée à quelque chose de vraiment valable ? (Il rit à nouveau et tapa du pied.) Comment quelque chose d'aussi ancien a-t-il pu durer aussi longtemps ? Eh bien, je vais vous le dire. C'est parce que personne, pas même le Conquérant Mehmet lui-même, n'eut l'idée ni le courage de l'abattre. Je vous surprends ?

Hachim fronça les sourcils.

– Pas tout à fait, répliqua-t-il sans se départir de son calme.

Le *seraskier* leva les yeux.

– Des milliers de plaques de plomb battu, dit-il. Des hectares. Et les piliers. Et le dôme. Rendez-vous compte, Hachim. Il y a mille quatre cents ans qu'elle s'impose à nous. On ne voit même plus au-delà ni alentour. On n'imagine pas le monde sans elle. Pas vrai ? Vous savez, c'est comme la puanteur. Après un certain temps, personne n'y fait plus attention. Pas même quand elle empoisonne. (Il se pencha en avant. Hachim remarqua qu'il tenait toujours le pistolet d'une main ferme.) Et tout cela nous empoisonne. (Il fit un geste de la main.) Année après année. L'habitude ajoutée au préjugé, l'ignorance à la cupidité. Allons, Hachim, vous le savez aussi bien que moi. Nous sommes étouffés par elle. La tradition ! Ce n'est que de la suie qui s'accumule. D'ailleurs, elle a même eu raison de vos couilles !

Hachim ne voyait plus que le contour du visage du *seraskier* sur fond d'incendie, mais il l'entendit ricaner de sa propre saillie.

– J'arrive du palais, dit Hachim. Le sultan est sauf. Il y a eu une sorte de coup...

– De coup d'État ?

Le *seraskier* se passa la langue sur les lèvres.

– Oui. Les eunuques du palais menés par le *kislar agha*. Ils avaient l'intention de revenir en arrière. De rétablir les janissaires. Tout était dans ce vers karagozi... vous vous souvenez ?

Le *seraskier* gonfla les joues.

– Allons, Hachim. Cela n'a aucune importance. Vous le savez bien, non ? Les eunuques. Le sultan. Le sultan est fini. Et l'édit ? Vous pensiez vraiment que cet édit allait changer quelque chose ? Vous l'avez vu aujourd'hui, pas vrai, le vieux pochard ? Qu'est-ce qui vous fait croire que l'un d'entre eux puisse faire quoi que ce soit ? Ils sont la moitié du problème. L'édit n'est qu'un autre morceau de papier sans valeur. L'égalité ? Du blabla. Il n'y a qu'une égalité dans ce pays et c'est quand vous êtes en rang, épaule contre épaule, avec les autres hommes, à recevoir des ordres. On aurait dû le comprendre il y a longtemps mais on est devenu malhonnête.

– Et les janissaires ?

Le *seraskier* poussa un grognement amusé.

– Les janissaires... et leurs amis russes. Certains d'entre eux vivaient, je suppose, en territoire russe. En outre, les rebelles voulaient l'aide de la Russie.

– Qui vous a mis au courant ? demanda Hachim. Pas Derentsov ?

Le *seraskier* gloussa.

– Derentsov n'a pas besoin d'argent. C'est votre ami du fiacre. Le balafré.

Hachim fronça le sourcil.

– Potemkin... vous a informé ?

– Potemkin m'a informé au départ. Mais il était trop cher. Et trop dangereux.

Hachim regarda le *seraskier* puis dit :

– Alors vous avez trouvé quelqu'un d'autre pour vous renseigner au jour le jour sur le complot des janissaires. Quelqu'un de sûr, qui ne se ferait pas trop remarquer.

– Exact. Quelqu'un de bon marché et d'insignifiant. (Le *seraskier* sourit de toutes ses dents, les yeux agrandis de plaisir.) Je vous ai trouvé, vous.

– Je vous ai indiqué le moment de la révolte.

– Oh ! Plus, beaucoup plus ! Vous avez entretenu le complot. Vous avez aidé à créer le climat dont j'avais besoin. En bas, une ville prise de panique. Ils sont déjà vaincus. Les janissaires. Le peuple. Et maintenant aussi le palais. (Il se passa la main sur la poitrine en signe de délectation.) À vous, je n'ai, je le crains, d'autre choix à proposer que la vie ou la mort. Ou bien, devrais-je dire, le dévouement à l'État et... disons, un attachement romantique à un ensemble de traditions dépassées. (Il marqua une pause.) Pour ce qui est de l'Empire, eh bien, le choix est fait. Ou sera fait dans... (Il tira de son gousset une montre miroitante.) Environ dix-huit minutes. Le choix entre d'un côté tout ceci, ce poids, l'histoire et la tradition, ce fardeau qui nous écrase tous comme le dôme de la cathédrale de Justinien... et, de l'autre, un nouveau départ.

– Mais le peuple...

Hachim tenta de s'interposer.

– Oh ! Le peuple ! (Le *seraskier* tourna à moitié la tête comme s'il s'apprêtait à cracher.) Le monde regorge de gens. Nous sommes bien placés sur ces hauteurs, n'est-ce pas, pour voir le palais brûler. Et, avec l'aube, l'avènement d'une nouvelle ère. Efficace. Propre. Certes, la maison d'Osman nous a bien servis en son temps. La réforme ? Un édit ? Du vent. Le système est trop détraqué, trop chancelant pour se réformer lui-même. Ce qu'il nous faut, c'est un nouveau départ. Balayer toute cette camelote, ces pantalons bouffants, ces sultans, ces eunuques, ces conciliabules. Nous souffrons d'une autocratie qui n'a même pas le moyen de faire ce qu'elle veut. L'Empire a besoin d'un gouvernement stable. Il besoin d'être géré par des hommes qui savent commander. Prenez la Russie.

– La Russie ?

– Oui. La Russie est inébranlable. Mais, sans le tsar, elle pourrait dominer le monde entier. Sans tous ses princes, ses aristocrates et ses cours. Imaginez, un pays géré par des spécialistes, des ingénieurs, des soldats. C'est ce qu'on s'apprête à voir... mais pas en Russie. Ici. Nous avons besoin du système russe... du contrôle de la main-d'œuvre, du contrôle de l'information. Voilà un domaine pour vous, si vous voulez. J'ai dit que vous êtes capable. L'État moderne a besoin d'oreilles et d'yeux. Nous en aurons besoin demain quand le jour se lèvera pour la première fois sur la république ottomane.

Hachim avait le regard fixe. Il revit soudain leur première rencontre, le *seraskier* allongé si maladroitement sur son divan, en jaquette et pantalon, mais peu enclin à s'attabler dos à la pièce. Bel exemple de mode occidentale ! Était-ce donc là ce qui se jouait ?

– La république ?

Il reprit en écho le mot étrange du *seraskier*. Il pensa au sultan et à la Validé, à toutes les femmes de la Cour, et se souvint de la lueur de fanatisme dans les yeux des eunuques influents, et de la mort imprévue de leur chef. Le *seraskier* savait qu'ils allaient se rassembler. Et lui-même, Hachim, avait persuadé le sultan d'autoriser l'envoi de l'artillerie dans la ville.

– C'est ça, dit le *seraskier* d'un ton cassant. Nous avons entendu pour la dernière fois ces vieux fantoches divaguer sur la tradition, arpenter à pas feutrés leur propre nid comme des oiseaux sans cervelle ! Au mépris de l'Histoire. (Il se redressa de toute sa hauteur.) Pensez-y comme à une... opération chirurgicale. La douleur est là, bien sûr. Le scalpel du chirurgien est sans pitié, mais il éradique le mal.

Hachim sentit son cœur s'arrêter. Dans le même temps, son esprit s'éclaircit. Le *seraskier* continuait de parler.

– Pour le patient, disait-il, la souffrance est source de soulagement. Nous pouvons être modernes, Hachim. Nous devons l'être. Mais croyez-vous vraiment que la modernité soit quelque chose qui s'achète ? La modernité n'est pas une marchandise. C'est un état d'esprit.

Un souvenir lui revint en mémoire. Il s'y accrocha, une forme insaisissable, un assemblage de mots qu'il avait déjà entendus. L'homme continuait de parler. Il sentit le souvenir lui échapper.

– C'est un réaménagement du pouvoir. L'ancien est révolu. Il nous faut penser au nouveau.

– Nous ?

– Les classes dirigeantes. Les gens instruits. Ceux comme vous et moi.

« Personne, pensa Hachim, n'est comme moi. »

– Les gens ont besoin d'être dirigés. Cela n'a pas changé. Ce qui va changer, c'est la façon dont nous le serons.

« Nous sommes tous différents. Je ne ressemble à personne.

« Je garderai ma liberté. »

127

– Je vais descendre maintenant, dit calmement le *seraskier*. Et vous, je le crains... vous allez rester dans ces hauteurs. Je pensais que vous pourriez m'accompagner, mais peu importe.

Il fit un signe avec son arme. Hachim sortit du passage voûté et s'avança sur le toit pentu.

– Échangeons nos places lentement, proposa le *seraskier*. (Ils se contournèrent pendant quelques secondes puis ce fut le *seraskier* qui se trouva sous la voûte.) Voyez-vous, je ne vais pas vous tuer. Je persiste à penser que vous changerez peut-être d'avis. Quand les troupes se retireront. Quand cet endroit se mettra à brûler.

Hachim n'écoutait pas vraiment. Le *seraskier* vit ses yeux dévier puis s'agrandir presque à son insu. Mais il résista à l'envie de se retourner. Pas question de se laisser distraire.

De fait, la surprise de Hachim n'était pas du tout feinte. Derrière le *seraskier*, en haut des marches, deux personnages hors du commun étaient apparus en silence. L'un brun, l'autre blond, tous deux vêtus comme des croyants. Hachim aurait pourtant juré que la dernière fois qu'il avait posé les yeux sur ces deux-là, ils portaient redingote et foulard au sein de l'ambassade de Grande-Bretagne.

– Excusez-moi *, dit le blond. Mais... Parlay voo français * ?

Le *seraskier* pivota sur lui-même comme si on lui avait tiré dessus.

– Qu'est-ce que c'est? s'exclama-t-il d'une voix sifflante en posant sur Hachim un regard méfiant.

Hachim sourit. Contournant des yeux le *seraskier*, le jeune homme blond leva une main en guise de salut.

– Je vous connais, m'sieur *... n'est-ce pas ? Je suis Compston, et voici Fizerly. C'est bien vous l'historien, pas vrai ?

Il y avait dans sa voix un soupçon de désespoir que Hachim ne trouva pas déplacé.

– Ce sont des officiels de l'ambassade britannique, dit-il au *seraskier*. Beaucoup plus modernes qu'il n'y paraît, j'imagine. Et efficaces, comme vous dites.

– Je vais les tuer, gronda le *seraskier*.

Il pointa son arme sur eux, ce qui les fit reculer.

– À votre place, je m'en abstiendrais, dit Hachim. Votre aube républicaine risque bien vite de se muer en crépuscule si vous convoquez à nos portes les canonnières britanniques.

– Cela n'a pas d'importance, dit le *seraskier* qui avait recouvré son calme. Dites-leur de déguerpir.

Hachim ouvrit la bouche pour parler mais ses premiers mots furent couverts par une explosion sourde pareille à un coup de tonnerre. Le sol trembla sous leurs pieds.

Comme le bruit de la détonation s'apaisait, le *seraskier* tira sa montre de son gousset et se mordit la lèvre. « Trop tôt », pensa-t-il. Ensuite : « Peu importe. Qu'ils entament le barrage. »

Il attendit, les yeux rivés sur la montre. « Quinze secondes. Vingt secondes. En avant les canons ! » La sueur perlait sur son front.

Il y eut une autre déflagration, légèrement plus faible que la première. Le *seraskier* redressa la tête et regarda Hachim d'un air triomphal.

Mais Hachim s'était détourné. Il se tenait sur le toit, mains levées, fixant la ville à ses pieds tandis que le vent s'engouffrait dans sa cape.

Au loin, le *seraskier* vit une explosion de lumière qui ricocha sur les piliers du dôme, et Hachim se détacher sur l'horizon avec un relief saisissant. Puis il entendit le grondement des canons qui suivit. Il y eut une nouvelle explosion de lumière, comme un obus qui éclate, puis un autre grondement profond qui lui fit froncer le sourcil. Il savait ce qui l'intriguait. Le bruit et la lumière ne venaient pas de la bonne direction. Il aurait dû entendre les canons rugir puis voir l'éclair de lumière au moment où l'obus atteignait sa cible.

Le *seraskier* sortit du passage voûté et se mit à courir, ses pas ne produisant aucun son sur les épaisses plaques de plomb.

Hachim se précipita vers lui mais le *seraskier* allait trop vite. En une seconde, il avait vu ce qu'il ne s'attendait pas à voir et, avec une remarquable intuition militaire, avait compris ce que tout cela signifiait pour lui. Les canons opéraient au mauvais bout de la ville, les obus explosaient au loin. Il ne ralentit pas son allure, se recula légèrement comme Hachim cherchait à l'atteindre et, l'instant d'après, se trouva sur les gouttières, courant et glissant à moitié sur le toit en plomb du demi-dôme.

Il se mouvait à une vitesse effrayante. Hachim s'élança vers le bord et commença à se laisser descendre sur le toit conique, mais le *seraskier* avait déjà disparu. Puis il réapparut soudain plus bas, bondissant comme un chat durant sa glissade sur le toit.

Un instant, la ville tout entière se trouva étalée à ses pieds. Il aperçut de nouveau la masse sombre du Sérail, les lumières scintillant sur le Bosphore, les hommes et les femmes traversant en un flot ininterrompu la place en contrebas et, au loin, de longues flammes s'échappant de cratères béants que l'artillerie creusait soudain sur son passage. Pour lui, il ne restait qu'une direction à prendre.

Plusieurs années après cet épisode, un fournisseur arménien de l'armée, qui épousa une riche veuve dont il eut six fils, raconta comment il avait failli être écrasé par un officier tombé du ciel. « Mais attention, pas n'importe quel soldat, concluait-il avec un sourire. Dieu dans Son immense bonté m'a envoyé un général et, depuis, je n'ai jamais cessé de commercer avec les militaires. »

128

– J'ai besoin d'une escorte, Palewski, expliqua Hachim. Vous savez, quelqu'un qui ait l'oreille du sultan. C'est sans doute ce qu'il attend. Et vous deux, vous êtes très copains, pas vrai ?

On était samedi matin. La pluie qui avait tambouriné sur les carreaux tombait sans discontinuer depuis la fin de la nuit, ce qui facilitait grandement la tâche de la Nouvelle Garde occupée à éteindre les incendies dans la ville. Avec les brèches que leurs canons avaient ouvertes dans la nuit, le feu avait été circonscrit à la zone du port et, bien qu'ils fussent jugés importants, les dégâts n'étaient pas comparables à ceux de 1817 ou de 1807, ni à ceux de la douzaine d'incendies majeurs qui avaient éclaté dans ce quartier au cours du siècle précédent. Et le port, tout compte fait, n'était pas l'endroit le plus précieux d'Istanbul.

Palewski leva deux doigts et toucha sa moustache pour dissimuler un sourire.

– Copains, c'est le mot, Hach. J'ai l'intention d'offrir au sultan un petit quelque chose qui est arrivé ce matin, et que la providence a sauvé des flammes dans le port.

– Ah ! La providence, reprit Hachim.

– Oui. Jeudi dernier, je me suis aperçu que les stocks étaient assez bas, et j'ai donc commandé sur-le-champ deux autres caisses à l'entrepôt. Qu'est-ce que vous en dites ?

– Eh bien, j'en dis que le sultan appréciera ce geste. Non qu'il ait l'intention de boire, bien sûr.

– Non, bien sûr. D'abord, il n'y a pas de bulles. (Ils se sourirent.) Je suis désolé pour la brute d'hier soir, dit Palewski.

Hachim bâilla, hochant la tête.

– Je ne sais pas avec quoi vous l'avez frappé mais, quand je suis rentré, il était doux comme un agneau. Preen et son amie étaient en grande conversation avec lui. Vous ne le croirez pas. Non qu'il se soit beaucoup exprimé, naturellement, mais il semblait apprécier leur compagnie. Preen a proposé de le conduire chez un docteur. Je crois qu'elle a parlé d'un vétérinaire, mais voilà. Il semblait très touché lorsque je lui ai expliqué la chose.

– Par des mimiques ?

– Non, en langue des signes. C'est une langue que j'ai apprise quand j'étais à la Cour.

– Je vois, dit Palewski, le front soucieux. Je ne l'ai pas frappé, vous savez.

– Je sais et j'en suis heureux. Vous pouvez passer me prendre à six heures ?

129

Hachim dormit profondément jusqu'à une heure, puis somnola une heure de plus, naviguant entre des rêves où il n'entendait que des voix lui parlant avec des intonations familières mais dans des langues qu'il ne comprenait pas. Une fois, il vit le *seraskier* qui s'exprimait dans un français parfait avec un léger accent créole, et se débattit pour se réveiller. Avait-il rêvé que le *seraskier* lui avait parlé dans la langue de ses rêves ? *Un état d'esprit.* L'expression lui tournait dans la tête. Il s'assit, tout étourdi.

Puis il se leva, laissant sa cape sur le divan. Dans la pièce régnait une douce tiédeur. Le poêle était allumé. Sa logeuse avait dû se glisser pour le mettre en marche pendant qu'il dormait. Il plaça la bouilloire sur les braises, prit trois pincées de thé noir et les mit dans le pot. Il trouva près du fourneau une casserole contenant quelques *manti* : Preen lui avait sans doute préparé son dîner puis l'avait mangé avec son amie et peut-être aussi avec le muet. Ils lui avaient tout de même laissé quelque chose.

Il mit la casserole sur le feu, regarda fondre le beurre puis remua les *manti* avec une cuiller en bois. Il pensa faire une sauce tomate avec le bocal de purée, puis décida que les *manti* étaient prêtes et qu'il avait trop faim. Alors il les renversa simplement dans une assiette et, en quelques tours de moulin, les saupoudra de poivre.

Elles n'étaient pas excellentes, dut-il admettre, en fait un peu dures sur les bords, mais tout à fait délicieuses. Il versa le thé et le but avec du sucre et une cigarette, incliné en arrière sur le divan, à regarder les gouttes brillantes sur le treillis. La pluie s'était arrêtée et un pâle soleil d'hiver faisait une dernière apparition avant de s'éclipser pour la nuit.

Palewski, songea-t-il, avait presque raison. Une réception dangereuse : toujours invité, jamais acteur. Toujours contraint de rester en marge, impuissant et perplexe, tandis que la bonne vieille bataille faisait rage, bataille qui ne serait jamais gagnée entre l'ancien et le nouveau, la réaction et la rénovation, le souvenir et l'espoir. Il arrivait toujours trop tard, quand les *manti* de la nuit dernière commençaient déjà à se relever sur les bords. Jusqu'au moment où il avait parlé au brigadier qui avait détourné à temps les canons.

Après un moment, il inspecta la pièce sans bouger, mais promenant son regard d'un objet à l'autre avant de voir ce qu'il cherchait. Il tendit le bras pour s'en saisir, souriant à moitié. Une dague cloisonnée sans pommeau, la garde et le fourreau joliment émaillés dessinant à eux seuls un croissant unique se terminant en pointe fine. Il dégaina à moitié pour admirer l'éclat parfait de l'acier puis rengaina, attentif au léger déclic qui se produisit lorsque la dague reprit sa place dans le fourreau.

Acier de Damas, étiré à froid, héritage d'un savoir millénaire... et plus le travail était subtil, moins l'effort était perceptible. Désormais, ce n'était plus ainsi qu'on procédait. Il se demanda si elle verrait la différence, non que cela importât. C'était un bel objet, gratifiant. Dangereux mais protecteur aussi. Peut-être le regarderait-elle de temps à autre et, au nord, dans la blancheur de son univers de glace, il lui rappellerait un souvenir qui la ferait sourire.

Pendant quelques minutes, il soupesa la dague dans sa paume en y pensant, puis fronça le sourcil, la poussa doucement de côté et alla se laver de son mieux dans la bassine.

– Nous avons ordre de ne laisser entrer personne avant la fin des troubles, entonna le majordome, bouchant de sa corpulente silhouette l'entrée de l'ambassade.

– Il n'y a pas de troubles, dit Hachim.

Le majordome se contenta de pincer les lèvres. Hachim soupira et tendit un petit paquet.

– Puis-je vous confier ceci pour Son Excellence la princesse ?

Le majordome baissa les yeux en reniflant.

– Et qui devrai-je mentionner comme envoyeur ?

– Oh ! Dites simplement un Turc.

– Hachim !

Eugénie descendait lentement l'escalier, une main flottant près de la rampe, l'autre posée sur sa joue.

– Entrez !

Le majordome s'écarta. Eugénie prit les mains de Hachim dans les siennes et le mena jusqu'au sofa. Le majordome s'empressa à ses côtés.

– Tout va bien, dit-elle. Nous sommes amis.

– De la part du monsieur, Votre Altesse.

Le majordome lui remit le paquet de Hachim et se plaça en retrait.

– Du thé pour notre visiteur, s'il vous plaît, dit Eugénie.

Une fois le majordome parti, elle posa le paquet sur ses genoux, se saisit à nouveau des mains de Hachim et le regarda fixement dans les yeux.

– Je crois que... nous allons rentrer au pays. (Elle lui lança soudain un sourire et lui pressa les mains.) Mon mari est furieux. Et terrifié. Il pense qu'il a été trahi. (Hachim opina lentement.) Vous savez qui c'était, n'est-ce pas ? (Eugénie rejeta la tête en arrière et le jaugea avec un lent sourire.) Ils pensent tous que vous ne comptez pas. Mais vous êtes malin.

Hachim détourna les yeux.

– Vous voulez savoir ? lui demanda-t-il calmement.

Elle secoua la tête.

– Cela gâcherait tout. J'ai des devoirs envers mon époux, et il y a des secrets que je ne sais garder. Ce matin, il délirait, disant qu'il avait été compromis. Pas d'autre choix que la démission. Décidé à retourner à Saint-Pétersbourg afin d'affronter le tsar.

– Et les bals, et les dîners, et les dames avec leurs éventails. Je sais.

– Ce sera difficile.

– Mais vous avez des devoirs envers votre époux.

Ils rirent sous cape ensemble.

– Qu'est-ce que c'est ? dit-elle en soupesant le paquet.

– Ouvrez pour voir.

Elle s'exécuta, et il lui montra le petit ergot permettant de tirer la dague hors de son fourreau.

– Cela me rappelle quelque chose, dit-elle malicieusement. Et quelqu'un. (Leurs regards se croisèrent et l'air malicieux disparut.) Je ne crois pas...

– Que nous nous rencontrerons à nouveau ? Non. Mais... je rêverai toujours... de vous.

– Si je raconte aux dames de Saint-Pétersbourg...

– N'en soufflez pas mot, je vous en prie.

Eugénie hocha sa jolie tête.

– Ne craignez rien, dit-elle. Je n'en avais pas l'intention.

Elle se pencha en avant, inclinant légèrement la tête de côté, de sorte qu'une boucle brune s'échappa de sa coiffure.

– Embrassez-moi, ordonna-t-elle.

Ils s'embrassèrent.

Russe ou pas, un majordome reste un majordome.

Imperturbable. Discret. Quand il servit le thé, Hachim n'était plus là.

131

– Il semble donc que le *seraskier* était dans le vrai, dit Mahmud II. C'est une bonne chose que nous l'ayons eu dans la ville. Mais quel terrible accident, juste au moment où tout allait si bien !

– Oui, sultan.

– On dit qu'il est tombé. Je suppose qu'il est monté quelque part pour avoir une meilleure vue. Les incendies à combattre, et tout le reste, hein ?

– Oui, sultan.

– Nous lui ferons de belles funérailles, ne vous en faites pas. Vous vous entendiez plutôt bien tous les deux, n'est-ce pas ? (Hachim inclina la tête.) Quelque chose de nouveau. Il aurait aimé ça. Des affûts de canon, peut-être, et quelques pelotons de la Garde pour tirer des salves au-dessus de sa tombe. Pour montrer que le sultan n'oublie pas ses amis. Nous pourrions même donner son nom à Beyazit. Cet affreux bâtiment. La tour du *seraskier*. Pas mal. L'Empire honore ses héros, vous savez. (Le sultan se gratta le nez.) Je ne l'ai jamais beaucoup aimé. C'est le seul grief que je puisse lui faire. Au moins, il savait où était son devoir. (Hachim continua de fixer le sol. Le sultan le regarda en plissant les yeux.) Ma mère dit que vous avez grandement contribué à la préparer à l'épreuve qu'elle a traversée la nuit dernière. Quant à moi, je trouve que vous avez fait bien peu. (Il renifla. Hachim releva la tête et croisa son regard. Le sultan cligna des yeux et se détourna.) Hum. Je suppose que finalement c'était assez. Et franchement, maintenant les eunuques sont tout à fait calmes. Fallait être du même bord pour les attraper, je suppose. (Le sultan se saisit d'un petit poil et se mit à le tortiller entre ses doigts.) Le problème est que j'ai besoin de quelqu'un ici puisque le *kislar* a disparu. Quelqu'un qui connaisse les ficelles, mais un peu plus jeune.

Hachim se figea. C'était le second poste qu'on lui offrait en vingt-quatre heures. D'abord, les yeux et les oreilles de la nouvelle république. Et maintenant, le pouvoir et la promesse de richesses. Eh bien, ce poste, il n'en voulait pas non plus.

Il commença par dire qu'il n'était pas jeune. Il était blanc. Blanchâtre, en tout cas... mais le sultan n'écoutait pas.

– Il y a un archiviste, dit-il. Un nouveau. Zélé, belle prestance. Cela risque d'effrayer les anciens, non? Mais je ne peux pas tous les remplacer. Et je pourrai aussi le surveiller. Il me rappelle le *kislar* quand il était jeune, avant qu'il se fourre dans le crâne cette histoire de tradition et assassine les filles. Il n'a pas non plus trempé dans toute cette farce. Ce que j'apprécie. Donnez-lui une redingote et un bâton. C'est réglé. Il est mon homme.

Hachim se sentit grandement soulagé. Il était certain qu'Ibou serait un parfait *kislar agha*. Un peu jeune, peut-être, mais le temps réglerait, comme toujours, le problème. Au moins, il échapperait à tous les terribles compromis et affrontements qui avaient conduit le précédent titulaire au bord de la folie lors de sa pénible ascension vers le sommet. Et il apprendrait vite son métier. Peut-être même éprouverait-il une véritable gratitude.

– Le sultan est des plus avisés, dit-il.

Mieux valait en rester là.

– Eh bien, eh bien. (Le sultan se leva de sa chaise.) Cet entretien a été des plus intéressants. Pour être franc, Hachim, j'ai parfois le sentiment que vous en savez plus que vous ne dites. Ce qui est aussi, à sa façon, une forme de sagesse. C'est à Dieu qu'il appartient de tout savoir, et à nous d'apprendre seulement ce qui nous est nécessaire. (Il tâta à l'aveuglette la petite table et prit une bourse en cuir.) Prenez ça. Le *seraskier* vous aurait sans aucun doute récompensé et, les circonstances étant ce qu'elles sont, cette tâche me revient.

Hachim attrapa la bourse au vol. Il s'inclina. Le sultan fit un petit signe d'assentiment.

– Je crois comprendre que la Validé attend des potins. Il y avait un édit, ajouta-t-il, mais après tout il faudra patienter. Nous veillerons auparavant à ce que la maison retrouve son calme. Et la ville aussi.

Il fit un signe de la main et Hachim se retira en s'inclinant.

132

– Y a-t-il eu complot ? (La Validé sourit.) J'aime les complots.

– Oui, dit Hachim. (Il songea à lui rapporter la vérité sans fard mais il savait que cela ne ferait pas une bonne histoire.) Le *seraskier* était pourri jusqu'au trognon. Il a tout manigancé.

La Validé battit des mains.

– Je le savais ! s'écria-t-elle. Comment avez-vous deviné ?

– Il y a eu toute une série de petites choses.

Hachim lui raconta comment le *seraskier* s'était employé à semer la panique lors des meurtres. La Validé acquiesça vigoureusement du chef et dit que, à l'évidence, on l'avait manipulé. Comment, exactement, avaient été assassinés les hommes ? Elle voulait savoir. Et Hachim le lui dit. Il expliqua que son ami Palewski avait parlé un soir en français dans un café, avec le *seraskier*.

– Quand il a prétendu ne rien savoir ! *Ha, ha !*

La Validé brandit un doigt. Il lui parla ensuite du Russe, de Potemkin.

– Quel scélérat ! (La Validé grogna.) Détruit par sa balafre, sans doute. Il a dû se montrer charmant, à sa façon, pour attirer les jeunes gens dans sa voiture. Mais, quoi qu'il en soit, ajouta-t-elle, laissant de côté l'image du charmeur blessé pour s'intéresser aux détails pratiques, qu'est-ce que les Russes avaient à gagner en s'impliquant dans cette affaire ?

Et Hachim le lui dit.

– Ils sont prêts à prendre le contrôle d'Istanbul. Depuis l'époque des Byzantins, ils n'ont cessé de rêver de cette ville. C'est leur deuxième Rome... et Moscou la troisième. Ils veulent l'anarchie à Istanbul. Peu leur importe les modalités... coup d'État des janissaires, coup de folie du *seraskier* se proclamant sultan, tout est bon. Si la maison d'Osman disparaissait, imaginez les conséquences ! Ils campent à une semaine d'ici, tout au plus. Ils auraient prétendu rétablir l'ordre, ou protéger les orthodoxes, ou être aspirés dans le maelström d'une façon ou d'une autre. Cela n'avait pas d'importance tant qu'ils pouvaient occuper la ville et se trouver par la suite une bonne excuse, quand les puissances occidentales commenceraient à faire des histoires. Les Français, les Anglais sont terrifiés à l'idée de laisser entrer les Russes... mais, une fois à l'intérieur, personne n'aurait pu les déloger. Regardez la Crimée.

– Quelles brutes ! murmura la Validé. (Les Russes s'étaient emparés de la Crimée en mêlant ruse, menaces et conflit sanglant.) Ils ont aussi soutenu les Grecs !

– Tout le monde a soutenu les Grecs, rappela Hachim d'un ton mesuré, mais là aussi, ce sont certainement les Russes qui ont mis le feu aux poudres.

La Validé garda le silence.

– Et dire que tous ces dangers planaient sur nos têtes pendant que je m'occupais du *kislar* au palais, dit-elle après une pause. Je pensais qu'il s'agissait d'un drame mais ce n'était qu'une opérette.

– Pas vraiment, suggéra Hachim. Si les plans du *seraskier* n'avaient pas abouti, il y aurait eu quand même une révolution. Une contre-révolution, comme ils disent, un retour aux anciennes pratiques.

– Il faut en remercier la fille, bien sûr, Asoul, fit remarquer la Validé. J'ai vu des pièces, vous savez. Quand j'étais jeune, j'en ai vu à la Dominique. Vous direz, je suppose, que j'ai planté le décor. Mais c'est elle qui a joué le dernier acte. Merci à vous, Hachim.

Hachim inclina la tête. La Validé prit un sac près de son divan et en desserra les cordons.

– J'ai juste ce qu'il vous faut, dit-elle.

Elle fouilla à l'intérieur et en tira un livre broché. Elle le tint entre ses deux mains pendant que Hachim lisait le titre imprimé en grandes lettres rouges.

– *Le Père Goriot* d'Honoré de Balzac.

– Tenez, dit-elle en le lui tendant. Très révoltant, je le crains.

– Pourquoi me le donnez-vous ?

– On dit qu'il fait fureur à Paris. Je l'ai déjà lu. Il y est question de corruption, de tromperie, de convoitise et de mensonges. (Elle tapota la couverture de l'ouvrage et le remit à Hachim.) Parfois, vous savez, je suis si heureuse de n'être jamais parvenue en France...

Remerciements

Je suis reconnaissant à tous les historiens qui ont élargi notre connaissance de l'Empire ottoman. J'ai puisé également en permanence dans les récits de voyage de l'époque concernée. Toute erreur ou déformation dans le présent ouvrage est entièrement de mon fait.

Daisy Goodwin m'a incité à parler de l'Empire ottoman en jouant avec les codes du roman policier. Hachim n'a pris corps sur le papier qu'après mon choix de l'époque : les années 1830 à Istanbul.

Christine Edzard, qui a adapté *Little Dorrit* au cinéma, m'a fait partager sa passion pour les costumes du XIXe siècle... et pour ses mœurs.

Richard Goodwin a lu l'ouvrage sous forme d'épisodes à la Dickens au fur et à mesure de sa conception. Ayant porté à l'écran plusieurs romans d'Agatha Christie, il était bien placé pour me conseiller sur les subtilités de l'intrigue ou sur les dialogues.

Fervente lectrice de thrillers, Jocasta Innes m'a aidé à me prémunir contre de possibles failles dans le déroulement du récit.

Je les remercie tous, ainsi que Sarah Wain et Clare Mitchell, pour leurs lectures et leurs commentaires.

Mon agent de la Wyle Agency, Sarah Chalfant, m'a mis en relation avec Sarah Crichton à New York, puis avec des éditeurs du monde entier. Sarah Crichton m'a prodigué des encouragements incomparables. Comment peut-on dire que les éditeurs ne font plus leur travail de nos jours ? Chez Faber, Julian Loose m'a mis le pied à l'étrier. Qu'il en soit vivement remercié.

À Istanbul, je voudrais en particulier exprimer toute ma gratitude au professeur Norman Stone de l'Université Koc, et à John Scott, rédacteur en chef de *Cornucopia*, belle revue qui traite avec intelligence de tout ce qui se rapporte à la Turquie.

Mes fils aînés ont usé avec moi de ruses infinies pour le partage de l'ordinateur. S'ils sont passés maîtres dans l'art du piratage, jamais au grand jamais ils n'ont effacé le disque dur, ce dont je leur suis reconnaissant. Quant au plus jeune, il ne s'est intéressé que de loin au chantier, mais m'a donné du cœur à l'ouvrage par ses intrusions en quête de papier et par ses babillages. Tous mes livres ont été composés pour eux.

Mais cet ouvrage n'aurait pas vu le jour sans les encouragements et l'enthousiasme de Kate. Quelques années ont passé depuis que nous avons marché de Pologne en Turquie, aperçu les cigognes remontant vers le nord au-dessus de la mer de Marmara, entamé notre dernière étape vers les dômes d'Istanbul et le grand Bosphore puis pénétré dans la cité d'Istanbul qui nous avait fait rêver pendant six mois. Nous n'avons pas été déçus.

Ce livre lui est dédié.

Cet ouvrage a été réalisé par

BUSSIÈRE

GROUPE CPI

à Saint-Amand-Montrond (Cher)
pour le compte des Éditions 10/18
en février 2008

Imprimé en France
Dépôt légal : mars 2008.
N° d'édition : 4041. – N° d'impression : 080640/1.